国家哲学社会科学基金项目
中南民族大学出版基金资助项目

先秦文学发生研究

XIANQIN WENXUE FASHENG YANJIU

赵辉 著

人民出版社

序

赵逵夫

大半个世纪的文学研究队伍,从事古代文学研究的最多;如果从专书方面说,最多的是集中在《诗经》、《楚辞》的研究上,这只要看看有关古代文献的书目就可以知道。至今,《诗经》学会、楚辞学会,仅全国性或国际性会议就各两年一次,每次总有百人上下甚至更多,还有会议圈子之外从事这方面研究的人。每年发表的论文、出版的书有多少就可想而知了。但《诗经》总共305篇,《楚辞》一书共收作品17篇,我们将《九歌》看作11篇,《九章》看作9篇,也只35篇,而实际上学者们的研究主要在屈原、宋玉等战国末年楚国作家的作品上。而对这数量不多的作品,很多的《诗经》学家、《楚辞》学家每年都要出一些成果,其结果大部分也不外两种情况:一为大量重复劳动,二为猎奇求怪,以求出新。本来也是,要在这两个领域的研究中做到真正的创新,太难了。所以此前我带了二十几届硕士生,十多届博士生,只有一个以《楚辞》为选题的,以《诗经》为选题的一个也没有。我以为要在这两个领域的研究中有所创新,必须有相当的学术积累。

所以,我以为先秦文学研究方面,还是视野开阔一些为好,如果要具体研究问题,也可以在前人关注不够的地方下些工夫。这样,既有利于开拓研究领域,也有利于了解先秦文学的全貌。但即使这样,也不是随便可以取得成绩的。前代学者已经指出:学术的发展一是有赖于新材料的发现,二是有赖于新方法的运用。近几十年出土的大量简帛文书,为先秦文学研究的向前推进创造了一定的条件,也产生了大量研究成果。但新的材料毕竟有限,人们在这方面的文章也做得差不多了。所以,从总体方面看,我们还有待于从新的视角用新的方法来审视先秦文学。在这方面,更有待于理论上的创新。

赵辉教授的《先秦文学发生研究》正是一部从宏观上以新的观察方法和新的研究手段重新认识先秦文学，探讨先秦文学的发生与特质以及对后代文学影响的一部力作。

几十年来对中国古代文学的研究基本上都是套西方理论的框框，与中国古代文学的实际情况很不相符。按照西方文学理论，不仅先秦时代的文学是“杂文学”，整个中国的文学都是“杂文学”。事实上，中国古代文学中作为主流的，并非小说、戏剧。诗、词、曲、赋之外，便要数“文”——即一般所说的“古文”，包括议论文、游记，以及史、传、书、序等各种应用文字。现代各种文学史将散文列入其中，似乎是照顾了中国古代文学的实际而格外开恩、破例列入。关于中国诗歌、赋颂、传纪等形成的状况及其特质，也并未说清。

赵辉教授多年来一直从事中国古代文学前一段的研究，学术视野开阔，对一些问题能进行深入思考，其论文《原始宗教与楚辞》、《简论楚辞特质形成的原因》受到楚辞学者的关注，专著《楚辞文化背景研究》受到学者们的好评。联系他的《从〈诗经〉的“兴”看“兴”的起源》，《唯有文采不成文——先秦“文”的三维建构》、《易象思维的特征及文化表达》等论文和专著《心旅第一驿——中国古代社会文化心态之源》等来看，他在近几年中一直在研究思考中国文学的特征及其同文化、同中国人思维特征的关系。他所承担完成的国家社科基金项目《先秦神坛、政坛言说与先秦诗赋史论言说惯例的生成》（即《先秦文学发生研究》）正是在以往研究思考基础上的进一步深化、开拓和进一步系统化。

在这部创新性很强的论著中，作者从宗教形态的礼乐言说来寻找先秦文学主要文学体式的原点，从政治形态的礼乐言说来阐述先秦时代主要文学体式、言说惯例的生成，从先秦神坛、政坛、文坛一体化的方面来探究先秦文学表面特征的形成。全书侧重于宏观研究，但以微观上的观察、分析为基础，其中有些地方的论述甚为精彩。如第四章《礼乐政治形态言说与诗赋》对文体“互体”的论述，对歌与诗的起源与原始功能的论述，对礼与赠送酬答诗的论述，对赋的发生历程的论述等，都细致、深刻而饶有新意。他指出，歌的本质是音乐，具有“非限定言说时空”和口语的性质，诗则不同。他在“诗”字的分析中引述杨树达、闻一多和叶舒宪、刘士林等人之说，指出“诗”字的声旁“寺”原本指祭祀场所，即神坛，并引《楚辞·远游》“集重阳入帝宫兮”王逸注“得升五帝之寺会也”，《九怀》“河伯兮开门”王逸注“水君侍望，开府寺也”等材料，并从古代官室建筑方面论证之，俱言而有据。于是得出结论：“诗作为在国家中央政治机构之‘寺’的活动产物，显然一开始就是作为一种‘限定时空言说’而存在，很少带有歌作为‘非限定时空言说’的特征。”论文指出：“战国以前的人将诗看作是礼乐的一部分，诗所承载的应是礼乐伦理道德的价值取向。”然而，作者并不是静止地看问题，简单地将先秦诗与歌加以划分，也指出了后来歌与诗观念的合流，同时也指出：“但由政坛这一‘限定时空’言说所产生的原始功能却一直在很大程度上制约着中国诗歌的发展。”分析透彻、全面，也体现出辩证的观念。

可以说，“限定时空言说”理论是在以上探索基础上提出来的，是对我国先秦文学生成演变规律的一种概括，在理论上表现出很大的创新性。根据这个理论，可以明白地将一些难以说清的问题说清，使一些看起来毫不相关的现象联系起来，揭示出先秦文学形成中一些内在的原因。赵辉教授在完成这个项目中发表的几篇论文，作为这个项目的中期成果，已经产生了一定的影响。

赵辉教授请我作序，我推辞而不得，他似乎也看出我一直在思考先秦文学的本源及体式、特质形成等问题。比如关于“登高而赋，可以为大夫”的理解，我在《左徒·征尹·行人·辞赋》一文中也曾有所论述，①但至今还是有人只以汉代以后的观念来理解这句话。赵辉教授在书中详细论述了这句话的含义理解上的变化。我指导的几个博士生也一直在先秦文学的本源及体式、特征的形成等方面进行探索。2001 届博士生韩高年的学位论文是《颂诗的起源与流变——三代诗歌的实证与逻辑推演》，后来拓展为《礼俗仪式与先秦诗歌演变研究》，作为复旦大学博士后流动站的出站报告，2004 年由中华书局出版；此前的 2004 年他还出版了一本《诗赋问题源流新探》；

① 参见赵逵夫：《屈原与他的时代》，人民文学出版社 2002 年版。

2002届博士生罗家湘的题目是《逸周书研究》，后来他也以《先秦文学制度研究》申报了国家社科基金项目，两书均由上海古籍出版社出版。在一些以先秦典籍专书研究为选题的学位论文中，也都注意到了先秦文学各体式的形成、特质、对后来之影响等问题。所以，我同赵辉教授也算知音。但近二十年来我侧重于先秦文学基础文献和基本事实的清理，因为20世纪大部分学者本着大胆疑古的思想宗旨，虽然推倒了一些虚妄观念，否定了一些被盲目看作经典的东西，但造成的冤案也不少，这些东西不加甄别，也不能反映出先秦文学的基本面貌。事实上，从古代的经学、到理学，到疑古思潮的兴起，学术史上有的问题也一直未能真正解决，陈陈相因的情况差不多存在于古代典籍的各个方面：有因盲目信古之说者，有因轻率疑古之说者。因此，我更多地在材料和基本事实的清理方面做些工作。这除了利用新的出土的文献之外，也有一个旧材料的重新发现问题。一本书、一篇文章或一首诗、一篇赋，以往将作者或时代认定错了，在判定其他相关问题时它肯定会起着误导的作用，扰乱视听。而当对它的作者或时代性做了正确的判断，就有益于不少相关问题的解决。这些工作带有微观性、具体性，似乎是属于"形而下"的范围。但事实上，如前所说，我也一起在思考先秦文学研究中的一些理论问题。可以说，我同赵辉教授的工作是"异路同归"，而且也不是"两不相关"。

我同赵辉教授都是属马，但我已是未能识途的老马，于学问仍在探索之中，而赵辉同志当凌风骄腾之时，正所谓"所向无空阔"。他寄书稿来之后，我虽有些杂事不能一口气读完，但也断断续续，大体读完了全书。我觉得，全书材料充分，论证严密，思辨性强，充满新意。我以为这是一部有学术价值的论著，因而写以上感想。或有未当，请赵辉教授与读者朋友正之。

2011年6月5日于甘肃省先秦文学与文化研究中心

目　录

第一章　礼乐政治形态的言说特征

神坛、政坛、文坛，表面上似乎是三个毫无因缘的独立领域，但如果我们深入其中，就会发现，先秦“三坛”之间存在着横向和纵向两种共存关系。横向共存，是说神坛的言说虽是宗教的言说，但其中却包含着政坛和文坛言说的因素；政坛言说虽是君臣关系的政治言说，但其中不仅因袭了宗教言说的内涵和形式，也存在着文坛言说的众多成分；文坛的言说虽然性质不同于神坛、政坛的言说，但由于它同时存在于神坛、政坛的言说之中，并隶属于宗教和政治言说范畴，宗教和政治以历史赋予他们的神圣性、崇高性而对文坛言说产生强大的饱和渗透，使文坛言说带上了宗教言说和政治言说的本质属性。而从纵向共存方面说，“坛”就像一条河流，流越宗教、政治、文学的原野。神坛的宗教言说和政坛政治言说为文坛言说的原点，神坛的言说则以其神圣性在很大的程度上支配着政坛言说的内涵与形式，而融解着神坛人神关系言说内涵和言说方式的政坛言说，又以政治赋予它的强大力量支配着文坛的言说，和文坛言说产生反应，催化出文坛言说的惯例。

先秦神坛、政坛、文坛的一体化结构，使神坛、政坛由特定的言说场合和特定的言说主体、言说对象及其构成的言说关系而形成的“限定时空言说”自然成为文坛言说的特征，从而使先秦礼乐政治形态成为先秦文学言说体式、惯例形成的土壤，先秦礼乐政治形态的言说原则成为文坛言说的支配原则。

一、隐含的文坛

神坛、政坛言说的本质是宗教与政治的言说——礼乐制度将宗教、政治和文学艺术结构为一体——先秦文学艺术的言说为宗教、政治的工具——各种文章体裁均为政坛实用文体——诸子为干世主而著书言治乱——先秦的文坛隐含于神坛和政坛

"文坛",是指文字著述及其活动构成的形态。"文坛"一词,虽不见于唐代以前的典籍,但正如先秦没有"政坛"这一概念,而国家政治形态却已有了漫长的历史。不过,先秦不仅没有独立的文坛,文坛附庸于神坛和政坛,而且文坛也是伴随着神坛和政坛的产生而生成。

神坛伴随着神灵观念的产生而产生。新石器时代,神坛已经出现,距今约5500年的红山文化牛河梁遗址就发掘出了神坛。据《山海经》,夏代似乎已有普遍筑坛祀神的倾向。《山海经·中次山经》载:"东三百里曰鼓钟之山,帝台之所以觞百神也。""昔者,夏后启莽,享神于晋之墟,作为璿台。"①"昔夏后启筮享神于大陵,而上钧台枚占。"②战国与汉代,这一传统依然保存着。如秦"文公作鄜畤,祭白帝;秦宣公作密畤,祭青帝;秦灵公作吴阳上畤、下畤,祭赤、黄帝;汉高祖作北畤,祭黑帝"。③ 汉武帝"作甘泉宫,中为台室,画天、地、泰一诸神,而置祭具以致天神"④,"令越巫立越祝祠,安台无坛,亦祠天神上帝百鬼"⑤。至于巡封,虽在高山,也须立台。《史记·秦始皇本纪》载秦始皇封禅望祭山川,"上泰山,立石,封,祠祀"。"正义"引《晋太康地记》云:"为坛于太山以祭天,示增高也。""集解"引张晏曰:"天高不可及,于泰山上立封禅而祭之,冀近神灵也。"这"立封"即张瓒所注:"积土为封。谓负土于泰山上,为坛而祭之。"⑥

神坛的设立,将人和神区分开来了,但意义却不在此,也不在便于对神灵的祭祀。当"坛"在人们的观念中被设置为神灵集止的场所之时,神坛也

---

① 欧阳询撰,汪绍盈校:《艺文类聚》卷六十二,上海古籍出版社1965年版,第1118页。
② 《太平御览》卷八十二。
③ 司马迁:《史记·武帝本纪》"正义",中华书局1959年版,第453页。
④ 司马迁:《史记·武帝本纪》,中华书局1959年版,第458页。
⑤ 司马迁:《史记·武帝本纪》,中华书局1959年版,第478页。
⑥ 司马迁:《史记·秦始皇本纪》,中华书局1959年版,第242—243页。

便同时被赋予了无可比拟的神圣性。于是,虚拟的神灵有了一个在现实中确立他们地位和权威的实物标志,将虚幻通过建筑转化为一种现实的存在,从而使人们在现实生活过程中对神灵神圣性的印象不断强化,确保对于神灵权威的遵从。

政坛是随着政治社会的产生而产生的,但在中国早期国家形态的政治中,政治与宗教是合而为一的。根据文献与考古资料有关朝廷的宫廷建筑的构成因素看,这种政教合一的政治形态在夏代就已实行。《周礼·考工记》记载说,夏代有一种建筑被称为"世室"。宋林希逸《考工记解》卷下说:夏之世室,殷之重屋,和周代的明堂,"三代所名虽不同,其实则一"。可知世室、重屋就是周代所谓的明堂。而明堂在周代不仅是祭祀之所,亦是朝廷行政的场所。蔡邕《明堂月令章句》说:

> 明堂者,天子大庙,所以祭祀、飨功、养老、教学、选士,皆在其中。①

世室既与明堂的功能同一,那世室也就是集政治与宗教于一体的宫廷建筑。这一点,也为考古发掘所证实。宋镇豪曾说,二里头夏代晚期都邑遗址最高一等的是大型宫室建筑,其中三期一、二号两座基址是面积相当大的主体宫室,正殿建筑在高 3 米的长方形高台上。一号宫室正殿前的大庭,可聚万人以上,适合颁政布令,类于文献说的"夏后氏世室"。位于其东北方 100 多米的二号宫室,正殿后居中的陵墓是这组建筑群的聚集所在,与正殿、中庭、门塾自北而南呈中轴线摆开,具有后世寝陵制的雏形。墓前的正殿三室并联,类于《尔雅·释宫》所云:"室有东西厢曰庙。"正殿之中室似为庙,可能用于供奉墓主及先王神主,为举行祭祀之所;东西两室似为寝,大概是放置祖先衣冠、生活用具和供物之所。可见,夏代"上层贵族集团的居所已合居住、祭祀、行政于一体"。② 知夏代的"世室"实际就是政教合一这一

---

① 《蔡中郎集》卷三,文渊阁《四库全书》本,上海古籍出版社 1987 年版,第 1063 册,第 180 页。

② 宋镇豪:《夏商社会生活史》,中国社会科学出版社 1994 年版,第 35—38 页。

政治体制的表现符号。

商代的政权，是一个典型的政教合一的政权。孔子说："殷人尊神，率民以事神，先鬼而后礼。"①商代的最高统治者，不少是巫，集宗教权力与政治权力于一身。据说成汤时的伊尹、太甲时的保衡、太戊时的伊陟、祖乙时的巫贤、武丁时的甘盘等，也都既是国家的高级政治官员，同时也是大巫，如伊陟便是太戊的宰相。

夏、商政治对宗教借重，因历史积淀而形成一种历史定势，制约着周代政治格局的构成。这种制约，最充分地体现在周代礼乐制度的政治格局的建构上。《礼记·明堂位》载：

> 周公践天子之位，以治天下。六年，朝诸侯于明堂，制礼作乐。颁度量，而天下大服。②

这一记载受到许多学者的质疑，但根据《国语》、《左传》、《周礼》等历史典籍的记载看，西周已实行礼乐制度，周代实行的为礼乐政治制度当是无疑。而周代礼乐政治制度的原型，是夏、商以来在原始宗教祭祀过程中的礼仪。孔子说："殷因于夏礼，所损益，可知也；周因于殷礼，所损益，可知也。"③孔子的话不仅说明周礼对于殷礼的继承，同时也说明了继承程度很高。尽管周礼添加了以血缘为核心的宗法制度和政治、法律、宗教、经济、官制等诸多新的要素，但宗教祭祀仍是礼乐制度的核心，礼乐制度仍以祭祀礼仪为主要表现形态。《礼记·祭统》说："礼有五经，莫重于祭。"④这里的"五经"，即吉、凶、军、宾、嘉五礼。"莫重于祭"一是说明五礼由原始宗教祭祀礼仪发展而来，如郭沫若《十批判书·孔墨的批判》说："礼之起，起于祀神，故其字后来从示，其后扩展而为对人，更其后扩展而为吉、凶、军、宾、嘉

---

① 《礼记正义》卷五十四，《十三经注疏》本，中华书局1980年版，第1642页。

② 《礼记正义》卷三十一，《十三经注疏》本，中华书局1980年版，第1488页。

③ 朱熹：《论语集注》卷一，中华书局1983年版，第59页。

④ 《礼记正义》卷四十九，《十三经注疏》本，中华书局1980年版，第1602页。

各种仪制。"①二是说五礼以祭祀之礼为根本。

所以,周人既重视祖先的祭祀,也对天地山川神灵的祭祀十分热情。《礼记·月令》载,周天子立春、立夏、立秋、立冬之日要亲率三公、九卿、诸侯、大夫举行郊祀,每一个月,也都有着祭祀活动。仲春要以大牢祭祀高禖,仲夏要"祈祀山川百源,大雩帝",仲冬要"祈祀四海、大川、名源、渊泽、井泉",直到季冬之月,"乃毕山川之祀,及帝之大臣,天之神祇"。可见祭祀在礼乐政治中的地位。

宗教祭祀与礼乐制度的这一关系,决定了坛(台)在礼乐制度中的地位。在原始宗教祭祀中,坛(台)是人神言说的唯一地点。礼乐制度及其仪式由原始宗教礼仪发展而来,祭祀有着尤其重要的地位,坛(台)也就自然成为礼乐制度实践的重要场所。礼乐制度下的对于祖先和天地、山川、神灵的祭祀固不必言,就是由祭礼发展而来的诸如会盟、飨礼、觐礼等,也都在坛(台)进行。史载"武王登夏台以临殷民"②,说的是武王灭商后在夏台安抚殷民。《管子·轻重已》载,周天子在立春、立夏、立秋、立冬之日,要分别在东南西北四方离国都九十二里的地方设坛,"朝诸侯、卿、大夫、列士,循于百姓"。《史记·楚世家》亦载:"康王有丰宫之朝","集解"引杜预曰:"丰在始平鄠县东,有灵台,康王于是朝诸侯。"诸侯在坛(台)朝见周天子,周天子在坛(台)召见诸侯,既是重要的政治活动,也是礼乐活动。春秋时期,许多的政治、外交活动依然在坛(台)进行,坛(台)依然有着神圣的地位。《说苑·权谋》载:楚庄王战胜晋国,担心诸侯畏怕楚国,于是筑五仞之台而宴饮诸侯。《穀梁传》定公十年载,鲁定公和齐侯在颊谷相会,"两君就坛,两相相揖"。庄王筑台宴饮诸侯,鲁君和齐侯登坛而见,见出的都是礼乐形态中的坛(台)对于原始宗教形态坛(台)功能的继承。

在人神关系的宗教言说中,坛(台)之上的上帝、天、神灵在人们心目中为世界秩序的把握者,具有至高无上的权威。在礼乐制度中,帝王被视为天子,为上帝与天在人间的代言者,顺理成章地取代了上帝、神灵而居于坛

---

① 郭沫若:《郭沫若全集·历史编》第二卷,人民出版社 1982 年版,第 96 页。

② 欧阳询撰,汪绍盈校:《艺文类聚》卷九十二,上海古籍出版社 1965 年版,第 1591 页。

(台)之上。在现实中,周代君主所处的宫室也都建筑在台上。《礼记·礼器》说:“有以高为贵者。天子之堂九尺,诸侯七尺,大夫五尺,士三尺。”这里所说高度,不是指建筑的屋檐高度,而是台基的高度。故坛(台)在周代不仅用于朝会、盟誓等,亦是君臣言政议政之所。《左传》昭公二十年和《晏子春秋·外篇》载“齐侯至自田,晏子侍于遄台”,向齐景公论述了“和同”的问题。《吕氏春秋·重言》记齐桓公与管仲商量伐莒,东郭牙至,桓公与管仲“乃令宾者延之而上,分级而立”。从“令宾者延之而上,分级而立”看,桓公和管子亦在台上。《韩诗外传》卷二载颜渊侍坐鲁定公于台,东野毕御马于台下,颜渊借东野毕御马告诉鲁定公治国的道理;亦表明台是君臣政治言说的场所。《归藏》载:

> 上有高台,下有雍池,以此事君,其贵若化。①

雍池,即天子之学辟雍。《归藏》的这段话是说,士大夫在高台和辟雍这样的地方为君主出谋献策,便有公认的高贵地位。可见,坛(台)也是臣下为国家建言献策之地。后世将国家重要政治机构称之为“台阁”“御史台”等,将重臣谓之“台辅”,将执政谓之为“上台”,正由此而来。当代所谓的政坛,“坛”并非现实建筑,但在先秦时期,国家政治活动却真实地在“坛”上进行。

但是,政坛虽继承着神坛众多的宗教元素,但政坛与神坛却有着本质的不同。神坛的宗教演出虽然在夏、商时期承载着诸多的政治功用和价值取向,但当宗教祭祀礼仪未能与其他的制度融为一体时,宗教便还是政治的一种外部力量,祭祀礼仪就还是人神关系的言说形式,具体祭祀的目的只是请求神灵赐福,表现的是对神灵的崇拜,因而本质是宗教。政坛是国家维护它各种政治制度的运行系统,融合了诸如官僚制度、分配制度、法律制度等各种政治制度要素,将整个社会结构为一个整体,规范人们的思想行为,以保

① 朱彝尊:《经义考》卷三,文渊阁《四库全书》本,上海古籍出版社 1987 年版,第 677 册,第 24 页。

证整个社会的平稳运行，因而，政坛的本质自然是政治。

政坛和神坛本质的不同，决定了神坛礼乐和政坛礼乐本质的不同。神坛的礼乐仅仅是一种宗教祭祀的礼仪，周代的礼乐却是国家的根本政治制度，涵盖着宗法、官吏、分配、法律、教育、道德等各个方面，作为宗教祭祀礼仪的礼乐只不过是这些制度的表现和实践形态。而且，周代的礼制表达的核心是人际之间的关系，而不是人神关系。所以，宗教祭祀礼仪只是周礼的一种有机元素，而非全部；周礼的凶、军、宾、嘉四礼都是表达人际关系的仪制。宋易祓说：

> 以五礼而言，祭祀，吉礼也。朝觐会同宾客，宾礼也。军旅田役，军礼也。丧荒，凶礼也。虽不言嘉礼，而飨燕之礼见于宾礼，脤膰之礼见于吉礼。①

可见，五礼中只有祭祀之礼用于宗教祭祀，而其他四礼都用于人事。《仪礼》共载有十七礼：《士冠礼》、《士婚礼》、《士相见礼》、《乡饮酒礼》、《乡射礼》、《燕礼》、《大射》、《聘礼》、《公食大夫礼》、《觐礼》、《丧服》、《士丧礼》、《既夕礼》、《士虞礼》、《特牲馈食礼》、《少牢馈食礼》、《有司》。这些礼虽不一定在西周时期都已制定，礼的名称也或有不同，但我们却从这些礼都为规范人际关系这一点，可以推测，西周时的礼不是只有宗教祭祀的内容，其核心是人际关系的规范。

在今天的文学理论形态，文学独立于政治、宗教之外；而回归历史，先秦没有现今“文学”概念意义上的文学，也不存在宗教、政治形态之外的文坛。

中外众多学者都认为文学起源于原始宗教。确实，歌舞为原始宗教祭祀必不可少，伴随原始社会原始宗教活动有大量的歌舞产生。如果说这原始宗教之歌就是“文学”，应该说伴随原始宗教产生了不少的“文学”；因为原始社会鬼神观念支配着人们所有的生活，祭祀无所不在，故“歌”这种体裁的“文学”也应伴随着人们的一切活动。但我们应该看到，这宗教之歌并

① 易祓：《周官总义》卷二，文渊阁《四库全书》本，第92册，第289页。

非一种独立的形态，它附庸于原始宗教而产生，本质是原始宗教的附庸。这一点，由他们对于歌舞的实用价值取向的认识而决定着。

原始人类认为乐歌具有通神的功能，人们只有借助乐歌（也有的民族使用药物）才能进入迷幻状态，与神灵沟通。《礼记·乐记》说："礼乐之极乎天而蟠乎地，行乎阴阳而通乎鬼神。"①说的就是音乐的这种神秘功能。因而，原始宗教仪式才总是伴随着歌乐舞蹈。商代的甲骨卜辞中，有许多求雨祭祀仪式上奏乐舞蹈的记述。《诗经·甫田》说："琴瑟击鼓，以御田祖，以祈甘雨。"可知那时的祭雨仪式少不了音乐舞蹈。《周礼》为记载周代礼乐制度的一部典籍，其《春官·大司乐》载：

> 大合乐以致鬼神示……冬日至，于地上之圜丘奏之，若乐六变，则天神皆降，可得而礼矣。……夏日至，于泽中之方丘奏之，若乐八，则地示皆出，可得而礼矣。……路鼓路鼗，阴竹之管，龙门之琴瑟，九德之歌，九韶之舞，于宗庙之中奏之，若乐九变。则人鬼可得而礼矣。②

王逸也说：

> 昔楚国南郢之邑，沅湘之间，其俗信鬼而好祠，其祠必作歌乐鼓舞以乐诸神。③

这告诉我们，神坛在远古就是歌舞之地，但是，这歌舞却并非是因为人们的喜爱而作。我们不否定这歌舞有在娱神时祭祀者自娱的价值因素，但其目的却在于"以乐诸神"，通过这乐诸神而获得神灵的福佑。因为只有通过歌舞，才能使"天神皆降"，"地示皆出"，人鬼亲临，"可得而礼"。价值的核心不在歌舞自身，而直接指向现实实际生活。

---

① 《礼记正义》卷三十七，《十三经注疏》本，中华书局 1980 年版，第 1531 页。
② 《周礼注疏》卷二十二，《十三经注疏》本，中华书局 1980 年版，第 788—799 页。
③ 洪兴祖：《楚辞补注》，中华书局 1983 年版，第 55 页。

所以,神坛的言说虽然离不开歌舞,但歌舞也只是作为一种通神的工具和手段,既没有独立存在的地位,也无独立存在的价值。它们依傍宗教祭祀而产生,没有宗教祭祀便没有这些歌舞。这些歌辞表现出来的宗教情感虽然可以通过置形变换而成为一种审美情感,但其原有的价值取向却完全不在审美。虽然它们已具备了文学言说形态的形式要素,但却无法让它摆脱宗教的附庸地位。神坛的言说中既没有独立的"文学"的存在,故那时的神坛之外也不存在独立的"文坛"。

今天我们看到的先秦的"文学",几乎都是周代的文字。但在周代,政坛之外亦无"文坛"。

在周代,礼乐制度是国家政治的根本制度,那时的宗教、法律、道德、经济、文学艺术等都被礼乐制度结构为一体,都是作为礼制的结构元素和政治的表达形式而存在,为礼制的一个有机构成部分和礼乐政治在社会各方面的实践形式及规范。礼制的这一性质,将所谓的"文学艺术"也纳入了礼乐政治范畴,使之成为礼乐政治的工具和手段。如《国语·周语上》载周厉王时的邵公说:

> 故天子听政,使公卿至于列士献诗,瞽献曲,史献书,师箴,瞍赋,蒙诵,百工谏,庶人传语,近臣尽规,亲戚补察,瞽、史教诲,耆、艾修之,而后王斟酌焉,是以事行而不悖。①

这样的记载还见于《国语·晋语六》:"古之王者,政德既成,又听于民,于是乎使工诵谏于朝,在列者献诗使勿兜。"又《左传》襄公十四年亦谓:"自王以下,各有父兄子弟,以补察其政。史为书,瞽为诗,工诵箴谏……"②这些记载都充分说明所谓周代的文学艺术不过是礼乐政治的言说,从不曾获得独立的地位,本质是政治。

在当今人们的观念中,诗是最"文学"的了。但在先秦,诗一开始就是

① 徐元诰:《国语集解》,中华书局2002年版,第11—12页。

② 杜预:《春秋左传集解》,上海古籍出版社1977年版,第916页。

作为政治言说的工具(这在后面有详细的论证)。从《诗经》来看,雅、颂为朝廷士大夫这些官员为政治而创作是毫无疑问的。二雅或为歌颂,或为讽刺,都表现出强烈的礼乐政治目的,与《国语·周语上》所说"天子听政,使公卿至于列士献诗"的价值取向一致。《诗经》中的一些作者在诗中自言作诗目的也证明着这一记载的不误,诸如《节南山》说:"家父作诵,以究王凶。式讹尔心,以畜万邦。"《民劳》曰:"王欲玉女,是用大谏。"《左传》所载,也有时人以诗来进行政治规劝的记述,如昭公十二年载:"昔穆王欲肆其心,周行天下,将皆必有车辙马迹焉。祭公谋父作《祈招之诗》,以止王心。"①孔子曾说:"诗,可以兴,可以观,可以群,可以怨。迩之事父,远之事君。"②孔子虽是从用诗的角度而不是创作的角度去解释诗的功用,但其言诗都是从政治的角度着眼,却反映着那时诗歌创作主体的政治言说意图。《毛诗序》基本将这些诗的主体创作的目的诠释为对于君主的"讽刺",目的在于:"上以风化下,下以风刺上。主文而谲谏,言之者无罪,闻之者足以戒。"③学者多以为"附会"历史,其实不然。郑玄《六艺论》尝云:

> 诗者,弦歌讽喻之声也。自书契之兴,朴略尚质,面称不为谄,目谏不为谤,君臣之接如朋友,然在于恳诚而已。斯道稍衰,奸伪以生,上下相犯,及其制体,尊君卑臣,君道刚严,臣道柔顺。于是箴谏者希,情志不通,故作诗者以诵其美而讥其过。彼书契之兴,既未有诗,制礼之后,始有诗者。艺论所云今诗所用诵美讥过,故以制礼为限。④

郑玄不仅明确指出《诗》之所作目的在于政治,而且认为《诗》伴随着礼制而产生,维护着礼"尊君卑臣"的秩序。先秦礼乐一体,而诗与乐又密不可分。《毛诗序》以美、刺两途来阐述《诗经》的功用,将《诗经》纳入政治话语系。根据那时人们也大多是从政治教化的功用来认识诗这一点,应该说,

---

① 杜预:《春秋左传集解》,上海古籍出版社 1977 年版,第 1357 页。
② 朱熹:《论语集注》卷九,中华书局 1983 年版,第 178 页。
③ 《毛诗正义》卷一,《十三经注疏》本,中华书局 1980 年版,第 271 页。
④ 《毛诗正义》卷一《诗谱序疏》引,《十三经注疏》本,中华书局 1980 年版,第 262 页。

《毛诗序》对于《诗经》功能的认识没有错。但是,这并不是说《诗经》中就没有非限定时空的言说。就是按《毛诗序》对《诗经》中诗歌主体目的的解读,我们也无法肯定其中每一首诗的写作都产生于限定时空,每首诗都有着特定的言说对象。诸如《卫风·日月》,毛序也认为是"遭州吁之难",卫庄姜"伤己不见答于先君,以至困穷"而作。

不过,我们也注意到,先秦政坛的主要言说方式为"讽",所谓"讽",就是"借桑说槐",即不直接对所要言说的事情进行直接言说,而是借古说今,借彼说此(后文对此将有专门论述),旁敲侧击,让言说对象自己对照言说主体所说之古、之彼而明自己之错。如《晏子春秋·内篇谏下》载"景公逐得斩竹者囚之晏子谏":

> 景公树竹,令吏谨守之。公出,过之,有斩竹者焉,公以车逐,得而拘之,将加罪焉。晏子入见,曰:"君亦闻吾先君丁公乎?"公曰:"何如?"晏子曰:"丁公伐曲沃,胜之,止其财,出其民。公日自莅之,有舆死人以出者,公怪之,令吏视之,则其中金与玉焉。吏请杀其人,收其金玉。公曰:'以兵降城,以众图财,不仁。且吾闻之,人君者,宽惠慈众,不身传诛。'令舍之。"公曰:"善!"晏子退,公令出斩竹之囚。①

在这里,晏子并没有明确说景公囚伐竹者有错,而只说是以先君丁公对待"舆死人以出者"的态度如何,使景公自明过错。但如果单独看晏子谏景公的那段话,我们便会觉得在讲述丁公的宽惠慈爱。

因为礼乐制度的伦理原则贯彻到社会生活的各个方面,因而,这种"讽"的言说方式也普遍存在于先秦社会的各种性质行为的言说之中,而又以政坛的言说为甚。《毛诗序》说诗"主文而谲谏",可知诗集中地体现着"讽"这种言说方式。所以,我们解读《诗经》,不能完全从文本出发,也不要轻易怀疑《毛诗序》。20世纪以来,《诗经》研究者受朱熹《诗经集传序》"所谓风者,多出于里巷歌谣之作,所谓男女相与咏歌,各言其情者也"说的影

---

① 张纯一:《晏子春秋校注》,中华书局1954年版,第41页。

响，以为《诗经》中的“国风”为民歌，目的不外乎抒写个人的情感，犯的都是“唯文本”的错误。我们应该可以肯定，《诗经》中的诗绝大部分都为限定时空的神坛、政坛言说。

周代各种体裁的文字是构成周代“文坛”的根本要素，根据先秦的典籍所载，周代的文体有歌、诗、赋、史、志、颂、论、说、诰、箴、铭、祝、书、卜辞、盟、檄、寿辞、誓、令、策、命、诔等等。但以功用分，除民间的歌谣之外，其他基本都是政坛的常用文体。

先秦诗这种被认为最具纯文学性质的文学体裁都以政坛言说的实用文体被使用，史、志、论、说、诰、箴、铭、祝、书、卜辞、盟、檄、寿辞、誓、令、策、命、诔等，自然不必多言。其中的书、论、说、箴、铭、诔等虽不是政坛言说的专门文体，但却广泛地用于政坛言说，也是存在于礼乐政坛的言说之中的。西周春秋时期，士大夫之外并不存在一个独立地从事诗赋史论创作的阶层，尤其是赋、史、论等，言说主体必是知识阶层；而那个时代，知识阶层也大多是身份为国家官员的士大夫。《诗经·定之方中》毛传曰：

> 建邦能命龟，田能施命，作器能铭，使能造命，升高能赋，师旅能誓，山川能说，丧纪能诔，祭祀能语。君子能此九者，可谓有德音，可谓为大夫也。①

能命龟、能施命、能铭、能造命、能赋、能誓、能说、能诔、能语，便可以为大夫，不仅是说这些是大夫所应具有的口头和文字表达能力，亦是说这些言说都在礼乐政治言说的范畴。从《周礼》所载看，包括史、论、策、命、箴等等，也都为那时官吏的职守。如《春官》说，大卜卜筮，“颂皆千有二百”，颂即繇辞。大祝掌六祝之辞，需作祠、命、诰、会、祷、诔六辞以通上下，亲疏远近。诅祝应能“作盟诅之载辞”。至于史、志、策、命等，则是大史、小史、内史、外史的职能。如内史“掌叙事之法”，“凡命诸侯及孤卿大夫，则策命之”。外史掌书外令，“若以书使于四方，则书其令”。而论也不外乎礼乐政治君臣

① 《毛诗正义》卷三，《十三经注疏》本，中华书局 1980 年版，第 316 页。

关系的言说。诸如《国语·周语上》所载“祭公谋父谏穆王征犬戎”,“内史过论神”,《晋语一》所载“史书论骊姬必乱晋”等等,也都是礼乐政治的言说。

章学诚《文史通义·卷二·内篇二》认为“以文字为著述,起于官师之分职,治教之分途”。“六经皆器”,“《易》之为书,所以开物成务,掌于《春官》太卜,则固有官守而列于掌故矣。《书》在外史,《诗》领大师,《礼》自宗伯,乐有司成,《春秋》各有国史”;“盖以学者所习,不出官司典守,国家政教;而其为用,亦不出于人伦日用之常”。因而“政教典章,人伦日用之外,更无别出著述之道”,所以,他在《校雠通义·原道》中曾说夏商周三代:

有官斯有法,故法具于官;有法斯有书,故官守其书;有书斯有学,故官传其学;有学斯有业,故弟子习其业。官守学业,皆出于一,故天下以同文为治,故私门无著述文字。①

所谓“私门无著述”,即是说一切文字作品皆出于政治形态。因而,章学诚的这段话不仅历史地总结了那时各种实用文字体裁的起源,指出了三代学在官府这一不同于后代的现象,也指出了那时“文”在政坛的特点,说明那时“文坛”隶属于礼乐政坛言说的本质。

春秋晚期,宗族政治体系逐渐瓦解,官僚制度开始出现,私学兴起,平民有了接受教育的权利,知识阶层不再仅由贵族构成。那时虽然也出现了一些不曾在朝廷有过任何官职的士人,诸如孔子的学生颜回。孔子的学生子夏也说:“仕而优则学,学而优则仕。”②“学而优”才能做官,可见,并不是凡有文字能力的人都能做官。但先秦,尤其是战国以前,像颜回这样不曾有过爵禄的士却是不多的。那时的知识阶层并不是一个如同古希腊知识阶层一样的独立阶层,而是依附于统治阶级而存在。如战国中晚期的著名文人驺衍、淳于髡、田骈、接舆、慎到、环渊等七十六人,都被齐宣王请进了稷下学

---

① 《章学诚遗书·校雠通义》,文物出版社1985年版,第95页。

② 朱熹:《论语集注》卷十,中华书局1983年版,第190页。

宫，“皆赐列第，为上大夫，不治而议论”。① 而且，他们生命的价值取向也更多直接指向政治，追求的是以知识博取政治功名。如《史记·孟子荀卿列传》说：

> 自驺衍与齐之稷下先生如淳于髡、慎到、环渊、接子、田骈、驺奭之徒，各著书言治乱之事，以干世主，岂可胜道哉！②

“各著书言治乱之事，以干世主”，将他们著书的目的、功用和性质说得再清楚不过。可知，除像庄子这样极少数知识分子外，战国像墨子、孟子、韩非以及纵横之士，无不在为政治功名而拼搏。他们要博得政治功名，则必须以政治言说去展示政治才华，获得统治者的青睐。他们的言说则必定是政治言说。所以，《墨子》、《商君书》、《孟子》、《荀子》、《韩非子》、战国纵横家等的言说，无不是以政治为本位。战国中晚期，也确实存在着一个政坛之外的“文苑”，《楚辞》中屈原的创作和宋玉的部分作品，如《九辩》显然独立于政坛之外，但这只是一个特例。

春秋以来，神坛、政坛作为国家言政场所的同时，统治者在享乐意识的作用下，将此前神坛、政坛歌舞娱神和以乐为礼的功能转换为娱乐自己，使其成为最高统治者的享乐之地。《战国策·赵策二》载苏秦说当时的统治者“高台，美宫室，听竽瑟之音，察五味之和，前有轩辕，后有长庭，美人巧笑”③。政坛在被统治者掀掉罩在它上面的神秘而神圣的光环后，作为生活场所的性质便突出出来，台上的所作所为便不必一定神圣庄严。于是，娱乐的气息在台上蔓延开来。而且，统治者在台上的享乐，并非仅是听听音乐，看看歌舞；他们的身边，还豢养着一大批供其作乐的倡优。《管子·小匡》载，齐襄公喜爱于“高台广池，湛乐饮酒”，“倡优侏儒在前，而贤士大夫在后”。这些倡优大多有着很好的口才，说话富有文采，灵活善变，有如《史

① 司马迁：《史记·田敬仲完世家》，中华书局 1959 年版，第 1895 页。
② 司马迁：《史记·孟子荀卿列传》，中华书局 1959 年版，第 2346 页。
③ 刘向集录：《战国策》，上海古籍出版社 1985 年版，第 640 页。

记·滑稽列传》索隐述赞曰:“滑稽鸱夷,如脂如韦;敏捷之变,学不失词。”他们以笑言来取悦君主。这些笑言不仅生动活泼,而且大都很有文采。《史记·滑稽列传》记有淳于髡与齐威王的一段对话:

> 威王曰:“先生饮一斗而醉,恶能饮一石哉!其说可得闻乎?”髡曰:“赐酒大王之前,执法在傍,御史在后,髡恐惧俯伏而饮,不过一斗径醉矣。若亲有严客,髡帣鞲鞠跽,侍酒于前,时赐余沥,奉觞上寿,数起,饮不过二斗径醉矣。若朋友交游,久不相见,卒然相睹,欢然道故,私情相语,饮可五六斗径醉矣。若乃州闾之会,男女杂坐,行酒稽留,六博投壶,相引为曹,握手无罚,目眙不禁,前有堕珥,后有遗簪,髡窃乐此,饮可八斗而醉二参。日暮酒阑,合尊促坐,男女同席,履舄交错,杯盘狼藉,堂上烛灭,主人留髡而送客,罗襦襟解,微闻芗泽,当此之时髡心最欢,能饮一石。故曰酒极则乱,乐极则悲,万事尽然。”①

这段话文采斐然,引人入胜。说者要使听者得到愉悦,说者在言说目的方面已赋予了这种言说以审美性和娱乐性,使得言说话语从理性而枯燥的政治言说中解放出来,注意生动、形象和趣味,逐渐向审美言说过渡。

但是,他们的这些言说并没有脱离政治言说的本质。它不仅依然是君臣关系的言说,虽有诙谐的说笑,但政治言说的目的却依然支配整个言说。如楚庄子时的优孟,穿戴孙叔敖的衣冠,往见庄王,演唱《优孟歌》,②虽然非常滑稽,但如同前引淳于髡以酒来劝谏齐威王“酒极则乱,乐极则悲”的道理一样,诙谐滑稽中带着庄严的政治规劝。

因而,从整体的情况看,周代的“文坛”实际上是以神坛、政坛之“坛”为坛,隐含于神坛和政坛之中,礼乐政治形态之外没有的独立的“文学”形态。所谓“文学”都只不过是作为政治形态的实用言说而存在于礼乐的言说之中,从属于神坛和政坛,是宗教和政治的产物,仅仅作为一种具有实用目的

① 司马迁:《史记·滑稽列传》,中华书局1959年版,第3199页。
② 司马迁:《史记·滑稽列传》,中华书局1959年版,第3201页。

的工具而服务于神坛和政坛的言说,从没有被赋予独立的价值和地位。

二、主体的"自主性"剥夺

先秦文坛的言说主体即神坛、政坛言说主体——礼乐政治的价值形态将言说主体的自我实现拘限在礼乐政治方面——追求富贵使文人产生了对统治阶级的身心皈依——选举制度将言说主体的独立性完全剥夺——士大夫不过是具有一定特权的"奴隶"

先秦文坛隐含于神坛、政坛,使神坛、政坛的言说原则全面地渗透入文坛的言说之中,对文坛言说形成全面的制约。这种制约,首先表现在对言说主体的自主性剥夺方面。

人都以个体的形式存在于群体之中,其自我价值亦必在群体之中实现。因而,人也总存在着对群体的依附,但这种依附并不是人身的依附。在一个多元价值的社会,个体的人生价值的实现也具有多元的选择。价值选择的多元,使个体不会因价值实现的需求因依附于某一价值标准而导致对某一集团的人身依附。但在周代乃至中国整个封建社会,礼乐制度作为政治制度磅礴于经济、法律、伦理道德、文学艺术等各个领域,其价值取向成为整个社会的唯一价值目标和话语标准,制约着整个社会的价值取向。统治阶级在控制这一话语权的同时,成功地将整个社会的价值取向限定在礼乐的实践方面,形成了一个一元社会价值体系。

礼乐制度的价值取向是一种政治伦理道德的价值取向。礼乐贯穿于政治、伦理、道德层面,形成一个三维相融的价值建构,因而,政治价值的实现与伦理道德的完善互为一体。但西周之前,人们的价值取向还基本限定在建功立业方面。诸如后羿射日等神话表现出来的那种英雄崇拜意识所体现的,仅是对种族部落生存和发展的功业取向,所谓功业并不专指政治成就。《国语·鲁语上》载展禽谈先王确立祭祀的对象时曰:

夫圣王之制祀也,法施于民则祀之,以死勤事则祀之,以劳定国则祀之，能御大灾则祀之，能捍大患则祀之。非是族也，不在祀典。昔烈山氏之有天下也，其子曰柱，能殖百谷百蔬；夏之兴也，周弃继之，故祀以为稷。共工氏之伯九有也，其子曰后土，能平九土，故祀以为社。黄帝能成命百物，以明民共财，颛顼能修之。帝喾能序三辰以固民，尧能单均刑法以仪民，舜勤民事而野死，鲧鄣洪水而殛死，禹能以德修鲧之功，契为司徒而民辑，冥勤其官而水死，汤以宽治民而除其邪，稷勤百谷而山死，文王以文昭，武王去民之秽。①

英雄崇拜意识的核心是人的生命价值取向。能御大灾，后稷能殖百谷百蔬，后土能平九土，帝喾发明历法确定农时，鲧、禹治水等，都是指农业和抗击自然灾害方面的功绩。从对这些功业的崇拜看，那时人们的生命价值取向并不限于政治一端。但是，我们注意到，对这些功业的崇拜却都与国家政治关联着，人们的生命价值取向已开始确立于政治方面。《左传》襄公二十四年载鲁穆叔说：

大上有立德，其次有立功，其次有立言。虽久不废，此之谓不朽。②

在人们的观念中，"立德"是道德的修养与完善。固然，早期的"德"有着道德的含义，但"立德"的核心内涵还在"法施于民"。这是西周早期的统治者在总结殷商的灭亡和周之所兴时而确立的一种政治价值标准。所以，西周的统治者一再强调，"德"为政治的根本，要"明德慎罚，不敢侮鳏寡。庸庸，祗祗，威威，显民，用肇造我区夏"③。主张以"德"来治理人民，强盛国家。如唐孔颖达《左传正义》曰："立德，谓创制垂法，博施济众。圣德立于上代，惠泽被于无穷。"④因而，"立德"的价值取向依然指向了政治的目标，只不

① 徐元诰：《国语集解》，中华书局2002年版，第155—156页。

② 杜预：《春秋左传集解》，上海古籍出版社1977年版，第1011页。

③ 《尚书正义》卷十四，《十三经注疏》本，中华书局1980年版，第203页。

④ 杜预注，孔颖达疏：《春秋左传正义》，《十三经注疏》本，中华书局1980年版，第1979页。

过这主要是针对圣人而言，一般的士大夫并不具备这种资格。

春秋战国时期，士大夫的道德修养被提上了政坛的议事日程。但修身并非仅仅为着道德的自我完善。“修身、齐家、治国、平天下”，在礼乐政治形态中是一个完整的政治架构。修身为治国、平天下的根本，故道德修养的佼佼者总是被视为“贤”而成为政治官员的选拔对象。于是，通过道德修养而获得爵禄也成为了士大夫入仕的道途。如墨子说：士“皆好仁义，淳谨畏令，则家日益、身日安、名日荣，处官得其理矣”①。荀子亦谓：

有能化善、修身、正行、积礼义、尊道德，百姓莫不贵敬，莫不亲誉；然后赏于是起矣。是高爵丰禄之所加也，荣孰大焉！②

有道德则能获得名誉，有名誉则高爵丰禄，身家俱荣。可见，士大夫强调道德修养，目的并不在道德本身，价值所指，依然是功名利禄、富贵荣华。

至于“立功”，其价值则完全在政治中实现。《说文》云：“功，以劳定国也。”即通过人力，诸如拓展疆土，战胜他国的进攻和自然灾害，通过一定的措施使国家富强等。到春秋战国时代，“立功”似乎已将远古神话改造自然和立足于人类生活质量提高的诸如发展农业生产、科学发明等摒弃在外，只剩下政治一途。所以，那时人们言“功”，总与君臣关系结合在一起。如《礼记·燕义》：“臣下竭力尽能以立功于国，君必报之以爵禄。故臣下皆务竭力尽能以立功，是以国安而君宁。”③《荀子·致士》说：“上文下安，功名之极也。”④《韩非子·主道》曰：“群臣陈其言，君以其言授其事，事以责其功。”⑤因而，尽管那时在冶炼、铸造、纺织、建筑等方面有着辉煌的成就，其成果广泛用于当时军事、政治和统治阶级的日常生活，但都没有成为社会的价值追求。故不管是《周书》还是《左传》、《国语》，除记载那些以才治国和

① 孙诒让：《墨子閒诂》卷一，中华书局1954年版，第10页。
② 王先谦：《荀子集解》卷十，中华书局1954年版，第190页。
③ 《礼记正义》卷六十二，《十三经注疏》本，中华书局1980年版，第1690页。
④ 王先谦：《荀子集解》卷九，中华书局1954年版，第174页。
⑤ 王先慎：《韩非子集解》卷一，中华书局1954年版，第20页。

军功的人物事迹外，绝少有农、工、商方面的记述。《论语·子路》记"樊迟请学稼，子曰：'吾不如老农。'请学为圃。曰：'吾不如老圃。'樊迟出。子曰：'小人哉，樊须也！上好礼，则民莫敢不敬；上好义，则民莫敢不服；上好信，则民莫敢不用情。夫如是，则四方之民襁负其子而至矣，焉用稼？'"①从子夏说"学而优则仕"，从战国诸子奔走于各路诸侯，可见孔子的话并不只是他自己独特的价值选择；进入仕途，服务于国家政治是那时人们价值实现的唯一途径。所以，孟子说："士之失位也，犹诸侯之失国家也。""士之仕也，犹农夫之耕也，农夫岂为出疆舍其耒耜哉？"②

对于"立言"，《春秋左传注疏》卷三十五孔疏云："老、庄、荀、孟、管、晏、扬、墨、孙、吴之徒，制作子书；屈原、宋玉、贾逵、扬雄、马迁、班固，以后撰集史传及制作文章，使后世学习，皆是立言者也。"③而杜预注只列举史佚、周任、臧文仲。显然，孔疏并不符合杜注之意。杜注所谓"立言"，并非指一切言论文章。《左传》僖公十五年曾载："史佚有言曰：'无始祸，无怙乱，无重怒，重怒难任，陵人不祥。'"文公十五年又载其言："兄弟致美，救乏，贺善，吊灾，祭敬，丧哀，情虽不同，毋绝其爱亲之道也。"昭公五年载："周任有言曰：'为政者不赏私劳，不罚私怨。'"隐公六年又载其言："为国家者，见恶如农夫之务去草焉，芟夷蕴崇之，绝其本根，勿使能殖。"从其内容看，都是有关政治和伦理道德的格言，价值取向为礼乐政治，而非孔颖达所谓包括文章制作。如果说，战国诸子将其著述理解为立言，而战国诸子也是以政治道德之言为本，政治价值为其基本取向，其目的也不外乎通过所"言"而向君主献策，以求得仕途的进取。

可见，立德、立功、立言三者虽途径不一，但价值目标却都指向了仕途。

周代士大夫这一价值取向的确立，与周代礼乐政治制度的导向密切相关。周代的礼乐制度不仅是政治官僚制度，同时也是一种分配制度。等级不同，获得的生产生活资料也大不同。《礼记·王制》说：

---

① 朱熹：《论证集注》卷七，中华书局1983年版，第142页。

② 朱熹：《孟子集注》卷六，中华书局1983年版，第266页。

③ 杜预注，孔颖达疏：《春秋左传正义》，《十三经注疏》本，中华书局1980年版，第1979页。

王者之制禄爵，公、侯、伯、子、男，凡五等。诸侯之上大夫卿、下大夫。上士、中士、下士，凡五等。天子之田方千里，公侯田方百里，伯七十里，子男五十里。不能五十里者，不合于天子，附于诸侯，曰附庸。天子之三公之田视公、侯，天子之卿视伯，天子之大夫视子男，天子之元士视附庸，制农田百亩。百亩之分，上农夫食九人，其次食八人，其次食七人，其次食六人，下农夫食五人。庶人在官者，其禄以是为差也。诸侯之下士视上农夫，禄足以代其耕也。中士倍下士，上士倍中士，下大夫倍上士。卿四大夫禄，君十卿禄；次国之卿三大夫禄，君十卿禄。小国之卿倍大夫禄；君十卿禄。①

但是，这不仅仅是爵禄和物质生活的差异，更为重要的，是这物质生活和爵位的差异掩盖着的人的社会地位、价值和自身人格尊严的差异。在宗法等级制度下，按照礼制，物质生活资料的占有和享受是与人在社会中的地位等级密切相关的；地位越高，占有的物质生活资料便越丰富，人也更有尊严。《礼记·内则》曾说：

嫡子、庶子，祗事宗子宗妇，虽贵富，不敢以贵富入宗子之家；虽众车徒，舍于外，以寡约入。子弟犹归器，衣服、裘衾、车马，则必献其上，而后敢服用其次也。若非所献，则不敢以入于宗子之门，不敢以贵富加于父兄宗族。若富，则具二牲，献其贤者于宗子。夫妇皆齐而宗敬焉，终事而后敢私祭。②

嫡子、庶子虽为兄弟，地位和尊严却有这大的不同。地位越高，越能得到人们的敬仰。于是，物质生活不再仅仅为纯粹的物质享受，而是具有了表现人的社会价值的性质，总与个体人生的荣耀融合在一起。

物质生活的丰富和人生的荣耀具有着极大的诱惑。战国中晚期，庄子

① 《礼记正义》卷十一，《十三经注疏》本，中华书局1980年版，第1321—1322页。
② 《礼记正义》卷二十七，《十三经注疏》本，中华书局1980年版，第1463页。

在纷繁的社会现象和众人对于功名的追求中发现了人的异化，认为功名爵禄都不过是人的枷锁，唯一的作用就是使人成为它的奴隶。而人的本质是"一而不党，命曰天放"①。人应该像山泽之中的野鸡，十步一啄，百步一饮，放旷逍遥，而不能做那樊笼中的山鸡，吃喝有人供给而毫无自由可言。他以"无功"、"无名"的价值哲学去解构传统的价值取向，说：

> 所谓得志者，非轩冕之谓也，谓其无以益其乐而已矣。今之所谓得志者，轩冕之谓也。轩冕在身，非性命也，物之傥来，寄者也。寄之，其来不可圉，其去不可止。故不为轩冕肆志，不为穷约趋俗，其乐彼与此同，故无忧而已矣！今寄去则不乐。由是观之，虽乐，未尝不荒也。故曰：丧己于物，失性于俗者，谓之倒置之民。②

"丧己于物，失性于俗"，即是为得到"轩冕"，被其所驱使而丧失了"人"的本质。庄子的认识无疑是极为深刻的，故也有诸如荷蓧丈人、楚狂接舆等隐逸之士。但尽管仕途的道路并不平坦，有夺、废、诛杀的等待，更多的士大夫如儒家、法家、墨家、纵横家、兵家之类却始终将价值的实现锁定在仕途。

但是，并不是士人们想做官就能走上仕途的，尤其是高官。西周时期，为保证血缘关系的利益，实行的是世禄、世官的选官制度。所谓世族，是指宗法血缘关系中的"大宗"、"小宗"的嫡长子，不用选举而世代继承宗族族长这一宗族领袖的地位。所谓世禄，即天子、诸侯、大夫、士之世族世世代代享有禄位，它"包括对封地、人民、对本家族的赐土、奴隶和依附人等等财产的世袭占有和剥削统治的权力"。③ 世族的领袖享有世禄，同时，也自然世袭这一宗族封地的最高官职。所谓世官，即国家行政机构的首领。他们由贵族担任，而且大多为世袭，故称之为世官。

世官更多的是在贵族内部选拔产生，但并不是说凡贵族都能做官。西

---

① 郭庆藩：《庄子集释》卷四中，中华书局 1961 年版，第 334 页。
② 郭庆藩：《庄子集释》卷六上，中华书局 1961 年版，第 558 页。
③ 《中华文明史》第 2 册，河北教育出版社 1992 年版，第 28 页。

周的官员总称之为“士”，故有“卿大夫总皆号为士”的说法。①《诗经·清庙》曰：“济济多士，文王以宁。”孔颖达疏云：“济济之众士，谓朝廷之臣也。”所谓“多士”，即是包括卿大夫在内的各级官员。所以，后来那些在位的诸侯供职于王廷，被称之为“卿士”，如《左传》僖公五年：“虢仲、虢叔，王季之穆也，为文王卿士。”襄公十年载：“单靖公为卿士，以相王室。”而诸侯之大夫，见周王亦称“士”。《礼记·曲礼下》曰：“列国之大夫入天子之国，曰某士。”故先秦众多典籍“士大夫”连言，如《左传》昭公三十年：“虽士大夫，有所不获数矣。”《墨子·亲士》：“昔诸侯倦于听治，息于钟鼓之乐；士大夫倦于听治，息于竽瑟之乐。”《仪礼·士相见礼》：“凡自称于君，士大夫则曰下臣。”可见，“士”兼含“大夫”。虽然“大宗”和“小宗”的世袭不可改变，但“士”却有“已命”与“未命”的区别。“已命”之士即为出仕之士，“未命”之士则被称之“庶士”。庶士包括那些公侯大夫之未出仕者。他们虽无官职，但有贵族的地位，有出仕的资质，如果德才兼备，便可晋爵任官。《礼记·射义》载：

古者天子之制，诸侯岁献贡士于天子，天子试之于射宫。②

如果被试者行为符合礼乐规范，而射多中者，就能参与祭祀。相反则“不得与于祭”。多次参与祭祀就能“晋爵”，反之就会受到责问，并“削地”。《礼记·王制》说，司徒有一项职责，就是“命乡论秀士，升之司徒，曰选士。司徒论选士之秀者，而升之学。”“大乐正论造士之秀者，以告于王，而升诸司马，曰进士。”司马然后“辨论官材，论进士之贤者，以告于王，而定其论。论定，然后官之，任官，然后爵之。位定，然后禄之。”③《国语·齐语》曾载齐国也实行“三选”制度，“桓公令官长期而书伐，以告且选，选其官之贤者而复用之”，若有人“有功休德，惟慎端悫以待时，使民以劝，绥谤言，足以补官

① 《周礼注疏》卷三十一贾公彦疏，《十三经注疏》本，中华书局 1980 年版，第 849 页。

② 《礼记正义》卷六十二，《十三经注疏》本，中华书局 1980 年版，第 1687 页。

③ 《礼记正义》卷十三，《十三经注疏》本，中华书局 1980 年版，第 1342—1343 页。

之不善政"，桓公就召来面谈，若"訾相其质，足以比成事，诚可立而授之。设之以国家之患而不疚，退问之其乡，以观其所能而无大厉"，就升其"为上卿之赞"。因而，士虽为贵族中地位最低下者，但通过自己的努力，也可以进入卿大夫之列。而已仕之士，若有政绩，也可升迁。如"公叔文子之臣大夫僎，与文子同升诸公"①。"子伯季子初为孔氏臣，新登于公。"②都是由家臣而入诸侯之朝为大夫。

但士出仕后，并不是就可终身为官，如果政绩不佳，其官与爵，都可废夺。如《左传》桓公五年载"王夺郑伯政"，昭公元年载"莒展舆立而夺群公子秩"，《论语·宪问》说管仲"夺伯氏骈邑三百"。从《论语·先进》载孔子说自己"从大夫之后"，可见他曾为大夫，而《论语·子罕》载他重病，子路为他准备丧事使门人为臣时，他却不再是大夫。所以，孟子说："士无世官。"③

春秋中晚期到战国时代，诸侯争霸，人才在那个诸侯混战的时代成为国家兴衰的一个重要条件，加之郡县制的产生，一个选举不论出身、身份的新选官制度，在宗法制度下的世族、世禄、世官世袭制开始逐步解构的过程中逐渐建构而成。

春秋中晚期，随着一批诸侯在争霸中失去了诸侯的地位，许多的宗族走向没落，如被晋所灭之潞，被莒所灭之鄫，楚所灭之陈、蔡等等。他们有些虽为异姓诸侯，但原也是贵族；被灭之后，没有了宗族的依托，便只得屈求异姓诸侯的豢养。还有一部分贵族，在本国因竞争受到迫害，被迫投入他姓诸侯的怀抱，如伍子胥等。这部分贵族在他国则没有世袭的特权，大多只能领取谷禄，而没有封邑。此外，郡县的设立，在任官方面则完全打破了世袭制度。郡县长官由国君任命或罢免，郡县不是采邑，长官同样只领取谷禄，只有接受中央的命令、征集赋税、训练军队、治理地方的权力。

这种情况，战国时代更为普遍。由于私学普及带来了士阶层的发展壮大和各诸侯之间的竞争更为激烈，社会结构的地缘性质日益强化，而血缘性

① 朱熹：《论语集注》卷七，中华书局 1983 年版，第 154 页。

② 杜预：《春秋左传集解》，上海古籍出版社 1977 年版，第 1818 页。

③ 朱熹：《论语集注》卷十二，中华书局 1983 年版，第 344 页。

质更趋减弱。国君任官虽没有完全抛弃宗法世袭残余,但春秋时期发展而来的选贤任能已成为主流。战国时期曾掀起一股变法的潮流,这变法的核心内涵,就是扫荡宗法世袭制度的残余,建立选贤任能的选举及其与之相适应的分配制度。如魏文侯采纳李悝的建议:“食有劳而禄有功,使有能而赏必行,罚必当。”“夺淫民之禄以来四方之士”;规定“其父有功而禄”,若其子无功则不得享受其夫的爵禄财富。[①] 楚悼王起用吴起变法,将在魏实行的那一套变法措施用于楚国,“明法审令,捐不急之官,废公族疏远者,以抚养战斗之士”[②]。秦用商鞅、韩用申不害,无不如此。在那个时代,“贤圣之君不以禄私其亲,功多者授之,不以官随其爱,能当之者处之。故察能而授官者,成功之君也”[③],是一种普遍的观念。故那时对于官吏的考核也更为严格。《荀子·王霸》说:

> 相者,论列百官之长,要百事之听,以饰朝廷臣下百吏之分,度其功劳,论其庆赏,岁终奉其成功以效于君。当则可,不当则废。[④]

国相亲自主持官吏的考试,决定官吏的升迁与罢黜,有功则赏,不称职者则免。

周代政坛的任官制度,对其言说主体的生存状态起着极为深刻的影响。在世族世禄制度时,言说主体有着众多的特权。他们有着固定的丰厚的经济来源,生活优裕而闲适。那些高级贵族不必说,就是处于最低层的士,其生活的质量也不用“劳力”,如《左传》桓公二年载:“士有隶子弟。”《国语·晋语四》载:“大夫食邑,士食田。”《礼记·王制》亦说:“诸侯之下士禄食九人,中士食十八人,上士食三十六人。”但是,这并不是说他们全无压力。世袭制度下辅以选拔的选官制,不仅给世袭制注入了一定的活力,在一定的程度上平衡着高级贵族和下层贵族之间的生产、生活资料的分配,调和着他们

① 《说苑》卷七,文渊阁《四库全书》本,第696册,第60页。

② 司马迁:《史记·孙子吴起列传》,中华书局1959年版,第2168页。

③ 刘向辑录:《战国策·燕策二》载乐毅语,上海古籍出版社1985年版,第1104页。

④ 王先谦:《荀子集解》卷七,中华书局1954年版,第146页。

因严格的等级而带来的矛盾，同时，也给言说主体带来了一定程度上的竞争。作为上层贵族，也存在着废爵夺官的境况。如楚子文"三仕为令尹"又"三已之"。① 而下层贵族则不仅存在着因严格等级制度而带来的物质生活方面的等差，也存在着地位和人格尊严等方面的差异。世袭制度下辅以选举的选官制虽给下层贵族带来了爵禄升迁的机会，但也同样存在着失去原有爵禄或升迁后得到的爵禄的时候。

战国时期，专制主义官僚制度逐步完善，使言说主体始终处于一种官位和物质生活的动态之中。下层的士可以通过军功或建言献策进入政坛，甚至于进入高层。如《吕氏春秋·博志》载："宁越，中牟之鄙人也，苦耕稼之劳，谓其友曰：'何为而可以免此苦也？'其友曰：'莫如学。学三十岁则可以达矣。'宁越曰：'请以十五岁。人将休，吾将不敢休；人将卧，吾将不敢卧。'十五岁而周威公师之。"②慎到、田骈、接子、环渊、驺奭等，齐王"皆命曰列大夫，为开第康庄之衢，高门大屋，尊宠之"。但是，他们也时刻面临着罢黜的危险。如荀子，在齐为祭酒，"齐人或谗荀卿，荀卿乃适楚，而春申君以为兰陵令"，而春申君一死，荀卿也被废黜。③

这一种爵禄的动态建构不仅使言说主体的生活处于优劣的动态之中，更为重要的是使言说主体处于强烈竞争状态。人不能超越最基本的需求。富能解决物质生活的需求，贵则表现着自我价值的实现。所以孔子也说"富与贵是人之所欲"，"贫与贱是人之所恶"。④ 在那个时代，他们必须坚守官场并占据"贵"的维度去获得人格的尊严和"富"的强度，以表现自我的价值实现高度。春秋中晚期以来的官僚制度将言说主体置之于"度其功劳，论其庆赏"，"当则可，不当则废"的境况之中，他们也就必须全力适应政坛的一切游戏规则，以保存竞争的优势。《礼记·礼运》曾说："百姓则君以自治也，养君以自安也，事君以自显也。"作为官吏，要"自安"则必须"养君"，要"自显"则必须"事君"，生活和自我价值的实现都和君主连在一起而

① 朱熹：《论语集注》卷三，中华书局1983年版，第80页。

② 高诱注：《吕氏春秋》卷二十四，中华书局1954年版，第315页。

③ 司马迁：《史记·孟子荀卿列传》，中华书局1959年版，第2348页。

④ 朱熹：《论语集注》卷二，中华书局1983年版，第70页。

丝毫不能自主。

世族世禄制度下有限的选举和春秋中晚期以来的中央选举制度的确立,给士大夫们带来了仕途上加官晋爵的机遇,但这并非最高统治阶级送给士大夫们的优质礼品。与其说最高统治者在一定的程度满足了中下层士大夫对于富贵的愿望,还不如说最高统治者利用士大夫所具有的人的基本需求,剥夺士大夫们作为人而应该具有的个体身份,将他们完全拘禁在自己的周围,使其成为自己的具有一定特权的"奴隶"。可以说,在君主专权的政治制度中,任何"给予"并非"施予",而是以"剥夺"为目的。换言之,选举不过是最高统治者借以最大限度地剥夺臣下独立、自由和个性的一种手段。

中国古代,不管是实行宗法封建制还是中央集权制,君主都拥有至高无上的权力。夏、商、西周凭借着政坛所赋予他们的地位,君主把握了对于天地的祭祀权力。这一权力的获得,使他们将天地鬼神的崇拜转化为君主崇拜,赋予自己"上天之子"的身份。盘庚迁殷,自言"天其永我命于兹新邑";周人灭商,《尚书·康诰》说是"天乃大命文王,殪戎殷"。君王"天子"身份的获得,赋予了君王意志为自然和社会规律集中体现的意义。"天"是最高的存在,是天地间一切秩序的体现,具有最高的神圣性。"天子"为"上天之子",秉承着"天"的意志,为"天"在人间的代言者,其意志自然也是"绝对真理"。于是,君主的绝对权威在这理论的不断强化过程中得以确立并不断强化。

但是,这一种权力如果不借具体的措施去落实,也只是一种虚拟的存在。而要落实这种至高无上的权力,对于臣下进行完全的控制,莫过于通过控制时人普遍的价值追求来引诱他们,使其成为傀儡,而对于臣下实行有效控制莫过于对其爵禄的给予和剥夺。世族世禄制度下的"废、夺",中央集权制下的选举,正是这种王权借"给予"和"剥夺"控制臣民最为行之有效的一种手段。"废、夺"和选举的这一性质,商鞅说得再清楚不过。他认为,"人情好爵禄而恶刑罚",都向往"荣"、"显","不荣"则士大夫"不急"位;而"列位不显,则民不事爵",不依附于君主。因而,聪明的君主应"惟爵其实,爵其实而荣显之"。这样,士大夫就会"必尽力以规其功"①,全心全意地为

① 《商君书·错法》,中华书局1954年版,第19页。

君主卖命。所以,在那个时代通过爵禄的给予与剥夺来控制士大夫被统治者看作法宝。如《周礼·天官·冢宰》说:

> 以八柄诏王驭群臣:一曰爵,以驭其贵。二曰禄,以驭其富。三曰予,以驭其幸。四曰置,以驭其行。五曰生,以驭其福。六曰夺,以驭其贫。七曰废,以驭其罪。八曰诛,以驭其过。①

也许是这一手段行之特别有效,《管子·任法》亦给予了充分的肯定:

> 故明王之所操者六:生之杀之,富之贫之,贵之贱之;此六柄者,主之所操也。②

顺君主者给予爵禄富贵,加以亲幸;逆君主者,便会被视为罪过,被废被诛。由于君主把握着政治的话语权,功过的标准完全由君主根据自己的意志和为保证自己的最大权益而制定,作为臣下唯有遵从这标准的权利,否则,便会被废被诛,不光失去爵禄,甚至身家性命不保。于是,臣下的进退左右便完全操持在君主手中。他们虽有人身的自由,却难以自主,而只有紧紧地依附于君主,做忠实的牛马,方能在维护统治者的最大利益的同时获得自己富贵。

因而,先秦时期,不管是世族世禄时期还是中央集权制时代,士大夫都是一个被严格限制的言说主体。选举为统治者给士大夫戴上了第一道枷锁,将士大夫拘限在身旁,使得士大夫必须依附于君主才能获得较大的生存空间。而由礼乐和中央集权制而产生的政治和道德的价值追求,则在心理的层面为士大夫们依附君主化解了士大夫对君主的离心力,完成了士大夫对于君主的心理皈依。由于这政治和道德的价值取向都建构在君主政治的基础之上,士大夫的个体的价值追求和统治者对于士大夫控制的目的完全

① 《周礼注疏》卷二,《十三经注疏》本,中华书局 1980 年版,第 646 页。
② 戴望:《管子校正》卷十五,《诸子集成》本,中华书局 1954 年版,第 257 页。

同一，于是，外在的礼乐制度、选举对士大夫的强制和士大夫政治、道德价值追求而形成的心理诉求结构为一体，对士大夫构成全面的制约，使他们在思维、行为、言说不离那个在政治、社会和家庭伦理坐标中的定位，从而使他们身心的自主性完全丧失，囿于礼乐政治形态的一切规范之中。

三、礼乐政治言说的伦理原则

礼乐的本质是伦理等级秩序——礼乐政治形态的言说原则为伦理原则——战国礼的等级制度从没崩坏——身份的差异而形成等级言说原则——话语的等级性——合礼的言说必庄敬而“辞顺”

周代的礼乐政治以选拔机制将政坛言说主体的自主性剥夺，使其死心塌地地依附于统治阶级，将自我实现固定在政治一途。但是，礼乐政治对于言说主体言说的限定，主要还是通过礼乐等级制度的伦理原则来实现。

原始社会，没有阶级和等级，因而，那时也不可能有伦理等级意识，如《吕氏春秋·恃君篇》说：“昔太古尝无君矣，其民聚生群处，知母不知父，无亲戚兄弟夫妻男女之别，无上下长幼之道，无进退揖让之礼。”但礼乐制度却是一种严格的等级制度，等级爵位不同，决定着他们之间的臣属关系，也决定了禄的差异，本质及其价值取向是君臣、父子、夫妇、兄弟、官吏之间的伦理等级规定。《左传》昭公七年载：“王臣公，公臣大夫，大夫臣士，士臣皂，皂臣舆，舆臣隶，隶臣僚，僚臣仆，仆臣台，马有圉，牛有牧，以待百事。”①“公”，即《春秋左传注疏》孔疏所谓公、侯、伯、子、男五等诸侯。而就其禄而言，不仅诸侯因爵不同而不同，就是大夫和士也因臣属的诸侯的爵位不同而有大的不同。孟子在谈到周室班爵禄时说：

> 天子一位，公一位，侯一位，伯一位，子、男同一位，凡五等也。君一位，卿一位，大夫一位，上士一位，中士一位，下士一位，凡六等。天子之

① 杜预：《春秋左传集解》，上海古籍出版社 1977 年版，第 1287 页。

制，地方千里，公侯皆方百里，伯七十里，子、男五十里，凡四等。不能五十里，不达于天子，附于诸侯，曰附庸。天子之卿受地视侯，大夫受地视伯，元士受地视子、男。大国地方百里，君十卿禄，卿禄四大夫，大夫倍上士，上士倍中士，中士倍下士，下士与庶人在官者同禄，禄足以代其耕也。次国地方七十里，君十卿禄，卿禄三大夫，大夫倍上士，上士倍中士，中士倍下士，下士与庶人在官者同禄，禄足以代其耕也。小国地方五十里，君十卿禄，卿禄二大夫，大夫倍上士，上士倍中士，中士倍下士，下士与庶人在官者同禄，禄足以代其耕也。①

不可否认，每一个社会都存在着一定的等级。但等级的严格，先秦的礼乐制度却是绝无仅有。这等级差异不仅表现在官职的级差方面，而且表现在生活的各个方面，诸如穿戴、饮食、居住、器用、文化等等，无处不有。如立宗庙，“天子七庙，诸侯五，大夫三，士一”。穿戴如“天子龙衮，诸侯黼，大夫黻，士玄衣纁裳。天子之冕，朱绿藻，十有二旒。诸侯九，上大夫七，下大夫五，士三”。② 用乐：“王宫县，诸侯轩县，卿大夫判县，士特县。”③《论语·八佾》载孔子说：邦君树塞门，管子亦树塞门；诸侯在两君相见时，有反坫，管子亦有反坫。因而，管子不守礼。这塞门不过是在大门内修建的一堵短墙，反坫不过就是今天所谓的茶几，而这也成了礼制等级差异的表象。可知在那个时代，无处不存在礼的等级。当我们注意到《周礼》、《礼记》、《左传》等先秦典籍这方面的记载时，我们就不得不为周礼等级规定的完备和严格叹为观止。

礼乐制度以宗法制度为基础。礼乐制度的这一性质，使家庭的父子兄弟之间的关系同时具有政治关系的属性，同时具有了政治和家庭两个层面的意义。君主在政治层面是一国之君，在家庭层面则是一家之长；周王的嫡长子和其他儿子在家庭的层面是兄弟，在政治层面则为君臣和同一等级的

---

① 朱熹：《论语集注》卷十，中华书局1983年版，第316—317页。

② 《礼记正义》卷二十三，《十三经注疏》本，中华书局1980年版，第1431—1433页。

③ 《周礼注疏》卷二十三，《十三经注疏》本，中华书局1980年版，第795页。

官员。于是,家和国的同构便使政治伦理关系和家庭的伦理关系合而为一。《左传》昭公二十六年载晏子曰:

> 礼之可以为国也久矣,与天地并。君令臣共,父慈子孝,兄爱弟敬,夫和妻柔,姑慈妇听,礼也。君令而不违,臣共而不贰,父慈而教,子孝而箴,兄爱而友,弟敬而顺,夫和而义,妻柔而正,姑慈而从,妇听而婉,礼之善物也。①

不仅君臣,父子、兄弟、夫妻、姑嫂之间的和顺,亦是"礼之善物"。以礼来"经国家,定社稷"②,是那时人们普遍的观念,晏子也将以礼治理国家的功用等同天地。可见,那时的伦理原则也同时是国家的政治原则。

自春秋中晚期,宗法制度逐渐解构,礼虽已失去了维护周天子权益的作用,但当诸侯突破周礼规定的天子与诸侯的伦理关系后,诸侯要维护自己的权益,维护礼义其实还是最为有力的措施。这也是历代统治者为什么紧抱礼教的根本原因。顾炎武《日知录》卷十七说:"春秋时犹尊礼重信,而七国则绝不言礼与信矣。春秋时犹宗周王,而七国则绝不言王矣。春秋时犹严祭祀重聘享,而七国则无其事矣。春秋时犹论宗姓氏族,而七国则无一言及之矣。"似乎战国时期礼乐已完全被人们遗弃。

其实,战国时虽不像西周和春秋早中期那样言必礼乐,但礼乐并没有退出历史舞台。从儒、墨、道乃至于法家和纵横家的一些言论,我们可以看到,春秋以来巨大的社会变革并没有带来礼乐制度所规定的那套伦理秩序的瓦解。在时人那里,这一伦理秩序依然是天地秩序的体现,是国家政治的根本。墨子虽以为"礼烦扰而不说,厚葬靡财而贫民,服伤生而害事,故背周道而用夏政",但墨子亦"学儒者之业,受孔子之术",反对的只是那些浪费钱财的烦琐的礼仪。至于礼乐的核心价值取向,墨子亦不遗余力在做着宣传,如他说:"至如禽兽然,无君臣上下长幼之节,父子兄弟之礼,是以天下

---

① 杜预:《春秋左传集解》,上海古籍出版社1977年版,第1547页。
② 杜预:《春秋左传集解》,上海古籍出版社1977年版,第57页。

乱焉。"①认为"君子莫若审兼而务行之,为人君必惠,为人臣必忠,为人父必慈,为人子必孝,为人兄必友,为人弟必悌。故君子莫若欲为惠君、忠臣、慈父、孝子、友兄、悌弟,当若兼之不可不行也,此圣王之道而万民之大利也"②。驺衍为阴阳学派的代表,其说似乎与礼很少粘连,"然要其归,必止乎仁义节俭,君臣上下六亲之施"③。《公孙龙子·迹府》载:

> 齐王之谓尹文曰:"寡人甚好士,以齐国无士何也?"尹文曰:"愿闻大王之所谓士者。"齐王无以应。尹文曰:"今有人于此,事君则忠,事亲则孝,交友则信,处乡则顺。有此四行,可谓士乎?"齐王曰:"善!此真吾所谓士也。"④

对照《论语》孔子对于"君子"的界定,事君忠,事亲孝,交友信,处乡顺都为"君子"所行。齐王以具有这些品德的人为"真吾所谓士",肯定的也是礼乐伦理道德。《荀子·王制》亦说:

> 君臣、父子、兄弟、夫妇,始则终,终则始,与天地同理,与万世同久,夫是之谓大本。⑤

不唯荀子,湖北荆门郭店出土的楚简也有一批文献极力强化这一伦理秩序的政治意义。《六德》篇认为,"夫夫、妇妇、父父、子子、君君、臣臣,此六者各行其职",方能"父圣子仁,夫智妇信,君义臣忠","谗谄蔑由作也"。而"夫不夫,妇不妇,父不父,子不子,君不君,臣不臣,昏所由作也"。⑥《成之闻之》亦说这一伦理秩序为上天所降"大常","制为君臣之义,作为父子之

① 孙诒让:《墨子閒诂》卷三,中华书局1954年版,第47页。
② 孙诒让:《墨子閒诂》卷四,中华书局1954年版,第80页。
③ 司马迁:《史记·孟子荀卿列传》,中华书局1959年版,第2344页。
④ 《公孙龙子》,文渊阁《四库全书》本,第848册,第247页。
⑤ 王先谦:《荀子集解》卷五,中华书局1954年版,第104页。
⑥ 荆门市博物馆:《郭店楚墓竹简》,文物出版社1998年版,第188页。

亲，分为夫妇之辨”，是“大道”、“天德”。“小人乱天常以逆大道，君子治人伦以顺天德。”①认为是否遵从这一秩序，是区分“小人”与“君子”的关键。而最值得注意的是《庄子·天道》也有着对这一秩序的维护：

君先而臣从，父先而子从，兄先而弟从，长先而少从，男先而女从，夫先而妇从。夫尊卑先后，天地之行也，故圣人取象焉。天尊地卑，神明之位也；春夏先，秋冬后，四时之序也。万物化作，萌区有状，盛衰之杀，变化之流也。夫天地至神，而有尊卑先后之序，而况人道乎！宗庙尚亲，朝廷尚尊，乡党尚齿，行事尚贤，大道之序也。②

天地的运行有尊卑先后，春夏秋冬为四时之序。人道效法天道，故有君臣、父子、兄弟、夫妇尊卑先后的伦理秩序。湖南马王堆出土的《战国纵横家书·朱己谓魏王章》有一段话，也表明战国纵横家也有着礼义德行的社会价值取向。

（朱己）谓魏王曰：秦与戎翟同俗，有□□〔之〕心，贪戾好利，无亲，不试（识）礼义德行。笱（苟）有利焉，不顾亲戚弟兄，若禽守（兽）耳。此天下之所试（识）也。非□□厚积德也。③

在人们的印象中，法家对礼乐的反对是不遗余力的，但就是韩非也给礼所规定的伦理等级留有一定的余地。《韩非子·亡征》说：“简侮大臣，无礼父兄，劳苦百姓，杀戮不辜者，可亡也。”④《解老》篇亦言：

义者，君臣上下之事，父子贵贱之差也，知交朋友之接也，亲疏内外之分也。臣事君宜，下怀上宜，子事父宜，贱敬贵宜，知交友朋之相助也

① 荆门市博物馆：《郭店楚墓竹简》，文物出版社1998年版，第168页。
② 郭庆藩：《庄子集释》卷五中，中华书局1961年版，第469页。
③ 《马王堆汉墓帛书·战国纵横家书》，文物出版社1983年版，第52页。
④ 王先慎：《韩非子集解》，中华书局1954年版，第79页。

宜，亲者内而疏者外宜。①

臣之所闻曰："臣事君，子事父，妻事夫，三者顺则天下治，三者逆则天下乱，此天下之常道也，明王贤臣而弗易也。"则人主虽不肖，臣不敢侵也。②

道家、韩非都是反对儒家学说的，但他们对于礼乐制度所规定的伦理原则却没有丝毫否定的意思。当时的社会也如《韩非子·忠孝》所说："天下皆以孝悌忠顺之道为是也。"所有这些，都表明当时的礼义还是社会价值的一个普遍标准，战国时代人们的伦理秩序观念较春秋晚期之前并没有多少弱化。故可以说，不管是西周、春秋还是战国时期，诸侯、卿、大夫、士、庶人都同样生活在严格的礼乐伦理秩序中。

先秦的人们认为，礼的等级制度能够充分实践，国家方能安定。如《管子·枢言》曰："法出于礼，礼出于治，治礼，道也；万物待治礼而后定。"③而礼的作用，就是保证"下不倍上，臣不杀君，贱不踰贵，少不陵长，远不闲亲，新不闲旧，小不加大，淫不破义"，"少长贵贱不相踰越"。④ 因而，礼乐政治必然运用一切手段维护亲疏、少长、贵贱的等级，故礼乐政治形态的言说也必然以这伦理等级原则为原则。

如前所言，礼乐政治主要通过对生产与生活资料的分配来确立人伦等级，但生产与生活资料并不是表示这种等级差异的唯一标志，而只是一个重要方面。礼通过规定人们的生产与生活资料来规定人伦秩序，但这人伦秩序的实践和维护并不是通过生产与生活资料的分配就完全可以实现的。礼的目的在于规范人伦秩序，而人伦秩序的实现离不开不同等级之间的人际交往。人际交往离不开话语的言说。由于言说者之间因伦理秩序的原有设定而具有身份的差异，或为君臣，或为父子，或为长幼，或为上下，故这种身份之间的差异必然带来言说话语的差异，以表示不同的身份等级，使语言本

---

① 王先慎：《韩非子集解》，中华书局 1954 年版，第 96 页。
② 王先慎：《韩非子集解》，中华书局 1954 年版，第 358 页。
③ 戴望：《管子校正》卷四，中华书局 1954 年版，第 64 页。
④ 戴望：《管子校正》卷三，中华书局 1954 年版，第 48 页。

身带上一定的伦理性质。

正因如此，礼对不同等级身份之间的言说有着众多的规定。《礼记》对此多有记载，如《曾子问》曰："贱不诔贵，幼不诔长，礼也。唯天子称天以诔之，诸侯相诔，非礼也。"①《少仪》亦谓："问国君之子长幼，长则曰：能从社稷之事矣。幼则曰：能御、未能御。问大夫之子长幼，长则曰：能从乐人之事矣。幼则曰：能正于乐人、未能正于乐人。问士之子长幼，长则曰：能耕矣。幼则曰：能负薪、未能负薪。"②《曲礼上》曰：为人之子，"不问不敢对"。因而，可以说，周代实行的礼乐制度在一定的意义上也是一种言说制度。它规定，人际之间的言说必须符合礼所规定的人伦等级身份。

为表现这种伦理关系，礼乐规定了不同的身份具有不同的称谓、言容乃至于同一性质的事情的不同表述。如称谓，同为人妇，天子的妃子称后，诸侯的配偶称夫人，大夫的配偶称孺人，士的配偶称妇人，庶人配偶称妻。③等级身份规定了不同的称谓。自称也是一样，《礼记·玉藻》载，凡自称：

> 天子曰予一人；伯曰天子之力臣；诸侯之于天子，曰某土之守臣某；其在边邑，曰某屏之臣某；其于敌以下，曰寡人。小国之君曰孤，摈者亦曰孤；上大夫曰下臣，摈者曰寡君之老；下大夫自名，摈者曰寡大夫；世子自名，摈者曰寡君之适；公子曰臣孽；士曰传遽之臣。④

不仅称谓，同一性质的事情，因身份和言说场合不一样，表述话语不同，礼也有明确的规定。《礼记·曲礼下》载："天子死曰崩，诸侯曰薨，大夫曰卒，士曰不禄，庶人曰死。"同为死，身份不同表述话语也不同。同为回答他人问儿子长幼，国君之子长幼、大夫之子长幼和士之子长幼的表述也不一样。再如《礼记·杂记上》说告丧：

---

① 《礼记正义》卷十九，《十三经注疏》本，中华书局1980年版，第1398页。

② 《礼记正义》卷三十五，《十三经注疏》本，中华书局1980年版，第1513页。

③ 《礼记正义》卷五，《十三经注疏》本，中华书局1980年版，第11267页。

④ 《礼记正义》卷三十，《十三经注疏》本，中华书局1980年版，第1485页。

> 凡讣于其君，曰君之臣某死。父母妻长子，曰君之臣某之某死。君讣于他国之君，曰寡君不禄，敢告于执事。夫人，曰寡小君不禄。大子之丧，曰寡君之適子某死。大夫讣于同国，適者曰某不禄。讣于士亦曰某不禄。讣于他国之君，曰君之外臣寡大夫某死。讣于適者，曰吾子之外私寡大夫，某不禄，使某实。讣于士，亦曰吾子之外私寡大夫某不禄，使某实。士讣于同国大夫，曰某死。讣于士，亦曰某死。①

不同的身份的言说话语不同，说明着在礼乐制度下言说主体和言说对象的伦理等级差异对于言说有着非常重要的意义和作用。

《乐记》说："乐极和，礼极顺。"我们看到，礼乐制度并非以生产、生活资料的占有为完全表现形式，更为核心的是要确立君、父、长、上的尊严和权威。生产、生活资料的占有虽然为君、父、长、上确立了优越生活的基础，但却难以承担起确保他们尊严和权威的作用。要确保他们尊严和权威，关键是作为臣、子、幼、下的对他们的恭顺。这恭顺既表现于行为，也表现于他们之间的言说。所以，在礼乐政治形态，言说话语是必然受礼乐的终极价值制约，而不可能是一种毫无约束的自由言说。这也就是说，言说的话语必须体现言说主体和言说对象之间伦理关系。即言说主体和言说对象之间关系的言说体现君臣之义、贵贱之分和长幼之序的等级意义，即君臣、贵贱和长幼之间的"顺"。《礼记·冠义》说：

> 礼义之始，在于正容体，齐颜色，顺辞令；容体正，颜色齐，辞令顺，而后礼义备，以正君臣，亲父子，和长幼。君臣正，父子亲，长幼和，而后礼义立。②

"顺辞令"不仅是"礼义之始"，而且是"礼义备"的必要因素，故"正君臣，亲父子，和长幼"则必"顺辞令"。我们或许可以脱离礼乐的语境将"顺辞令"

---

① 《礼记正义》卷三十五，《十三经注疏》本，中华书局 1980 年版，第 1549 页。
② 《礼记正义》卷六十一，《十三经注疏》本，中华书局 1980 年版，第 1679 页。

解读为语言通畅，但在礼乐语境中，它的含义则是指言辞应符合礼乐伦理道德的原则，体现君臣父子之间的君父威严和臣子恭顺。

这言说的伦理等级恭顺原则主要通过两方面表现出来：

一是言容。《礼记·乐记》说："中正无邪，礼之质也；庄敬恭顺，礼之制也。"①所谓"庄敬恭顺"为"礼之制"，即是说"庄敬恭顺"为礼的外在容貌。"礼之质"和"礼之容"结构而成为礼。故礼不仅强调内在的仁义道德，同时也非常注重人的外在仪表行为。孔子说："质胜文则野，文胜质则史。文质彬彬，然后君子。"②认为人有内在的美好质量还算不得君子，君子必须是内在的美好质量和外在的符合礼乐的容貌行为一致，才能算得上君子。所以子贡说："文犹质也，质犹文也。"③可知，礼容和礼义一样，是礼乐建构的重要组成部分。言为身之文，故礼乐言说中，"言容"也是不能随便的，必须"容体正，颜色齐"。就君臣言说关系而言，君主对臣下有令，臣下则必拜而稽首，如《聘礼》说："君与卿图事，遂命使者。使者再拜稽首辞；君不许，乃退。"④《礼记·曲礼下》载："大夫士见于国君，君若劳之，则还辟再拜稽首。君若迎拜，则还辟不敢答拜。"⑤就长幼关系而言，"长者问，不辞让而对，非礼也。"⑥集中到一点，就是《少仪》所说："言语之美，穆穆皇皇。""穆穆皇皇"意即恭敬温和而合于正道。

二是言说方式。礼及其仪式的言说方式受礼乐制度及其仪式功能、目的的制约虽不及言说内容那样明显，但却明显地受到言说主体与言说对象所构成的言说关系的作用。礼及其仪式的目的在于培养人们的君臣父子的等级意识。如《礼记·聘义》说："上公七介，侯伯五介，子男三介，所以明贵贱也。"《礼记·射义》言："古者诸侯之射也，必先行燕礼。卿大夫士之射也，必先行乡饮酒之礼。故燕礼者，所以明君臣之义也；乡饮酒之礼者，所以

---

① 《礼记正义》卷三十七，《十三经注疏》本，中华书局1980年版，第1530页。

② 朱熹：《论语集注》卷三，中华书局1983年版，第89页。

③ 朱熹：《论语集注》卷六，中华书局1983年版，第135页。

④ 《仪礼注疏》卷十九，《十三经注疏》本，中华书局1980年版，第1046页。

⑤ 《礼记正义》卷四，《十三经注疏》本，中华书局1980年版，第1259页。

⑥ 《礼记正义》卷一，《十三经注疏》本，中华书局1980年版，第1233页。

明长幼之序也。”①《礼记·经解》谓:“朝觐之礼,所以明君臣之义也。聘问之礼,所以使诸侯相尊敬也。丧祭之礼,所以明臣子之恩也。”②知礼乐的仪式的目的在于强化和凸显的是社会人际之间的贵贱等级。

应该说,话语的内容在表现言说主体和言说对象之间的关系方面起主导作用,但言说的内容和言说方式并不是截然分离的。在君臣父子的言说中,若言说的方式不得当,不仅言说的内容难以得到充分的表现,而且往往会带来“犯上”效果。因而,要维护上,即君、父的权威和利益,不仅要恭顺,而且不能使君父陷于罪恶和不义。如子对父的言说,《论语·八佾》载孔子说:“事父母几谏。”所谓“几谏”亦即《孔子闲居》所说的“微谏”。《论语集解义疏》卷二皇侃义疏云:“几,微也。子事父母,义主恭从;父母若有过失,则子不获,不致极而谏。虽复致谏,犹当微微纳进善言,不使額額也。”“額額”即“鄂鄂”,指言辞忿急。所以,所谓“几谏”实质包括“言容”的恭顺和言说的委婉。《礼记·内则》说:“父母有过,下气怡色柔声以谏;谏若不入,起敬起孝。”③《礼记·祭义》谓:“父母有过,谏而不逆。”有如孙奇逢《四书近指》卷五所说:“父母有过,谏而不逆”也就是“窥其几而善用其挽转,在有意无言,迨至不违不怨。”可知,于礼而言,父母有不当行为,儿女劝说时直言不讳,甚至言语尖刻,就会有违孝道。所以孔子反对直言不讳,说“直而无礼则绞”④。换言之,就是言说时直绞不符合礼的恭顺原则。

在一般场合下,礼达到辞令之顺的言说方式就是大量使用谦辞,诸如“敢不”、“命”、“不腆”、“辱”、“弊”、“赐”等等。如《仪礼·昏礼》所载男女双方纳征择日的模式话语:

请纳征,致命曰:某敢纳征。对曰:吾子顺先典,贶某重礼,某不敢辞,敢不承命!请期,曰:吾子有赐,命某既申受命矣,惟是三族之不虞,使某也请吉日。对曰:某既前受命矣,唯命是听。曰:某命某听命于吾

① 《礼记正义》卷六十二,《十三经注疏》本,中华书局 1980 年版,第 1686 页。
② 《礼记正义》卷五十,《十三经注疏》本,中华书局 1980 年版,第 1610 页。
③ 《礼记正义》卷二十七,《十三经注疏》本,中华书局 1980 年版,第 1463 页。
④ 朱熹:《论语集注》卷四,中华书局 1983 年版,第 103 页。

子。对曰:某固唯命是听。使者曰:某使某受命吾子,不许,某敢不告期曰某日。对曰:某敢不敬须。①

这种谦语使用,主要表示言说主体对于言主说对象的尊敬和恭顺,以达到言说主体与言说对象之间的亲和目的。

但大量使用谦辞并不是“顺辞令”唯一的言说方式。在一些仪式上,诸如一些祭祀、射、昏、冠、丧等仪式上,因很少涉及政治或外交内容的言说,言说主体与言说对象并不构成贵贱关系时,谦语足以承载相应的言说内容。但当一些仪式涉及政治或外交内容的言说时,言说主体和言说对象的身份并不总是对等,而有些内容的言说很难用谦语表现言说过程中的这种不对等的言说关系之顺,如君、父有错,臣子要对君、父提出批评。按礼,下不得对上有违,也不能对君、父不尊,若是直接对君、父指责,便是违背了礼的伦理原则。因而,礼乐言说多采用《周礼·大司乐》所载“乐语”的言说方式,包括兴、道、讽、诵、言、语等,来保证言说主体对言说对象的尊敬和恭顺,用“以彼而言此”的方式对言说内容进行包装,化解由批评而带来的言说对象的激烈反应。如《诗·小雅·采菽》,《毛序》云:“《采菽》,刺幽王也;侮慢诸侯。诸侯来朝,不能锡命,以礼数征会之,而无信义。君子见微而思古焉。”《鲁诗》以此诗为周王赐诸侯命服之诗②。李光地《诗所》则认为此诗为“宣王朝诸侯之诗”。结合《毛序》看,此诗当用于君臣之间的朝觐或册命时的燕飨仪式。郑笺曰:“幽王征会诸侯,为合义兵,征讨有罪,既往而无之,是于义事不信也。君子见其如此,知其后必见攻伐,将无救也。”③诗为刺幽王,虽有“无予之路车乘马”之语,但诗却主要“以为藿物至微而用至薄矣,然犹设筐筥以待之,况诸侯乎”的比兴和“古者诸侯之来朝”,“以路车乘马予之”的故事来说事。④ 诗既为刺,但却非常委婉,充分表现了臣下对君主言说的辞令之顺,维护了君君、臣臣的礼乐等级原则。

---

① 《仪礼注疏》卷六,《十三经注疏》本,中华书局 1980 年版,第 972 页。

② 王先谦:《诗三家义集疏》,中华书局 1987 年版,第 790 页。

③ 《毛诗正义》卷十五之一,《十三经注疏》本,中华书局 1980 年版,第 489 页。

④ 李樗、黄櫄:《毛诗集解》卷二十八引苏氏语,文渊阁《四库全书》本。

值得注意的是，强调礼乐等级差异关系的言说必须注意言说方式，并不是说一般人们之间言说的言说方式就能随意。礼关键的功能目的还有一点就是培养人们等级制度之下的亲和意识。《乐记》说："乐者为同，礼者为异。同则相亲，异则相敬。"礼在于别异不假，但礼也特别注意上下和亲。《论语·学而》载孔子说："礼之用，和为贵。"《礼记·燕义》也特别强调"上下和亲而不相怨"，说"和宁"为"礼之用"，为"君臣上下之大义"。孟子甚至认为："天时不如地利，地利不如人和。"①没有君臣、父子、兄弟之间的和亲，礼所规定的生产、生活资料的分配就不能实现。所以，礼不仅讲求子孝、弟悌、妇听、幼顺、臣忠，而且要求父慈、兄良、夫义、长惠、君仁。所以《礼记·中庸》说："和""为天下之达道"。而要实现这些人际关系的和睦，这些人际关系之间的言说自然也要特别注意言说方式，以避免他们之间的冲突。

总之，礼乐制度下的言说，集中到一点，就是言说主体和言说对象身份的差异而形成的等级原则，即地位相对于言说对象低贱的言说主体必须对地位比自己高的言说对象在言说时履行礼乐的伦理等级关系。

四、神坛、政坛的限定时空言说

礼乐政治仪式言说是典型的"限定时空言说"——仪式言说具有特定场合、言说主体、言说对象及其构成的言说关系——先秦礼乐政治言说多为仪式言说——非仪式言说因言说主体、言说对象的伦理身份形成"非完全限定言说时空"——文坛隐含于神坛、政坛，使文坛言说成为"限定时空言说"——"限定时空言说"也存在于个体经验的言说

神坛、政坛言说主体自主性的剥夺和言说的伦理原则，使礼乐政治形态的言说具备了"限定时空言说"的必须要素。它和礼乐政治形态特定的言说场所、言说主体与言说对象的特定身份、言说主体与言说对象因特定身份而形成的特定言说关系共同形成特定言说场合，使礼乐政治形态的言说具

① 朱熹：《孟子集注》卷四，中华书局1983年版，第241页。

有了典型的"限定时空言说"的典型特征。

说礼乐政治形态的言说具有了典型的"限定时空言说"的特征。首先是神坛和政坛的言说都在一定的场合进行。这场合可分为严格限定场合和非严格限定场合两种。严格限定场合一般具有仪式场合的性质。诸如祭天在郊，祭祖在庙；不仅在一定的空间，而且也限定在一定的时间。这一点，我们可以通过现当代一些仪式的言说来理解。如公祭黄帝的典礼必在供有黄帝的庙宇，全国人民代表大会的开幕式必在人民大会堂举行；就是民间的一般婚礼也不是随时随地都可以举行的。

在礼乐政治形态中，仪式的言说是一种极为普遍的现象。宗教祭祀基本是以仪式的形式来进行人神沟通的，故原始宗教活动基本都是仪式活动，典型的标志就是这活动都在神坛进行。据《山海经》，夏代似乎已有普遍筑坛祀神的倾向。如前所引《山海经·中次山经》载："东三百里曰鼓钟之山，帝台之所以觞百神也。""昔者，夏后启葬，享神于晋之墟，作为璿台"。"昔夏后启筮享神于大陵，而上钧台枚占。"战国与汉代，这一传统依然保存着。如秦"文公作鄜畤，祭白帝；秦宣公作密畤，祭青帝；秦灵公作吴阳上畤、下畤，祭赤、黄帝；汉高祖作北畤，祭黑帝"。汉武帝"作甘泉宫，中为台室，画天、地、泰一诸神，而置祭具以致天神"。"令越巫立越祝祠，安台无坛，亦祠天神上帝百鬼"。至于巡封，虽在高山，也须立台。《史记·秦始皇本纪》载秦始皇封禅望祭山川，"上泰山，立石，封，祠祀。""正义"引《晋太康地记》云："为坛于太山以祭天，示增高也。"又引张晏曰："天高不可及，于泰山上立封禅而祭之，冀近神灵也。"这"立封"即张瓒所注："积土为封。谓负土于泰山上，为坛而祭之。"①它如祭祖必在祖庙，求雨必在舞雩。

周代实行的是礼乐政治制度，与后来的中央集权制度不同的是，它所规定的伦理等级大多以宗教祭祀或其他的各种仪式为实践载体。《礼记·祭统》说："礼有五经，莫重于祭。"②这里的"五经"，即吉、凶、军、宾、嘉五礼。"莫重于祭"一是说明五礼由原始宗教祭祀仪式发展而来，二是说五礼以祭

---

① 司马迁：《史记》，中华书局 1959 年版，第 242 页。

② 《礼记正义》卷四十九，《十三经注疏》本，中华书局 1980 年版，第 1602 页。

祀之礼为根本。所以，周人既重视祖先的祭祀，也对天地山川神灵的祭祀有着十分热情。《礼记·月令》载，周天子不仅立春、立夏、立秋、立冬之日要亲率三公、九卿、诸侯、大夫举行郊祀，每一个月，也都有着祭祀活动，仲春要以大牢祭祀高禖，仲夏要“祈祀山川百源，大雩帝”，仲冬要“祈祀四海、大川、名源、渊泽、井泉”，直到季冬之月，“乃毕山川之祀，及帝之大臣，天之神祇”。《左传》成公十三年载：“国之大事，在祀与戎。”而军事亦和祭祀紧密结合在一起。《礼记·王制》曰：“天子将出征，类乎上帝，宜乎社，造乎祢，祃于所征之地，受命于祖，受成于学。出征执有罪，反释奠于学，以讯馘告。”①类、宜、造、祃都是祭祀的名称。正因祭祀在礼乐政治形态具有极重要的意义，所以《礼记·曲礼下》说“凡家造，祭器为先，牺赋为次”；“有田禄者，先为祭服；君子虽贫，不鬻祭器”。

不仅祭祀，周代的其他政治活动也大都以仪式进行，或带有浓厚的仪式性质。礼由礼仪和礼义两部分结构而成，礼义为礼仪的本质，礼仪为礼义的实践形式。换言之，礼的伦理道德和等级意义都是以一定的礼仪表现出来。西周、春秋时，实行的是严密的礼乐制度，自然政坛的言说也大都有相应的礼乐仪式。如周代天子每年冬季要向诸侯颁发第二年行政的政令，诸侯将其藏之祖庙，至第二年每月初一朝于庙，告于祖先而接受天子的政令。这一活动称之为告朔。从告朔必杀一牲羊举行祭祀看，这告朔便是一种仪式行为。《周礼·宗伯》谓诸侯见周天子，“春见曰朝，夏见曰宗，秋见曰觐，冬见曰遇，时见曰会，殷见曰同，时聘曰问，殷覜曰视。”②这朝觐、会同、聘问也都有固定的仪式。如《礼记·曾子问》说：“诸侯适天子，必告于祖，奠于祢，冕而出视朝。命祝史告于社稷，宗庙山川，乃命国家五官而后行。”“诸侯相见，必告于祢，朝服而出视朝。命祝史告于五庙。所过山川，亦命国家五官。道而出，反必亲告于祖祢，乃命祝史，告至于前所告者，而后听朝而入。”③就是策命赏赐，也有一定仪式。这在西周铜器铭文中多有反映，如师虎簋铭记

① 《礼记正义》卷十二，《十三经注疏》本，中华书局 1980 年版，第 1332 页。
② 《周礼注疏》卷十八，《十三经注疏》本，中华书局 1980 年版，第 759 页。
③ 《礼记正义》卷十八，《十三经注疏》本，中华书局 1980 年版，第 1389—1390 页。

懿王令师虎继承祖考职事之册命。铭曰：

唯元年六月既望甲戌，王在杜㡉，格于大室。井伯内右师虎，即立中廷，北向，王乎内史吴曰："册命虎。"王若曰："虎！载先王既命乃祖考事，啻官司左右戏緐荆，今余唯帅型先王命，命汝更乃祖考，啻官司左右戏緐荆，敬夙夜勿法朕命，易女赤舄用事。"虎敢拜稽首，对扬天子丕丕鲁休。①

在众多的记策命赏赐的铭文中，都记有王至于祖庙大室，被策命之臣立中廷而北向，王呼内史宣布策命之辞。可知，朝廷策命赏赐臣下都有固定的仪式。《论语·子罕》载孔子曰："拜下，礼也；今拜乎上，泰也。虽违众，吾从下。"意思是说臣下见君主，按礼应先在堂下跪拜一次，上堂后再跪拜一次。现在只在堂上跪拜一次，对君主显得不敬畏。可知，朝廷的政治活动都以一定的仪式进行。

从《周礼》看，不仅作为礼官的宗伯执掌各种礼仪，其他的官员活动也都与礼乐仪式密不可分。如《周礼·天官》载：大宰以八则治都鄙，其一便为祭祀，祀五帝时掌百官之誓戒。小宰掌建邦之宫刑，但也掌教职和礼职，"以和邦国，以谐万民，以事鬼神"。大司徒掌建邦之土地之图与其人民之数，但所施十二教中，其一便是"以祀礼教敬"，其二为"以阳礼教让"，其三为"以阴礼教亲"，其四为"以乐礼教和"，其五为"以仪辨等"；于十二"服事"中，其三便为礼、乐、射、御、书、数之六艺。② 大司马职掌兵赋，若有战功，则也要"恺乐献于社"，大会同时"帅士庶子而掌其政令；若大射，则合诸侯之六耦，大祭祀、飨食，羞牲鱼，授其祭。"小司马"则凡小祭祀、会同、飨射、师田、丧纪，掌其事，如大司马之法。"③《周礼·春官·宗伯》曰：宗伯除掌各种祭祀之外，还有下列职掌：

---

① 陈文新主编：《中国文学编年史》（周秦卷），湖南人民出版社 2006 年版，第 47 页。

② 《周礼注疏》卷十，《十三经注疏》本，中华书局 1980 年版，第 703 页。

③ 《周礼注疏》卷二十九、三十，《十三经注疏》本，中华书局 1980 年版，第 834、840 页。

以凶礼哀邦国之忧，以丧礼哀死亡，以荒礼哀凶札，以吊礼哀祸灾，以禬礼哀围败，以恤礼哀寇乱，以宾礼亲邦国。……以军礼同邦国。……以嘉礼亲万民，以饮食之礼亲宗族兄弟，以昏冠之礼亲成男女，以宾射之礼亲故旧朋友，以飨燕之礼亲四方之宾客，以脤膰之礼亲兄弟之国，以贺庆之礼亲异姓之国，以九仪之命，正邦国之位。①

这里所说诸礼，都是仪式活动。而从这一段话看，凶丧、饮食、婚冠等日常都纳入了仪式的范畴。

仪式的言说，是一种非常严格的限定性言说。在原始宗教中，任何仪式都以一个完整的程序表现着，而这一程序又由众多的礼仪细节联结而成。由于原始宗教的每一仪式都以表现特定的意义来达到特定的目的，意义与仪式混为一体，目的通过具体仪式而实现，因而，仪式与意义具有严格的对应性。仪式一定的行为细节过程和物品的形态、数目、位置、色彩、高低等表现一定的意义；仪式一定的行为细节构成和形态、数目、位置、色彩、高低的改变都会导致它过程的改变，而过程的改变又导致意义的改变。因而，原始宗教仪式对所用物品、数目、摆放的位置、人的一举一动等等都有严格的规定。如纳西族祭天，要先念《祭天除秽》等四部经文除秽，然后由专门负责祭天事宜的两人在祭台的左边立天树（一黄栗木），右边立地树（一黄栗木），中间立一柏树。三棵树前要放九个“高鲁”（胜神之石），三个为一堆。天树、地树前各插一根镇鬼的竹刺“勤”，中间的胜神之树前插一杆矛，一根顶灾木，在木石前供上酒饭。杀猪献牲之前，东巴要端坐不动，前放一浅圆竹筐，内铺青松针，上放一“董鲁”（阳神之后）。② 在这祭天的仪式过程中，每一细节及物品都代表着一定的意义，如果少了其中任何一个细节或变动了物品的数量等，仪式就不完整，就不能达到祭祀的目的。所以在宗教祭祀仪式中，一升一降，一跪一拜，还有所用牺牲、器皿、服饰、数量、大小等等，都

① 《周礼注疏》卷十八，《十三经注疏》本，中华书局1980年版，第759页。

② 和志武：《中国各民族原始宗教资料集成·纳西族卷》，中国社会科学出版社2000年版，第48页。

被寄予了一定的含义,具有非常具体和明确的象征性。这一点,在先秦的文献中也有明确的记载,如《礼记·郊特牲》说郊祭“器用陶匏”,是“以象天地之性”;“牲用骍”,表示“尚赤”,“用犊”表示“贵诚”。周王“亲听誓命”,表示“受教谏之义”,身被衮表示“象天”,“戴冕璪十有二旒,则天数也。乘素车,贵其质也。旗十有二旒,龙章而设日月,以象天也”。① 因而,礼乐仪式的一升一降,一跪一拜,所用牺牲、器皿、服饰、数量、大小等等都是不能随意改变的,一旦改变,就意味着它所寄寓的意义的改变。所以《礼记·礼器》说:

> 礼有大,有小,有显,有微。大者不可损,小者不可益,显者不可掩,微者不可大也。②

因而,宗教仪式“是精心、持久、重复的人类行为”③,它的严密的规定性也正是在这精心而持久的重复中得以强化和完满实现。

原始宗教仪式的严密规定的实质是原始宗教的封闭性。由于原始宗教中的一切都有着严密的规定,丝毫的改变都将有损于它的神圣性,所以,原始宗教包括音乐、舞蹈、祭器、祭品乃至于仪式的一举一动都是不允许改变的,一切不符合这规定的物与行为,都被视作对于神圣的侵犯与亵渎而被排斥。

周代政坛的仪式近乎宗教仪式一样严格。从《仪礼·觐礼》看,这用于君臣之间的政治言说的觐礼也有着非常严格的规定,试看其中一段文字:

> 诸侯觐于天子,为宫方三百步,四门坛十有二寻。深四尺,加方明于其上。方明者,木也;方四尺,设六色;东方青,南方赤,西方白,北方黑,上玄下黄。设六玉,上圭下璧,南方璋,西方琥,北方璜,东方圭。上

① 《礼记正义》卷二十六,《十三经注疏》本,中华书局1980年版,第1453页。
② 《礼记正义》卷二十三,《十三经注疏》本,中华书局1980年版,第1435页。
③ 张树国:《乐舞与仪式》,天津古籍出版社2003年版,第174页。

介皆奉其君之旗置于宫。尚左。公侯伯子男，皆就其旗而立。四传摈。天子乘龙，载大旆，象日月，升龙降龙。出拜日于东门之外，反祀方明。礼日于南门外，礼月与四渎于北门外，礼山川丘陵于西门外。祭天燔柴，祭山丘陵升，祭川沈，祭地瘗。①

觐见的场所不仅大小、高低有具体的规定，建筑的各方向的色彩，还有各种礼器、诸侯站立的位置以及升降的时间也都有严格要求，仪式严密的规定性并不下于宗教人神关系的言说。

由上述可知，仪式言说是一种有着极为严格规定的言说。这首先表现在仪式的言说都有着特定的场所，这场所规定着特定的目的和言说主题。如《礼记·仲尼燕居》说："郊社之义，所以仁鬼神也；尝禘之礼，所以仁昭穆也；馈奠之礼，所以仁死丧也；射乡之礼，所以仁乡党也；食飨之礼，所以仁宾客也。"②策命的仪式用于君主在朝廷宣布对臣下的任命与赏赐，献俘礼用于在祖庙向祖先报告战争的功绩。这也就是说，严格限定场合的言说大多有着既定主题，是为着既定某一性质的事情进行沟通和交流。这沟通和交流有着既定的主题，言说的性质已被目的规定。既定的性质以特定场所的形式被固定，凝固在特定场所之中。就像今天国会讲坛的设立是为着讨论国家大事的，目的指向国家政治、经济、法律诸方面问题的解决。法庭是履行国家法律的场合，为解决刑事案件和各种纠纷而设立，目的直接指向维护国家的法律。因而，在神坛、政坛的仪式言说中，"言说什么"是被严格规定着的，而不可能是想说什么就说什么。

神坛、政坛仪式言说严格的规定还表现在严格的特定场合的特性规定着特定的言说主体和言说对象，特定的言说主体和言说对象所构成的言说关系。

在礼乐言说中，每一仪式都不是开放性的。祭天有祭天的程序，祭地有祭地的程序，飨礼有飨礼的规定，昏礼有昏礼的规定。这程序和规定的不

① 《仪礼注疏》卷二十七，《十三经注疏》本，中华书局1980年版，第1092—1093页。

② 《礼记正义》卷五十，《十三经注疏》本，中华书局1980年版，第1613页。

同,决定了每一言说场合都是特殊的言说关系。神坛是人们向神灵祈求福佑、消除灾害的场所,表现的是人神之间的关系。在这一关系中,人是这一关系言说的主动行为实施者。在什么时候祭祀、祭祀什么神灵、什么时候举行祭祀以及采用什么礼仪等等,都由人决定并实施。各种神灵对人虽然有着绝对的统治地位,但人无疑是作为言说的主体而存在。神灵因为在人们的观念中被人们赋予了超越自然的力量,支配着各种自然现象的变化,掌握着人类的祸福,为神坛的主体。因而,在这一关系中,人们观念中遍布于物质世界每一个角落的神灵则始终作为言说的对象而存在于神坛的言说之中。

人神关系的言说,大都是通过巫或史、祝来进行的。一般来说,巫或史、祝只不过是人神言说的一个"中介"。他们代表其他的人向神灵进行言说,其他人通过他将请求和意愿告诉神灵,神灵又通过他们将旨意传导给其他人。他们所代表的"人"包含着社会的各个阶层,既有包括帝王在内的统治阶级,也有下层的平民百姓。因为对于鬼神的崇拜在那时并不因为地位身份的不同而有所差异。从殷商的那些甲骨卜辞看,内容多关上层统治者的社会政治生活,显然是上层统治者求神问卜的记录。此时作为卜筮的巫,毫无疑问代表着包括帝王在内的统治者。

但是,在人神关系中,作为言说的主体,不管是具有神性的巫,或者是隐含言说主体中的帝王和百姓,都只有一种被统治和奴役的身份,就如现实社会的百姓之于帝王。巫虽然也具有神性,但他却处于被神和隐含主体的双重奴役之中,只能是神灵意愿的"代言者"和传导者。他要告诉"人"什么,是受制于神灵的。在后来政教合一的时代,作为国家官员的巫也始终处于权力的制约之下。卜筮祭祀只是国家政权赋予他们的职责。他们虽可以确定卜筮祭祀的程序,但卜筮祭祀的目的及其权力却掌握在掌握政权的他人手中。就包括帝王在内的统治者而言,在人神关系中,帝王在内的统治者也处于被统治的地位。在现实社会中,帝王被视为上天之子,处于权力的巅峰,但他们也只是上天之子,并非神灵。在他们的心目中,神灵也有无比神圣的地位,总是高踞于他们之上,对他们同样具有绝对的统治权,使他们也不得不在神灵面前低下平时高昂的头颅。《吕氏春秋·顺民篇》载,商汤时大旱五年，田龟地裂，庄稼无收。作为帝王的商汤也不得不以身祷上帝于桑林，请求神灵将罪过归于他一人，想将自身当作牺牲献给神灵，请神灵降下甘雨。身为帝王，也得跪倒在神灵面前，对神灵说："余一人有罪，无及万夫。万夫有罪，在余一人。无以一人之不敏，使上帝鬼神伤民之命。"①从商汤那乞求的语气，我们看到了帝王对于神灵的无奈和奴颜。

因而，宗教祭祀的言说中，言说主体、言说对象及其构成的言说关系是固定的，人神关系所表现的伦理秩序也是固定的。

在我们讨论神坛言说主体时，应该注意一个非常重要的认识误区，就是将那些神坛的歌舞人员认作文学艺术言说的主体。诚然，神坛自古就是歌舞之坛，但我们必须看到，神坛歌舞的演出只不过是一种通神娱神而获取实用功利目的的宗教手段，歌舞不是一种独立的存在，因而，歌舞的主体也并非如同今天的文坛和歌坛为文学创作演出人员一样作为文学艺术主体而存在，歌舞只不过是主体的一种宗教职能，如同卜筮时的卜筮。严格地说，神坛演出的歌舞既非文学，也非艺术。所以说，神坛歌舞人员依然是宗教言说的主体，而非艺术主体。

由于礼乐等级制度多以宗教祭祀仪式为载体，政坛仪式中往往包含着宗教仪式的言说。如《仪礼·觐礼》载举行觐礼要"出拜日于东门之外，反祀方明。礼日于南门外，礼月与四渎于北门外，礼山川丘陵于西门外。祭天燔柴，祭山丘陵升，祭川沈，祭地瘗。"②故政治的仪式言说也往往杂糅着人神关系的言说。但尽管这宗教仪式强化了政治仪式的神圣性，宗教仪式也只不过是政治仪式的一个组成部分，政治仪式言说的主体和言说对象却不是人与神及其构成的关系，而是固定为君臣、同僚构成的言说关系。

礼乐政治言说不全是仪式的言说，但由于礼的本质是伦理等级差异规范，以保证君臣、父子、贵贱、上下、长幼的秩序，而礼乐政治形态仪式的意义也在于强化礼君臣、父子、贵贱、上下、长幼的等级意义。因而，礼乐仪式体现的目的、本质和非仪式言说的目的本质是完全一致的，礼乐政治形态的仪

① 高诱注:《吕氏春秋》卷九，中华书局 1954 年版，第 86 页。

② 《仪礼注疏》卷二十七，《十三经注疏》本，中华书局 1980 年版，第 1093 页。

式言说和非仪式的言说所规定的言说主体和言说对象及其构成的言说关系之间的伦理原则并没有任何不同。《礼记·祭统》说:

> 夫祭有十伦焉:见事鬼神之道焉,见君臣之义焉,见父子之伦焉,见贵贱之等焉,见亲疏之杀焉,见爵赏之施焉,见夫妇之别焉,见政事之均焉,见长幼之序焉,见上下之际焉。①

"天地之祭、宗庙之事、父子之道、君臣之义"为"伦","社稷山川之事、鬼神之祭"为"体"。"伦"以"体"为具有实践意义的表达形式,没有祭祀之"体",这道德之"伦"便无从体现。因而周代重视祭祀,并非真的相信鬼神,只不过是要借仪式严格规定等级来时时强化礼制所规定伦理等级秩序。这伦理等级的强化通过仪式程序人物之间不同的话语、服饰、器皿、方位等得以体现。人物之间的等级关系行为构成仪式的程序。如策命仪式便主要通过周王和被策命者程序式行为结构而成。因而,可以说言说主体和言说对象所构成的言说关系为仪式言说的核心内涵,不同的言说对象与言说主体的关系形成不同的言说场合。而在礼乐制度下,每一个人在一定的时空都以一定的伦理身份出现在言说关系之中,当言说主体和言说对象的言说关系一旦确定,其言说也就具有仪式一样的限定时空的意义。因而,仪式言说表现出来的场合性自然也就成为仪式场合之外礼乐言说的原则性。

礼乐制度之"礼"浸透到了社会各种关系,规定着处于"礼"之关系之中的人们的衣食住行;因而,在某种意义上说,那时社会各种关系的言说也是政治的言说。这是周代,尤其是战国之前政治的本质特征。礼乐政治形态的言说虽不全都是仪式言说,但由于礼乐制度的核心是人伦等级,规定着君臣、父子、夫妇、兄弟等的伦理关系,规定着社会不同阶层的隶属关系及其物质、文化诸权益,而言说主体和言说对象所构成的言说关系为仪式言说的核心内涵,故不同的言说对象与言说主体的关系能同样形成不同的言说场合。因为这等级之间的言说由于礼所规定的身份的差异,使得言说主体和言说

---

① 《礼记正义》卷四十九,《十三经注疏》本,中华书局1980年版,第1605—1606页。

对象之间作为自然人的身份在言说过程完全消解,而自然具备礼所规定的身份。如《荀子·非十二子》谓:

> 遇君则修臣下之义,遇乡则修长幼之义,遇长则修子弟之义,遇友则修礼节辞让之义,遇贱而少者,则修告导宽容之义。①

《管子·匡君·小匡》曰:

> 今夫士群萃而州处,闲燕则父与父言义,子与子言孝,其事君者言敬,长者言爱,幼者言弟。②

故在礼乐制度之下,非特定场合的言说也不能随意,必须符合礼所规定的等级身份,君臣、父子、长幼都必须以礼所规定的身份出现。因而,在礼乐制度下每一个人在一定的时空都以一定的身份出现在言说关系之中,主体和言说对象的身份都是被规定着的。不论君臣、臣僚之间谁为言说主体和言说对象,言说主体和言说对象都必然只具政治身份。具体而言,或为君父,或为臣子,或为官僚。尽管他们中的每一个还有着其他的多种社会身份,诸如父亲、儿女、丈夫、朋友等,但这平时的身份和言说关系也都在这一特定场所言说时暂时自动消失,他们作为"个体"的身份已被言说场所和言说内容、言说关系暂时消解。而当言说主体和言说对象的身份一旦确定,其言说也就具有"限定时空"的意义。故礼乐仪式之外的言说也表现为一种特定场合的言说,仪式言说表现出来的原则性也必然成为仪式场合之外礼乐言说的原则性。

在礼乐政治形态,国家的一切制度法令都在君主和中央国家政府官员的言说中制定,故君臣关系的言说是那时政坛最主要的关系言说。君臣关系的言说分为君对臣和臣对君的言说,可以说君臣互为言说主体和对象。

---

① 王先谦:《荀子集解》卷三,中华书局 1954 年版,第 62 页。

② 戴望:《管子校正》卷八,中华书局 1954 年版,第 121 页。

在君对臣的言说中,君是主体,而臣为言说对象。《尚书》中的那些诰命,大多是君对臣的言说。如《康诰》、《酒诰》、《梓材》、《微子之命》等,言说主体都为君主,言说对象均为臣下。而在臣下对君主的言说中,臣为主体,君为对象。如《国语·周语上》所载邵公谏厉王弭谤,《国语·齐语》所载管仲对齐桓公问霸术,《孟子·梁惠王上》载孟子对齐宣王问齐桓、晋文之事,《荀子·君道》论述为君之道等等,都以君主为言说对象。

在政坛言说中,君臣关系的言说一般为主体和对象的直接言说,主体和对象在言说时处于同一时空,为"零距离"。如《国语·齐语》载管仲与齐桓公谈说如何强国以成就霸业,《战国策·楚策一》载张仪为秦破纵连横说楚怀王等等。但还有一种君臣关系言说的言说主体和对象并不处于同一时空,君主只是以一种隐含言说对象而存在,并不与臣下构成直接的言说,如李斯作《谏逐客书》。在这一言说中,君主作为隐含言说对象,并不会改变他政治上君主的身份,而言说主体作为臣子的身份也不会因君主作为隐含言说对象而消失,言说主体和言说对象之间,依然保留着君臣关系。

中国古代,君主虽拥有绝对权力,但除了中央那些最为重要的事务,诸如中央官员的任命、诸侯之间的会盟和战争等重大事情外,具体的政治事务都不是君主躬亲,而由各专门政治机构组织实施。诸如《周礼》所说宗伯"帅其属而掌邦礼",司马"帅其属而掌邦政",司寇"帅其属而掌邦禁"。这各职能部门之间,职能部门的主管官员和属僚之间或因某些职能的交叉、或因某些问题需要讨论而少不了相互的言说。所以,政坛的言说在君臣关系的言说之外,有着更多的臣僚之间的言说。

同僚之间的政治言说互为言说主体和言说对象这种情况,在同一时空的直接言说中非常普遍。《左传》、《国语》、《战国策》中载有许多官吏的对话,如《左传》昭公七年载孟僖子召其大夫谈礼为"人之干",《战国策·秦策一》所载司马错与张仪争论伐蜀还是攻韩。或许,这同僚之间和上下级之间有着其他不同性质的关系,但当他们作为言说主体和言说对象的身份同为政治官员时,他们构成的言说关系也就只有政治言说关系,其他的身份构成的关系因政坛这一特定场合而暂时消解。

在臣僚的政治言说中,也存在着主体隐含言说身份和隐含言说对象。

诸如《荀子》中，像《王制》、《强国》、《致士》等明显是对君主的言说，而《劝学》、《修身》、《不苟》、《荣辱》等，则显然写给对朝廷的士大夫看的。虽然言说对象为所有的士大夫，非某一人或某几人，但却都为士大夫。《史记·孟子荀卿列传》载曰："春申君死而荀卿废，因家兰陵。李斯尝为弟子，已而相秦。荀卿嫉浊世之政，亡国乱君相属，不遂大道而营于巫祝，信禨祥，鄙儒小拘，如庄周等又滑稽乱俗，于是推儒、墨、道德之行事兴坏，序列著数万言而卒。因葬兰陵。"①根据这一段话，荀子著作《荀子》一书，当是在他被楚罢黜而家居兰陵之时。按说，他身不在朝廷政坛，不在其位，不谋其政。但正如有人问孔子："子奚不为政？"孔子回答："书云：'孝乎惟孝、友于兄弟，施于有政。'是亦为政，奚其为为政？"②孔子虽不在政位，但他那曾有的大夫的政治身份却始终占据着他的整个生命。于是，他这隐含的大夫身份也就决定了他隐含政坛的言说。荀子著书时虽不在官位，但从他"嫉浊世之政，亡国乱君相属"的心态看，他依然有着一种隐含政治身份的言说主体。《臣道》所谈，为大臣所应当遵循的各种原则，诸如："事圣君者，有听从无谏争；事中君者，有谏争无谄谀；事暴君者，有补削无挢拂。迫胁于乱时，穷居于暴国，而无所避之，则崇其美，扬其善，违其恶，隐其败，言其所长，不称其所短，以为成俗。"③显然，这话是针对朝廷的官员而言。因为能在君主面前谏争的，只有朝廷官员，若是对一般的平民百姓，那就没有任何意义。可见，荀子作《臣道》不仅站在朝廷官员的角度，其拟定言说的对象亦有着政治官员的身份，言说主体并不因其政治地位的丧失而改变言说的政治身份，拟定言说对象的存在身份依然使他们之间的言说关系为政治关系。

政坛的言说，除上述两种言说关系外，还有外交的言说关系。先秦，尤其是春秋战国时期，诸侯争霸，国家的兴衰存亡，外交起着非常重要的作用。外交言说虽不在各诸侯国国内的政坛进行，属于不同政体之间的关系，但外交同样为政治的一个方面，因而，外交言说实际上也是政坛的政治言说。在

① 司马迁：《史记·孟子荀卿列传》，中华书局1959年版，第2348页。
② 朱熹：《论语集注》，中华书局1983年版，第59页。
③ 王先谦：《荀子集解》，中华书局1954年版，第167页。

这种言说中,有君主与君主之间的言说,如诸侯会盟;有甲国使臣与乙国君主,或乙国使臣与甲国君主之间的言说,还有各国使臣之间的言说。但不管是谁为言说主体,谁为言说对象,既然本质是政坛的言说,言说主体与言说对象的身份就不会是亲戚朋友的身份,而必然是政治的身份,其言说关系必然也还和其他政坛言说关系一样,是或为君臣、或为同僚、或为上下级关系之间的言说。

这些关系的言说虽不都是仪式言说,但由于在礼乐政治形态,每一个人都以礼乐制度这种伦理秩序严格规定的身份出现在言说对象面前,使双方言说的场合形成特定的言说场合。作为言说主体,其言说必然因场合、身份和言说对象的不同而被规定。虽然时空不同,言说主体所在的场合、身份和言说对象也随之改变,但其言说被礼乐伦理原则所规定却不会有任何改变。

由上述可知,先秦神坛和政坛的言说总是在一定的场合进行,言说主体和言说对象的宗教、政治伦理身份都是特定的,言说主体和言说对象所构成的言说关系也是特定的。特定的场合、言说主体的身份和言说对象构成了对言说的多重规定,使其成为严格的限定时空言说。先秦的文坛既隐含于神坛和政坛,政坛的言说场合、言说主体、对象及其构成的言说关系即文坛的言说场合、言说主体、对象及其构成的言说关系。换言之,先秦神坛和政坛的言说即为先秦"文学"的言说,故先秦"文学"也就是限定时空的言说。

当然,先秦文学不见得都是神坛、政坛的言说,尤其是诗歌这种为大众普遍使用的文体文本,有不少是主体个体经验而激发的情感活动的抒写。但我们应该注意到,并不是完全个体经验而激发的情感活动的抒写就是非限定时空的言说。如那首著名《越人歌》。据刘向《说苑》说,鄂君子皙泛舟于新波之中,越人拥楫而歌。歌后,鄂君乃"榆修袂行而拥之,举绣被而覆之"。知《越人歌》也产生于限定时空,其言说不仅有着特定的场合,言说主体和言说对象所构成的言说关系也十分清楚。它如百里奚妻所歌《琴歌》、伍子胥逃往吴国时渔父为他所唱之歌、《庄子》所载《子桑琴歌》等,都可以肯定为特定场合所歌。因而,像这样的言说虽然不发生在神坛、政坛,也依然是限定时空的言说。

楚辞中的一些作品也是一样。《九歌》、《大招》、《招魂》都有着神坛言说的性质。王逸《楚辞章句》卷二说:“屈原放逐,窜伏其域,怀忧苦毒,愁思怫郁,出见俗人祭祀之礼,歌舞之乐,其词鄙陋,因为作《九歌》之曲,上陈事神之敬,下以见己之冤结,托之以风谏。”①可知,《九歌》原本是民间用以祭神的歌曲;屈原将其改编,用以向楚王讽谏,虽然所用场合不同,但都是限定时空的言说是可以肯定的。就是《离骚》,虽非作者庙堂的言说,没有一个特定的言说场所,但却具备了非完全限定时空言说的要素。王逸《楚辞章句》卷一《离骚经章句》说:“屈原执履忠贞而被谗衺,忧心烦乱,不知所愬,乃作《离骚经》。离,别也;骚,愁也;经,径也。言已放逐离别,中心愁思,犹陈直径以风谏君也。故上述唐虞三后之制,下序桀纣羿浇之败,冀君觉悟,反于正道而还已也。”②从王逸的这段话看,作者虽然被弃,或已身不在朝廷,非政坛的面对面言说,但主体的言说目的、作者臣子的言说身份和楚王这一特定的言说对象以及由此而形成的特定的言说关系,都是非常明确的。

同时,我们也注意到,先秦的一些著作,存在着两种文本形态,即原生文本形态和次生文本形态。所谓原生文本,即某些著作编著的原始材料,诸如《尚书》中的那些原始文诰,《战国策》中的纵横家的说辞,《论语》中的原始记录等。次生文本则是后来经过编著而成书的著作。这些著作的原生文本有些是政坛的言说是无疑的,如《尚书》中原始文诰,《战国策》中的纵横家的说辞。另外,有些文本虽不是神坛、政坛的言说,但是限定时空的言说却是肯定的,诸如《论语》中所记孔子和弟子的言说,都存在着一个特定的言说身份和特定的言说关系。史家的著述目的在于为统治者提供政治的经验教训,成书之后也可看作是政坛的言说,是毫无疑问的。它如《战国策》编著的目的虽不是为政治服务,而是为纵横家提供游说君主的教材,目的明显为实用。

综上所述,先秦文学不管是神坛、政坛的言说还是个体情感经验的言说,绝大多数为限定时空的言说,具有着浓厚的实用目的性。

---

① 洪兴祖:《楚辞补注》,中华书局1983年版,第55页。

② 洪兴祖:《楚辞补注》,中华书局1983年版,第2页。

第二章　礼乐政坛言说中的文、言、乐

先秦礼乐政治形态的言说与“文学”的言说结构为一体的建构，将礼乐政治形态关于“言”与“文”的价值取向注入了“文坛”，形成了“文坛”的价值追求。依据礼乐政治形态的“天道观”与作为人道的礼乐制度合一的哲学基础，“文坛”也形成了一个融天道、道德、人与文章于一体的一元形态下的三维建构格局。文，于天地而言，为天地之心的外现；于人而言，道德为质，合乎礼乐的行为为“文”；于文章与“言”，仁义道德为本；雕文刻镂之义，亦由礼而来。“文”上为天地之现象和意志及其显现，中为社会制度、发展规律与人的生命本体及其外化，下为文章与“言”的表现对象及其形式。礼乐道德的义项贯穿于宇宙、社会、人的价值和文章与“言”几个层面，在宇宙层面赋予“文”存在的依据和文章法则；在生命层面赋予“文”主体的生命本质与价值选择，在文章层面赋予审美过程中客体的道德属性；使天道、道德、人与文章融为一体，从本体论意义上规定着中国文学及其思想建构。作为文章的“文”，也正因为具有天地之心、人的本体属性和社会的法则而确立了“文”的政治伦理属性及其价值和在意识形态中的崇高地位和实用性以及“不二先王”的一元化价值标准。先秦的“文”、“乐”包括诗和汉以后人们所说的立言之“言”都具有与今天这些概念本质含义的不同，故将孔子“言之无文，行而不远”之“文”解释为“文采”实是一种误解。乐与礼的一体使先秦的诗成为礼的结构元素，附带上表现礼所规范的伦理关系的功能，并使诗成为乐的附庸。故先秦的诗论实为乐论，论诗皆以乐论为视角；孔子的兴、观、群、怨说建立在乐论基础上。这一现象，导致了乐论的价值取向规定诗论的价值取向，故“诗言志”之“志”的内涵为德立功成。

一、“文”的三维建构

“文”本为一种宗教仪式行为——“文”的道德含义——“文”是宇宙、社会法则——“文”的生命本体意义——“文”的道德、宇宙社会法则、生命本体意义发而成“文章”——先秦文章意义的“文”专指国家典令和儒家经典——“文道合一”源于先秦“文”的三维建构

探寻中国“文学”及其理论的源头,人们都聚焦于先秦“文”这一概念的原始含义;但人们大多将先秦“文”所具有的含义割裂开来,局限于它的色彩镂纹的形式一点。先秦的“文”,虽有众多义项,各自具有相对的独立性,但他们同在神坛和政坛的言说中生成,互为规定,融为一体,形成一个一元形态下的三维建构,规定着先秦文学及其思想理论建构。

“文”的最早的含义,人们多依《易·系辞下传》“物相杂,故曰文”和《说文》“错画也,象交文”之说。而根据《甲骨文诂林》,甲骨文中的“文”字,是“立人身上有文身”,故甲骨学家一致断其义为“文身”。文身为一种巫术礼仪。《史记·周本纪》正义引应劭曰:“(越人)文其身,以象龙子,故不见伤害。”知文身是在人身上画上花纹图案,扮成崇拜对象的样子,以获得崇拜对象的护佑。因而,“文”的原始意义当为一种描绘神秘纹饰的巫术行为。显然,将其称之为“文”并非文身的图案,而是图案所表现的内涵。因为在那个时代,有图案或绘有图案的物体当不止于文身,而当时并没有将其他的图案称之为“文”,正在于文身只是祈福之意的一种表现形式。

文身原是一种原始宗教仪式,礼便由它发展而来,王国维和郭沫若对一点都有详尽的考证。周因于殷礼,本是就祭祀礼仪而言。周公制礼,主要是给殷代的宗教礼仪贯注入伦理道德内涵,将宗教制度和政治制度合而为一。因而,原始宗教礼仪便和道德融为一体,道德为礼的内涵,礼仪为道德的行为表现,文身意义的“文”便被赋予了道德的内涵。

西周时期,“文”的文身的原始意义已不多见,除《顾命》中“文贝”有纹彩意义外,西周文献中的“文”主要指“文德”。《尚书·尧典》以“钦明文

思”赞美尧,《诗经·武》颂扬文王“允文”。《诗经·周颂》有《思文》、《烈文》篇,前者赞美后稷“思文后稷,克配彼天”;后者赞美“烈文辟公,锡兹祉福”。注家都释“文”为德行。《逸周书·谥法解》说:“经纬天地曰文,道德博闻曰文,学勤好问曰文,慈惠爱民曰文,愍民惠礼曰文。”①知“文”为西周最高的道德境界,故周文王死后也谥以“文”。

春秋战国时期,“文”的这一含义被赋予了众多的具体内容。《国语·周语下》载单襄公评价晋周说:“夫敬,文之恭也;忠,文之实也;信,文之孚也;仁,文之爱也;义,文之制也;智,文之舆也;勇,文之帅也;教,文之施也;孝,文之本也;惠,文之慈也;让,文之材也。”②以敬、忠、信、仁、义、智、勇、教、孝、惠、让为“文”的各种表现。《荀子·不苟》也说:“宽而不僈,廉而不刿,辩而不争,察而不激,寡立而不胜,坚强而不暴,柔从而不流,恭敬谨慎而容。夫是之谓至文。”③

礼为春秋时治国的根本。《左传》对时人的这一观念多有记载。如隐公十一年:“礼经国家,定社稷,序民人,利后嗣者也。”僖公十一年:“礼,国之干也。”成公十二年:“政以礼成。”由于“文”的道德属性为礼的本质,于是,“文”也就被视为宇宙和社会根本法则。《逸周书·谥法解》和《左传》昭公二十八年都有“经纬天地曰文”的话。《逸周书·武纪解》认为“仁废,则文谋不足”;若“内无文”,又外“无武”,国家就会灭亡。《文子·道德篇》说:德、仁、义、礼四者,为“文之顺也,圣人之所以御万物也”。都说明着“文”在那时被认为是国家和个人行事的根本。

“文”的这一意义的获得,与它具有礼仪制度和道德的属性紧密相关,也与当时天人合一的观念相联系。西周时,人们就有了“以德配天”的观念,如《诗经·思文》:“思文后稷,克配彼天。”将后稷之德归之于天。《国语·周语下》载单襄公说:“天六地五,数之常也。经之以天,纬之以地。经纬不爽,文之象也。文王质文,故天胙之以天下。”意思是说,天有六气,地

① 黄怀信等:《逸周书汇校集注》,上海古籍出版社 1995 年版,第 678—679 页。

② 徐元诰:《国语集解》,中华书局 2002 年版,第 88—89 页。

③ 王先谦:《荀子集解》卷三,中华书局 1954 年版,第 25 页。

有五行,以六气为经,五行为纬,有条理地治理天下,没有差错,就是文德的表现。文王具有文德,故上天赐给他天下,也将文德视为天意。《易·彖辞传》曰:"观乎天文,以察时变;观乎人文,以化成天下。""人文"之所以能化成天下,正因为它是"天文"在人类社会的显现,表现着天地的意志。故《文子·上德》说:"天道为文,地道为理。""人文"效法天地之文,故"天人同文,地人同理"①。道德和礼制作为"人文",自然也就有了宇宙和社会根本法则的"道"的意义。

"文"的礼制、道德和它"道"的属性,使"文"具有了极强的渗透性。当它的这些属性作用于主体时,便成为主体的生命价值选择,并由此而结构成主体人格建构,在某种程度上赋予它以生命本体的意义。

儒家的理想人格为圣人、仁人、君子。圣人、仁人非常人所能及,君子也就成为人们较为普遍的人格追求。而君子人格,则由"文"与"质"合成。《论语·雍也》载孔子说:"质胜文则野,文胜质则史。文质彬彬,然后君子。"《颜渊》载:"棘子成曰:'君子质而已矣,何以文为?'子贡曰:'惜乎,夫子之说君子也,驷不及舌。文犹质也,质犹文也。虎豹之鞟犹犬羊之鞟。'"可见儒家对作为人格的"文"的重视。

"文"作为人格的关键元素,由人伦道德和礼制的关系而获得。西周时,周王朝力量强大,礼乐制度能够得到普遍遵守,礼与伦理道德未曾分化。春秋时礼崩乐坏,原有的礼乐仪式被剥离了人伦道德的内涵而流为形式;于是,伦理道德与礼的关系也被提了出来。为将礼和伦理道德重新融合,人们开始强调他们的合一性。所以春秋时期的思想家总是强调:伦理道德与礼相为表里。于是,人们赋予伦理道德之"文"以"本"与"质"的属性,而将礼仪视为人伦道德的外现之"文"。如《荀子·臣道》:"礼义以为文,伦类以为理。"②这一点,《韩非子·解老》中也有表述:"事有礼而礼有文;礼者,义之文也。"③两者之间的关系,犹如《礼记·礼器》所强调的"无本不立,无文不

① 陆佃:《鹖冠子解》卷中,文渊阁《四库全书》本。

② 王先谦:《荀子集解》卷九,中华书局1954年版,第170页。

③ 王先慎:《韩非子集解》卷六,中华书局1954年版,第97页。

行”。孔子强调仁义道德必须以守礼为根本,正是因为这一点。

礼乐伦理道德必须作用于人的价值选择、影响人的思想行为才能发挥社会价值功能。西周时,“允文”的文王不仅得到了天下,也获得了人们的无限赞美,于是,经过统治阶级不断的强化,“文德”也开始由一种社会规范和统治手段,逐渐转变为一种心理层面的人格需求。对于礼的维护,莫过于将外在的带强制性的“礼”转变为个体的内在需求,成为一种自觉。于是,思想家们对应作为社会规范的伦理道德与礼,开始赋予它人格本质与外现的关系属性。人的内在的伦理道德被视为“质”,它的外在的行为表现在文饰意义层面被视作“文”。《左传》襄公三十一年曰:“君子在位可畏,施舍可爱,进退可度,周旋可则,容止可观,作事可法,德行可象,声气可乐,动作有文,言语有章,以临其下,谓之有威仪也。”①所谓“动作有文”,即以外在的符合礼之义的施舍、进退、周旋、容止、作事、德行、声气、言语为内涵。《论语·卫灵公》载孔子曰:“君子义以为质,礼以行之。”所谓义,即指内在的伦理道德,“礼以行之”即是与“质”相对应的“文”。《宪问》载子路问成人。子曰:“若臧武仲之知,公绰之不欲,卞庄子之勇,冉求之艺,文之以礼乐,亦可以为成人矣。”②智、不欲、勇为“质”,“文之以礼乐”即是借礼乐之“文”将道德之“质”表现出来。《荀子·礼论》亦说:“贵本之谓文,亲用之谓理,两者合而成文。”所谓“本”即伦理道德,“本”以礼乐为用,“用”即将伦理道德发之于言行。将这“本”与“用”结合在一起谓之“成文”。故“文貌情用,相为内外表里”,方为“至备”。③ 所以晏子说:“礼成文于前,行成章于后。”④也正是在这一意义上,子贡说“文犹质也,质犹文也”。

先秦人认为,“言”是人的本质的外现。《左传》僖公二十四年载介子推说:“言,身之文也。”《国语·晋语五》亦载嬴氏曰:“言,身之文也。”因此,在西周、春秋那个以道德为最高人生境界的时代和战国时的儒家那里,“言”与“文”也对人具有特别重要的意义。

---

① 杜预:《春秋左传集解》,上海古籍出版社 1977 年版,第 1168 页。
② 朱熹:《论语集注》卷七,中华书局 1983 年版,第 151 页。
③ 王先谦:《荀子集解》卷十三,中华书局 1954 年版,第 328 页。
④ 张纯一:《晏子春秋校注》,中华书局 1954 年版,第 138 页。

在人格的“文”与“质”的关系中，“文”既表现“质”也依附于“质”，并受“质”的制约，因而，将“言”看作“身之文”时，人格的“质”与“言”也就构成了对应关系。这一关系的构成，不仅是说“言”是人的内在质量的外现，而且也规定了主体对于“言”的价值选择，即“言”必须以道德礼义为本。这一点，在《论语》中表达得极为充分。如孔子认为“言”合乎礼乐道德规范才能“顺”，“言”顺所言之事才能“成”，“言不顺，则事不成”①。《卫灵公》也载孔子说：“言忠信，行笃敬，虽蛮貊之邦，行矣。言不忠信，行不笃敬，虽州里，行乎哉？”②《文子》卷五所说德、仁、义、礼为“文之顺”，与孔子所说“言顺”的要求相同。《礼记·儒行》说：“言谈者，仁之文也。”也是强调“言”应是“仁”的外现，即言语文章应以礼乐道德为根本。

儒学主体强调人格的“文”的一面，关键在于强调伦理道德的功用。犹如文身必借图纹方能得以表现，图纹是实现文身目的的一种必须的手段。这也就是说，人伦道德的功用，必须借礼之“文”才能得以实现；人有“质”，而言行不合礼乐，“质”也就无从发挥功用。荀子强调“亲用”，以“文貌情用，相为内外表里”，目的也在于此。

“文”在西周就有了现代“文章”一词的意义。先秦“文”的这一意义，与文字的含义密切相关。文字之义大概由文身的图纹一义引申而来。因最早的文字都为象形，有如文身之“文”，人们便将它也称之为“文”。但“文”的文章之义也与礼乐道德之“文”和“言，身之文也”的含义密不可分。

先秦，尤其是儒学主体“质”、“文”一体的人格追求具有生命的本体意义，它最终表现为平、治天下功业的终极追求。由于主体为了实现生命的本体意识会自觉地将一切行为置之这种追求的支配之下，因而，当他作为文章主体时，他们所获得的以仁义道德和功业为最高生命价值观便转换为文章主体的最高生命价值观。主体的这种价值选择也就规定了他们作为文章主体时的价值选择，使文章主体将宣扬仁义道德和维护封建礼教当作生命价值的体现。时人平治天下的方法是以体现天道秩序的礼教去规范社会秩序

---

① 朱熹：《论语集注》卷七，中华书局 1983 年版，第 142 页。

② 朱熹：《论语集注》卷八，中华书局 1983 年版，第 162 页。

和人们的思想行为；于是，它也就规定了主体获取功业的途径，即通过实践礼之"道"和宣扬礼之"道"进入仕途，使自身紧紧地依附于政治，成为统治阶级意识形态的代言人。故从某种程度上说，是人们的"身之文"的文德内涵决定了文章的内容和性质。

"文"的现代意义的文章之义，事实上也由"文"的礼乐伦理道德的含义而获得。在先秦，文章之"文"并非指以文字记载的所有文章。"文"的文章之义出自西周。那个时代，作"文"是统治者的特权。作"文"之人大都为帝王的御用文人，作"文"多是政治行为，所作之"文"多为国家的制令、帝王的文诰之类，如《尚书》所载。《周书·洛诰》中"咸秩无文"之"文"就是指礼之典籍。这类文章，是后来国家政治的经典，表现的思想意识是西周政治、思想和后来儒家思想的基础。由于周人对于礼乐道德极力推崇，这时期的文章也多以礼乐道德为内容。于是，将这些礼乐道德为内容的文章专门称之"文"也就自然而然。

先秦时，"文"用作文章主要见于儒家的著作和《韩非子》。《论语》中有几处"文"具有文章的含义，如《学而》："行有余力，则以学文。"《八佾》："文献不足故也。"《雍也》："子曰：'君子博学于文。'"《述而》："子以四教：文，行，忠，信。"这里的"文"也都是指礼乐道德为内容的文章。如《论语注疏》卷一："行有余力，则以学文。"注："马曰：'文者，古之遗文。'正义：'古之遗文者，则《诗》、《书》、《礼》、《乐》、《易》、《春秋》六经是也。'"朱熹《论语集注》亦谓："文，谓《诗》、《书》六艺之文。"《左传》昭公十五年："夫有勋而不废，……明之以文章。"①"文章"也是指国家典令。《荀子》中多用"文学"一词，"文"也是指礼乐道德为内容的文章。如《王制》："虽庶人之子孙也，积文学，正身行，能属于礼义，则归之卿相士大夫。"②荀子以人性为恶，认为只有学习六经这些儒家经典，方能行为端正，符合礼义。所以他在《大略》中说："人之于文学也，犹玉之于琢磨也。"显然，荀子这里所说的"文"，也是他在《劝学》中强调的学习内容，即六经。

---

① 杜预：《春秋左传集解》，上海古籍出版社 1977 年版，第 1404 页。

② 王先谦：《荀子集解》卷五，中华书局 1954 年版，第 94 页。

商鞅和韩非常用的“文学”一词,也都是指学习仁义礼乐之人。《商君书·外内》认为,治国必堵塞“淫道”,使“辩知者不贵,游宦者不任,文学私名不显”。将“文学”之人的主张斥为“淫道”。①《商君书·去强》说:“国用《诗》、《书》、礼、乐、孝、弟、善、修治者,敌至必削国,不至必贫国。”②《说民》亦谓:“礼乐,淫佚之征也。”从这两段话看,所谓的“淫道”也就是仁义礼乐之道,而主张“淫道”的“文学”也自然是儒学之人。韩非子是极力反对以礼乐道德治国的,故他总是将“文”与“文学之士”当作批判对象。而他所批判的“文”更多的是指儒家经典,所说的“文学之士”也是专指儒学之士。如《韩非子·五蠹》说:“儒以文乱法。”梁启雄《韩子浅解》注云:“文,指文学和‘德化’、‘礼治’等学说。”③《外储说左上》也载王登将中牟“其身甚修,其学甚博”的中章、胥己称之为“文学”,而强调博文修身的大多是儒家。《六反》说:“学道立方,离法之民也,而世尊之曰‘文学之士’。”④“道”、“方”也专指儒学礼法。可见《韩非子》中的“文”专指儒家礼乐道德学说及其典籍。

由上述可知,在先秦,是“文”的仁义礼乐的含义赋予“文”以文章意义。正因如此,文章意义上的“文”也在人们的观念中具有了政治法则的意义。《国语·周语下》载太子晋对周灵王说,为政应“观之诗书”,“夫事大不从象,小不从文”,不利于政治。在这里,“象”即天象,“文”即《诗》、《书》。《荀子·劝学》说:“《书》者,政事之纪也;《诗》者,中声之所止也;《礼》者,法之大分,类之纲纪也,故学至乎《礼》而止矣。夫是之谓道德之极。《礼》之敬文也,《乐》之中和也,《诗》、《书》之博也,《春秋》之微也,在天地之间者毕矣。”⑤说的也是这个意思。这与先秦儒家将六经所述当作政治和人生的最高原则是一致的。

先秦的“文”有文德、礼乐制度、天文地理、文饰(花纹、外现)、文字、文章、文采等义项。由于“文”因文身所具有的宗教礼仪的内涵而得名,文身

① 严万里校:《商君书》,中华书局1954年版,第37页。
② 严万里校:《商君书》,中华书局1954年版,第9页。
③ 梁启雄:《韩子浅解》,中华书局1960年版,第476页。
④ 王先慎:《韩非子集解》卷十八,中华书局1954年版,第318页。
⑤ 王先谦:《荀子集解》卷一,中华书局1954年版,第7页。

所具有的宗教礼仪的内涵、仪礼与其包含的伦理道德才是“文”的本质，因而，后来所谓的文饰、文章、文采等即为“文”（礼与伦理道德）之饰、之章、之采。“文”的义项都与礼乐道德有密切关系。于天而言，其“文”体现着礼乐道德；雕文刻镂，因礼而得“文”之含义；于人而言，内在的道德以为“文”，合乎礼乐的行为亦为“文”；于文章，表现仁义道德的文字才被称之为“文”。“文”上承天地之现象和意志，中为社会之制度及发展规律与人的生命本体、人生的最高境界，下为文章与“言”的表现对象。礼乐道德的义项贯穿于宇宙、社会、人生价值和文章与“言”几个层面，在宇宙层面赋予“文”存在的依据和文章法则；在生命层面赋予“文”主体的生命本质与价值选择，在文章层面赋予审美过程中客体的道德属性，为一个一元形态下的三维建构；于是，天道、道德、人与文章便融为一体，相互表述，互为对方存在的依据。作为文章的“文”，也正因为具有天地之心、人的本体属性和社会的法则而确立了“文”的政治伦理属性及其价值和在意识形态中的崇高地位。

先秦“文”融天道、道德、人与文章于一体的建构格局，对此后文学的发展和文学理论，尤其是儒家文学理论的构建，起着至关重要的作用。刘勰虽不认为“文道合一”，但他将“文”的起源归之“道”，说其“与天地并生”，认为“道沿圣以垂文，圣因文而明道，旁通而无滞，日用而不匮”①。文章应“象天地，效鬼神，参物序，制人纪，洞性灵之奥区”方是“极文章之骨髓”的思想②，都不过是先秦“文”三维观念的不同表述。宋、明理学家不例外。如朱熹认为：“道者，文之根本，文者，道之枝叶。”③在“文”与“道”的关系上，认为道为文之本，文为道之用。明代的宋濂作《文原》，和北宋石介一样也将天地之道视作了文的根本，认为：“文者，天生之，地载之。”“至道”是世界万物之本，但“至道”是形而上的存在，必须借文而具象。道为文之产生的依据，文为道之用。文、道相与为一。其《文宪集》卷七《叶夷仲文集序》说：“文之至者，文外无道，道外无文，粲然载于道德仁义之言者，即道也；秩然

① 周振甫：《文心雕龙今译》，中华书局2005年版，第14页。

② 周振甫：《文心雕龙今译》，中华书局2005年版，第26页。

③ 《朱子语类》卷一百三十九，文渊阁《四库全书》本，第702册，第802页。

见诸礼乐刑政之具者，即文也。”他如颜之推、钱谦益、谭元春、方苞、叶燮甚至袁枚等，都以“六经”为“文”的本源，“文”的准则，其思想也都源于先秦“文”的三维观念。因而说，先秦时代“文”的一元形态下的三维建构，已规定了中国古代文学及其思想的发展方向。

二、“言”的一元价值取向

“言”为天地意志和社会制度的实现媒介——作为局部的个体在接受礼的意识形态价值取向的同时将自己投射到全局——战国诸子的“言”的一元价值取向——孔子所谓“言之无文”之“文”的含义为礼乐道德规则——“言”的标准是“不二先王”

在先秦，“言”作为一个话语系统，有多种不同内涵：一是指言说，如某某言于某曰；二是指一种文章体式，如《易》有《文言》；三是指一种言说方式，如《庄子·寓言》说：“寓言十九，重言十七，卮言日出。”四是指所有文字作品，包括诗、史、论等等。五是指言论。而“文”则更多是指典章制度及其外现，因而，“言”与“文”是有很大区别的。但由于“言”的文字形态也称之为“文”，故“言”与“文”又有着极密切的关联。正因这种密切关联，“文”的三维建构也必然对“言”产生支配意义。“文”既为天地之现象和意志及其显现和社会制度与人的生命本体及其外化，“言”也就必然为天地意志和社会制度的实现媒介。因而，一元化的礼乐政治也必然带来“言”一元化。

据记载，中国远在原始社会时代统治者曾设有谏鼓谤木，鼓励人们向统治者建言献策，或就政治提出批评。《管子·桓公问》载道：

黄帝立明台之议者，上观于贤也，尧有衢室之问者，下听于人也。舜有告善之旌，而主不蔽也。禹立谏鼓于朝，而备讯唉。汤有总街之庭，以观人诽也。武王有灵台之复，而贤者进也。①

---

① 戴望：《管子校正》卷八，中华书局1954年版，第302页。

《管子》所言,带有氏族社会的特征。这种氏族社会的特征,在西周乃至于春秋时期也还有一定的保留。故西周和春秋时期,在意识形态也还在某种程度保留了这种带有限定的原始的自由。如周厉王时期的邵公说:"故天子听政,使公卿至于列士献诗,瞽献曲,史献书,师箴,瞍赋,矇诵,百工谏,庶人传语,近臣尽规,亲戚补察,瞽、史教诲,耆、艾修之,而后王斟酌焉,是以事行而不悖。"上至公卿,下至百工、庶人,都有对国家政治进行劝谏的权力。《左传》襄公三十一年也载:郑人在乡校议论"执政之善否",子产对此也予以了肯定。

但事实上,当专制政治体制一旦确立,社会的价值也随之被限定,意识形态也因社会价值的封闭而关上了自由之门。即便是真实的维护其价值追求的言论,在与统治者的意志发生冲突时,不仅不会被统治者采纳,甚至连言说者的性命也得不到保障。商纣王荒淫暴虐,大臣微子、比干为维护其统治而力谏;纣王以微子、比干有违自己的意志,囚微子,剖比干而观其心。周厉王暴虐,国人谤王。"王怒,得卫巫,使监谤者,以告,则杀之。国人莫敢言,道路以目。"①

这样一种政治体制,不仅使权力成为意识形态领域的终极支配,而且将体现着这一秩序的经济、法律和各意识形态的价值取向,通过家族血缘宗法关系和至高无上的权力将其注入到家和个体,使作为局部的家和个体在接受国家的各意识形态价值取向的同时将自己投射到全局。于是,国家、家庭和个体的价值取向融为一体,国家的价值取向即家和个体的价值取向,而家和个体的价值取向亦即国家的价值追求。所以,处于礼乐政治中的大多数个体,总能够自觉地去维护这一元意识形态。《论语·为政》载孔子曰:

> 攻乎异端,斯害也已!

这一句话,后人有着不同的解释。如果"攻"训攻读,可以解释为:如果学习那些异端的言论,是很有害的。如果"攻"训批判,则可以解释为:若批

---

① 徐元诰:《国语集解》,中华书局2002年版,第10—11页。

判那些异端思想，那么异端思想的危害就会不存在了。但不管是那种解释，看出的都是孔子对于一元意识形态的维护。《荀子·宥坐篇》曾载孔子为鲁摄相，朝七日而诛少正卯，其原因就是少正卯“言伪而辩”，“居处足以聚徒成群，言谈足饰邪营众，强足以反是独立”。① 被人认为仁慈的孔子对少正卯没有丝毫的手软，上台七日就杀掉了少正卯，可见，孔子没有多元意识的思想。

墨子被誉为平民利益的代表者，但他却主张君主应具有绝对的话语权。他认为，维护君主的绝对权威，是国家兴盛的关键，“唯以其能一同其国之义，是以国治”。故“凡乡之万民，皆上同乎国君，而不敢下比。国君之所是，必亦是之，国君之所非，必亦非之”。“凡国之万民上同乎天子，而不敢下比。天子之所是，必亦是之，天子之所非，必亦非之。”人们应该“去而不善言，学国君之善言”；“去而不善言，学天子之善言。”②

在中央集权制政治下，适应着“权制独断于君”③专制的需要，意识形态已到了专制的程度。商鞅提出的“一言”论，既是说君主应专权，也是对言论专制的主张。他提出的“言必中法”，即是要求所有的言论一之于法。而所谓的“法”，则是最高统治者意志的集中反映和体现。商鞅的这一思想，在韩非、李斯那里得到了极致的发挥。韩非认为，“儒以文乱法”；那些“谈言者务为辩而不周于用，故举先王言仁义者盈廷，而政不免于乱”。“故明主之国，无书简之文，以法为教；无先王之语，以吏为师。”④李斯也认为，“古者天下散乱，莫之能一，是以诸侯并作，语皆道古以害今，饰虚言以乱实，人善其所私学，以非上之所建立”。致使人们“入则心非，出则巷议，夸主以为名，异取以为高，率群下以造谤”。为维护“上之所建立”，“天下敢有藏《诗》、《书》、百家语者，悉诣守、尉杂烧之。有敢偶语《诗》、《书》者弃市，以古非今者族。吏见知不举者与同罪。令下三十日不烧，黥为城旦。”⑤欲将

---

① 王先谦：《荀子集解》卷五，中华书局 1954 年版，第 341 页。
② 孙诒让：《墨子閒诂》卷三，中华书局 1954 年版，第 49 页。
③ 严万里校：《商君书·修权》，中华书局 1954 年版，第 24 页。
④ 王先慎：《韩非子集解》卷十九，中华书局 1954 年版，第 346 页。
⑤ 司马迁：《史记·秦始皇本纪》，中华书局 1959 年版，第 255 页。

天下的思想言论归于君主一端。秦始皇焚书坑儒，正是法家这一思想顺理成章的发展。

因而，我们绝不要以为管子所说和邵公所言为自由意识形态观念的反映。无论微子、比干，还是公卿列士献诗、瞽献曲、史献书、师箴、瞍赋、蒙诵、工谏，追求和表现的绝不是多元的价值意识，而恰恰是对那时礼乐一元价值意识的极力推崇和维护。从《诗经》尤其是“小雅”中的那些讽谏诗看，人们所献之诗都无不在维护礼乐政治的核心价值，所讽刺的是对礼乐伦理道德的偏离，所批判的是对礼乐伦理道德的破坏。史之所献之书，据韦昭注为“三皇、五帝之书”。在先秦，三皇五帝在人们的心目中都是圣人，其书所记，自然不外乎所谓圣人治政之道。箴即“箴刺王阙，以正得失”；瞍赋、蒙诵亦不外乎所献之诗、所规之箴。言说者所追求的是对维护礼乐伦理秩序及其道德的责任担当。

战国时期，出现了所谓的“百家争鸣”的局面，但这并非言论自由观念的产物，而是诸侯割据这一政治局面的结果。百家的相互攻讦，虽然表现出思想观念的差异，但却无不在以否定别家的学术来求得政治话语权，以求富贵。所以，战国诸子绝少有对他家学术的容忍，就连一家之间，也少不了相互的攻击。如《荀子・非十二子》不仅对它嚣、魏牟、陈仲、史鰍、墨翟、宋钘、慎到、田骈、惠施、邓析的学术全盘否定，而且也对儒家的子思、孟轲学派进行批判，要“务息十二子之说”，“齐言”“一统”于圣人之文章。事实上，战国诸子很少有多元的思想元素。可见，战国时期也并不存在一个多元并存的思想文化语境。

先秦，不仅统治者意识到言论对于维护统治的重要作用，大多数言说主体，尤其是“士”阶层也将“立言”当作博取功名、实现自我价值的唯一途径。《礼记・曲礼上》曾说：“史载笔，士载言。”可知《左传》襄公二十四年所载鲁穆叔以“立言”为自我重要实现途径不是士阶层个别个体的追求。由于士对统治者的人身依附带来了他们对伦理道德价值取向的自觉，于是，处于这礼乐秩序中的不同阶层，在言论的价值取向方面达到了高度的一致。这集中表现于对礼乐伦理道德的维护。

在礼乐政治形态中，“非礼无以辨君臣、上下、长幼之位也，非礼无以别男女、父子、兄弟之亲，婚姻、疏数之交也”①。于孔子看来，礼的全部价值并非早期的神坛鬼神祭祀那样仅是为着祈福去祸，它根本的价值在于区别君臣、上下、长幼、男女、父子、兄弟、婚姻、疏数，规定他们之间的权益。管子也认为，整个社会“上下无义则乱，贵贱无分则争，长幼无等则倍，贫富无度则失”。只有“下不倍上，臣不杀君，贱不踰贵，少不陵长，远不间亲，新不间旧，小不加大，淫不破义”，社会才能和平安定。所以作为“礼之经”的“上下有义，贵贱有分，长幼有等，贫富有度”这一伦理关系的确立，对政治有着十分重要的意义；只有保证礼所规定的这些伦理秩序，才能“乱不生而患不作”②。所以，礼被认为是“天之经”、“地之义”、“国之干”。因而，适应着政治的需要，“言”也被限定在礼乐及其道德范畴。《国语·齐语》载管子说：

> 令夫士，群萃而州处，闲燕则父与父言义，子与子言孝，其事君者言敬，其幼者言弟。③

管子执掌齐国的政权，以“令”的形式规定士人的言论必须不离义、孝、敬、悌。《左传》僖公二十四年亦载富辰说：

> 心不则德义之经为顽，口不道忠信之言为嚚。④

顽嚚之人，在那时被看作是“丑类恶物”。《国语·晋语四》说：“嚚喑不可使言”，故“童昏、嚚喑、僬侥，官师之所不材”。故富辰说“与顽，用嚚”，是“奸之大者”。⑤

孔子对于“言”曾有过很多的论述，但归结到一点，就是要合于礼义。

---

① 《礼记正义》卷五十，《十三经注疏》本，中华书局1980年版，第1611页。

② 戴望：《管子校正》卷三，中华书局1954年版，第48页。

③ 徐元诰：《国语集解》，中华书局2002年版，第219—220页。

④ 杜预：《春秋左传集解》，上海古籍出版社1977年版，第345页。

⑤ 杜预：《春秋左传集解》，上海古籍出版社1977年版，第345页。

颜渊问仁,孔子对颜渊说:“非礼勿视,非礼勿听,非礼勿言,非礼勿动。”①所以,孔子强调“言”必及义,“言中伦”。孔安国云“言中伦”即“言应伦理”。《左传》襄公二十五年载孔子说:“言之无文,行而不远。”②今人多释为:说话或文章没有词采,便难以广泛流传;以“文”为文采。作此解释,古已有之。刘勰《文心雕龙·征圣》化用《左传》这一段话说:“志足而言文,情信而辞巧,乃含章之玉牒,秉文之金科矣。”③已将“文”视作词采。明确释其为词采的如明王道焜《左传杜林合注》,其卷三十注曰:“林:人之有言,所以成其志之趋向也;言之有文,所以成其言之华采也。”其实,孔子所谓“言之无文”依然是以礼义作为“言”的价值标准;此处的“文”依然是礼乐道德规则。

这一点,唐顾况与明宋濂曾已言及。他们虽未明言此“文”为礼乐道德,但他们都确有以此“文”为礼乐道德之意。顾况《华阳集》卷下《文论》曰:“《周语》之略曰:孝、敬、忠、信、仁、义、智、勇、教、惠、让,皆文也。……此十一者,经纬天地,叶和神人,名之为文。其实行也,文顾行,行顾文,文行相顾,谓之君子之文……礼乐不失于正谓之文。”④并引“言之无文,行之不远”为证。宋濂《文宪集》卷七《徐教授文集序》在宣扬理学“文道合一”之论时说:

> 《传》有之:言以足志,文以足言。言之无文,行之不远。此则文之至者也。文之至者,文外无道,道外无文,粲然载于道德仁义之言者,即道也;秩然见诸礼乐刑政之具者,即文也。⑤

应该说顾况与宋濂的理解是符合孔子观念和那个时代“言”的价值标准的。如前所言,“文”在西周、春秋时除指“物相杂”和文饰、礼乐道德方面的历史文献、文辞外,还有礼乐道德的含义,西周早期,“文”是最高道德境

---

① 朱熹:《论语集注》卷六,中华书局 1983 年版,第 132 页。
② 杜预:《春秋左传集解》,上海古籍出版社 1977 年版,第 1036 页。
③ 周振甫:《文心雕龙今译》,中华书局 1986 年版,第 19 页。
④ 顾况:《华阳集》卷下,文渊阁《四库全书》本,第 1072 册,第 543 页。
⑤ 宋濂:《文宪集》卷七,文渊阁《四库全书》本,第 1223 册,第 423 页。

界。正因"文"以礼乐仁义道德为其内涵,故《逸周书·武纪解》认为"仁废,则文谋不足";若"内无文",又外"无武",便会"迹往不复,来者有悔",国家就会灭亡。知"文"在那时也是国家和个人行事的根本。

《论语》一书,"文"共出现24次。杨伯峻《论语词典》总结其用法如下:文献及文献上的知识;文采,有文采;文辞;动词,文饰;谥号;周文王。杨先生虽说《论语》的"文"也有文采之意,但他特别说明,文采是和"质"对言。《雍也》载孔子说:"质胜文则野,文胜质则史。"杨伯峻释"文"为文采,但这里的"文"并非指言辞华美。在春秋时期的人看来,仁义道德与礼相为表里,礼是仁义道德的外现,仁义道德是礼的本质。所以子贡说:"文犹质也,质犹文也。"《礼记·礼器》说:"忠信,礼之本也;义理,礼之文也。无本不立,无文不行。"①以忠信义理相为表里。《荀子·礼论》亦说:"贵本之谓文,亲用之谓理,两者合而成文。"所谓"本"即伦理道德,"用"即将伦理道德发之于言行。将这"本"与"用"结合在一起谓之"成文","不敬文",即只有"本"而不能发之于言行,就只能"谓之野"。因而,所谓"质胜文则野"意即具有伦理道德的质性,而言行不符合礼乐,便会显得粗野;言行在表面上合于礼乐而无伦理道德的质性,便会如"史",有言无实。可见,《论语》中与"质"对言的"文"没有词采的意义。

考西周、春秋战国之交时的典籍《尚书》、《诗经》、《左传》、《国语》共出现"文"841次,其中《尚书》73次,《诗经》60次,《左传》396次,《国语》212次。在"文"的用法上,除《晋语九》所用一次"巧文"有词采的意义外,其他无一有词采含义。人们在言说善于说话时,都将其表述为"善于辞令"。如《左传》襄公三十一年说:公孙挥"又善为辞令"。

从《论语》看,孔子一贯反对"巧言",说"巧言令色,鲜矣仁"!②"巧言乱德"③;主张"慎言",言必符合礼义道德,说:"群居终日,言不及义,好行

① 《礼记正义》卷二十三,《十三经注疏》本,中华书局1980年版,第1430页。
② 朱熹:《论语集注》卷一,中华书局1983年版,第48页。
③ 朱熹:《论语集注》卷八,中华书局1983年版,第167页。

小慧,难矣哉。”①“君子有九思”其中之一就是“言思忠”。② 正如《礼记·儒行》也要求将“仁”作为言辞的根本,说:“言谈者,仁之文也。”所以,孔子于言辞与内容,总是“恶紫之夺朱”,主张“辞达而已矣”③,并没有肯定言辞要有华采。同孔子反对巧言一样,当时的人们也反对“巧文”。如《国语·晋语九》载,智果谈智宵和智瑶哪一个最适合作智氏的继承人时,以为智瑶有五方面过人,其一是“巧文辩惠”,并以为这过人的五方面是“甚不仁”。

《论语》中记述的孔子非常注重言、行的关系。他有关言行的关系主要就两方面而言:一是所言之事必能遵行,如《子路》言:“君子名之必可言也,言之必可行也。”二是说言有礼义道德,才能行得通。如“名不正,则言不顺;言不顺,则事不成”,认为“言”合乎礼乐道德规范才能“顺”,“言”顺所言之事才能“成”。《卫灵公》也说:“言忠信,行笃敬,虽蛮貊之邦,行矣。言不忠信,行不笃敬,虽州里,行乎哉?”细分析《左传》中孔子说这话的语境,和这两段话极为相似。

《左传》载孔子说这话是针对这一事情而言:先前,陈与楚攻打郑国,这年六月,郑子展、子产为报这一箭之仇攻下陈国。郑此时依附于晋,子产前往晋国献捷,但只献攻下陈国之功,没有将俘获也献给晋。晋想问郑不献俘获之罪,却因子产“其辞顺”没有找到借口。孔子因此说:“《志》有之:‘言以足志,文以足言。’不言,谁知其志?言之无文,行而不远。”结合下文“晋为伯,郑入陈,非文辞不为功”看,孔子这话是就子产对晋人所说及其产生的效果而言。从子产献捷时说的话看,子产所答,以郑秉周王之命和陈“忘周之大德,蔑我大惠”立论,以众多事实力陈郑国伐陈符合周之礼乐道德规范,陈不遵周之礼义道德,最后将郑讨伐陈国归结为“不敢废王命故”。故晋庄士伯无法反驳,也使得赵文子认为“其辞顺,犯顺不祥”而接受了郑国所献之功。显然,令庄士伯无法反驳和令赵文子认为“其辞顺”的,是当时通行的礼乐道德规范,而非词采,如《文子》卷五所说:“故德者民之所贵也,

① 朱熹:《论语集注》卷八,中华书局1983年版,第165页。
② 朱熹:《论语集注》卷八,中华书局1983年版,第173页。
③ 朱熹:《论语集注》卷九,中华书局1983年版,第180页。

仁者民之所怀也，义者民之所畏也，礼者民之所敬也。此四者，文之顺也。”与孔子所说“言顺”的要求相同。故孔子说郑“非文辞不为功”。《晏子春秋·内篇杂上》载于叔昭伯曰：诸侯相交“礼成文于前，行成章于后，交之所以长久也”①，也是说明礼乐道德之文是达到外交目的的关键。可见，孔子在这里引古语“言以足志，文以足言”，在于说明“辞顺”能“成言”（杜预《春秋左传集解》释“足”为“成”）。“言之无文，行而不远”上承“文以足言”，下启子产以文辞为功的议论，肯定的是子产的“言顺”而“行”于晋，与他所说的名正言顺，言顺事成大意相同。

上博简《孔子诗论》和《荀子·大略》也曾谈到“言之文”。《孔子诗论》曰：“邦风，其纳物也溥，观人欲焉。大敛材，其言文，其声善。”《荀子·大略》说：“《小雅》不以於污上，自引而居下，疾今之政，以思往者，其言有文焉，其声有哀焉。”②《孔子诗论》多以德行论诗；其“言”、“知言”，也都是针对内容而言，如：“《节南山》皆言上之衰也，王公耻之；《小旻》多疑心，言不中志也；《小宛》其言不恶，小有怨焉；《小弁》、《巧言》则言流人之害也”；“《墙有茨》慎密不知言”；“《大田》之卒章知言而有礼”等，结合王先谦《荀子集解》，可知，《孔子诗论》所说《国风》“其言文”，也不是说有词采。王先谦《荀子集解》卷十九《大略》注谓：“言有文，谓不鄙陋。”朱熹《论语集注》卷三注“质胜文则野”：“野，野人，言鄙略也。”显然，王注所谓“鄙陋”，也就是《论语》中“质胜文则野”之“野”。荀子说《小雅》“其言有文”是相对于“不以於污上，自引而居下，疾今之政，以思往者”而言，是说《小雅》具有礼乐之“文”。故《孔子诗论》所说《国风》“其言文”，当指“所言”的内容符合礼乐，与他说“诗无邪”一致。

因而，《左传》所载孔子这段话应释为：《志》有这样的话，言语用来完成志愿，礼乐道德用来实现“言”所表达的志向。不说话，谁知道你的志愿？但说话不符合礼乐道德，就不会被众人接受，产生不了大的影响。

孔子的这一思想，也被孟子和荀子所继承。《孟子·离娄上》载孟子说

① 张纯一：《晏子春秋校注》卷五，中华书局 1954 年版，第 138 页。

② 王先谦：《荀子集解》卷五，中华书局 1954 年版，第 336 页。

"言非礼义,谓之自暴也。"荀子对那些不合礼义之言则表现出更为坚决的反对态度,将其谓之"邪说"、"奸言",说:"凡言不合先王,不顺礼义,谓之奸言。"若"言而非仁之中也,则其言不若其默也,其辩不若其呐也"。[1] 所以,他要求"君子言有坛宇",所言应"言政治之求,不下于安存;言志意之求,不下于士;言道德之求,不二后王"[2]。

礼乐道德,是先王圣人意志的体现。因而,先王圣人之言之事,也就是"言"的标准。墨子虽然对礼乐制度颇有微辞,但他反对的只是烦琐的礼乐仪式及其随之而来的对于财物浪费,对于礼义及其道德,他依然是心醉的。所以,先王圣人之言行,在他那里,也依然是"言"的标准。其言谈"三法"说:

> 凡出言谈,则必可而不先立仪而言。若不先立仪而言,譬之犹运钧之上而立朝夕焉也。我以为虽有朝夕之辩,必将终未可得而从定也。是故言有三法。何谓三法?曰:有考之者,有原之者,有用之者。恶乎考之?考先圣大王之事。恶乎原之?察众之耳目之请。恶乎用之?发而为政乎国,察万民而观之。此谓三法也。[3]

虽然墨子在这里也提出了"察众之耳目之请","察万民而观之",但"考先圣大王之事"才是最根本的。墨子反对儒家崇礼作乐,但他心目中的圣人,依然是儒家心目中的圣人,说"昔三代圣王,尧舜禹汤文武者是也"[4]。其价值的追求,依然是"祖述尧舜禹汤之道"[5],主张"凡言凡动,合于三代圣王尧舜禹汤文武者为之"[6]。与儒家并没有不同。《郭店楚简·成之闻之》亦主张:

---

① 王先谦:《荀子集解》卷三,中华书局1954年版,第55页。
② 王先谦:《荀子集解》卷四,中华书局1954年版,第93页。
③ 孙诒让:《墨子閒诂》卷九,中华书局1954年版,第172页。
④ 孙诒让:《墨子閒诂》卷七,中华书局1954年版,第127页。
⑤ 孙诒让:《墨子閒诂》卷二,中华书局1954年版,第28页。
⑥ 孙诒让:《墨子閒诂》卷十二,中华书局1954年版,第267页。

君子之于言也，非从末流者之贵，穷源反本者之贵。苟不从其由，不反其本，未有可得也者。①

所谓穷源反本，意即祖述先王圣人之言。君子是那个时代士阶层普遍的理想人格，君子于言应穷源反本，亦即是说君子的言论应以先王圣人的言论为准的。正如《荀子·儒效》说："圣人也者，道之管也：天下之道管是矣，百王之道一是矣。"故天下之言都应皈依于圣王之道。这样，方能"口出美言，以为宪令，而布诸民"②，达到维护政治的稳定的目的。

总之，在封闭的礼乐政坛，礼乐政治的价值取向支配着"言"的价值取向。尽管时人的"言"有不同，有在政治体制内的"开放"，但由于言说主体由人生价值追求而对政治具有高度的依附性，其"言"也必不可能游离礼乐政治的价值轨道。

三、乐的本质

乐为礼的结构元素——乐承担的功能为表现礼所规范的伦理关系——乐是大功盛德之果——乐以"和"为根本价值取向——乐的本质是政治工具

原始社会宗教的形态中，礼乐为一种完全的宗教仪式性行为，但礼是一个包含着其他行为如跪拜、杀牲、陈献祭品等等之类的完整结构。乐由音乐（包括歌唱）、舞蹈结构而成，并非今天意义上的音乐，只是礼这一完整结构的一个构成元素。

乐起源于远古时代。《山海经·海内经》载："帝俊生晏龙，晏龙是为琴瑟。帝俊有子八人，是始为歌舞。"《世本》说庖羲作瑟，女娲作笙簧，随作竽，神农作瑟，炎帝伯陵作钟，无勾作磬。乐器用来演奏音乐，可知乐产生的

① 荆门市博物馆：《郭店楚墓竹简》，文物出版社 1998 年版，第 167 页。

② 徐元诰：《国语集解》，中华书局 2002 年版，第 109 页。

时代非常久远。但是,最早的祭祀是不是用乐不得而知。1973年,考古工作者在青海大通县上孙家寨墓地出土一件内壁绘有舞蹈人物的彩陶盆,"五人一组,手拉手,面向一致,头侧各有一斜道,似为发辫,摆向划一,每组外侧两人的一臂副为两道,似反映空着的两臂舞蹈动作较大而频繁之意。"①李泽厚认为,这彩陶盆上的图案"仍然是图腾活动的表现,具有严重的巫术作用和祈祷功能"②。根据李泽厚的解释,这彩陶盆上的舞蹈就是祭祀之乐。而从一些文化人类学材料看,原始社会的祭祀当大多是有乐相伴随的。如《吕氏春秋·古乐》载帝颛顼"令飞龙作效八风之音,命之曰《承云》,以祭上帝",并"令鱓先为乐倡"。又尧"命质为乐。质乃效山林溪谷之音以歌,乃以麋鞈置缶而鼓之,乃拊石击石,以象上帝玉磬之音,以致舞百兽。瞽叟乃拌五弦之瑟,作以为十五弦之瑟,命之曰《大章》,以祭上帝"③。

远古的原始宗教祭祀虽也用乐,但是,这乐没有固定的乐器,而且更多的是仿效自然。这至少向我们透露了那个时代乐的功能的一些信息,即那个还不是"国家"的时代,祭祀之礼不带有政治的色彩,只不过是取悦神灵赐福的一种手段,目的指向物质生产生活资料的获得和人的繁殖以及消灾除祸。故祭祀之乐的价值取向也仅指向人类生存的基本需求,或者对于天地鬼神的崇拜感激之情。如《吕氏春秋·古乐》载:

> 昔葛天氏之乐,三人操牛尾投足以歌八阕:一曰载民,二曰玄鸟,三曰遂草木,四曰奋五谷,五曰敬天常,六曰达帝功,七曰依地德,八曰总万物之极。④

远古时代,曾有一种"蜡祭"。《礼记·郊特牲》载,传说"伊耆氏始为蜡"。蜡祭在每年的十二月举行,为一种合聚万物之神祭之而祈祷的祭祀活动。

---

① 青海省文物管理处考古队:《青海大通县上孙家寨出土的舞蹈纹彩陶盆》,《文物》1978年第3期。

② 李泽厚:《美的历程》,中国社会科学出版社1984年版,第18页。

③ 高诱注:《吕氏春秋》卷五,中华书局1954年版,第52页。

④ 高诱注:《吕氏春秋》卷五,中华书局1954年版,第51页。

对象包括对农业有功的“先啬”、食田鼠的猫、食田豕的虎等禽兽。“葛天氏之乐”未必就是伊耆氏的蜡祭所用，但其表现的却是如同伊耆氏蜡祭的内容，我们将其推定为祭祀之乐应该不存在太大的问题。杨荫浏认为：“第一首《载民》是歌颂负载人民的地面；第二首《玄鸟》是歌颂黑色的鸟——黑色的鸟是一种作为氏族标志的图腾；第三首《遂草木》是祝草木顺利地生长；第四首《奋五谷》是祝五种谷物繁盛地生长；第五首《敬天常》是述说他们尊重自然规律的心愿；第六首《达帝功》是述说他们有充分发挥天帝功能的愿望；第七首《依地德》是述说他们要依照地面气候变化的情形进行工作；第八首《总禽兽之极》是说明他们的总的目的是要使鸟兽繁殖，达到最高限度。”①应该说，杨荫浏的这一解释是基本符合文本原意的。

西方的一些文化人类学材料也证明着宗教形态的乐的这一价值取向，如新墨西哥的祖尼人祭雨，人们这样唱道：

无论何处你都信守诺言，
你迈开大步滚滚而来，
你微弱的风吹来乌云，
你薄薄的云片，
饱含充满生机的水。
你要前来和我们厮守在一起，
你精美的雨水爱抚大地。
……②

这歌唱，表达的是对神灵的崇拜和对于雨水渴望折视出的对农业丰收的祈求。因而，宗教形态礼乐的乐是“单纯”的乐，虽然它不能视之为西方现代意义的艺术，但它并没有被附加上后来政治形态那些政治的功能目的。

但是，在经过夏商的积淀而进入周代的政治形态后，礼乐都有了本质的

① 杨荫浏：《中国古代音乐史稿》，人民音乐出版社1981年版，第6页。
② [美]露丝·本尼迪克特：《文化模式》第4章，三联书店1988年版，第66页。

改变。政治形态的礼已不再具有宗教形态的礼的那种单一性质,而成为政治的一种根本制度,为一个包括政治、伦理、官僚选拔、宗教、分配乃至于意识形态等各方面的混融性结构。政治形态的乐作为政治形态礼的一个构成单元,也因礼的本质的改变而有了本质的改变。这一改变主要通过它所承载的任务表现出来。

在礼乐的宗教形态,乐虽然也有自娱的作用,但最主要的功能是取悦和沟通神灵。政治形态虽也包含宗教祭祀,但此时的宗教祭祀的价值取向已不再是鬼神,而是人,祭祀活动基本都是为着维护礼制规范的伦理关系。因而,乐所承担的功能也就指向了政治形态的礼所规范的伦理关系,指向了礼的价值追求。

首先,从制度层面说,乐制是礼制的组成部分,为表现礼制的等级服务。所以,在周代,乐表现着严格的等级,如《礼记·乐记》说:

> (乐)立之学等,广其节奏,省其文采,以绳德厚,律小大之称,比终始之序,以象事行,使亲疏、贵贱、长幼、男女之理皆形见于乐。①

周人认为,音乐的节奏旋律,舞蹈的俯仰曲伸,乐器的大小多少,都是礼的伦理等级意义的象征。所以说乐为"通伦理者"。"乐者,节也",同礼制一样有着区分、节制亲疏、贵贱、长幼的属性。《周礼》曾多处谈到这用乐的等级。如《春官·小胥》载乐器之用:"王宫县,诸侯轩县,卿大夫判县,士特县。"即是说周王能四面悬挂钟磬,诸侯能三面悬挂钟磬,大夫则只能两面悬挂钟磬,士仅能一面悬挂钟磬。乐舞队列人数如《论语集解义疏》卷二注谓:"天子八佾,诸侯六,卿大夫四,士二。"乐曲如《国语·鲁语下》载叔孙穆子说:"夫先乐金奏《肆夏》:《樊》、《遏》、《渠》,天子所以飨元侯也;夫歌《文王》、《大明》、《绵》,则两君相见之乐也,皆昭令德以合好也。""伶箫咏歌及鹿鸣之三,君之所以贶使臣。"天子飨诸侯的乐和两君相见的乐,都不能用

---

① 《礼记正义》卷三十八,《十三经注疏》本,中华书局1980年版,第1535页。

来招待大夫。所以说，“先王之乐，所以节百事也”①。乐的实践同是礼的实践。

其次，乐是“功成”的产物。在先秦神坛，人们认为乐非常神圣，主要是乐能沟通人神；而在政坛，乐之所以神圣，则更多的是乐因功成德盛而产生。《周礼·大司乐》载，周以前的乐有《云门》、《大卷》、《大咸》、《大韶》、《大夏》、《大濩》、《大武》等，《周礼·大司乐》郑玄注云：

> 此周所存六代之乐，黄帝曰《云门》、《大卷》，黄帝能成名万物，以明民共财，言其德如云之所出，民得以有族类。《大咸》、《咸池》，尧乐也，尧能殚均刑法以仪民，言其德无所不施。《大韶》，舜乐也，言其德能绍尧之道也。《大夏》，禹乐也，禹治水傅土，言其德能大中国也。《大濩》，汤乐也，汤以宽治民而除其邪，言其德能使天下得其所也。《大武》，武王乐也，武王伐纣以除其害，言其德能成武功。②

这些乐舞在周人的心目都有极神圣的地位，而这地位的获得，不仅因为他们都是为帝王所作，而且这帝王都有大功德于世于民。故《乐记》说：“王者功成作乐”，“其功大者其乐备”。郑玄是汉代人，《乐记》最早不过战国时期的作品，但这并不是说这观念产生于春秋之后。《孔丛子·论书》亦载孔子说：“古之帝王功成作乐，其功善者其乐和。……夫乐所以歌其成功。”

从《诗经》、《左传》等所载，我们也可窥见春秋乃至西周人们的这一观念。《诗经》中的《颂》都是歌功颂德的，《大雅》中的部分作品亦是如此。如《周颂》中的《清庙》、《维天之命》、《维清》、《我将》、《赉》均为歌颂文王“之德之纯”。《烈文》、《昊天有成命》歌颂成王勤政“不敢康”而“惠我无疆”。《天作》颂大王、文王。《执竞》颂武王“无竞维烈”，成、康“奄有四方”。《思文》颂后稷“立我烝民，莫匪尔极，贻我来牟”。《大雅》所歌颂的也只有文王、武王、成王、后稷、公刘、太王、宣王等。包括文王在内，西周共

---

① 杜预：《春秋左传集解》，上海古籍出版社 1977 年版，第 1201 页。

② 《周礼注疏》卷二十二，《十三经注疏》本，中华书局 1980 年版，第 787 页。

十三王。《周颂》和《大雅》歌颂的都是那些对周民族发展建立了卓越功勋的祖先和帝王，而不见歌颂昭王、穆王、共王、懿王、厉王这些人的歌乐。《诗经·灵台》说："喤喤厥声，肃雝和鸣，先祖是听。我客戾止，永观厥成。"郑玄笺后两句云："我客，二王之后也；长多其成功，谓深感于和乐，遂入善道，终无愆过。"《商颂》据说为西周末年的正考甫献给周太师的作品。其中的《那》为祀汤的乐歌，歌颂汤的功德。《烈祖》是祭祀中宗的乐歌，歌颂他"申锡无疆"、"降福无疆"。《玄鸟》为祭祀高宗的乐歌，歌颂"武王靡不胜"，以至"邦畿千里，维民所止"。《长发》为大禘祭祀汤的乐歌，歌颂其功"相土烈烈，海外有截"。《殷武》歌颂的则是高宗"挞彼殷武，奋伐荆楚"的功绩。可知在西周时人们的观念中，"功成作乐"的观念已很牢固。

春秋战国时期，这一观念在人们论乐时也时有表达。《左传》文公七年载晋郤缺解读《夏书》"劝之以九歌，勿使坏"时说："九功之德，皆可歌也，谓之《九歌》。六府三事，谓之九功。水、火、金、木、土、谷，谓之六府。正德、利用、厚生，谓之三事。"①郤缺以"九歌"即歌"九功"，认为只有六府三事都很成功，才能可歌，表现的正是这一思想。伶州鸠论述乐律时，这一思想表达得更为系统充分。他认为，乐的本质是平和，声律都是以这一本质为出发点。平和才能使事物繁盛，故六律、六吕皆为古代的神瞽"考中声"而确定。六为"中之色"，六律、六吕都以中和万物使其成功为目的。六律中的黄钟，用来普遍滋养阴、阳、风、雨、晦、明之六气与水、火、金、木、土、谷、正德、利用、厚生之九德；太簇用来辅佐阳气的发动；姑洗用来修饰养育百物；蕤宾所以安靖神人；夷则所以咏歌九功之则，成民之志；无射所以宣扬哲人之美德。六吕中的大吕用来帮助阳气散布于万物，使之能够和谐阴阳而成功。夹钟散发四时的细微闲气，使夏秋冬"三时奉而成之"。仲吕用来散发中气，所以助阳成功。林钟用来使百事繁盛，人们都敬慎自己的职掌。南吕用来助成植物吐穗结实。应钟用来帮助阴阳和谐，使"万物钟聚，百器具备，时务均利，百官器用、程度庶品使皆应其礼"。② 正因乐能顺应八风，调和阴阳，

① 杜预：《春秋左传集解》，上海古籍出版社 1977 年版，第 460 页。

② 韦昭注：《国语·周语下》，上海古籍出版社 1988 年版，第 137 页。

故能“风雨时至，嘉生繁祉，人民和利，物备而乐成”。《吕氏春秋·大乐》也认为，乐是功成的果实，没有天下的安平，便不会成乐，只有“天下太平，万物安宁，皆化其上，乐乃可成”①。所以《古乐》说，古代乐作，必定是成其大功者，大禹“通大川，决壅塞，凿龙门，降通漻水以导河，疏三江五湖，注之东海，以利黔首。于是命皋陶作为《夏钥》九成，以昭其功”。商汤伐桀，“功名大成，黔首安宁”，乃命伊尹作为《大护》，歌《晨露》，修《九招》、《六列》。武王伐殷，乃命周公为作《大武》。② 类似的例子还有很多，都充分表现了战国时期人们的这一思想。

但是，我们绝不要将“功”仅仅理解为功业。“功成作乐”这一观念，不仅体现着宗教的意义和政治的功利目的，而且也体现着道德崇尚和主体的价值追求。在先秦人们的眼中，“功”和“德”是紧密相关的，“德”是成“功”的基础，有“德”者才能成“功”，而且，“功”与“德”成正比。所以，在《周颂》和《大雅》的歌颂声中总是功、德同言。《左传》成公二年载申公巫臣引《周书》说：“明德慎罚，文王所以造周也。”将文王打下周王朝的天下归于文王的盛德。《左传》文公十八年载鲁国季文子说：“先君周公制《周礼》曰：‘则以观德，德以处事，事以度功，功以食民。’”③说的就是以德处事，才能成就民生之大功。单穆公论乐时也表达了这一观念，说有明德则民心归之，民心归之则能“作无不济，求无不获”，成其大功。所以，“政成生殖，乐之至也”④。

功德既为一体，先秦时期“功成作乐”也就在许多时候表述为“德成作乐”。伶州鸠论乐时，已表现了这一思想。季札论乐，亦是从德着眼，如评《周南》、《召南》“勤而不怨”；评《豳风》“乐而不淫”；说《颂》“直而不倨，曲而不屈，迩而不偪，远而不携，迁而不淫，复而不厌，哀而不愁，乐而不荒，用而不匮，广而不宣，施而不费，取而不贪，处而不底，行而不流”，为“盛德之所同”。韦昭注师旷对晋平公所说“风德以广之”时说，“风，风宣其德，广之

① 高诱注：《吕氏春秋》卷五，中华书局 1954 年版，第 46 页。

② 高诱注：《吕氏春秋》卷五，中华书局 1954 年版，第 53 页。

③ 杜预：《春秋左传集解》，上海古籍出版社 1977 年版，第 522 页。

④ 韦昭注：《国语·周语下》，上海古籍出版社 1988 年版，第 125 页。

于四方也。作乐各象其德,《韶》、《夏》、《护》、《武》是也”。是师旷亦认为乐为德的旋律显现。《周易·豫卦·象辞传》说:“先王以作乐崇德,殷荐之上帝,以配祖考。”意思也是说先王所作之乐以德为内涵。《郭店楚简·五行》曰:“唯有德者,然后能金声而玉振之。”说的也是有德才能作乐。《乐记》在指出王者“功成作乐”,“其功大者其乐备”的同时,明确指出“乐者,所以象德也”,乐为“德之华”,是圣人政治的产物。圣人“为父子君臣,以为纪纲。纪纲既正,天下大定。天下大定,然后正六律,和五声,弦歌诗颂”。故这种乐谓之“德音”。“德音之谓乐”,故郑、卫之音只能称之为音,不能称之为乐。所以说“功成作乐”实际上也是说乐以德为本质。

礼乐政治形态乐的这两个特性的确认,使得乐的功能较神坛有了根本的转化,具有了政治工具的属性。周人认为,音乐的节奏旋律和谐,舞蹈按照音乐的节奏而动作统一才能成为乐,故乐为“天地之和”①。《国语·周语下》载伶州鸠论乐时曰:“乐从和,和从平。声以和乐,律以平声。”“道之以中德,咏之以中音”的“和平之声”是乐的本质表现。而且“乐由中出”,能让人平和,如《礼记·乐记》说:“乐由中出故静”,“和”能使“百物皆化”。所以说“乐者为同,礼者为异”。礼通过祭祀、分配、器用等各方面的来区分贵贱亲疏,以保证“亲”、“贵”的权益;而乐则因其“与天地同和”的本质,能“通伦理”,故能“乐至则无怨”,弥合上下贵贱因等级差异面产生的隔膜,使“上下各自和好”,保证上下贵贱之间的和睦和谐。《乐记》接下来说:

> 乐在宗庙之中,君臣上下同听之,则莫不和敬;在族长乡里之中,长幼同听之,则莫不和顺;在闺门之内,父子兄弟同听之,则莫不和亲;故乐者,审一以定和,比物以饰节,节奏合以成文,所以合和父子君臣,附亲万民也。②

因而,政治形态礼乐的乐,被广泛用于政治教化。正是在这一意义上,孔子

① 《礼记正义》卷三十七,《十三经注疏》本,中华书局1980年版,第1530页。
② 《礼记正义》卷三十九,《十三经注疏》本,中华书局1980年版,第1545页。

说人的修养“兴于《诗》，立于礼，成于乐”①。

按西方当代的艺术理论，音乐、舞蹈作为一种艺术而存在，大多“把审美这妙不可言的活动本身看作一种善或目的”②。西方对于艺术的这一认识，确定了艺术的独立地位。而在先秦的神坛和政坛，乐显然只是作为一种手段或者工具而存在。先秦的神坛、政坛礼乐中乐的这一性质，决定了它从动机目的到创作及其内容形式乃至应用都被限定于特定的时空之中。就作乐的场合而言，必在宗庙祭祀、乡射、燕礼等时空。就主体而言，他们必须以宗教、政治的目的为目的，即以维护礼制规定的等级制度和统治阶级的内部和谐为价值取向。就其对象而言，则必具有君臣、父子、夫妇的伦理身份。所以，乐器及其数量、大小、形制，还有规模和舞蹈的队列和动作都不是随意的。就是音乐、舞蹈的节奏旋律，也都有了具体的要求。《乐记》说：

> 志微、噍杀之音作，而民思忧。啴谐、慢易、繁文、简节之音作，而民康乐。粗厉、猛起、奋末、广贲之音作，而民刚毅。廉直、劲正、庄诚之音作，而民肃敬。宽裕、肉好、顺成、和动之音作，而民慈爱。流辟、邪散、狄成、涤滥之音作，而民淫乱。③

不同的乐，表现着人们不同的情感，影响着接受对象的意识行为。如荀子说：“乐中平则民和而不流，乐肃庄则民齐而不乱”④。子夏亦认为：“古乐进旅退旅，和正以广，弦匏笙簧，会守拊鼓，始奏以文，复乱以武，治乱以相，讯疾以雅。君子于是语，于是道古，修身及家，平均天下。”而新乐则“进俯退俯，奸声以滥，溺而不止，及优侏儒，猱杂子女，不知父子。乐终不可以语，不可以道古。”因而，用乐必须古雅，那些不符合礼及其价值取向的音乐，则是被严格禁止的。如梁丘据将虞公送入朝中，虞公“变齐音”而为新

① 朱熹：《论语集注》卷四，中华书局1983年版，第103页。

② 杜威：《艺术与人类经验的表现》，见［美］M，李普曼编，邓鹏译：《当代美学》，光明日报出版社1986年版，第70页。

③ 《礼记正义》卷三十八，《十三经注疏》本，中华书局1980年版，第1535页。

④ 王先谦：《荀子集解》卷十四，中华书局1954年版，第243页。

声，“晏子退朝，命宗祝修礼而拘虞”。其原因就是晏子担心“乐亡而礼从之，礼亡而政从之，政亡而国从之”。① 所以，医和说：“烦手淫声，慆堙心耳，乃忘平和，君子弗听也。”②

因而，在先秦，乐同样有着特殊的内涵和功用，并非主体个体的自由选择，言说什么和怎样言说，都被礼制严格规定着。

四、“诗言志”与“功成作乐”

诗为“乐语”——先秦的诗论实为乐论——论诗的乐论视角——孔子的兴、观、群、怨说建立在乐学理论基础上——“诗言志”原本是一个乐学命题——乐论的价值取向规定了诗论的价值取向——“诗言志”之“志”的内涵为德立功成

以往对于《诗经》的研究，多将其当作独立的文学体裁；人们虽然也都认识到《诗经》诗、乐、舞三位一体，但那也是建立在将先秦的诗和音乐分为独立的范畴的认识基础之上。而在先秦，不仅没有现代西方哲学、文学、史学之类的学科分类，诗与乐也属同一范畴，而且诗当从属于乐。

先秦的乐是一个涵盖音乐、舞蹈、诗歌乃至于其他艺术种类的范畴。正如郭沫若说：“（乐的）内容包含很广，音乐、诗歌、舞蹈本是三位一体可不用说，绘画、雕刻、建筑等造型美术也被包含着，甚至连仪仗、田猎、肴馔等都可以涵盖。”③郭氏说的乐的范畴过分宽泛，似有欠妥当，但乐涵盖的范围很广却是不容置疑的。《周礼·大司乐》载“大司乐掌成均之法，以治建国之学政”，“以乐德教国子：中、和、祗、庸、孝、友；以乐语教国子：兴、道、讽、诵、言、语”。郑注谓：“兴者，以善物喻善事；道读曰导，导者，言古以剀今也；倍文曰讽，以声节之曰诵，发端曰言，答述曰语。”贾疏云：

---

① 张纯一：《晏子春秋校注》卷一，中华书局 1954 年版，第 9 页。

② 杜预：《春秋左传集解》，上海古籍出版社 1977 年版，第 1201 页。

③ 郭沫若：《公孙尼子及其音乐理论》，载《青铜时代》，科学出版社 1957 年版，第 187 页。

云兴者,以善物喻善事者,谓若老狼兴周公之辈,亦以恶物喻恶事。……云导者,言古以剀今也者,谓若诗陈古以刺幽王厉王之辈皆是。云倍文曰讽者,谓不开读之云。以声节之曰诵者,此亦皆背文,但讽是直言之,无吟咏。诵则非直背文,又为吟咏,以声节之为异。《文王世子》"春诵"注:诵谓歌乐,歌乐即诗也,以配乐而歌,故云歌乐,亦是以声节之。襄二十九年季札请观周乐而云为之歌齐、为之歌郑之等,亦是不依琴瑟而云歌。此皆是徒歌。曰谣亦得谓之歌,若依琴瑟谓之歌,即毛云曲合乐曰歌是也。云发端曰言,答述曰语者,《诗·公刘》云:于时言言,于时语语。毛云:直言曰言,答述曰语。①

乐语,即乐的语言形式。按郑注、贾疏之说,借物喻事,以古刺今,背文即借其他之诗文来表达自己的意愿,歌诵诗以及直言、答述都属于乐语。乐的精神是中和,体现在政治方面就是伦理等级之间的和睦和谐。因而,政治主体之间有什么意见,莫过于以委婉的方式进行劝说,以避免矛盾激化;乐语的功用也就是《毛诗序》所谓"主文而谲谏,言之者无罪"。而借物喻事、以古刺今、背诗文来表达自己的意愿和歌诵诗也都不过"主文而谲谏"而已。《乐记》载子夏曰:"乐终可以语,可以道古。"道古大概即"言古以剀今",即《国语·楚语上》申叔时说教太子"故志,使知废兴者而戒惧焉"。言、语应该是乐终相互言说的体式。先秦《易》有《文言》,《庄子·寓言》说:"寓言十九,重言十七,卮言日出",《吕氏春秋》有《重言篇》。至于语,先秦有《论语》,《管子》有《事语》,《郭店楚简》有《语丛》等。《国语·楚语上》也载申叔时说教太子要"教之语"。《诗·东门之池》曰:"彼美淑姬,可与晤歌","可与晤语","可与晤言"。《毛序》云:"《东门之池》,刺时也。疾其君子淫昏,而思贤女以配君子也。"这歌、语、言当应是就乐语而言。因而,在先秦应确有"言"、"语"这两种文章体例。方苞《周官集注》卷五谓:"言者,赋诗以自言其情;语者,赋诗以答人之意也。"恐非是。《国语·周语上》说:"天子听政,使公卿至于列士献诗,瞽献曲,史献书,师箴,瞍赋,蒙

① 《周礼注疏》卷二十二,《十三经注疏》本,中华书局1980年版,第787页。

诵,百工谏,庶人传语。”瞽、师、瞍、蒙在古代均为乐官,而史也在礼官之列,在祭祀与朝觐之时,有“以书协礼事”和“执书以诏王”的职责。《毛诗序》也说:“国史明乎得失之迹,伤人伦之变,哀刑政之苛,吟咏性情,以风其上。”知史官和乐官的职责多有相同。因而,诗、曲、书、箴、赋、诵、言、语等当都属于乐语的范畴,为乐所涵盖。

王秀臣博士认为,在仪式乐歌的鼎盛时期,《诗》是从属于乐的;但在春秋时,乐从属于《诗》。① 其实,先秦时期,诗都是乐的附庸。远古时期,原本没有诗,由于歌和舞蹈都伴随音乐,故将歌、舞都称之为乐。前引《葛天氏之乐》由“三人操牛尾投足以歌八阕”,可知《葛天氏之乐》原本有歌诗。《周礼·大司乐》载教国子舞《云门》、《大卷》、《大咸》、《大韶》、《大夏》、《大濩》、《大武》;舞《云门》时要歌大吕,舞《咸池》时要歌应钟,等等。歌大吕、应钟等即是说歌诗合大吕、应钟之调。郑注引郑司农云:“六乐,谓《云门》、《咸池》、《大招》、《大夏》、《大濩》、《大武》。”可知《云门》、《咸池》、《大招》、《大夏》、《大濩》、《大武》原本有歌诗,在先秦也原本称之为乐。西周时期,有了“诗”的概念,诗、乐、舞也还是三位一体,但这并不是说乐、诗、舞三者是平行的。《左传》昭公二十五年说:“乐有歌舞。”②说明在春秋时期以歌的形式出现的诗和舞都属于乐的范畴。故那时的人说到《诗经》中的诗,多以乐名,如《左传》襄公四年:“《文王》,两君相见之乐也。”《国语·鲁语下》:“夫歌《文王》、《大明》、《绵》,则两君相见之乐也。”从“歌”看,歌《文王》、《大明》、《绵》肯定涉及其诗,而人们却都言之为“乐”。《左传》襄公二十九年载吴季札前往鲁国观周乐,乐工所歌有周南、召南、邶、墉、卫、王、郑、齐、豳、秦、魏、唐、陈、郐等国风和《小雅》、《大雅》、《颂》等诗歌,所舞有《象箾》、《南籥》、《大武》、《韶》、《濩》、《大夏》等。③《左传》言为“观乐”,而非观诗、观舞。《国语·周语下》载伶州鸠说:

---

① 王秀臣:《三礼用诗考论》,中国社会科学出版社 2007 年版,第 92、99 页。

② 杜预:《春秋左传集解》,上海古籍出版社 1977 年版,第 1517 页。

③ 杜预:《春秋左传集解》,上海古籍出版社 1977 年版,第 1121—1122 页。

> 夫政象乐，乐从和，和从平。声以和乐，律以平声。金石以动之，丝竹以行之，诗以道之，歌以咏之，匏以宣之，瓦以赞之，革木以节之。①

伶州鸠的这段话虽然是谈政治，但同时涉及乐的本质及其表现。乐的本质在平和，而这平和的本质通过金石丝竹匏革等乐器和歌诗得以表现。乐是一个大的范畴，歌诗都只是这个范畴的构成元素。《周礼·大司乐》以诗为"乐语"。在出土的战国楚竹书中有《诗乐》残件，"所见七支简上端正地抄写着各种诗的篇名和演奏诗的各种音高。现今可以知道，每一篇诗都有其特定的音高，并不是随意用任何音调都可以自由地演唱"②。这些都说明着乃至战国，诗还是乐的附庸。

诗为乐的附庸，决定着人们从乐的角度去认识诗，于是"乐"的理论也就成了阐述诗的出发点。故西周春秋甚至战国时期没有独立的诗论，人们大都是"论乐及诗"，所谓的诗论基本都是乐论。《左传》、《国语》中有几处载人们论诗，都是"论乐及诗"，即在论乐的时候谈及诗，以乐的理论来阐述诗。如伶州鸠在周景王将铸无射之钟时从乐理的角度进谏景王。伶州鸠说："乐从和，和从平。"和平是音乐的本质，它借声和律调节而成，用金、石、丝、竹、匏、瓦、革木等乐器的演奏而表现出来。"诗以道之，歌以咏之。"诗道乐之和平，歌咏乐之和平，故诗、歌都应以"中音（中和之音）"去表现"中德（中和之德）"。只有这样才能"合神人，神是以宁，民是以听"③。在伶州鸠看来，诗是乐的表现形态，因而，诗也必须以和平为审美价值取向。师旷曾针对晋平公喜欢新声说："夫乐以开山川之风也，以耀德于广远也。风德以广之，风山川以远之，风物以听之，修诗以咏之，修礼以节之。"④意思是说，乐之八音与八风相通，都在于"耀德于广远"。乐耀显的是德，诗为表现乐的内涵服务，故修诗所咏也当是德，论诗也是在论乐之时。

当然，最著名还是《左传》襄公二十九年所载季札观周乐。在先秦人看

---

① 徐元诰：《国语集解》，中华书局2002年版，第111页。

② 夏静：《礼乐文化与中国文论早期形态研究》，中华书局2007年版，第111页。

③ 徐元诰：《国语集解》，中华书局2002年版，第112页。

④ 徐元诰：《国语集解》，中华书局2002年版，第427页。

来，乐是社会政治生活的反映。人心感物而动，人们的心情与生活密切相关，对生活的感受必然通过乐的节奏旋律得以表现，“其哀心感者，其声焦以杀；其乐心感者，其声啴以缓；其喜心感者，其声发以散；其怒心感者，其声粗以厉；其敬心感者，其声直以廉；其爱心感者，其声和以柔”①。而生活的安乐与否又与政治直接关联。“治世之音安以乐，其政和。乱世之音怨以怒，其政乖。亡国之音哀以思，其民困。”②观乐便知政治的好坏，故西周已有献诗、献曲的制度。季札听乐而评邶、墉、卫“忧而不困”，“卫康叔武公之德如是，是其卫风乎？”谓《小雅》：“思而不贰，怨而不言，其周德之衰乎！”等等，显然都是从这一音乐理论出发。此外，季札也大都是从乐的角度，借乐的术语来对诗进行评价。如评《魏风》：“沨沨乎！大而婉，险而易。”杜预注云：“沨沨，中庸之声婉约也。”评《大雅》：“广哉！熙熙乎！曲而有直体。”杜预注：“熙熙，和乐声曲而有直体。”评《颂》：“处而不底，行而不流。五声和，八风平，节有度，守有序。”也都是以声乐的节奏旋律来评《诗经》。故杜预注说，季札“请作周乐欲听其声，然后依声以参时政，知其兴衰也。闻秦诗谓之夏声，闻颂曰五声和，八风平，皆论声以参政也”。③

春秋时期论述诗歌的音乐角度，在战国乃至西汉初年仍得以继承，如荀子论诗。荀子论诗，有时《诗》、《书》、《礼》、《乐》、《春秋》并言，如《劝学》说：“《礼》之敬文也，《乐》之中和也，《诗》、《书》之博也，《春秋》之微也，在天地之间者毕矣。”“《礼》、《乐》法而不说，《诗》、《书》故而不切，《春秋》约而不速。”但荀子的心目中，诗却是以声为其核心的。如《劝学》说：

> 诗者，中声之所止也。

“中声”，即伶州鸠所谓“中音”的中和之音。杨倞《荀子注》卷一谓：“诗谓乐章，所以节声音，至乎中而止，不使流淫也。”“中声”是中和哲学在音乐理

---

① 《礼记正义》卷三十七，《十三经注疏》本，中华书局 1980 年版，第 1527 页。

② 《毛诗正义》卷一之一，《十三经注疏》本，中华书局 1980 年版，第 271 页。

③ 杜预：《春秋左传集解》，上海古籍出版社 1977 年版，第 1121—1122 页。

论上的反映。荀子论诗不从“义”出发，而是从“声”的角度去进行阐述，不仅表明着那时诗附属于乐，也说明着当时诗论的乐论属性。所以，荀子作《乐论》谈诗，也大都是从“声”而不是从“义”着眼。如说《雅》、《颂》的制作，是先王担心人们淫乐，“故制《雅》、《颂》之声”去引导人们，因而，“其声足以乐而不流”，“其曲直、繁省、廉肉、节奏，足以感动人之善心，使夫邪污之气无由得接焉”。[①] 人们“听其《雅》、《颂》之声，而志意得广”。可见，荀子引《诗》时注意的是“义”，而论《诗》时，则依然遵从着以乐论诗的传统，注重的是声。

在先秦，似乎只有孔子有着单独论《诗》的爱好。《论语》之中，孔子多次单独说到《诗》。如《为政》：“《诗三百》一言以蔽之，曰：‘思无邪。”《八佾》：“《关雎》乐而不淫，哀而不伤。”《阳货》：“小子何莫学夫《诗》？《诗》，可以兴，可以观，可以群，可以怨。迩之事父，远之事君。多识于鸟兽草木之名。”上海博物馆楚简《孔子诗论》似乎也只是就《诗》论诗。但孔子论《诗》，其实也没有离开乐论的角度。孔子醉心于《诗》，根本的还是因为乐。“仁”是孔子的最高精神境界，而乐也以“仁”为本质，故他说：“人而不仁，如乐何？”[②]人的修养，“兴于《诗》”而“成于乐”。他赞美《关雎》“洋洋乎盈耳”是站在音乐的角度上，说其“乐而不淫，哀而不伤”，也是以乐论的中和理论为视点。《孔子诗论》第一简说：“诗亡隐志，乐亡隐情，言亡隐文。”诗乐连言。第二简说：“《颂》，旁德也。多言后，其乐安而迟，其歌绅而荡，其思深而远，至矣。”第三简曰：“邦风，其纳物也溥，观人欲焉。大敛材，其言文，其声善。”也都论诗不离乐。尤为值得注意的是，他的兴、观、群、怨说也都建立在乐学理论的基础上。

兴：朱熹《论语集注》卷九曰：“感发意志。”《国语·楚语上》载申叔时曰：“教之《诗》，而为之导广显德，以耀明其志，……教之乐，以疏其秽而镇

① 《礼记·乐记》“繁省”作“繁瘠”。《礼记正义》卷三十九孔颖达疏云：“曲，谓声音回曲；直，谓声音放直；繁，谓繁多；瘠，谓省约；廉，谓廉棱；肉，谓肥满；节奏，谓或作或止。作则奏之，止则节之，言声音之内或曲、或直、或繁、或瘠、或廉、或肉、或节、或奏，随分而作，以会其宜。”

② 朱熹：《论语集注》卷二，中华书局 1983 年版，第 61 页。

其浮。"[①]前引《周礼·大司乐》说到乐形态之一的"乐语"时也说到"兴"。可知,孔子之前便有诗可以感发人的意志的观念。《荀子·乐论》虽然晚出,但从《左传》、《国语》所载西周春秋时期人们的音乐思想和战国时期《乐》还广泛流传来看,荀子《乐论》所表现的音乐思想当对西周以来的音乐思想有广泛的继承。《荀子·乐论》说:"乐者,圣王之所乐也,而可以善民心,其感人深,其移风易俗。""听其雅颂之声,而志意得广焉。"[②]也正是说乐可以感发人的意志。

观:朱熹注说是"考见得失",主要是就政治之得失而言。但孔子所说的"观"其实不仅是政治的得失,同时还包含作诗者和用诗者的"志"。春秋时期外交场合"赋诗言志"实际上包含着"观志"的思想。通过音乐来观政治得失这一观念在季札观乐对乐的评价中已表现得极充分。而通过音乐观志的乐学观念在春秋"赋诗言志"风尚中也得到了充分表现。后来的《吕氏春秋·音初》说:"闻其声而知其风,察其风而知其志。"[③]还有《礼记·乐记》也说:"乐观其深矣。"《吕氏春秋》、《礼记》虽晚出于孔子,但它们当和荀子《乐论》一样,并非个人对于音乐的认识,而是对西周以来音乐思想的总结。

群:西周时期,人们便赋予乐以"和"的本质。这"和"包含着音节之和、性情之和、人伦之和等方面的内涵。所以,时人认为乐是通伦理的。《周礼·大司乐》所言"乐德"即中、和、祗、庸、孝、友等伦理道德。《乐记》亦说:"亲疏、贵贱、长幼、男女之理皆形见于乐。"所以,荀子有"乐合同"之论,认为"乐在宗庙之中,君臣上下同听之,则莫不和敬;闺门之内,父子兄弟同听之,则莫不和亲;乡里族长之中,长少同听之,则莫不和顺。"可知,诗"可以群"的观念实际也来自乐论。

怨:也来自孔子之前声音之道与政治相通的音乐理论,如季札评《周南》、《召南》就有"勤而不怨"之语。可见孔子之前就有"乱世之音,怨以

---

① 韦昭注:《国语·周语下》,上海古籍出版社 1988 年版,第 528 页。

② 王先谦:《荀子集解》卷十四,中华书局 1954 年版,第 253 页。

③ 高诱注:《吕氏春秋》卷六,中华书局 1954 年版,第 60 页。

怒”的乐学观念。

因而说，所谓的孔子诗学思想实来自于当时的乐学思想，孔子的诗论实际上还是乐论。

不仅孔子，就是《毛诗序》，也是以音乐理论以依据，实为乐论。不仅“治世之音安以乐，其政和；乱世之音怨以怒，其政乖；亡国之音哀以思，其民困”完全是乐论的表述；那“经夫妇，成孝敬，厚人伦，美教化，移风俗”的阐述源于乐教思想；而且那“动天地，感鬼神，莫近于诗”的思想，也不外乎《礼记·乐记》所言“礼乐之极乎天而蟠乎地，行乎阴阳而通乎鬼神”之乐论的移花接木。

明白了先秦诗因乐而立论，我们也就可以对多年来争论不休的“诗言志”的内涵有一个明确认识。关于“诗言志”之“志”的内涵，学界有着截然不同的几种观点。清王念孙注《汉书·司马相如传》“诗大泽之博”句云：“诗者，志也。志者，记也。谓作此颂以记大泽之溥博……”闻一多受此启发，在《歌与诗》一文提出“志”即“诗”，具有“记忆、记录、怀抱”三义。今人顾祖钊则认为“诗言志”“并非什么‘人的意志’，而是‘天的意志’（简称‘天意’）”①。而更多的学者倾向于下列两种意见：一认为“情动为志”，“志”、“情”一体，“志”中含有感情的因素；一认为“志”为壮志、胸怀、抱负，是一种理性的心理活动，与“情”没有关涉。

“诗言志”最早见于《尚书·尧典》，但《尚书·尧典》到底是哪个时代的作品，却有不同看法。有人认为根据考古发掘的乐器和有关历史记载，尧舜之际的音乐水平已经达到了“律和声，八音克谐”的高度，故《尚书·尧典》的记载是真实的。② 持反对意见者认为，这一观念“出自舜之说应予彻底否定”，“‘诗言志’观念形成于秦汉之际”。③ 也还有人认为，《尚书·尧典》是根据口头传说整理记录的，上海博物馆楚简《孔子诗论》中有“诗亡隐志”之语，“足以证明孔子是认同‘诗言志’的说法的”，“孔子之前已经有了

---

① 顾祖钊：《华夏原始文化与三元文学观念》，北京大学出版社 2005 年版，第 77 页。

② 顾祖钊：《华夏原始文化与三元文学观念》，北京大学出版社 2005 年版，第 76 页。

③ 陈良运：《中国诗学体系论》，中国社会科学出版社 1992 年版，第 34、46 页。

‘诗言志’的说法或者观念”。①

笔者认为,考察“诗言志”这一观念产生的年代,不能仅从“诗言志”这一句话出发,而必须从《尚书·尧典》“帝曰”的整段话来对其进行解读分析。这段话的全文是:

> 帝曰:“夔,命汝典乐,教胄子:直而温,宽而栗,刚而无虐,简而无傲。诗言志,歌永言,声依永,律和声。八音克谐,无相夺伦,神人以和。”夔曰:“于予击石拊石,百兽率舞。”②

如果我们抛弃20世纪初以来流行的将诗、乐分离来对这段文字解读的角度,回归历史,会看到这一段话告诉我们的有下列几方面的信息:

一是表现了西周礼乐政治形态才有的乐教思想。强调乐教,表现的是人的主体地位的确立,肯定的是德行在社会政治中的作用。在商代,鬼神观念是社会意识形态的主流。西周时,周公制礼作乐,由商以来的重鬼神转向重人事,以“德”配天,强调乐对于礼的辅助作用,开始形成乐教思想。《周礼·大司乐》载,周代有乐教一项政治措施。大司乐“治建国之学政,而合国之子弟焉。凡有道者,有德者,使教焉”。乐教分为乐德、乐语、乐舞三个方面。乐德即其所说的中、和、祇、庸、孝、友等伦理道德,为“乐”的本质,乐语、乐舞为乐德的表现形态。乐语即其所说兴、道、讽、诵、言、语等。《尚书正义》卷二孔传说:“胄,长也,谓元子以下至卿大夫子弟。”“教胄子”即是以乐来教育贵族弟子;“直而温,宽而栗,刚而无虐,简而无傲”,表明是对于德的重视,即“乐德”。故这一段话显然表现的是周代乐教思想。

二是这段话为乐论而非诗论。从“命汝典乐”看,帝命夔掌管的是“乐”;而“声依永,律和声,八音克谐”,都是就音乐而言,声谓宫、商、角、徵、羽五声,律谓六律、六吕十二月之音气。而据《周礼·大司乐》言,“乐语”包括歌(诗)乐,因而,这一段话本是乐论。“诗言志”原本是一个乐学命题,就

---

① 李春青:《诗与意识形态》,北京大学出版社2005年版,第58页。

② 《尚书正义》卷三,《十三经注疏》本,中华书局1980年版,第131页。

是说,“诗言志”的思想最早当是音乐观念,属于乐论范畴。

众多学者都注意到,迄今为止,甲骨文和金文已释读的字总数已有数千。“诗”字不见于甲骨文和金文,而且《易经》中也不见“诗”字。朱自清根据这一情况,认为“诗”这一概念“大概是周代才有的”。[①]“诗”字西周时才产生,而《左传》襄公二十七年载文子说:“诗以言志。”《国语·楚语上》也载申叔时曰:“教之诗,而为之导广显德,以耀明其志。”这虽都不是说的主体的创作状态,而是就用诗而言,但可以肯定,“诗言志”或“诗以言志”是春秋早中期通行的观念。可以肯定,“诗言志”的观念不会是尧舜时代的产物,也不应是春秋以后而形成,而应当是伴随着西周礼乐制度的诞生而诞生。

在周代的礼乐制度中,诗既从属于“乐”,人们都是论“乐”及诗,那么,我们从礼乐制度下“乐”的角度去认识“诗言志”的内涵,才是正确的途径。先秦乐论有“乐以道志”的命题。《逸周书·官人解》载:“王曰:‘呜呼!大师,朕维民务官,论用有徵,观诚考言,视声观色,观隐揆德,可得闻乎?’”[②]太师是乐官。周王向太师请教用人时怎样“观诚考志”,“观隐揆德”,不仅说明那时人们观念中乐与“道志”内在联系,也说明着“志”以诚与德为内容。孔子曾说:“志之所至,诗亦至焉;诗之所至,礼亦至焉;礼之所至,乐亦至焉。”[③]即是说立志于礼乐,发言而为诗,诗表现的便是礼乐之志;诗表现的为礼乐之志,所以礼也就在其中。所言合于礼,自然也就合于乐。如果诗不是“志之所之”,也就不会礼乐亦至。孔子虽然没有明说乐以言志,但有乐与诗都表现“志”的观念。《荀子·乐论》说:“乐者,所以道乐也,金石丝竹,所以道德也”,“君子以钟鼓道志”。一些学者认为,“道德”、“道志”之“道”当是“导”,作引导解。但这一解读似不符合原意。《庄子·天下篇》说:“诗以道志,书以道事,礼以道行,乐以道和,易以道阴阳,春秋以道名分。”[④]显然不能解读为《书》引导事,《易》引导阴阳,《春秋》引导名分。《吕

① 朱自清:《诗言志辨》,广西师范大学出版社2004年版,第10页。
② 黄怀信等:《逸周书汇校集注》,上海古籍出版社1995年版,第757—758页。
③ 《礼记正义》,《十三经注疏》本,中华书局1980年版,第1616页。
④ 郭庆藩:《庄子集释》卷十下,中华书局1961年版,第1067页。

氏春秋·音初》亦说，音乐“闻其声而知其风，察其风而知其志，观其志而知其德”。从音乐知其志与德，正在于音乐表现的是志和德，表现的也是乐以言志的思想。《乐记》也说，乐应能使“君子反情以和其志”。《礼记正义》卷三十八贾疏云：“反情，谓反去淫溺之情理以调和其善志也。”①说的也是乐言其志。正因为乐言其志，所以荀子说“乐行而志清”。

诗既从属于乐，诗为表现乐的这一本质服务，因而，乐的这一本质也就规定了诗的本质和价值取向。“诗言志”既然本是乐论，“乐以道志”的价值取向是功德，故“诗言志”原本应是“乐以道志”的不同表述，其价值取向实际上就是乐的功德价值取向。因而，“诗言志”之“志”也就不是一般的个人日常生活情感。我们注意到，先秦也有人说礼本之性情，但本之性情不是表达性情，而是说根据人的性情来制定礼，因为礼是不能放任人的情感乱流的。《孔子诗论》说“诗亡隐志，乐亡隐情”，也并非说乐表达的是人的情感，而是说乐表达的是人的真实的内在，和《乐记》所说“唯乐不可以为伪”的观念是一致的。

西周政坛，乐最主要是用来歌功颂德的。如前所言，用以教育贵族子弟的《云门》、《大卷》、《大咸》、《大韶》、《大夏》、《大濩》、《大武》等传统之乐的内容是如此，那时的“颂”与“雅”也莫不是如此，尤其“颂”和那些所谓懿王、夷王之前的“正雅”，都可谓歌功颂德之乐。故我们可以说，懿王、夷王之前“乐以道志”之“志”的内涵直接指向“功成”。自《六月》至《何草不黄》的那些变小雅，自《民劳》至《召旻》的那些变大雅，虽以对周王和大臣的批判为主，但无不关乎政治，男女及其他日常生活之事都不在这一话语系统之列。而这批判，也是指向他们腐败无德而导致政治的失败。

在先秦，礼乐互为一体。诗既从属于乐，因而，诗也自然不可能是自由主体的自由言说，而必然被礼所限定。这也就是说，作为礼乐形态的诗，也必须与礼的本质相对应。所以，古人常常将诗与乐与礼一起论述。如《礼记·仲尼燕居》载孔子说：“礼也者，理也。乐也者，节也。君子无理不动，无节不作。不能诗，于礼缪。不能乐，于礼素。薄于德，于礼虚。”意思是

---

① 《礼记正义》卷三十八，《十三经注疏》本，中华书局1980年版，第1536页。

说，礼的本质表达离不诗与乐。换言之，即诗与乐表达的是礼的本质。

因而说，产生于西周时期的“诗言志”的观念，具体的价值取向指向的是政治的成功，与《左传》襄公二十四年所载叔孙豹所言“大上有立德，其次有立功，其次有立言”的具体内涵是一致的。

第三章　礼乐政治言说思维的形成及其特性

先秦在神坛和政坛的言说中，生成了不同于西方所谓的原始思维、逻辑思维、形象思维而又兼有它们部分特征的混合性思维方式——《易》象思维模式。它具有的原始思维追求功利目的和逻辑思维认识的特性，赋予了它实用性思维的性质；而它同时具有的情感、想象和必须以形象见意的特点，又必然使它具有艺术思维的质量，使思维的表现对象同时兼有实用和艺术的特征。

这一思维形式，为中华民族思维和文化表达的原点，架构起周代政坛礼乐文化的整体结构。《易》象之"象"融"理"与形象于一体，不仅突破了人与鬼神的界限，而且也突破了人与物、形而上与形而下的界限，构建了天理与人事相对应的"天人合一"的整体思维模式。于是，礼乐成为天理的一个"象喻"系统，人们不仅依天地之象来设置官僚机构，六十四卦、三百八十四爻也对应着社会的贵贱高卑之位。且由于《易》象思维在漫长的神坛、政坛活动中形成，因而，礼乐政治形态言说的诗之比兴、书之政事、春秋之名分、礼之仪、乐之律都成为一种"象喻"，由此而形成礼乐政治言说的"象喻"表达传统，使礼乐政治形态言说多采用"以象明理"的言说方式。这一方式，使礼乐政治形态的言说带上艺术色彩，赋予礼乐政治形态言说"用、美合一"的特征。

一、原始宗教思维与神坛言说

原始思维不是原始宗教思维——原始宗教思维也伴随情感、想象和形象——原始宗教的心理体验建构在集体表象的基础上——原始宗教思维打破了人与鬼神、自然现象等多方面的界限——神坛的“象性”言说方式因原始宗教思维而形成

人类的每一民族都有过一个从蒙昧到文明的社会历程。这一历程,表现为人类生产能力和对自然与社会认知能力的发展过程;但人类认知能力的发展过程,实际上表现为一个思维能力的发展过程。自法国人类学家列维·布留尔在《原始思维》一书中提出“原始思维”这一概念后,人们开始认识到,原始社会人们的思维形式与文明社会人们的思维形式有着极大的不同:

> 原始思维的趋向是根本不同的。它的过程是以截然不同的方式进行着。凡是在我们寻找第二性原因的地方,凡是在我们力图找到稳固的前行因素(前件)的地方,原始思维却专门注意神秘原因,它无处不感到神秘原因的作用。它可以毫不踌躇地认为:同一实体可以在同一时间存在于两个或几个地方。原始思维服从于互渗律,在上述场合下,它对矛盾采取了完全不关心的态度,这是我们的理性所不能容忍的。①

由于原始思维最根本的特征是它的“互渗律”,而在原始宗教中,这样的“互渗”思维依然对人们的认知起着极为重要的作用,因而,很多人将原始思维等同于原始宗教思维。但列维·布留尔却颇不以为然。他认为,原始宗教建立在人们灵魂观念的基础之上,但“在原始人那里是没有灵魂观念的”。“据泰勒认为,是野蛮人的原始哲学的对象的真正的所谓‘灵魂’,在我看来,只有在比较进步的社会中才出现的。如果说泰勒要把关于灵魂的观念引到如此遥远的过去,这不是因为他不知道事实……他对这些事实的解释可说是他的那个公设硬逼着他去做的,按照这个公设,低等民族的思维服从于与我们的思维相同的逻辑定律。让我们抛弃这个公设吧,在我们面前立

---

① [法]列维·布留尔著,丁由译:《原始思维》,商务印书馆1981年版,第2页。

刻会出现这种思维的神秘的和原逻辑的性质，同时也出现那个支配着集体表象的互渗律。然而在这种情形下，灵魂的概念只能被看成是已经相当进步了的思维的产物，看成是原始民族还不知道的东西。”①因而，原始宗教思维与原始思维的性质是完全不同的。他强调说：

> 原始人的“宗教”观念对我们来说永远是误解和混乱的根源。我们自己的思维方式使我们把他们的思维对象想象成神人或神物的样子，而且只是由于这些对象神的性质，才对他们产生虔诚、祭祀、祷告、崇拜和真正的宗教信仰。但对原始思维来说则相反，这些人和物只是在他们所保证的互渗不再是直接的互渗时才变成神的。……只有在较进步的社会集体中我们才见到了祖先崇拜，对英雄、神、神圣的动物等等的崇拜。②

我们得承认，在人类社会发展的历程中，应该存在一个还没有灵魂鬼神观念的原始时代。但我们也注意到，在原始社会，原始宗教赖以产生的灵魂鬼神观念也已产生。1987 年，在河南西水坡文化遗址发掘的 M45 号大墓，墓主人骨架旁有用白蚌壳精心摆塑的一条龙和一只虎。龙头似兽，瞠目高昂；虎首低垂，嗔目张口；男子埋葬于龙虎中间。显然，以龙、虎的图案陪伴死者，并非是出于审美的需要，更多的应该是出于龙、虎崇拜。西水坡文化遗址距今约 6400 年，当然应是原始社会。赤峰牛河梁红山文化距今具有 5500 年。在牛河梁红山文化遗址出土的那位女神像，赤身露体，丰乳肥臀，表明着那时已具有生殖崇拜的观念。

原始思维最根本的特征是“互渗律”普遍存在。所谓“互渗”是说毫无关系的不同门类种属的事物之间产生的神秘的相互影响。因而，在原始思维中，同一实体可以在同一时间存在于两个或几个地方，客体、存在物、现象能够以我们不可思议的方式既是他们自身，又是其他什么东西。他们也以

① ［法］列维·布留尔著，丁由译：《原始思维》，商务印书馆 1981 年版，第 82—83 页。

② ［法］列维·布留尔著，丁由译：《原始思维》，商务印书馆 1981 年版，第 434—435 页。

差不多同样不可思议的方式发出和接受那些在他们之外的感觉得到继续留在他们里面的神秘的力量、能力、性质、作用。在原始宗教中，我们同样可以发现这种“互渗”的现象。这样的例子，在甲骨卜辞中多有所见，如：

> 庚辰贞，日有戠，非祸惟若。①
>
> 癸巳卜，今其有祸，甲午晕。②

日戠，胡厚宣先生认为是太阳呈赤红色。日晕，即日全食将完时，太阳周围白光四射，明亮的内圈与红色日珥相辉映的一种自然现象。《左传》昭公七年载：

> 夏，四月，甲辰，朔，日有食之。晋侯问于士文伯曰：“谁将当日食？”对曰：“鲁卫恶之，卫大鲁小。”公曰：“何故？”对曰：“去卫地，如鲁地，于是有灾，鲁实受之。其大咎，其卫君乎！鲁将上卿。”公曰：“《诗》所谓‘彼日而食，于何不臧’者，何也？”对曰：“不善政之谓也。国无政，不用善，则自取谪于日月之灾。故政不可不慎也。”③

日戠、日晕和日食都是较为常见的自然现象。人们对于它们的畏惧，基于原始宗教的日神崇拜观念。于科学思维来说，这些自然现象的发生与人类没有任何关系，也不存在对人事的任何直接作用。但是，在原始宗教中，这完全不同门类种属的事物及其现象，却产生了神秘的相互作用。上述两则甲骨卜辞所说，是日戠、日晕将会给人带来灾难。《左传》所载，是说鲁国和卫国的政治不善而作用于太阳，太阳因此将降大灾于卫国的国君和鲁国的上卿。按列维·布留尔关于原始思维的理论，显然，上述两则甲骨卜辞所说和

---

① 《甲骨文合集》33698，转引自宋镇豪《夏商社会生活史》，中国社会科学出版社 1994 年版，第 467 页。

② 《甲骨文合集》13049，转引自宋镇豪《夏商社会生活史》，中国社会科学出版社 1994 年版，第 466 页。

③ 杜预：《春秋左传集解》，上海古籍出版社 1977 年版，第 1291 页。

《左传》所载,都表现出了原始思维的“互渗”特征。

原始宗教思维与原始思维、形象思维有相同的一面,是原始宗教思维的整个过程带有情感性、想象性、形象性。

在原始思维的过程中,情感始终是思维的一个重要元素。正如列维·布留尔所说,在原始思维中,“情感或运动因素乃是表象的组成部分”,“个体往往是在一些能够对他的情感产生最深刻印象的情况下获得这些集体表象的”。“在‘原始人’的意识中浮现出这些表象的客体时,则他始终不会以淡泊和冷漠的形象的形式来想象这一客体,即使这时他是独自一人而且完全宁静的,在他身上会立刻涌起了情感的浪潮,当然这浪潮不如仪式进行时那样狂烈,但它也是够强大的,足可以使认识现象淹没在包围着他的情感中。”①其实,原始宗教思维也莫不如此。在图腾、祖先、生殖崇拜之类的各种祭祀中,都无不伴随着强烈的情感体验。从《楚辞·九歌》中可以明显地看到这一点。

王逸《楚辞·九歌序》说:“昔楚国南郢之邑,沅、湘之间,其俗信鬼而好祠。其祠,必作歌乐鼓舞以乐诸神。屈原放逐,窜伏其域,怀忧苦毒,愁思沸郁。出见俗人祭祀之礼,歌舞之乐,其词鄙陋。因为作《九歌》之曲,上陈事神之敬,下见己之冤结,托之以风谏。”②也许,《九歌》真的渗透了屈原的情感,但说其是“托之以风谏”显然是受了传统的《诗经》“讽谏说”的影响。1965年,在湖北江陵望山一号楚墓出土一批竹简,记载有墓主邵固祭祀祖先神灵的情况。“祭祀的对象除圣王、昭王、柬大王等先公先王以外,还有大水、句土(后土)司命等山川神祇。”③故可以认为,屈原的《九歌》是在楚国贵族祭祀乐歌的基础上改编而成。汤漳平先生根据楚墓中竹简有关祀神的记载,对照《九歌》文本,认为“《九歌》确实是楚国王室的祀典”④。但不管是在民间祭祀或贵族祭祀乐歌的基础上改编,还是它本为王室的祀典,我们都可看到祭祀过程总是伴随着人们的情感。如《东君》云:

① [法]列维·布留尔著,丁由译:《原始思维》,商务印书馆1981年版,第26—27页。
② 洪兴祖:《楚辞补注》,中华书局1983年版,第55页。
③ 《战国楚竹简概述》,《中山大学学报(哲社版)》1978年第10期。
④ 汤漳平:《再论楚墓祭祀竹简与〈楚辞·九歌〉》,《文学遗产》2001年第4期。

暾将出兮东方，照吾槛兮扶桑。抚余马兮安驱，夜皎皎兮既明。驾龙辀兮乘雷，载云旗兮委蛇。长太息兮将上，心低徊兮顾怀。羌声色兮娱人，观者憺兮忘归。緪瑟兮交鼓，箫钟兮瑶簴，鸣篪兮吹竽，思灵保兮贤姱。翾飞兮翠曾，展诗兮会舞。应律兮合节，灵之来兮蔽日。青云衣兮白霓裳，举长矢兮射天狼。操余弧兮反沦降，援北斗兮酌桂浆。撰余辔兮高驰翔，杳冥冥兮以东行。

祭祀者伴随对于"灵保"的思念，随着緪瑟、交鼓，箫钟、瑶簴合奏出的音乐的节拍展诗会舞，或"长太息兮将上"，或"心低徊兮顾怀"，可见这祭祀的过程也是一个情感体验的过程。它如狩猎、求雨、疾病祈祷等等，人们在体验从物象到虚拟物象的过程中始终伴随着主体的得失和祸福。如殷墟出土的几十万片祭祀问卜的甲骨，包括征战、田猎、行止、营建、疾病、求子、求雨、农业生产、家族关系等等，这些都关系到卜筮者的切身利益。卜筮活动总是为着生产和生活资料欲望的满足和对福的期待、灾祸的消除，因而，原始宗教思维的过程也始终伴随着由功利而产生的情感体验。

想象是原始思维的一个重要特征。列维·布留尔虽认为原始思维中的联想是"多种综合的感知"，是"客体的存在物的神秘属性构成了那个在任何所与时刻都显示出是复合的整体的原始人的表象的组成部分"①；但他却没有否定原始思维的想象性，而是认为，原始人正是依据原来头脑中存在的大量的集体表象，将"一切客体、存在物或者人制作的物品""想象成拥有大量的神秘属性的"。一种存在物或客体传给另一种存在物神秘作用的结果，"取决于被原始人以最多种多样的形式来想象的'互渗'：如接触、转移、感应、远距离作用，等等"。② 所以，在原始思维中，不仅那个无所不在的"神秘力量"是想象的产物，而且所谓的"互渗"及其产生的结果其实也都是想象。而原始宗教思维亦离不开丰富的想象。任何神灵的存在以及他们的生活、爱好、喜怒原本都是虚幻，不存在于现实之中，因而，这一切也都不过是

① [法]列维·布留尔著，丁由译：《原始思维》，商务印书馆1981年版，第36页。
② [法]列维·布留尔著，丁由译：《原始思维》，商务印书馆1981年版，第69—70页。

想象的产物。如《九歌·湘夫人》对湘夫人住所的描写：

> 筑室兮水中，葺之兮荷盖。荪壁兮紫坛，播芳椒兮成堂。桂栋兮兰橑，辛夷楣兮药房。罔薜荔兮为帷，擗蕙櫋兮既张。白玉兮为镇，疏石兰兮为芳。芷葺兮荷屋，缭之兮杜衡。合百草兮实庭，建芳馨兮庑门。

或许现实中帝王的宫殿有着这描写的诸多元素，但这里所描写的湘夫人的水中宫室，却毫无疑问是利用想象将现实中诸多单独的建筑元素转移结构而成为一个虚幻的神仙殿堂。而鬼神对于人的祸福，也无不是通过想象将鬼神和人及人事沟通的虚幻作用而产生。所以说，原始宗教依据人们的想象而存在。

原始宗教思维除具有情感和想象的参与之外，最主要还是它在思维过程中始终伴随着形象。毫无疑问，在原始宗教中，鬼神及其行为都是虚拟的，但他们却都无不以一种形象出现在思维中。这形象虽不存在于现实之中，触觉和视觉都不能捕捉到他的踪影，但却始终伴随着原始宗教思维，我们可以将其视为一种"心理意象"。原始宗教在某种意义上说只是一种心理体验，这种心理体验同样建构在集体表象的基础之上。虽然在这种思维中也存在着非逻辑思维的因果"逻辑"，诸如《新序·杂事》所载"见两头之蛇者死"（蛇和见者并没有直接接触，按现实逻辑，见蛇肯定不会因见蛇之"因"而产生死之"果"；但在原始宗教思维那里，见蛇之"因"必然产生见蛇而死之"果"）；但这却不是以一种抽象的概念在进行推理，见之"因"和死之"果"都以生活表象出现在思维过程之中，只不过死之"果"是一种"心理意象"。

原始宗教的祭祀仪式过程，是原始宗教思维的过程。在这仪式中，每一行为都是与某一事物的象征相对应的，故祭祀仪式是原始宗教思维最集中的表现。比如郊祭是原始宗教中极为重要的一种祭祀。《礼记·郊特牲》载：

> 郊之祭也，迎长日之至也，大报天而主日也。兆于南郊，就阳位也。

> 扫地而祭，于其质也。器用陶匏，以象天地之性也。于郊，故谓之郊。牲用骍，尚赤也。用犊，贵诚也。……卜郊，受命于祖庙，作龟于祢宫，尊祖亲考之义也。卜之日，王立于泽，亲听誓命，受教谏之义也。献命库门之内，戒百官也。大庙之命，戒百姓也。祭之日，王皮弁以听祭报，示民严上也。……祭之日，王被衮以象天，戴冕璪十有二旒，则天数也。乘素车，贵其质也。旗十有二旒，龙章而设日月，以象天也。①

在郊祭中，兆、器用、用牲、卜郊、作龟、王听誓命、皮弁、被衮、戴冕璪、旗十有二旒、龙章而设日月之意，都以象征的方式赋予其形象。可以看出，郊祭这一仪式过程所运用的思维始终没有离开形象。郊祭虽始于西周，为政治礼乐形态的一种祭祀仪式，但政治形态的礼乐仪式却源于原始宗教形态的仪式。因而，郊祭所运用的依然是原始宗教思维模式。

从上面的论述看，原始宗教思维也是由互渗、情感、想象、形象的特点结构而成。如果是像列维·布留尔一样，认为鬼神观念较原始思维的文明程度更为高级，那么，原始宗教思维当是由原始思维发展而来，因为它具有原始思维的众多特征。

原始宗教是鬼神观念的产物，而神坛则是祭祀鬼神的所在。神坛的言说以原始宗教仪式的形式进行，因而，神坛事实上是原始宗教思维的滋生场所，而原始宗教思维又反过来支配着神坛言说。这种支配作用，首先表现为这一思维打破了人与鬼神、自然现象与社会人事等多方面的界限，使其成为一个有机联系的互动的整体。于科学或者理性思维来说，超自然的神秘力量是不存在的，不同门类种性的物理及其现象也不存在那种超自然力的相互作用。但在原始宗教思维中，万物都是具有意志的神灵，这些神灵都具有超自然的力量，以自己的喜好支配它所具有的超自然力，对于人事施加神秘的作用。天地可以通过各种自然灾难降祸于政治主体，也可以通过各种祥瑞来显示对于政治主体政治的认可。如《国语·晋语二》载天之刑神蓐收告诉虢公，上帝将命晋袭灭虢国。《墨子·明鬼上》载上帝命春神句芒为郑

① 《礼记正义》卷二十六，《十三经注疏》本，中华书局1980年版，第1452页。

穆公增寿十年。而人则可以通过各种取悦神灵的方式来获取神灵的福佑，也可以在死后通过存在的灵魂作用于现实，或为人降祸，或为人降福。

这人与鬼神、自然现象与社会人事等方面界限的打破，初步构建了一个自然与人类社会同构的认识建构，为我们民族“天人合一”的思维模式作了充分的铺垫。但是，更重要的是这一思维形式将情感、想象、形象融为一体，建构成了神坛“象性”言说方式，为礼乐政治形态的政坛的言说方式的确立打下了坚实的基础。这一点下文将有充分的论述。

二、殷周政坛与《易》象思维的形成

《易》象思维适应着周代礼乐政治而形成——《易》象思维带有原始思维和原始宗教思维的特征——圣人“立象见意”是一个综合、归纳、推理的“抽象”准逻辑过程——礼乐政治强调的道德为《易》判断吉凶的重要依据——《易》象思维初步确立了人在社会发展中的主体地位

原始宗教思维在世界各民族的早期历史中都普遍存在，但当人类走过童年社会后，各民族的思维却有了各自的特点。这一现象说明，原始社会以后各民族的政治、经济、文化铸塑了他区别于其他民族的思维方式。因而，对中华民族思维方式形成起决定性作用的当是“三代”，尤其是周代政坛的实行礼乐政治。

中华民族进入殷周时代，文明的程度有了极大的提高，但是，神灵的观念并没有因此而退出历史的舞台。从出土的众多的商代甲骨卜辞所表现出的对于鬼神的崇拜看，鬼神依然在统治着殷人。鬼神对殷人的这一统治，很自然地形成了殷代“政教合一”的政治形态。而这一形态的形成，又很自然地使殷人将原始宗教思维带入政治之中，并且由于鬼神对于人事的支配作用，而使得原始宗教思维在政治生活中有着特殊的地位。《尚书·洪范》据说是商之遗民箕子和周武王谈话的记录，箕子在向周武王传授政治的经验时，谈到谋事，把鬼神的意志却看得更为重要。可以看出，在鬼神横行的殷

代，鬼神在认识的过程中，显然发挥着比人更为重要的作用。

原始宗教虽然在国家政治中发挥着重要作用，统治者可以利用掌握的原始宗教特权，依据自己的意愿去解释鬼神意志，借重鬼神使百姓顺从自己的统治；但一种占卜方式或请神仪式一旦形成，这一占卜方式所产生的卜筮结果就不可能与卜筮者的意愿每次达到完全的统一。而统治者卜筮的目的在于维护统治者的意志，因而，为了达到统治者意愿与卜筮结果的完全统一，卜筮在晚商时期已经产生了"一事数贞，正反对卜，同事异问"的制度。如为侑祭妣辛一事，占卜者"从不同角度反复卜问至七次以上"，而且是"同日同事同骨多贞"。对于这一现象，宋镇豪解释说，"目的在于利用甲骨为中介，充分进行人神间的沟通联系，以使人的意愿为神所细察，求得神的容纳和保佑"。① 但这一现象也恰好说明，人的意愿已开始在卜筮中占有较原来更为重要的地位。这一点在《尚书·洪范》中也得到了印证，箕子说：若"有大疑"，首先是"谋及乃心，谋及卿士，谋及庶人"，然后"谋及卜筮"。"人"的看法在决疑中已不再是可有可无。所以，箕子强调君臣"三德"：

> 一曰正直，二曰刚克，三曰柔克。平康正直，强弗友刚克，燮友柔克，沉潜刚克，高明柔克。惟辟作福，惟辟作威，惟辟玉食，臣无有作福作威玉食。臣之有作福作威玉食，其害于而家，凶于而国。人用侧颇僻，民用僭忒。②

孔颖达疏曰："正直，言能正人之曲，使直。""刚克，言刚强而能立事。""柔克，言和柔而能治。"君有三德，当"随时而用之。平安之世，用正直治之；强御不顺之世，用刚能治之；和顺之世，用柔能治之"。"地之德沈深而柔弱矣，而有刚能出金石之物也；天之德高明刚强矣，而有柔能顺阴阳之气也，以喻臣道虽柔，当执刚以正君；君道虽刚，当执柔以纳臣也。"臣下不能"作福作威玉食"，否则，只有害于家国。箕子的这一段话，当是强调人事对

---

① 宋镇豪：《夏商社会生活史》，中国社会科学出版社 1994 年版，第 523 页。

② 《尚书正义》卷十二，《十三经注疏》本，中华书局 1980 年版，第 191 页。

于政治的作用。从箕子的这一段话可以看出,在商代的政治中,原始宗教的作用也在逐渐减弱。

原始宗教对于政治作用的逐步衰弱,表明着原始宗教思维已不完全适应于政治的运作。随着社会政治制度的发展,注重人事因果关系的理性思维开始影响原始宗教思维。于是,一种既注重人事,又注重鬼神的混合性思维——《易》象思维随着礼乐政治形态的完善而降临中华民族。

《易》象思维最集中地表现于《易》。《易》原本为巫书,其成书年代有多种不同的说法。《系辞下传》在阐述八卦的产生时说:

> 古者包牺氏之王天下也,仰则观象于天,俯则观法于地,观鸟兽之文与地之宜,近取诸身,远取诸物,于是始作八卦,以通神明之德,以类万物之情。①

《帝王世纪》也说:"庖牺氏作八卦,神农重之为六十四卦。黄帝、尧、舜引而伸之,分为二易;至夏人因炎帝曰《连山》,殷人因黄帝曰《归藏》,文王广六十四卦,著九六之爻,谓之《周易》。"伏牺是否作八卦,已无从考证;八卦的一、- - 两个神秘的符号到底表示什么,也有不同意见。但从《易》卜筮的方式看,它显然是在殷商卜筮的基础上发展而来。古人说其"人更三圣,代历三古"当是不假。可知,《易》的产生,最少经过了商、周两个时代,在周代逐渐完善。

从思维形式发展阶段看,《易》所表现出来的思维形式经由原始思维、原始宗教思维发展而来,和西周时期因礼乐政治酝酿而成的注重现实的逻辑思维混为一体,形成《易》象思维模式。因而,《易》象思维保留了原始思维和原始宗教思维的许多方式,也就顺理成章。故我们说,《易》象思维是一种具有原始思维和原始宗教思维特征、而又与原始思维和原始宗教思维不同的带有一定逻辑思维特征的思维形式。

《易》象思维与原始思维、原始宗教思维相同的一面,是《易》象思维的

---

① 《周易正义》卷八,《十三经注疏》本,中华书局 1980 年版,第 87 页。

整个过程带有情感性、想象性、形象性。

《易》象思维虽有别于原始思维和原始宗教思维，但《易》原本是卜筮的巫书，卜筮涉及的范围如同殷人的卜筮一样，包含着那个时代人们生活的方方面面。因而，《易》象思维和原始思维、原始宗教思维一样，也总在思维的过程中伴随由功利目的产生的喜怒哀乐诸种情感体验。思维过程之中，形象诉诸人们的直观感觉，由直观感觉而进入理念的层面，虽说目的在“意”（即理），但由于直观感觉首先引起的是人们的情感和情绪活动，而且这“意”、即由“象”所看到的结果往往与卜者的切身利益有着密切关系，必然引起人们的情感和情绪活动。如卜者得凶卦便会产生恐惧、悲愁，卜得吉卦便会欢乐、高兴。所以，这种思维模式往往将“理”的认识活动和情感的体验融为一体。情感因素是表象的一个有机的组成部分，它在使人们对客体的感知带上某种神秘的属性的同时，也使人们在感知一切外部自然现象时受到自身情感的控制，把外部世界和自己融为一体。

想象是原始思维和原始宗教思维的一个重要特征。《易》的巫书性质，决定了《易》象思维也具有极明显的想象性。《易》的思维过程包括“立象见意”和“依象明事”两个阶段。“立象见意”时，天地之文所包含的自然现象与所立之象大多并无必然的逻辑关系，象与自然和社会表象正是人们凭借想象而具有了相对的对应关系。如《象辞下传》载云：蒙卦：“山下出泉，蒙，君子以果行育德。”①屯卦：“云雷，屯，君子以经纶。”②讼卦：“天与水违行，讼，君子以作事谋始。”③蒙卦上卦为艮，艮为山；下卦为坎，坎为水。山泉流涌与君子修德本无关系。屯卦上卦为坎，坎为云；下卦为震，震为雷。云兴雷鸣与经纶国家政治毫不相关。讼卦上卦为乾，乾为天；下卦为坎，坎为水。天水背道而行也与作事谋始不相关联。山泉流涌与君子修德、云兴雷鸣与经纶国家政治、天水背道而行与作事谋始，在经验世界中都没有必然的因果关系，而《易》以“模拟”将他们联系到了一起；没有想象，就没有这“模拟”，

① 《周易正义》卷一，《十三经注疏》本，中华书局1980年版，第20页。

② 《周易正义》卷一，《十三经注疏》本，中华书局1980年版，第19页。

③ 《周易正义》卷二，《十三经注疏》本，中华书局1980年版，第24页。

这些物象也就联结不起来。可见《易》象思维将自然之象抽象为卦象，离不开想象。

"依象明事"的过程也是用想象推导结果的过程。从多数卦爻辞看，卜筮的因与果分属不同的时间、空间，不同的种属类别，同样没有必然的逻辑关系。如：既济卦初九：拖车轮时水打湿了车尾，就不会有灾祸；困卦上六：被葛藟所困，惶恐不安，做事便感到后悔，醒悟后兴兵，必有吉祥；等等。拖车打湿了车尾，没有灾祸；被葛藟所困，醒悟后兴兵能打胜仗；也都是在想象中完成"互渗"。所以说，在《易》象思维中，想象无所不在。

说《易》象思维有着形象思维的特征，除它也具有情感和想象的参与之外，最主要还是它在思维过程中始终伴随着形象。《易》象思维虽然也具有逻辑思维的因素，但它却主要依据表象和直觉而进行思维。《易》中的"象"可分为四个层次：一是神秘的物象，即巫术的前兆。它是一种客观的存在，如山崩地裂等。二是由这神秘现象投射到人们心中的心象，即由前兆而产生的迷信意绪。三是指爻象、卦象。它是迷信意绪的符号外化。四是卜筮时由爻象、卦象而推导得来的虚幻物象，即虚幻的结果。爻象、卦象虽然不同于客观物象，但"由于它是心灵虚象通过一定的物质媒材（线条）的外观"，也"可以说是另一种实象"。① "立象见意"，虽存在着对事物的综合、归纳、推理的过程，但所见之"意"并没有予以抽象，而是附着直观表象而进行，因而，这一过程中，形象始终相伴相随。虽然这形象并不是表现的目的，而只是一种手段、符号，但它却和"意"融为一体。

然《易》象思维终究不是形象思维。我们知道，原始思维不同于形象思维，是因为在西方的观念中，形象思维是一种纯粹的艺术思维。原始思维虽然在思维的过程中也带有情感性、想象性、形象性等艺术思维的重要因素，但它受着神秘力量的支配，是万物有灵观念作用的产物，具有民族集体表象的特征。而形象思维的主体是个体的"人"，尽管同一物件也会在不同主体的思维过程中产生同一情感体验，但它却不受神秘的集体表象的支配，具有明显的个性特征。而且形象思维是为着"再现"或"表现"世界，目的不是指

① 王振复：《〈周易〉的美学智慧》，湖南出版社1991年版，第170—171页。

向实用和功利。《易》象思维除了具有原始思维、形象思维所没有的逻辑思维的因素外，它所具有的原始思维的部分性质，也使得它具有形象思维与原始思维的这些区别。

但是，《易》象思维也与原始思维和原始宗教思维有着很大的差异。我们应该看到，《周易》虽是一部巫书，却表现了时人对于“人”的充分肯定。在《周易》表达的观念中，鬼神的超自然力量还对于祸福起着一定的作用，但人的道德却也对祸福起着重要的支配作用。在《周易》的卦爻辞中，有着很多关于周代礼乐政治形态所产生的道德能避凶得福的表述。如《乾卦》九三：“君子终日乾乾，夕惕若，厉无咎。”王弼注曰：“居上不骄，在下不忧，因时而惕，不失其几，虽危而劳，可以无咎。”①《谦卦》曰：“亨，君子有终。”是说只要谦虚地接人待物，必然亨通；只有君子才能始终保持谦逊。其九三爻说：“劳谦，君子有终，吉。”意思是有功而不居功，君子保持这种美德，必获吉祥。《临卦》六五云：“知临，大君之宜，吉。”王弼注谓：“处于尊位，履得其中，能纳刚以礼，用建其正，不忌刚长而能任之，委物以能而不犯焉，则聪明者竭其视听，知力者尽其谋能；不为而成，不行而至矣。大君之宜，如此而已。”②《益卦》九五曰：“有孚惠心，勿问元吉，有孚惠我德。”王弼注曰：“得位履尊，为益之主者也；为益之大，莫大于信；为惠之大，莫大于心。因民所利而利之焉，惠而不费，惠心者也。信以惠心尽物之愿，固不待问而元吉，有孚惠我德也，以诚惠物物亦应之，故曰有孚惠我德也。”③《系辞下》说：

> 《履》，德之基也。《谦》，德之柄也。《复》，德之本也。《恒》，德之固也。《损》，德之修也。《益》，德之裕也。《困》，德之辨也。《井》，德之地也。《巽》，德之制也。

正因如此，孔子对其倍加赞美道：“《易》其至矣乎！夫《易》，圣人所以

---

① 《周易正义》卷一，《十三经注疏》本，中华书局1980年版，第15页。
② 《周易正义》卷三，《十三经注疏》本，中华书局1980年版，第36页。
③ 《周易正义》卷四，《十三经注疏》本，中华书局1980年版，第54页。

崇德而广业也。”将其称之为“道义之门”。①

《周易》以有无道德作为卜筮吉凶结果的依据，说明礼乐政治思维对于原始宗教思维的渗透，而这种渗透，正表明周代礼乐政治对于原始宗教思维的改造作用。这种改造，最主要表现为科学思维对于原始宗教思维的渗透。《易》从天、地、雷、风、水、火、山、泽等自然现象变化来预测人事的变化，固然有许多原逻辑性，但又不完全等同原始思维的神秘互渗。因为“仰则观象于天，俯则观法于地，观鸟兽之文与地之宜，近取诸身，远取诸物”，是在经验的基础上对自然事物与人事关系作出归纳总结，爻、象即是由这归纳推理得出的结论的符号表现。所以《系辞下传》说：“夫《易》，章往而察来。”因而，“立象”实际上是一个综合、归纳、推理的“抽象”的准逻辑过程。所立之象是人通过对自然事物的“模拟”而确立，如《国语·周语下》所说：“象物天地，比类百则。”尽管以自然现象来“模拟”社会现象所得出的结论大多为主观产物，但却也包含着许多科学的成果。正如徐道一所说：“《周易》的科学思维、宇宙观和使用研究方法等一些基本思想概念与现代自然科学所揭示的宇宙图景和微观世界在许多基本点方面是相通的，甚至少数情况下吻合得相当好。”②也正因为如此，它才引起了中外哲学家和科学家的重视。可见，《易》象思维的“立象”过程，并不完全由“互渗律”决定。

“依象明事”即指依《易》之象卜筮的过程。它和“立象见意”一起构成《易》象思维的一个完整的思维过程。所立之象是圣人对于客观物象所明之“理”的符号表现，是“占其吉凶”的依据，“占其吉凶”是“立象”的目的。它与原始思维支配下的原始巫术占卜的不同，是它明事的所依之象来自于圣人通过对天文地理认识的所立之象，有着一个存在的判断吉凶的“大前提”。当然，从“依象明事”看，《易》象思维并没有脱尽原始思维的神秘互渗性。在许多的卦爻辞中，我们可以看到原始思维神秘的互渗依然在发挥作用。如《大过卦》九二爻辞说：“枯杨生稊，老夫得其女妻，无不利。”枯杨长出嫩枝，与老夫娶年轻女子为妻并无逻辑关系。但从众多的爻辞来看，

---

① 《周易正义》卷八，《十三经注疏》本，中华书局1980年版，第89页。

② 徐道一：《周易科学观》，地震出版社1992年版，第1页。

《易》象思维明事时事实上更多地依据了丰富的人类社会生活经验。如《乾卦》九三爻:“君子终日乾乾,夕惕若厉,无咎。”《坤卦》六二爻:“直、方、大,不习,无不利。”《讼卦》初六:“不永所事,小有言,终吉。”《履卦》上九:“视履考祥,其旋元吉。”等等,都无不是现实社会生活规范的经验总结。

《易》象思维“立象”的过程,也表现着人在思维过程中相对的主体地位。在原始思维和原始宗教思维过程中,神灵的神秘力量是虚拟物象产生的关键。而《易》象思维的依据却是有如《韩诗外传》卷一所载《传》所说“物类相感,同声相应”。在《易》象思维过程中,“立象”的主体是人,圣人是在对于事物的综合、归纳、推理的基础上,借“象”即卦、爻来表现他所认识的事物的规律的。由于卦、爻是圣人对于天下幽隐道理的总结,占卜者判断事物吉凶虽依然带有龟卜的神秘性,但依据却不再是“天”或“上帝”的意志,而是人的所立之象。尽管这整个过程犯有许多逻辑思维的错误,但却已在一定程度上否定了神灵对于人事的支配,开始确立人的主体地位。所以,古来《易》有“三才”之谓。晋韩康伯曰:

> 昔者圣人之作《易》也,幽赞于神明而生蓍,参天两地而倚数,观变于阴阳而立卦,发挥于刚柔而生爻;和顺于道德而理于义,穷理尽性以至于命。昔者圣人之作《易》也,将以顺性命之理,是以立天之道曰阴与阳,立地之道曰柔与刚,立人之道曰仁与义;兼三才而两之,故《易》六画而成卦,分阴分阳,迭用柔刚,故《易》六位而成章也。①

天道为阴与阳,地道为柔与刚,人道为仁与义。立卦本于阴阳,立爻本于刚柔,六爻位序两两并列,体现三级层次,初、二象征“地”,三、四象征“人”,五、上象征“天”,合天地人而言,谓之“三才”。② 可知《周易》卜筮在判断事物凶吉,将人事这一依据放在非常重要的位置,与原始思维对于人事的视而不见全然不同。

---

① 韩康伯:《周易注》卷九,文渊阁《四库全书》本。
② 黄黎星:《易学与中国传统文艺观》,上海三联书店2008年版,第36页。

故可以说,《易》象思维的形成,与周代的礼乐政治有着密切关系。

三、礼乐的象性建构与表达

《易》象之“象”融“理”与形象于一体——《易》象构建了天理与人事相对应的“天人合一”的整体思维模式——六十四卦、三百八十四爻对应社会的贵贱高卑之位——周代依天地之象设置官僚机构——礼仪是依《易》象思维结构而成的象喻系统——礼乐因“象”使形而上的礼之“理”具有了感知的品质

《易》象思维的形成“人更三圣,世历三古”,上承原始巫术发展而来,为中华民族在长期的生产、生活过程中而形成的一种思维方式,不仅在国家意识形态领域内作为政治话语与学术话语而存在,而且直接影响着先秦国家政体与礼乐格局的建构。

原始宗教思维虽然沟通了人与鬼神、自然世界与精神世界的关系,思维过程虽也伴随形象,但原始宗教思维的形象却还不是一种融天道与人道于一体的“象”。《易》象之“象”是一种内在之理的表象,融“理”与形象于一体;其卦爻表现着天文、地理、人事的抽象之后总结而成的天地人事之“理”,即所谓“神明之德”,“万物之情”。对这一点,宋代的杨万里说得很清楚:

> 象者何也?所以形天下无形之理也。……何谓形天下无形之理?今夫天之高,地之厚,日月之明,雨露之润,人皆可得而见也,未离夫物之有形故也。至于其所以高,所以厚,所以明,所以润,人不可得而见也,其理无形故也。①

---

① 杨万里:《诚斋易传 · 系辞》,清光绪二十一年湖北官书处刊本,转引自黄黎星《易学与中国传统文艺观》,上海三联书店 2008 年版。

“理”为形而上的存在，不可以视觉和触觉感知，故必借形而下的“象”而表现。显然，原始宗教思维中，形象并非是天理人道之“理”的表象，故原始宗教思维也就没能形成一个无形之理和有形之象的对应建构。

《易》在判断吉凶的过程中将人事作为一个重要的因素和《易》象思维的无形之理和有形之象的对应建构，进一步清除了天、地、人之间沟通的障碍，为其将天、地、人（包括制度、器用）等结构为一体打下了坚实的理论基础。正是在这一基础之上，古人构建了天理与人事相对应的“天人合一”的整体思维模式。于《易》来说，天文、地文和人文是同构的，三者之间存在着内在的一致性，人文即是天文、地文在人类社会的显现。《系辞上》曰：

天尊地卑，乾坤定矣；卑高以陈，贵贱位矣。①

乾、坤二卦为《周易》六十四卦之首，乾为天，坤为地，二者均为事物之“元”，故有乾元、坤元之说。乾为“万物资始”，坤为“万物资生”，人事万物之理均由此生。有如宋胡瑗对这几句话的解读：“万事之理，万品之类，皆自乾坤为始。”“天地卑高既定，则人事万物之情皆在其中。故六十四卦、三百八十四爻各有贵贱高卑之位，是以君臣父子、夫妇长幼皆有其分位矣。若卑不处卑，高不处高，上下错乱，则贵贱尊卑、君臣父子、夫妇长幼不得其序。夫如是无高卑之分位矣，故此贵贱之分，皆自高卑之位既陈然后从而定矣。”②“若寒暑相推而成四时，日月相代而成昼夜，阴阳相荡而成风雨雷霆”，为“天之文”；而“若夫君圣臣贤，上行下化，仁义礼乐著于天下，是国之文也；父义母慈，兄友弟恭，男正位乎外，女正位乎内，闺门之内，和谐肃穆，是家之文也”。“天文”、“国文”、“家文”以其内在的高卑贵贱之“理”的对应而形成三位一体的结构。“圣人上观乎天文以察时之变，若东作西成、南讹朔易、雨旸风燠灾祥之类”，以其“理”来制作礼乐，以成“人文”，“使君明臣

① 《周易正义》卷七，《十三经注疏》本，中华书局1980年版，第75页。

② 胡瑗：《周易口义·系辞上》，文渊阁《四库全书》本，第8册，第450页。

忠,父慈子孝,兄弟有礼,长幼有序,各得其正”,以“成天下之治”。①

《系辞》产生的时间较晚,但这一观念,流行于有周一代。《国语》一书,对西周及春秋时人们这一观察问题的视点常有反映。《国语·周语上》载幽王二年泾、渭、洛河流域发生地震。伯阳父预言西周将要灭亡。他认为,“夫天地之气,不失其序;若过其序,民乱之也”。三川地震,是天地之气出现混乱,天地之气失其序,则社会也将出现混乱,天文、地文与人事有着内在的联系。周襄王的内史过也说:“夫天事恒象。”人事善则天象吉,人事恶则天象凶。春秋时的范蠡认为,人事不管是政治还是军事,都与天地之象相对应:“四封之外,敌国之制,立断之事,因阴阳之恒,顺天地之常,柔而不屈,强而不刚,德虐之行,因以为常;死生因天地之刑,天因人,圣人因天;人自生之,天地形之,圣人因而成之。”人事之生,天地必有其象,故“人事必将与天地相参,然后乃可以成功”。聪明的人应该“因天地之常,与之俱行”。② 春秋时的单襄公说:“天六地五,数之常也。经之以天,纬之以地。经纬不爽,文之象也。”③“天六”指天之六气,“地五”指地之五行。天之六气、地之五行为天地之象,它们运行没有差错,是文德的表象,说的也是天象与文德对应。由此可知,《周易》天文、地文、人文同构而相对应的观念当在西周、春秋时已很流行。

乾坤定而天下万物之理定。人文与天文、地文同构,但人文却是由天文、地文决定;人理与天理、地理相通,但人理却是天理、地理在人类社会的演绎。由于天地是最高的存在,具有世界本体的意义,天地之理畅行则事物兴盛,违之则家国衰亡。有如《国语·周语下》所载单襄公言,“夫事大不从象,小不从文。上非天刑,下非地德,中非民则,方非时动而作之者,必不节矣。作又不节,害之道也”。

因而,《易》象思维在周代的政治体系建构中起着至为关键的作用。这首先表现为周代官僚机构,依天地之象而设置。

---

① 胡瑗:《周易口义》卷四,文渊阁《四库全书》本,第8册,第280页。

② 徐元诰:《国语集解》,中华书局2002年版,第579页。

③ 徐元诰:《国语集解》,中华书局2002年版,第89页。

依天地自然之物而设官，在周代以前已有之。贾公彦《周礼正义序》引"《论语撰考》云：'黄帝受地形、象天文以制官。'"《左传》昭公十七年载：黄帝以云纪官，炎帝氏火纪官，共工氏以水纪官，大皞氏以龙纪官。①《论语撰考》所云可能据《左传》所载而云。但以云纪官并非"受地形、象天文以制官"。《左传》昭公十七年又载：

> 少皞挚之立也，凤鸟适至，故纪于鸟，为鸟师而鸟名。凤鸟氏，历正也；玄鸟氏，司分者也；伯赵氏，司至者也；青鸟氏，司启者也；丹鸟氏，司闭者也；祝鸠氏，司徒也；鴡鸠氏，司马也；鸤鸠氏，司空也；爽鸠氏，司寇也；鹘鸠氏，司事也。②

《春秋左传注疏》卷四十八杜预注云："凤鸟知天时，故以名历正之官"；"玄鸟，燕也，以春分来秋分去"；"伯赵，伯劳也，以夏至鸣冬至止"；"青鸟，鸧鴳也，以立春鸣立夏止"；"丹鸟，鷩雉也，以立秋来立冬去"；故"四鸟皆历正之属官"。"祝鸠，鷦鸠也，鷦鸠孝，故为司徒主教民。""鴡鸠，王鴡也，鸷而有别，故为司马主法制。""鸤鸠，鴶鵴也，鸤鸠平均，故为司空平水土。""爽鸠，鹰也，鸷，故为司寇主盗贼。""鹘鸠，鹘鵃也，春来冬去，故为司事。"③少皞氏以鸟为图腾，故因鸟性而设官。所以这和黄帝以云纪官、炎帝氏火纪官、共工氏以水纪官、大皞氏以龙纪官一样，都不过是原始宗教图腾崇拜的反映，而不是《易》象思维影响下形成的天、地、人"三才"对应的设官制度的表现。

《管子·版法解》曰：

> 版法者，法天地之位，象四时之行，以治天下。四时之行，有寒有暑，圣人法之，故有文有武。天地之位，有前有后，有左有右，圣人法之，

① 杜预：《春秋左传集解》，上海古籍出版社1977年版，第1420—1421页。
② 杜预：《春秋左传集解》，上海古籍出版社1977年版，第1420—1421页。
③ 杜预：《春秋左传集解》，上海古籍出版社1977年版，第1421—1422页。

以建经纪。春生于左,秋杀于右,夏长于前,冬藏于后。生长之事,文也;收藏之事,武也;是故文事在左,武事在右,圣人法之,以行法令,以治事理。①

所谓"版法",唐房玄龄注云:"选择政要载之于版,以为常法。"②这一段话,虽然没有明确天地之位、四时之行与国家设官的具体对应,但却明确了依天地之象而设官立制的这一原则。《管子》较为晚出,但将其与《周礼》相对照,可看出《管子·版法解》所说,却是周代设官立制原则的真实反映。

《周礼》又名《周官》,记周代的官制。按《周礼》,周代设有天官、地官、春官、夏官、秋官、冬官六官,分别对应天、地和春夏秋冬四时。如《周礼注疏·原目》郑玄注云:"天官冢宰","象天所立之官;冢,大也;宰者,官也。天者统理万物,天子立冢宰使掌邦治,亦所以总御众官,使不失职。不言司者,大宰总御众官,不主一官之事也"。"地官司徒","象地所立之官;司徒主众徒。地者载养万物,天子立司徒掌邦教,亦所以安扰万民"。"春官宗伯","象春所立之官也。宗,尊也;伯,长也。春者出生万物,天子立宗伯使掌邦礼、典礼,以事神为上,亦所以使天下报本反始"。"夏官司马","象夏所立之官。马者,武也,言为武者也。夏整齐万物,天子立司马共掌邦政,可以平诸侯,正天下"。"秋官司寇","象秋所立之官。寇,害也;秋者,遒也,如秋义杀害、收聚敛藏于万物也。天子立司寇使掌邦刑者,所以驱耻恶,纳人于善道也"。"冬官考工记","象冬所立官也。是官名司空者,冬闭藏万物。天子立司空使掌邦事,亦所以富充国家,使民无空者也"。

可知,周代不仅中央的行政机构对应天地之象而建构,而且周代的官僚系统也是依《易》象思维而确立。《周易·乾凿度》说:

天地之气必有终始,六位之设皆由上下,故《易》始于一,分于二,通于三,□于四,盛于五,终于上。初为元士,二为大夫,三为三公,四为

① 戴望:《管子校正》卷二十一,中华书局1954年版,第339页。

② 房玄龄:《管子注》卷二,文渊阁《四库全书》本,第729册,第31页。

诸侯,五为天子,上为宗庙。凡此六者,阴阳所以进退,君臣所以升降,万人所以为象则也。①

所谓"六位",即《周易》每卦的六爻。《周易》每卦均由六爻构成,其位序自下而上,名曰初、二、三、四、五、上,初即一,上即六。爻分阴阳,阳爻以"九"表示,阴爻以"六"表示。据这段话,《周易》每卦的六爻都和官序对应。在卦爻辞中和先秦典籍中,不见相同的表述,但结合《左传》宣公十二年"百官象物而动"的记载看,《周易》应已有这一对应的观念。《左传》僖公二十五年载有卜偃之卜筮,"遇《大有》之《睽》,曰:'吉,遇公用享于天子之卦也。战克而王飨,吉孰大焉。且是卦也,天为泽以当日,天子降心以逆公,不亦可乎?大有去《睽》而复,亦其所也。'""公用享于天子"为《大有》九三爻辞。杜预注云:"三为三公而得位,变而为'兑','兑'为说,得位而说,故能为王所宴飨。""《乾》为天,《兑》为泽,《乾》变为《兑》而上当《离》,《离》为日,日之在天,垂曜在泽,天子在上,说心在下,是降心逆公之象。""去《睽》卦还论《大有》,亦有天子降心之象,《乾》尊《离》卑,降尊下卑,亦其义也。"从卜偃之卜看,《周易》当确实具有将爻位与官序对应的思想。

数是《易》筮的核心。《系辞上》曰:

大衍之数五十,其用四十有九。分而为二以象两,挂一以象三,揲之以四以象四时,归奇于扐以象闰。五岁再闰,故再扐而后挂。天数五,地数五,五位相得而各有合。天数二十有五,地数三十,凡天地之数,五十有五。此所以成变化而行鬼神也。乾之策二百一十有六,坤之策百四十有四。凡三百有六十,当期之日。二篇之策,万有一千五百二十,当万物之数也。是故四营而成易,十有八变而成卦,八卦而小成。引而伸之,触类而长之,天下之能事毕矣。②

---

① 郑康成注:《周易乾凿度》卷七,文渊阁《四库全书》本。
② 陈鼓应、赵建伟:《周易今注今译》,商务印书馆 2005 年版,第 614 页。

在《易》中，天数一、三、五、七、九为阳数，地数二、四、六、八、十为阴数，天数、地数各自相加，故有天数25，地数30，天地之数共计55。《易》之筮时，由于揲蓍要去掉六枚以象征一卦的六爻之数，故在广泛推演事物之凶吉时只用49策。乾卦六爻每爻皆为老阳九，策数为36，以六爻乘36得216；坤卦每爻皆为老阴六，策数为24，以六爻乘24为144，二卦策数相加为360。因为《易》特别重视与天地对应之数，故象征天的乾卦的老九阳多用来象征君王之官之等级。如天子内有九室、九嫔，外有九室，官有九卿；天子之车有龙旗九旒，天子之堂九尺。诸侯、大夫依次递减，如诸侯之堂七尺，大夫五尺，士三尺；诸侯大国、次国设三卿，小国二卿。故随武子说周"百官象物"当是不假。

周代的礼乐制度不仅依象而建构，亦借象而表达。周礼有礼制、礼义、礼仪三个层面，按《易》象思维"'理'以'象'显"、"'象'以喻'理'"的原理建构而成。礼义、礼制为"理"，为天地之"理"在人类社会的对应；礼仪则是礼义和制度之"理"的表象。《系辞上》说："形而上者谓之道，形而下者谓之器。"所谓形而上之"道"，即为"理"；形而下之"器"即用以表示典章制度的各种器物。所以，周代的"制器者尚其象"，取象以制器。礼仪的一切，包括方位、程序、器物等，都是与天地之"理"对应的人类社会之"理"的形象表达。祭礼如郊祭"大报天而主日"，"兆于南郊"，表示"就阳位"；"扫地而祭"，表示尚质；"器用陶匏"，表示"以象天地之性"；祭之日"王被衮以象天，戴冕璪十有二旒"，表示效法天数；"旗十有二旒，龙章而设日月"，表示"象天"。社祭主阴气，故"君南向于北墉下"表示"答阴之义"。天子大社时"必受霜露风雨"，表示"以达天地之气"。"薄社北牖"表示"使阴明也"。①

不仅祭礼，《仪礼》中的那些礼仪，也都是依《易》象思维结构而成的象喻系统。如《礼记·乡饮酒义》在谈到乡饮酒的仪式时说：

宾主，象天地也；介僎，象阴阳也；三宾，象三光也；让之三也，象月

① 《礼记正义》卷二十五，《十三经注疏》本，中华书局1980年版，第1449页。

之三日而成魄也；四面之坐，象四时也。天地严凝之气，始于西南，而盛于西北。此天地之尊严气也，此天地之义气也。天地温厚之气，始于东北，而盛于东南，此天地之盛德气也，此天地之仁气也。主人者尊宾，故坐宾于西北，而坐介于西南，以辅宾。宾者，接人以义者也，故坐于西北。主人者，接人以德厚者也，故坐于东南，而坐僎于东北，以辅主人也。①

在乡饮酒的仪式中，宾主、人数、座向都蕴涵着尊严、盛德、仁义的意义，为尊严、盛德、仁义的象性表达。

周代政治的整个礼制，是在《易》象思维的基础上结构政治、经济、官制、法律、文学艺术、建筑、服饰、丧葬等等于一体的一个综合政治形态，作为其核心君君、臣臣、父父、子子的等级制度借制器的形制、数量、色彩在政治、经济、官制、法律、文学艺术、建筑、服饰、器用、丧葬等各方面得以表达。因而，所有贵族的居住、服饰、器用、饮食等也都被纳入了礼的表达范畴，成为礼之“理”的形象的表达。《左传》桓公二年载臧哀伯曰：

清庙茅屋，大路越席，大羹不致，粢食不凿，昭其俭也。衮、冕、黻、珽、带、裳、幅、舄、衡、紞、纮、綖，昭其度也。藻率、鞞、鞛、鞶、厉、游、缨，昭其数也。火、龙、黼、黻，昭其文也。五色比象，昭其物也。钖、鸾、和、铃，昭其声也。三辰旂旗，昭其明也。夫德，俭而有度，登降有数，文物以纪之，声明以发之，以临照百官。百官于是乎戒惧，而不敢易纪律。②

臧哀伯所言，在《礼记·礼器》等文献中有具体的记述，如《礼器》载：“天子龙衮，诸侯黼，大夫黻，士玄衣纁裳。天子之冕，朱绿藻十有二旒，诸侯九，上大夫七，下大夫五，士三。”天子所穿的衮，绣有龙的图案，而诸侯、大夫之衣，则只能分别绣有黑白相间的黼和黑青相间的黻的花纹。至于士，则只能

① 《礼记正义》卷六十一，《十三经注疏》本，中华书局1980年版，第1683页。
② 杜预：《春秋左传集解》，上海古籍出版社1977年版，第69页。

黑衣纁裳。天子之冕,可以有十二旒朱绿藻,诸侯至士,数量则只能等而少之。天子之堂九尺,诸侯七尺,大夫五尺,士三尺。显然,这服饰的图案、色彩、饰物的数目、建筑的形制也都是礼之"理"的象征性表达。清姚际恒曾说:"说者谓,仪礼详于器数,略于义理。固矣,然不尽然。器数亦从义理而生,苟非义理,器数焉行?苟非器数,义理焉托?义理譬之规矩,器数则其方圆也。"①故礼乐制度中的一切器物,都不是单纯的器物。

礼乐制度是周代根本的政治制度,故礼乐的表达也是那时政坛言说的一种根本的表达方式。这也就是说,周代的政坛以《易》象思维方式为根本表达方式。《易》象思维方式对于礼乐政治的这种建构,利用"象"将先验世界和现实世界、精神与物质、形而上与形而下沟通,使之成为一个完整的整体,互为对象,互为存在,由此而赋予礼乐制度以及统治者对生产和生活资料诉求的合法性和神圣性,并通过这神圣性赋予礼乐制度的强制性。但《易》象思维对于礼乐的建构和表达的意义并不完全限于此。就礼乐本身而言,它将那些形而上的礼之"理"变为一种可以具体感知的生活物象,将其渗透入生活的各个方面,从而使其更具感知的品质。但就思维方式而言,它通过这样一种建构和表达,确立了象性思维在中国文化表达中的主体地位,使其成为中华民族一种最为重要的表达方式,从而对中国的政治及文学艺术产生着极深远的影响。

四、《易》象思维与政坛言说

《易》象思维为"用"而产生又为"用"所用——以象明理使"用"带上艺术色彩——礼乐借象明"理"赋予"用"一定的艺术性并形成礼乐政治言说的"象喻"传统——诗之比兴、书之政事、春秋之名分、礼之仪、乐之律莫非象——象以尽意——赋予礼乐政治形态言说"用、美合一"的特征

① 姚际恒:《仪礼通论》,中国社会科学出版社 1998 年版,第 7 页。

周代礼乐的象性建构和象性表达表明，周代的政坛及其言说都完全处于《易》象思维的支配和制约之下。这种支配和制约对周代政坛的言说的作用是全方位的，但最为重要的是它将政治与文学艺术的言说结构为一体，将政治抹上了浓厚的艺术色彩的同时，将文学艺术赋予了实用的性质，并为礼乐政治形态的“怎样言说”确立了方法、途径。

在现代西方，政治虽然也借助艺术来与其服务，不是毫无关涉，但政治与艺术的分界却是非常清晰的。由于西方近代以来过分强调艺术的审美性和独立性，艺术与政治的关系已变得十分生疏。而在我国的周代，《易》象思维成为政坛的思维模式，政治体系依《易》象思维建构而成，并以其为根本的表达方式，在周代的政坛言说具有绝对的支配地位。由于《易》象思维兼有的原始思维、逻辑思维和形象思维部分特征的混合思维性质，因而，《易》象思维也就决定了周代礼乐政治形态言说实用性与艺术性合一的必然性。

原始思维在很大程度上带有巫术思维的特征，而巫术的全部目的在于获得生产、生活资料；正如乌格里诺维奇所说：原始宗教“是以影响自然界的臆想的虚幻的手段，即巫术仪式来代替切实可行的手段，借此直接为一定的实际需要服务，……它总是具有非常肯定的目标，不是要保证猎取野兽，就是要保证增加资源”①。而逻辑思维也全在于理性地认识事物。因而，《易》象思维融原始思维和逻辑思维的部分质性于一体的特征，决定了它的“实用性”；而它原始思维和形象思维的部分属性，又决定了它艺术思维的色彩。

《易》最早为巫书，它的产生和使用目的都直指“实用”。从《易》象思维思维过程的两个阶段看，“立象见意”是要借“象”（即形象）来表明属于逻辑思维范畴的“意”（即理），使卜筮者依据理念即“意”来确定自己的行为。《易·系辞上传》说：

圣人有以见天下之赜，而拟诸其形容，象其物宜，是故谓之象。圣

① ［苏］乌格里诺维奇：《艺术与宗教》，三联书店1987年版，第63—64页。

人有以见天下之动，而观其会通，以行其典礼，系辞焉以断其吉凶，是故谓之爻。①

所谓“天下之赜”，即天地之“文”所隐含的幽深的道理。说《易》最早所作的目的是为了“行其典礼”，似乎有失客观，但圣人观天地之象非为欣赏自然，而是为着“认识”天地之“理”，却是不争的事实。“立象”当然也不是艺术创作，而在于“见意”，将“认识”到的幽隐之“理”表示出来，供人们判断行事的吉凶。“依象明事”是这一目的表现，即人们从被“抽象”的卦、爻来确定事物的吉凶，消除灾祸，获得吉祥。因而，筮占明事和逻辑思维一样，既是为“用”而产生，也是为“用”所用。

为“用”的这一大前提，决定了《易》象思维过程中的情感和想象活动及其表象的选择，都不像艺术思维那样为“美”而运行，而是受功利目的的支配，服务于功利目的的实现。

《易》象思维的过程虽也始终包含着情感，但情感的表现并非《易》象思维的目的。《易》的产生和运用都不是为着抒发情感，《易》象思维中的情感活动只是附着于功利目的而诱发，情感活动的区域也受这目的的制约，多附庸于生活的“得”与“失”。所以，《易》象思维过程中的情感活动并非主体自由的情感活动，情感的指向是功利目的及其结果。这一指向，为思维的整个过程提供全部的心理动力，服务于思维过程的完成。也就是说，正是卜筮者对于卜筮结果的热切期待，支配着卜筮活动的进行。而思维过程中情感活动的趋向，也由卜筮目的和结果的性质而决定。卜筮结果的“凶”，决定了主体心理活动的悲愁与哀苦；“吉”，决定着主体心理活动的兴奋与喜悦，与审美过程中的情感活动有着很大的区别。

同样，《易》象思维中的想象虽然不是纯粹的认知，但它本身却也有着解释的性质，具有很强的实用目的性。从观象到抽象再到立象、卜筮，都是在一些民族经验的基础上通过想象实现的。由于观象的目的在于立象以表现事物之“理”，立象的目的则又是为着卜筮以求福避害，因而，《易》象思维

① 《周易正义》卷七，《十三经注疏》本，中华书局1980年版，第79页。

中的想象实是人们不自觉地用来实现目的的一种手段。如《鼎卦》九三："鼎耳革，其行塞，雉膏不食，方雨亏悔，终吉。"人们从大鼎没有了鼎耳，难以移动，鼎中的野鸡不能吃，刚下雨却又雨停而得出吉祥的结论，正是借助了想象。在这里，想象的作用都在于卜筮的结果。它的起点为自然与社会客观物象，思维的方向始终朝着功利目的运行，终点是祸福的得失，整个过程都暗含着卜筮主体的内在的目的需求，想象、解释和期望三位一体，不可分割。

《易》象思维中，形象虽然有着极重要的地位，也是"意"不可分割的一部分，没有形象，所见之"意"便就无从可见，但它仍然是附着于某种实用目的而存在，发挥的只是载体功能。整个思维过程中，形象和功利目的伴随始终，并受功利目的支配。不管是作为前兆神秘的物象，还是它投射到人们心中的心象、作为迷信意绪的符号爻象、卦象以及由爻象、卦象而推导得来的虚幻物象，都不过是"见意"与"传意"的一种媒介，为"见意"、"传意"而存在，起着沟通天地神灵与圣人、与卜筮主体的作用。在神秘物象和心象以及由爻象、卦象而推导得来的虚幻物象三者之间，虽然不必有固定的联结，但却要求存在某种相似对应的特征。因而"意"也结构着不同表象，将其组合成一个整体，并决定着思维过程中对于不同之象的取舍趋向。如《睽卦》上九："睽孤，见豕负涂，载鬼一车。先张之弧，后税之弧，匪寇，婚媾。往，遇雨则吉。"人的寂寞孤独、猪的满身是泥、车载满鬼、人张弓欲射又止、结婚的队伍、前行遇雨和获得吉祥，这不同的物象、心象，都因"意"而成顺序排列。其中的某一"象"发生改变，推导而得来的虚幻物象(结果)也就会发生改变。所以，形象在《易》象思维过程并不具有独立的价值和意义，也仅仅是为"用"服务。

因而，在《易》象思维中，实用、逻辑、情感、想象和形象交融于一体，几乎永远是不分析和不可分析的。"实用"始终占有支配地位，情感、想象和形象都直接指向实用功利目的，没有自身存在的意义和价值。但是，思维中的这些因素的相融却必然使"实用"与"艺术"杂糅，为整个思维带上了一定的艺术思维的特征。

在文艺理论界，对于艺术思维有着不同的看法。有人认为，艺术思维的根本在于意象经营;有人认为,艺术思维也有知性成分的渗透,而表象、情感、理想是艺术思维的三大要素。但艺术思维必须具有情感、想象和形象却是古今中外人们的共识。如托尔斯泰说:“艺术乃是对于世界的感性认识,是借助那作用于情感的形象思维。”如陆机《文赋》谈创作的构思过程:“精骛八极,心游万仞。”如刘勰《文心雕龙·情采》所言:“故立文之道,其理有三:一曰形文,五色是也;二曰声文,五音是也;三曰情文,五性是也。”①

虽然《易》象思维不能等同艺术思维,但它所具有的原始思维和形象思维的具象、情感和想象的特征,却是艺术思维所必备。就情感而言,《易》象思维由功利而产生的情感体验虽然并非纯粹的审美体验,但这日常生活的情感体验却正是审美情感赖以产生的基础。而且我们注意到,原始思维过程中产生的情感体验并不都是这种功利性的情感体验。如对于图腾的崇拜所产生的敬畏、对于鬼神威胁所产生的恐惧、对于成年礼仪式所产生的兴奋等,都更接近纯粹的审美情感体验。情感在思维的过程中必然赋予它表象以巨大感染力。这也就是人们为何将许多的宗教音乐、绘画和雕塑称为“艺术”的一个重要因素。

《易》象思维中的想象虽然不是主体的自觉,表象也不等同于艺术思维中创造的形象,但他们也同样具有艺术思维中想象和形象的因素。《易》象思维中,不管是“立象”还是明事,都是凭借想象从“象”的象征意义中得到启示。因而,它也就和艺术思维中的想象一样,赋予了思维巨大的翅膀,使思维畅行于天地万物之间,使主体得以摆脱客观物象的束缚,将不同的物象聚集眼前,联成一个整体;不仅具备了艺术的虚构,而且使表象带上了艺术思维所具有的比兴、象征的意义。有如宗白华谈艺术境界时所说:“化实境为虚境,创形象为象征。”而《易》象思维中的表象也同艺术思维的形象一样,都诉诸人们的直觉,同时使其具备天地间的瑰丽色彩,摆脱了逻辑的枯燥,并融合着思维主体的情感,因而,《易》象思维中的表象也大都能如同艺术思维中的形象一样情采兼美。

所以,《易》象思维不仅仅具有实用性,而且具有艺术性,这二者相融于

① 周振甫:《文心雕龙今译》,中华书局1986年版,第287页。

一体，存在于整个思维过程。实用性赋予思维广泛的社会生活实践质量，艺术性赋予"所用"一定的艺术价值和意义。

礼乐的"象"性建构，使《易》象思维成为礼乐政治形态言说的思维模式。在这样一种思维模式的支配下，礼乐制度用以表达的仪式、器物都不过是礼乐之"理"的"象"，有如王夫之《周易外传》卷六所说：

> 盈天下皆象矣。诗之比兴，书之政事，春秋之名分，礼之仪，乐之律，莫非象也；而《易》统会其理。

王夫之这段话，可谓准确地指出了周代礼乐政治形态的言说特征。这样一种言说特征，在诸多的仪式中得到了充分的反映。

周代的礼仪从原始宗教礼仪发展而来。原始宗教礼仪总是伴随着歌舞，因而，歌舞在政治形态的礼乐仪式中因《易》象思维的作用而成为礼义之"象"，自然而然成了礼乐仪式重要的结构元素。所以，周代的礼乐仪式也大都有歌有舞。《周礼·大司乐》载，诸如鬼神祭祀的仪式都少不了歌乐舞蹈。祀天神要"奏黄钟，歌大吕，舞《云门》"；祭地祇要"奏大蔟，歌应钟，舞《咸池》"；享先妣要"奏夷则，歌小吕，舞《大濩》"；享先祖要"奏无射，歌夹钟，舞《大武》"。它如"大射，王出入，令奏《王夏》；及射，令奏《驺虞》，诏诸侯以弓矢舞。王大食，三宥，皆令奏钟鼓。王师大献，则令奏恺乐"。① 其他的礼乐仪式，亦少不了歌舞。如《仪礼·乡饮酒礼》载，仪式中有"工歌《鹿鸣》、《四牡》、《皇皇者华》"；"乐《南陔》、《白华》、《华黍》"，"间歌《鱼丽》，笙《由庚》，歌《南有嘉鱼》，笙《崇丘》，歌《南山有台》，笙《由仪》"。②《仪礼·燕礼》载燕礼也要"间歌《鱼丽》、笙《由庚》，歌《南有嘉鱼》，笙《崇丘》，歌《南山有台》，笙《由仪》"③，最后歌乡乐《周南》中的《关雎》、《葛覃》、《卷耳》，《召南》中的《鹊巢》、《采蘩》、《采苹》。所以说，周代的政坛

---

① 《周礼注疏》卷二十二，《十三经注疏》本，中华书局 1980 年版，第 787—790 页。

② 《仪礼注疏》卷九，《十三经注疏》本，中华书局 1980 年版，第 985—986 页。

③ 《仪礼注疏》卷九，《十三经注疏》本，中华书局 1980 年版，第 1021 页。

总是歌舞不息。

《易·系辞上传》说:“《易》有圣人之道四焉:……以制器者尚其象。”因而,先秦大凡物质文化,诸如青铜、服饰、饮食、器皿都为“用”而制作,但也都是见意之象,并非纯粹的物质制造,而是另一种性质“立象见意”。如先秦的青铜器,器形的大小、形状、线条、图案纹饰等,都是“象”系统中的“子象”,共同表现着或简单或复杂的“意”的同时,又给器物增添着艺术的美感。如著名的妇好鸮尊为一酒器,整体作鸮形,头部微昂,圆眼宽喙,小耳,高冠,胸略外突,双翅并拢,两足粗壮有力,四爪据地,宽尾下垂,作站立状。神态端庄,雄浑有力。周身纹饰精细,背后靠颈处饰有兽头,冠面外侧有羽纹,内侧饰倒夔纹,胸中部饰一大蝉,颈两侧各饰一条一身两首的怪夔,两翅前端各有一条长蛇,尾部又饰作飞翔状的鸱鸮,繁缛富丽。虽然现在很难考证这些神秘纹饰图案的具体意义,但可以肯定,如果鸮尊纯粹为“用”,则没有必要将其制作为这一形象,并用如此繁缛富丽的图案、线条来加以装饰。《左传》宣公三年说:“昔夏之方有德也,远方图物,贡金九牧,铸鼎象物,百物而为之备,使民知神、奸。故民入川泽山林,不逢不若。螭魅罔两,莫能逢之,用能协于上下以承天休。”可见,铸青铜器以为“象”有着久远的历史。青铜器的纹饰并非随意的涂鸦,而是有如李泽厚所说:

> 其他纹饰和造型,特征都在突出这种指向一种无限深渊的原始力量,突出在这种神秘威吓面前的畏怖、恐惧、残酷和凶狠。……他们之所以具有威吓神秘的力量,不在于这些怪异动物形象本身有如何的威力,而在于以这些怪异形象为象征符号,指向了某种似乎是超世间的权威神力的观念。①

因而,妇好鸮尊本身不仅是实用的酒器,而且也是由一些“子象”结构而成的一个表意之象,是一个表现地位、尊严、权力的具有象征意义的符号。

正因如此,这妇好鸮尊的制作过程,也非一个单纯工具的制作过程,而

---

① 李泽厚:《美的历程》,广西师范大学出版社2001年版,第41页。

是带有仪式意味，具有“立象见意”的目的。也正是它在实用中又寄寓了“见意”的功利目的，它才必须将其制作成鸮的形态，并饰有那些繁缛富丽的纹饰和怪夔、长蛇的图案。可见，正是“见意”的目的，使它的制作过程如同易象思维的过程，始终伴随着形象，充满了情感、理性、想象、审美因素，不同于一般的“技术过程”，而是必须采用那些纹饰图案装饰，从而具备艺术的性质。

它如建筑、车舆、旌旗、服饰文化亦是如此。如服饰本来主要是为着遮体避寒，实用价值没有太大的区别。但在中国古代，服饰在众多情况下，也是作为见意之象出现。服饰的形制与图案、色彩、饰物的数目等共同构成一“象”，显现主体之“意”，在见意的同时附上艺术因素。《礼记·礼器》所谓天子所穿的衮，绣有龙的图案，而诸侯、大夫之衣，则只能分别绣有黑白相间的黼和黑青相间的黻的花纹。至于士，则只能黑衣纁裳。天子之冕，可以有十二旒朱绿藻，诸侯至士，数量则只能等而少之。显然，这服饰的图案、色彩、饰物的数目也都在表示着等级之意。可知服饰的“美”也是依恃其“用”而产生，而将服饰的“用”、“美”融为一体而不可分割的，也是《易》象思维的结果。

所以说，中国古代的礼乐仪式也是《易》象思维的一种制度表达，具有艺术性质的音乐、舞蹈与礼制融为一体，为礼制一个不可分割的整体，在表达等级的内涵时，也赋予礼乐政治形态的言说艺术的色彩。

最为值得注意的是，“象以见意”为礼乐政治形态伦理原则下的艺术言说方式提供了一种思维保证。在礼乐政治形态言说中，直接的批评往往会损害长上的权威和尊严；既要保证对于礼义的维护，又要遵循礼乐的伦理原则，则必须注意言说的方式。《易》在判断吉凶时，是凭借“类”之象将此物与彼物、此事与彼事勾连于一起，由此而建构起一个强大的“象喻”系统，并形成礼乐政治形态言说的“象喻”传统。在这一个“象喻”系统中，不仅仅以物喻物是一种普遍的存在，以事喻事和以物喻事也是一种普遍的表意方式。诸如《左传》僖公五年载晋借道于虞以伐虢，宫之奇以“辅车相依，唇亡齿寒”来喻虞和虢的关系，说明虢亡而虞亦不存，来谏阻虞公借道。《国语·周语上》邵公以“防民之口，甚于防川；川壅而溃，伤人必多”来讽劝厉王纳民之谏。《国语·周语下》载太子晋以共工欲壅防百川而亡、大禹疏导百川而得天下来讽劝周灵王不要壅塞洛水。这些言说方式的运用,不仅能将事理说得更为形象,更为明白,而且能避免赤裸的言说,避免直接言说对礼乐伦理原则的破坏,并为言说增添审美成分。

如前所言,先秦的文坛隐含于政坛,文坛的言说亦即政坛的言说。因而,周代诗、赋、史、论也都是政坛的言说。从这些文体的表达看,诗乐固不必说,周代的史学、哲学、文学也都是《易》象思维的不同文化形态的表达,都是用以见意的"象",只不过这"象"更多的是社会生活形态和物质投射在人们心中的心象。

从史学看,中国古代的史学与西方史学有着极大的不同。西方的史学有如现当代人写的中国史,采用综合、归纳、推理方法,对历史进行抽象的反映。而中国古代,却都采用了以具体的事件来反映历史的方法,并大都具有一定的文学性。当我们肯定史官是由巫分化而来、甲骨卜辞为历史散文的源头时,便可确定他们这种写史方法的选择,正是被《易》象思维所规定的。中国古代的史学著作虽然也都肯定了人在历史进程中的决定作用,但不管是《春秋》、《左传》、《国语》,还是《史记》、《汉书》,《易》象思维所具有的原始思维"互渗"都还在发挥着作用。如《春秋》有"陨石于宋五,六鹢退飞,霣霜不杀草,李梅实,正月不雨,至于秋七月,地震,梁山崩,壅河,三日不流,昼晦,彗星见于东方,孛于大辰,鸜鹆来巢"的记载,而"《春秋》异之",正在于"以此见悖乱之征"①。司马迁对这也是深信不疑,说:"自三代之兴,各据祯祥。涂山之兆从而夏启世,飞燕之卜顺故殷兴,百谷之筮吉故周王。王者决定诸疑,参以卜筮,断以蓍龟,不易之道也。"②有人统计,《史记》记载天人感应的事件有五百多条。而《史记》书、本纪、世家、列传的数目,也都寓有一定的含义。因而,史家以《易》象思维来观察并记载历史,是最顺理成章不过的事情。

---

① 董仲舒:《春秋繁露》,黑龙江人民出版社2003年版,第54页。

② 司马迁:《史记》,中华书局1959年版,第3223页。

孔子曾说他作《春秋》,是因为“载之空言,不如见之于行事深切着明也”①。司马迁作《史记》也深受孔子这一观念的影响。而这一观念的形成,正在于《易》象思维的根深蒂固。《易·系辞上传》载孔子曰:“书不尽言,言不尽意。”老子也认为概念不能反映事物的真实和全部,说:“道可道,非常道;名可名,非常名。”以为“道”不能用概念来言说。人们能从“常无”“观其妙”,但“无”不能因“无”而显现,必借“常有”,即万物之象,才能表现它真实的全部。因而,“道”只能借助“象”,以直觉加以认识。老子的这一观念,在《庄子》中得到了更充分的阐述。《庄子》认为,“言”难尽“意”,概念不能完全反映客观事物。如《秋水》说:

可以言论者,物之粗也;可以意致者,物之精也。②

虽然言论可以反映事物的大概,而事物的妙理却不可言传,只能意会。又《天道》说:“意之所随者,不可言传也。”《则阳》曰:“道物之极,言默不足以载。”概念和逻辑既然都不能表达事物的本真,而《易》象思维由于是一种综合思维,具有形象的直观性、经验性、想象性,所思之“象”具有象征性,主体将要表达的一切都寄寓在形象之中,避免由概念和逻辑的确切性而带来的以偏概全,能给接受者以事物所包含的全部信息。所以,《秋水》认为“夫精粗者,期于有形者也”。这“有形者”,也就是“象”。这和古希腊注重“理念”和逻辑学的方法认识问题,完全否定直觉对于认知的作用完全不同。

其实,不管是《庄子》还是《老子》,都不过“立象以见意”。《庄子·寓言》说《庄子》一书“寓言十九,重言十七,卮言日出”,这寓言、重言、卮言都可视以为“象”。《老子》虽不用寓言、重言、卮言,但一部《老子》,也大都把他的那些哲学观念寄寓在形象之中。如第五章言说天地与圣人无私,用“天地不仁,以万物为刍狗;圣人不仁,以百姓为刍狗”之“象”。凡谈“道”,都用描述性话语,如第六章言道之用,便以“谷神不死,是谓玄牝。玄牝之

① 司马迁:《史记》,中华书局1959年版,第3297页。

② 郭庆藩:《庄子集释》卷六(下),中华书局1961年版,第572页。

门，是谓天地根。绵绵若存，用之不勤”来比拟。其实，不仅仅是老、庄，孔、孟也大都是借象见意，只不过这“象”更多为社会现象，没有《易》象思维“互渗”的神秘。

因此，在中国古代，哲学以象见意和史学的以具体的个人事迹或事件来反映历史都不是个体的主观选择，而是和青铜、服饰、饮食、器皿、建筑一样，是《易》象思维在史学和哲学领域的一种表达。在这里，“意”因“象”而显现，“象”因“意”而产生，见意、立象都是为着实用，但“用”的运思过程又始终伴随着《易》象思维所具有情感、想象、形象，赋予他们“用”、“美”为一的特征。正因如此，中国古代的史学著作有了想象带来的合理虚构和细节描写，诸如《孟子》、《庄子》之类的哲学著作，具有了形象的表达和情感参与而带来的浓厚“文学”色彩。那些政论说理文、书信、奏折、说辞、表策等实用文，也大多富有情采，而被视作“文学”的诗词歌赋，也没有完全脱去“实用”的性质。

更值得我们注意的是，《易》象思维以“象”见“意”为人们在礼乐政治伦理原则下的言说提供了一种相适应的言说方式，即“主文而谲谏”和“讽喻”的所运用的“借彼说此”。这“彼”、“此”之间，并不存在必然的联系，而只具有“类”的相似性。言说者所说的事情，即“意”并不直接表达，而是借相类似的他事，即“象”进行言说，让言说对象从他事中去体会言说者之“意”，从他事中明晓此事的对错，如比兴、象征、寓言等。这将在后面有专章进行阐释，此不赘述。

第四章　礼乐政治形态言说与诗、赋

先秦礼乐政治言说，孕育了先秦"文学"的各种体裁。先秦的文学言说隐含于神坛、政坛，因而，神坛和政坛的功能也就决定着文体的发生和以功能确定文体的惯例。在先秦，文体的本质更多是礼乐政治仪式行为方式的表达，言说关系及功能对文体的区分起着决定性作用。那时的诗、赋、颂、命、诰、诔、论、语、说、祝、誓、盟、诅、典、谟、辞、传、书、策、箴、铭都在神坛和政坛的言说过程中形成，其中的大部分还与仪式的言说有着非常紧密的关系，为专门仪式的言说文体，不需要阅读文本，便能看出言说主体和言说对象之间的关系。

于诗而言，"诗"本为在寺之言。"寺"最早为神坛，后来演变为最高统治者集居住、行政、祭祀三位一体的建筑和国家中央政治机构。产生于"寺"这一"限定时空言说"的诗，一开始就承担着政治言说的特殊功能。如赠、答、酬、送这些应酬诗都在礼乐政治形态的礼乐仪式的赠、答、酬、送等应酬程序中孕育而生，并承担着礼以"通上下亲疏远近"的伦理精神本质和功能。赋则由原始宗教仪式向神灵贡献祭品和祭祀主持人向神灵一一铺陈祭品这一宗教言说形态发展而来，经政坛言说的君臣问答而具有了"首客问答"的结构模式。

一、文体的"互体"

坛的功能决定着文体的发生和以功能确定文体的惯例——先秦文体多为礼乐政治仪式行为——言说关系及功能对文体的区分起着决定性作用——功能目的决定文体对语言形式的忽视——文体的"互

体”——先秦没有严格的文体

先秦的文学的发生场所，以坛为主体。坛的功能决定着文体的发生，形成了以功能确定文体的惯例，决定了它们功能的内在关联。这种内在关联以礼乐政治形态伦理关系为核心。这也就是说，不同的言说场合、言说主体与言说对象以及他们之间的言说关系对文体的区分起着决定性作用。在这样一种情况下，文体内在的语言及其结构形式便在文体的区分方面变得无关紧要。正因如此，文体之间的“互体”也就成为一种普遍现象。

中国古代的文体尤其是先秦的文体，更多起源于神坛的言说，而成型于礼乐政治形态的言说。如前所言，诗作为在“寺”之言，从产生到四言诗体的形成，与赋由祭祀物品、神坛的言说方式而转变为政治形态的言说方式和文体一样，都是在神坛和政坛的言说过程中确立的文体形式。诗、赋在先秦是最具“文学”性的。诗、赋如此，其他的实用文体自然也不可能脱离这一文体形成的轨道。

除诗、赋外，先秦文体还有颂、命、诰、诔、论、语、说、祝、誓、盟、诅、典、谟、辞、传、书、策、箴、铭，①等等。这众多的文体，都在神坛和政坛的言说过程中形成，其中的大部分还与仪式的言说有着非常紧密的关系，为专门仪式的言说文体，如颂、命、祝、誓、盟、诅、诰等。

《周礼》所谓“六诗”的颂，是先秦礼乐政治形态的一种言说方式，与仪式有着密切关系。同样，作为文体的颂，也可以视之为礼乐仪式的产物。《文心雕龙·颂赞》谓：

> 颂主告神，义必纯美。鲁国以公旦次编，商人以前王追录，斯乃宗庙之正歌，非宴飨之常咏也。②

---

① 古今都将铭看作是一种文体，但铭实是就其书写的材料与方式而言。陈梦家《尚书通论》说，西周的铜器铭文有“祭祀或纪念其祖先的”、“记录战役和重大事件的”、“记录王的任命、训诫和赏赐的”、“记录田地的纠纷与疆界的”。可见铭包含有多种文体，不符合先秦以言说功能区分文体的原则，故不能将铭视为一种文体。

② 周振甫：《文心雕龙今译》，中华书局 1986 年版，第 84 页。

朱熹《诗集传》亦明确指出："颂者，宗庙之乐歌也。"从《毛诗序》及"三颂"的内容看，颂产生于祭祀仪式，最早都为统治都对神灵的言说形式，是无可置疑的。

命，又称之册命。册命最早产生于何时，不得而知，但西周的铜器铭文中，已记载有大量的策命之辞，如记康王命盂之辞的《大盂鼎铭》、记周穆王册命虎的《虎簋铭》等。《尚书》也有《顾命》、《文侯之命》。前篇为"成王将崩，命召公、毕公率诸侯相康王"而作，后篇为平王赏赐晋文侯而作。

命为仪式的言说文体，为西周的铜器铭文的那些册命之铭所证实。西周铜器铭文中的册命之铭，多有这一仪式过程的记述。这些记述虽然较为简单，但却可看出册命的仪式过程。如《牧簋铭》记周懿王令牧辅佐百僚，在命辞前有这样一段记述：

> 唯王七年十又三月既生霸甲寅，王在周，在师汓父宫，格大室，即立。公族緆入右牧，立中廷。王乎内史吴册命牧。①

陈梦家先生通过对众多册命铭文这方面的记述总结道，一篇完整的记载王命的铭文应该包括"策命的地点与时间"，"举行策命的仪式（傧右、位向、宣读策命）"。而策命的地点可分三类：一是宗庙，二是王宫大室，三是臣工之宫室。"根据西周初期以后的铭文记录，受命者在左必有傧相在其右，导引受命者入门立中廷，面北向。"而策命的时间多在天亮之时。② 从这策命都有一定的地点、时间、王与受命者册命时一定的傧右、位向看，册命当无疑是一行仪式活动。

祝、盟两种文体的产生，刘勰《文心雕龙·祝盟》有这样的论述：

> 天地定位，祀遍群神，六宗既禋，三望咸秩，甘雨和风，是生黍稷，兆民所仰，美报兴焉！牺盛惟馨，本于明德，祝史陈信，资乎文辞。……及

① 陈文新主编：《中国文学编年史》（周秦卷），湖南人民出版社2006年版，第47页。

② 陈梦家：《西周铜器断代上》，中华书局2004年版，第403—407页。

> 周之大祝，掌六祝之辞。是以"庶物咸生"，陈于天地之郊；"旁作穆穆"，唱于迎日之拜；"夙兴夜处"，言于祔庙之祝；"多福无疆"，布于少牢之馈；宜社类祃，莫不有文：所以寅虔于神祇，严恭于宗庙也。……盟者，明也。骍毛白马，珠盘玉敦，陈辞乎方明之下，祝告于神明者也。①

刘勰认为，祝、盟都是神祝人员在仪式时向鬼神陈信的产物。祝在先秦本是神职人员，《周礼·春官》载有大祝、小祝、丧祝、甸祝、诅祝等职。"大祝掌六祝之辞，以事鬼神示，祈福祥，求永贞。""诅祝掌盟、诅、类、造、攻、说、禬、禜之祝号，作盟诅之载辞，以叙国之信用，以质邦国之剂信。"②祝、盟之仪式都由祝和司盟主持。《周礼·司寇》曰："司盟掌盟载之法。凡邦国有疑会同，则掌其盟约之载。及其礼仪，北面诏明神。既盟则贰之。盟万民之犯命者，诅其不信者，亦如之。凡民之有约剂者，其贰在司盟。有狱讼者，则使之盟诅。凡盟诅，各以其地域之众庶，共其牲而致焉。"③可知刘勰说祝、盟原本是巫术仪式言说文体形式是可信的。

诅，在《左传》中多有所载。如隐公十一年："郑伯使卒出豭，行出犬鸡，以诅射颍考叔者。"《春秋左传正义》卷四孔疏："杀牲告神，令加之殃，咎疾射颍考叔者，令卒及行间祝诅之，欲使神杀之也。"④又定公六年："阳虎又盟公及三桓于周社，盟国人于亳社，诅于五父之衢。"⑤《周礼注疏》卷二十六："作盟诅之载辞，以叙国之信用，以质邦国之剂信。"郑注谓："载辞，为辞而载之于策，坎用牲，加书于其上也。"⑥结合周代设有"诅祝"一职和"盟万民之犯命者，诅其不信者"看，诅这一文体也当为一种仪式言说形式。

誓，明贺复征编《文章辨体汇选》卷四十一谓："誓，徐师曾曰：'按誓者，誓众之辞也。'蔡沈云：'戒也，军旅曰誓。古有誓师之辞，如《书》称禹征有

---

① 周振甫：《文心雕龙今译》，中华书局1986年版，第92页。

② 《周礼注疏》卷二十五，《十三经注疏》本，中华书局1980年版，第808页。

③ 《周礼注疏》卷三十六，《十三经注疏》本，中华书局1980年版，第881页。

④ 杜预注，孔颖达疏：《春秋左传正义》卷四，《十三经注疏》本，中华书局1980年版，第34页。

⑤ 杜预：《春秋左传集解》，上海古籍出版社1977年版，第1647页。

⑥ 《周礼注疏》卷二十六，《十三经注疏》本，中华书局1980年版，第817页。

苗，誓于师以及《甘誓》、《汤誓》、《泰誓》、《牧誓》、《费誓》是也。又有誓告群臣之辞，如《书·秦誓》是也，后世俱不多见。'又曰：'誓者，约信之辞也，其体与盟同。'"《左传》宣公十七年载："晋侯使郤克征会于齐，齐顷公帷妇人使观之。郤子登，妇人笑于房。献子怒，出而誓曰：'所不此报，无能涉河！'"[①]从《左传》的这条记载看，立誓不一定都须仪式。但从《甘誓》、《汤誓》、《泰誓》、《牧誓》、《费誓》及《周礼》所载看，誓在早期，却与仪式密不可分，并非随意可用。《周礼·天官冢宰》载，大宰"祀五帝，则掌百官之誓戒"。同书《司寇》亦曰大司寇"大祭祀，奉犬牲，若禋祀五帝。则戒之日，莅誓百官，戒于百族"。又《礼记·郊特牲》曰："周之始郊，日以至，卜郊，受命于祖庙，作龟于祢宫，尊祖亲考之义也。卜之日，王立于泽，亲听誓命，受教谏之义也。"[②]故誓原本也是用于师旅仪式和礼乐政治仪式的文体。

诰与誓一样，为《尚书》"六体"之一。《尚书》有《仲虺之诰》、《汤诰》、《大诰》、《康诰》、《酒诰》等。从这些文诰，很难看出诰文原全都用于仪式；但《康王之诰》前面有一段叙述文字云："王出在应门之内，太保率西方诸侯，入应门左；毕公率东方诸侯，入应门右，皆布乘黄朱。宾称奉圭兼币，曰：'一二臣卫，敢执壤奠。'皆再拜稽首。王义嗣德，答拜。太保暨芮伯，咸进相揖，皆再拜稽首。"[③]从这段文字看，《康王之诰》发布时是有一个仪式的。《周礼·大祝》曾载：大祝"作六辞以通上下亲疏远近：一曰祠，二曰命，三曰诰，四曰会，五曰祷，六曰诔"。[④]《周礼·士师》曰："一曰誓，用之于军旅；二曰诰，用之于会同。"知诰为祝所作，也用于会同这一仪式。因而，可以肯定，诰与仪式有着密切关系。

其他如论、语、说、志、辞、传、书、策、箴、春秋等，虽不用于仪式，但它们大多用于政治言说，和仪式的言说一样，表现着一定的言说关系。对于这一点，论、语、说、春秋、传等前文已有论说。书如《荀子·劝学篇》说："书者，政事之纪也。"孔颖达《尚书正义序》："夫书者，人君辞诰之典。"记载的是君

---

① 杜预：《春秋左传集解》，上海古籍出版社1977年版，第626页。

② 《礼记正义》卷二十六，《十三经注疏》本，中华书局1980年版，第1452—1453页。

③ 《尚书正义》卷十九，《十三经注疏》本，中华书局1980年版，第243页。

④ 《周礼注疏》卷二十五，《十三经注疏》本，中华书局1980年版，第809页。

主对臣下的诰命等,具有国家的法令制度的性质,故诸子中商鞅的文章命为《商君书》。箴,韦昭注《周语·周语上》"师箴"曰:"箴,箴刺王阙以正得失也。"《左传》襄公四年亦载:"魏绛对晋侯曰:'昔周辛甲之为大史也,命百官官箴王阙。'"①策原本也是君主的诰命之辞。如《左传》昭公三年载:"郑伯如晋,公孙段相,甚敬而卑,礼无违者。晋侯嘉焉,授之以策曰:'子丰有劳于晋国,余闻而弗忘。赐女州田,以胙乃旧勋。'伯石再拜稽首,受策以出。"②《晏子春秋·外篇》载:"景公谓晏子曰:'昔吾先君桓公,予管仲狐与谷,其县十七,著之于帛,申之以策,通之诸侯,以为其子孙赏邑。'"③故《文心雕龙·昭策》曰:"皇帝御宇,其言也神。渊嘿黼扆,而响盈四表,其唯诏策乎!昔轩辕唐虞,同称为'命'。命之为义,制性之本也。其在三代,事兼诰誓。誓以训戎,诰以敷政,命喻自天,故授官锡胤。"④

结合前面几章的论述,我们可以确定,先秦的文体都在礼乐政治形态中产生,并用之于礼乐政治形态的言说。这样的一种文体产生土壤,决定了先秦文体的区分机制,即文体首先必须符合礼乐政治形态言说的功能目的性。这功能目的性包含言说主体与言说对象之间的特定的关系和政治的功利性。由于礼乐政治形态的言说是一种伦理关系的言说,礼乐政治言说具有较为严格的时空限定性,故不同的言说空间和言说对象具有不同的言说内容、言说方式和具体的功利目的性。如《礼记·仲尼燕居》说:

> 郊社之义,所以仁鬼神也;尝禘之礼,所以仁昭穆也;馈奠之礼,所以仁死丧也;射乡之礼,所以仁乡党也;食飨之礼,所以仁宾客也。⑤

郊社是要交接鬼神以求福祐,尝禘是要明确昭穆次序,馈奠是要表示对死丧之人的哀悼,射乡之礼是要加强乡党之间和睦,食飨之礼是要强化与宾客的

---

① 杜预:《春秋左传集解》,上海古籍出版社1977年版,第818页。
② 杜预:《春秋左传集解》,上海古籍出版社1977年版,第1225页。
③ 张纯一:《晏子春秋校注》卷七,中华书局1954年版,第201页。
④ 周振甫:《文心雕龙今译》,中华书局1986年版,第178页。
⑤ 《礼记正义》卷五十,《十三经注疏》本,中华书局1980年版,第1613页。

感情沟通。可知仪式言说不仅有非常确定的言说对象,而且具体的实用目的性也非常明确。

但在礼乐政治言说形态,并非只是仪式的言说有着明确的实用目的性,那些非仪式言说的这种实用目的性也如同仪式的言说一样,而且针对的是非常明确的具体事情和对象,传达的是特定的信息。政治大都有着庞杂的机构,如《周礼》载有六官,天官掌邦治,地官掌邦教,春官掌邦礼,夏官掌邦政,秋官掌邦禁,冬官掌百工。各官又设有不同的下级机构,分掌不同的事情。如司徒设有大司徒、小司徒、乡师、乡大夫、州长、党正等等。他们不仅职级不同,职责也不一样。这不同的机构、不同的职级、不同的职责,自有着不同的言说对象、事情和目的。因而,文体作为他们之间言说的载体,所承载的内容自然为主体关注的核心,因为内容是它所要达到具体目的的关键所在。目的不同,其传导内容也不同;而传导的内容不同,所要达到的目的自然也不一样。

在分析先秦文体的形成时,大家往往完全忽视了礼乐政治形态言说过程中言说主体和言说对象之间的言说关系。礼乐政治形态的言说既是一种伦理等级的言说,作为这伦理等级言说的载体,承载这种伦理等级的信息同样是文体的重要任务。从前面的分析看,礼乐政治形态伦理等级关系的言说,伦理关系有通过言说方式、称谓、言容、避讳等来表现的,但在礼乐政治形态的言说中,有些文体也同样具有这种表达伦理等级的功能。

在先秦,有些文体往往不需要阅读文本,便能看出言说主体和言说对象之间的关系。《诗》主要用于臣下作诗对政治进行美刺和外交场合。其中的颂主要用于人对神灵和臣子对君父的歌颂,如《毛诗序》说颂为“美盛德之形容,以其成功告于神明者”。《周颂谱》云:“颂之言容,天子之德,光被四表,格于上下。”赋最早用于人对神灵的言说,后来发展为用于臣下对君主的言说,如最早的荀子的《赋篇》以及宋玉的《大言赋》、《小言赋》、《高唐赋》、《风赋》等,都反映着臣下与君主的言说关系。论本源于诰、语,成熟于礼乐政治中臣下对君主提出问题的回答和讽谏,也主要用于君臣言说关系。书、诰、命、策等主要用于君主对臣民的言说,如《史通·内篇·六家》曰:“盖《书》之所主,本于号令,所以宣王道之正义,发话言于臣下;故其所载,皆典、谟、训、诰、誓、命之文。”箴则主要用于臣下对君主的规劝,如韦昭注《周语・周语上》曰:“箴,箴刺王阙以正得失也。”因而,在先秦每一种文体作为礼乐政治言说的载体,在其产生时,不仅是一种文章体裁,有些还包含有伦理的内涵。而这种伦理内涵的在后来的一些文体中依然存在,如表、奏、状等。

因而,先秦时期,不管是礼乐政治形态的仪式言说还是非仪式言说,都受制于言说场合。言说场合在极大程度上决定着言说主体与言说对象之间的言说关系的同时,也决定着言说行为的具体功用和目的。文体作为这一言说过程中的言说形式,承载的是主体的言说目的。而作为主体言说目的的载体,语言的结构形式是基本被忽略的。因为一是同一言说目的,可以采用多种不同的语言结构形式。如臣下要谏止君主的荒淫,既可以使用四言的语言结构形式,也可以采用散文体的语言结构形式。二是语言形式根本不可能承载礼乐政治形态言说主体和言说对象之间的伦理关系。所以,在文体形成的阶段,作为言说内容载体的功能目的便成为文体的第一要素,语言的结构、句式的长短、音律的高低等语言形式都退居于次要的地位。郭英德说,《尚书》“所谓‘六辞’的文体类别的区分,首先并非凭借文体内在的语言、结构等形式特征,而是凭借文体所依附的行为方式。易言之,正是不同的行为方式,成为类分文体的基本标准”①。郭英德所言是很有见地的。但是,这种情况不仅见于《尚书》的六体,亦存在于先秦其他的文体。

虽说先秦文体区分依附于言说的行为方式,但行为方式的本质却是具体的功用目的。因而,与其说行为方式是先秦文体的区分标准,还不如说行为的具体功用目的为确定文体的原则更为直接明了。其实,中国古代文体学著作也大都将文体的功能即所用作为区分文体的标准。如宋张表臣《珊瑚钩诗话》卷三谈中国古代各种文体区分:

> 刺美风化,缓而不迫谓之风;采摭事物,摛华布体谓之赋;推明政治,庄语得失谓之雅;形容盛德,扬厉休功谓之颂;幽忧愤悱,寓之比兴

① 郭英德:《中国古代文体学论稿》,北京大学出版社2005年版,第31页。

谓之骚;感触事物,托于文章谓之辞;程事较功,考实定名谓之铭;援古刺今,箴戒得失谓之箴;猗迁抑扬,永言谓之歌;非鼓非钟,徒歌谓之谣;步骤驰骋,斐然成章谓之行;品秩先后,叙而推之谓之引;声音杂比,高下短长谓之曲;吁嗟慨叹,悲忧深思谓之吟;吟咏情性,总合而言志谓之诗;苏李而上,高简古澹谓之古;沈宋而下,法律精切谓之律。此诗之语众体也。帝王之言,出法度以制人者,谓之制;丝纶之语,若日月之垂照者,谓之诏。制与诏同,诏亦制也。道其常而作彝宪者,谓之典;陈其谋而成嘉猷者,谓之谟;顺其理而迪之者,谓之训;属其人而告之者,谓之诰;即师众而申之者,谓之誓;因官使而命之者,谓之命;出于上者,谓之教;行于下者,谓之令;时而戒者,敕也;言而喻之者,宣也;谘而扬之者,赞也;登而崇之者,册也;言其伦而析之者,论也;度其宜而揆之者,议也;别嫌疑而明之者,辨也;正是非而着之者,说也;记者,记其事也;纪者,纪其实也;纂者,缵而述焉者也;策者,条而封焉者也;传者,传而信之也;序者,绪而陈之也;碑者,披列事功而载之金石也;碣者,揭示操行而立之墓隧也;诔者,累其素履而质之鬼神也;志者,识其行藏而谨其终始也;檄者,激发人心而喻之祸福也;移者,自近移远使之周知也;表者,布臣子之心致君父之前也;笺者,修储后之问伸官阃之仪也;简者,质言之而略也;启者,文言之而详也;状者,言之于公上也;牒者,用之于官府也;捷书不缄,插羽而传之者,露布也;尺牍无封,指事而陈之者,札子也。①

《珊瑚钩诗话》所论述的文体有许多是在汉代以来产生的文体;且这些文体的区分,作者也不全以功用为标准,如在赋、骚、歌、谣、行、曲、吟、律等诗体的区分则时而采用着音乐形式的标准,时而采用着语言形式的标准。但对于其他文体,张表臣仍然坚持着以功能区分的标准。从张表臣对于文体的区分,我们可以看到中国古代文体的区分原则随着时代的发展虽然也出现过语言形式标准,但语言形式在文体的区分方面却始终处于一种补充的位

① 何文焕辑:《历代诗话》,中华书局1981年版,第475—476页。

置，从不曾占据文体区分的主导地位。

先秦限定时空言说因行为方式所导致的只对言说内容的关注和对于文体语言形式的漠不关心，使先秦文体的语言形式的界限变得十分模糊。在某种意义上说，如果仅从语言形式，我们很难看它到底是诗还是赋或是其他的什么文体。如诗在语言形式方面要求句式字数大致相同，而且押韵，但先秦的散文也有押韵的，而《诗经》中的颂却有不押韵的。王力先生说：《诗经》中的《周颂》，“有全章无韵的诗，也有部分无韵的诗”。如《清庙》、《昊天有成命》、《时迈》、《噫嘻》、《武》、《酌》、《桓》、《般》为全章无韵。部分无韵的除《周颂》中的《我将》、《臣工》、《访落》、《小毖》、《良耜》外，还有《豳风·鸱鸮》，《大雅》中的《思齐》、《常武》、《召旻》等。这种情况，是因为“可能在西周初期，诗人写诗还不一定押韵”。① 诗不一定押韵，但有些我们说的散文却是用韵的，如《老子》、《尚书》中的一些篇章不必说，就是两周金文也是如此。罗江文说：

> 近几年来，我们对已见著录的8000多条两周金文进行了穷尽性的搜集、梳理，从中找到有韵金文317条，通过统计分析，初步得出这样的结论：金文邻近韵的分合情况与《诗经》一致，金文用韵同《诗经》用韵大体相似。我们又把金文和《诗经》的押韵方式作了比较，发现《诗经》与金文押韵方式基本相同，无论是从韵在句中的位置，还是从韵在一章中的位置，以及一章多韵的情况来看，都大致相同。所不同的只是：《诗经》句式整齐，用韵相对规整，规律性较金文更强；金文由于韵散相间的特点，使其句式不整齐，用韵更显得灵活自由。②

就语言结构形式而言，《诗经》中的诗大多为四言，但先秦的祝、辞、《尚书》乃至于一些诸子散文也多以四言为主。如《仪礼·士冠礼》载有祝词：“令月吉日，始加元服。弃尔幼志，顺尔成德。寿考惟祺，介尔景福。”又记

---

① 王力：《诗经韵读》，见《王力文集》第六卷，山东教育出版社1986年版，第90页。

② 罗江文：《〈诗经〉与两周金文韵部比较》，《思想战线》2003年第5期。

醴辞："甘醴惟厚，嘉荐令芳。拜受祭之，以定尔祥。承天之休，寿考不忘。"①都以四言的形式出现。《尚书·微子之命》也基本以四言结构而成：

殷王元子，惟稽古，崇德象贤，统承先王。修其礼物，作宾于王家，与国咸休，永世无穷。呜呼！乃祖成汤，克齐圣广渊；皇天眷佑，诞受厥命；抚民以宽，除其邪虐；功加于时，德垂后裔。尔惟践修厥猷，旧有令闻，恪慎克孝，肃恭神人。予嘉乃德，曰笃不忘。上帝时歆，下民祗协，庸建尔于上公，尹兹东夏。钦哉！往敷乃训，慎乃服命；率由典常，以蕃王室。弘乃烈祖，律乃有民；永绥厥位，毗予一人。世世享德，万邦作式。俾我有周无斁。呜呼！往哉惟休，无替朕命。②

诸子散文如《荀子·劝学篇》：

物类之起，必有所始。荣辱之来，必象其德。肉腐出虫，鱼枯生蠹。怠慢忘身，祸灾乃作。强自取柱，柔自取束。邪秽在身，怨之所构。施薪若一，火就燥也，平地若一，水就湿也。草木畴生，禽兽群焉，物各从其类也。③

在文体的确立不关注语言形式的情况下，形象思维和逻辑思维也在文体区分时不起影响作用。按现当代的文学观念，文学以形象来反映社会生活，而科学则采用着逻辑思维形式。但在先秦，论说文却大量地采用着形象思维形式，诸如《庄子》、《孟子》乃至于《荀子》、《韩非子》都具有明显的叙事特征，尤其是《庄子》，基本是以寓言、重言说理。而诸如《尚书》、《国语》、《战国策》则都是叙事、说理兼而有之，有史、论一体的特征。也正因如此，先秦的诸子散文具有了浓厚的艺术意味。

① 《礼记正义》卷二十六，《十三经注疏》本，中华书局 1980 年版，第 1959 页。
② 《尚书正义》卷十三，《十三经注疏》本，中华书局 1980 年版，第 200 页。
③ 王先谦：《荀子集解》卷一，中华书局 1954 年版，第 4 页。

先秦文体这种只注重功用而不注重语言结构形式的状态，为先秦文体“互体”惯例的形成奠定了坚实的基础。这种“互体”的大量存在，导致了接受者不看书名或篇名，就很难确定它到底是一种什么文体。如《论语》、《国语》为语，《左传》为传，《战国策》为说。虽说《论语》、《国语》主要记言，但《左传》和《战国策》也有大量记言的篇章。从某种意义上说，《荀子·赋篇》，宋玉的《高唐赋》、《神女赋》等，《孟子》、《庄子》中的一些篇章也都以对话体的形式存在，都可视为记言。是语、传、赋、论、说存在大量的“互体”情况。它如箴，《虞箴》曰：“茫茫禹迹，画为九州，经启九道，民有寝、庙，兽有茂草，各有攸处，德用不扰。在帝夷羿，冒于原兽，忘其国恤，而思其麀牡。武不可重，用不恢于夏家。兽臣司原，敢告仆夫。”还有前面所引《仪礼·士冠礼》所载之祝、辞，将其放在诗之中，我们便无法确定它是箴，是诗，是祝，还是辞。

总之，先秦的文学的限定时空言说，决定着它将言说的功用目的放在极为重要的地位，而这一地位的确立，形成了先秦以功用确定文体的惯例和文体的“互体”。根据这种文体“互体”的大量存在的事实，我们可以在某种意义上说，先秦没有严格的文体界限，也没有严格的文体。

二、歌与诗的起源与原始功能

歌非“诗”——歌的本质是音乐——寺由祭祀场所演变为中央国家机构——诗为寺这一国家政治机构活动的产物——诗的实用使其借语言文字表意的功能较歌大大加强——诗的本质是政治工具

先秦歌与诗的异同，众多学者如闻一多《歌与诗》、马银琴《两周诗史》都有过阐述。叶舒宪的《诗经的文化阐释》、韩高年的《礼俗仪式与先秦诗歌演变》等在诗的起源方面也有过探讨，但这些研究对于歌与诗的异同，尤其是这异同产生的原因都缺少深入的分析。弄清诗与歌的起源及其原始功能的异同，有助于认识中国诗歌的本质、中国诗歌言说形态的形成及其发展规律。

歌这一艺术形式当早在人类有初步的语言能力之时就已产生。正如闻一多在《歌与诗》中所说,“界乎音乐与语言之间的一声‘啊……’便是歌的起源”①。而这“界乎音乐与语言之间的一声‘啊’”的语言能力最少有着几万年的历史。② 毫无疑问,歌这一概念不可能在人类的第一声歌唱时就已产生。

商代之前有没有“歌”这个概念不得而知,而且,早期的歌是不是称之为“歌”是很值得商榷的。《吕氏春秋·古乐》曾载:“昔葛天氏之乐,三人操牛尾投足以歌八阕:一曰载民,二曰玄鸟,三曰遂草木,四曰奋五谷,五曰敬天常,六曰达帝功,七曰依地德,八曰总万物之极。”从歌八阕看,这八阕不仅有八段音乐,也必定有八段歌词。它如《云门》、《咸池》、《大韶》、《大夏》、《大濩》在先秦都为乐名。《周礼·大司乐》载舞《云门》时要歌大吕,舞《咸池》时要歌应钟,等等。歌大吕、应钟等即是说歌诗合大吕、应钟之调,可见《云门》、《咸池》、《大韶》、《大夏》、《大濩》等也原本有歌词。这些歌不以诗名,亦不以歌名,可能说明在远古时期,没有“歌”这个概念,“歌”称之为乐。

“歌”的概念大概最早产生于商代。甲骨文中虽不见“歌”字,但金文中却有不少的“歌”字出现,且商代还出现了朝歌这一地名。但迄今为止,甲骨文和金文已释读的字总数已有数千,“诗”字不见于甲骨文和金文,而且《易经》中也不见“诗”字。朱自清根据这一情况,认为“诗”这一概念“大概是周代才有的”。③ 可知,商代有“歌”而无“诗”。

从概念产生的时间歌在前而诗在后看,诗当由歌发展而来,歌为诗之源似乎也毫无疑问。但如果诗与歌没有区别,也就不应有“诗”的产生。因而“诗”的产生便说明歌的要义也就不适用于诗,诗的本源不在“歌”。

原始的歌现在已不得见,但根据文化学资料和战国以前的歌,我们还是可以知道歌与诗有着本质的不同,歌的本质特征有如下几个方面:

---

① 《闻一多文集》,海南国际新闻出版中心 1997 年版,第 288 页。

② 参见邢福义《语言学概论》:人类的“第一次飞跃发生在距今约 5 万年左右的时期……人类的有声语言正是在这个时期产生的”,华中师范大学出版社 2002 年版,第 33 页。

③ 朱自清:《诗言志辨》,广西师范大学出版社 2004 年版,第 10 页。

（一）歌的本质是音乐

从许多的人类学资料看，早期的歌的本质是音乐而不是文字。格罗塞在考察了许多原始民族的原始歌谣后总结说："原始民族用以咏叹他们的悲伤和喜悦的歌谣，通常也不过是用节奏的规律和重复等等最简单的审美的形式作这种简单的表现而已"。人们"为了旋律的缘故，往往把辞句改变或删削得失了原意"。① 因而，早期的歌，音乐较文字具有更重要的意义。《吕氏春秋·音初》所载涂山氏之女所歌"候人兮猗"，虽有文字表意，但文字的意义并不重要。

歌的音乐本质，使得歌在其发展的过程中有着向宗教渗透的强大功能。由于音乐能起到愉悦人的作用，因而，当人类有了神灵观念后，人们也就想着以音乐去愉悦神灵，以获得神灵的福佑，于是，在原始宗教产生后，歌也就开始被当作娱神和通神的工具被人类广泛地使用着。但也正是在宗教礼乐形态，歌的音乐性质和功能却逐渐减弱，而文字的表意功能却在不断加强。在祭神过程中，歌乐不仅为着娱神，更重要的意义是与神沟通。音乐的旋律能传导喜怒哀乐，但却难以表述祭祀者的具体要求。由于祭祀具有强烈的实用功利性，总是要达到某方面的目的，比如获得丰富的猎物、求天降雨等等。音乐的旋律不可能表达人的这些意愿，而只能借助语言与神灵沟通，因而，歌成为与神沟通的工具后，对于文字便有了一定的要求。《周颂》中既有对神灵的赞美，也唱着对神灵的希望和期待。如《维天之命》赞美文王"於穆不已，於乎不显，文王之德之纯"，《丰年》祈求"降福孔皆"。由于歌的交流功能得以强化，语言在歌中的作用和地位也就必然得以加强。我们虽然难以找到西周以前的祭神歌，但许多的文化学资料告诉我们，以语言文字来达到与神沟通的目的在祭神歌中具有重要意义。《周颂》之中，歌辞最少的《维清》也有五句，用于春天籍田而祈社稷的《载芟》则达到了三十一句。从《周颂》来看，当时人们祭神已充分注意到了语言在祭祀过程中的表意作用。

不过，由于人们更多是凭借音乐和神灵沟通，音乐在原始宗教中有着极

① ［德］格罗塞著，蔡慕晖译：《艺术的起源》，商务印书馆 1987 年版，第 176 页。

其重要的地位。因而，语言的交际功能在宗教形态的歌中的功能的增强，并不意味着音乐性能和抒情功能的减弱。所以，《周颂》的文字空间都比较小，很多都在十句以下。先秦的歌，虽也有些如《五子歌》，文字较长，但绝大多数文字空间都较短小，如《梦歌》、《华元歌》、《野人歌》、《齐民歌》、《岁莫歌》等等，少则一两句，多则四五句。这种情况，更多地体现着原始歌谣的音乐本质特征。

（二）歌更多具有“非限定言说时空”的特征

战国之前的歌，虽也有些带有“限定言说时空”的特征，如《五子歌》、《冻水歌》、《穗歌》、《申叔仪乞粮歌》等，都有着特定的言说场所，即朝廷；主体有着特定的言说身份，即朝廷官员；有着特定的言说物件，即君主；也有着特定的言说关系，即君臣关系。但更多的是一种“非限定时空”的言说。诸如《麦秀歌》、《采薇歌》等，虽言说主体的身份是官员，但不存在特定的言说场所和对象。此时，主体作为相对自由的个体而存在，这使得他也在很大的程度上消解自己的官员身份。至于那些百姓之歌，虽也有些言及政治，但基本上都是“非完全限定空间”的言说，非限定场所、非限定言说对象、非限定言说关系使得主体始终保持着作为个体的独立性，而不受“限定言说时空”的任何制约，言说主体在“言说什么”和“怎样言说”方面都有着较充分的自主性。因而，这些言说内容虽也有涉及政治，但更多的是百姓对于政治、生活各方面的个人感慨，具有较强的抒情性。结合歌者百姓居多这种情况看，歌应是一种普及性的表达意愿的形式。

（三）歌具有口语性质

根据逯钦立《先秦汉魏晋南北朝诗》所收录，去其重复，战国之前的歌大约有 52 首。在这 52 首歌中，非口语 20 首，其中骚体 9 首；纯四言 9 首，其中非口语 8 首；口语及有口语成分的 32 首，其中杂言占 27 首，这 27 首中为口语及有口语成分的共 26 首。这种情况说明，歌是实时即事而唱出来的，作者不可能先认真地写出歌词，然后再用来与人沟通。如《楚狂接舆歌》：“凤兮凤兮何德之衰！往者不可谏，来者犹可追。已而已而，今之从政者殆而。”《晏子春秋・内篇杂上》所载《齐庄公歌》：“已哉已哉！寡人不能说也。尔何来为。”都如口语一样。值得注意的是，这些歌只有 11 首为《尚书》、《左传》、《论语》所载，其余均载于战国中晚期和汉代典籍，不排除那些非口语的四言及骚体歌有后来文人加工的可能。这也就是说，歌更多以具有口语性质的杂言出现，是口头文学。只有那些用于原始宗教仪式的歌，可能是以文字的形式出现。

诗则不同。关于"诗"这一概念的产生，自20世纪以来，不少学者从语源学角度作过广泛探讨。诸如杨树达《释诗》认为，"诗"由"言"与"寺"构成，"古文作䛗，从言，㞢声，按志字从心㞢声，寺字亦从㞢声，㞢志寺古音无二"，可以通假，故"诗即志"。闻一多受此启发，在《歌与诗》一文中提出"志"即"诗"，具有"记忆、记录、怀抱"三义。叶舒宪受王安石《字说》"诗为寺人的言"和杨树达等的启发，从语源和文化人类学的角度对"诗"的本义进行考察，认为"'寺'的本义指主持祭仪的祭司或巫师"，"'诗'原本是具有祭政合一性质的礼仪圣辞"。[①] 刘士林则认为寺"最核心的功能，乃是农业生产中的土地分配与食物分配这一原始功能"，寺"集上古社会的政、教、兵、农于一身"，"从某种角度来说，'寺也就是中国历史上最初的'明堂''"。[②] 他虽未明确说明"寺"与"诗"如何发生关联，但基本上肯定了"诗"从"寺"这里获得了本体内涵。

应该说叶、刘二人都已接近了"诗"的源头和它的原始本体内涵，却又失之交臂。其实，"寺"并非主持祭仪的祭司或巫师。叶舒宪引王国维、陈梦家等甲骨文学家对㞢的考释云，㞢在卜辞中与"又"同，"㞢"、"又"在卜辞中都为祭祀，应当不假。但值得注意的是，"㞢"、"又"不仅是祭名，亦是祭祀的方法和地点。反过来说，在一定的地点、用一定的方法举行的祭祀必定是某种名称的祭祀，如禘祭在宗庙，社祭在社，祭雨在舞雩等等。因而，"㞢"、"又"最早也当是指祭祀的神坛。寺上部为㞢，原本当指祭祀的场所，即神坛。王逸《楚辞章句·远游》"集重阳入帝宫兮"注云："得升五帝之寺舍也。"同书《九怀》注"河伯兮开门"曰："水君倏望，开府寺也。"可见，汉代人也还将神灵集止的场所称之为寺。《说文》云："寺，廷也，有法度者也。"

---

① 叶舒宪：《诗经的文化阐释》，陕西人民出版社2005年版，第147、157页。

② 刘士林：《中国诗性文化》，海南出版社2006年版，第125—126页。

明确指出寺为场所，而非某种职位。因而，刘士林说"'寺'也就是中国历史上最初的'明堂'"，更接近历史的真实。

"寺"因原始宗教而名，最早为神坛。随着社会的发展，"寺"的性质和功能也有了较大的改变，即"寺"不再专指神坛，而是指最高统治者居住、行政、祭祀三位一体的建筑。这一种转变，在夏、商都邑的宫殿结构中已见端倪，如宋镇豪说：二里头夏代晚期都邑遗址最高一等的是大型宫室建筑，其中三期一、二号两座基址是面积相当大的主体宫室，正殿建筑在高 3 米的长方形高台上。一号宫室坐北朝南，以太阳定向，南面为尊，正殿前的大庭，可聚万人以上，适合颁政布令，类于文献说的"夏后氏世室"。位于其东北方 100 多米的二号宫室，正殿后居中的陵墓是这组建筑群的聚集所在，与正殿、中庭、门塾自北而南呈中轴线摆开，具有后世寝陵制的雏形。墓前的正殿三室并联，类于《尔雅·释宫》所云"室有东西厢曰庙"。正殿之中室，似为庙，可能用于供奉墓主及先王神主，为举行祭祀之所；东西两室似为寝，大概是放置祖先衣冠、生活用具和供物之所。可见，夏代"上层贵族集团的居所已合居住、祭祀、行政于一体"。①

周代的宫殿建筑，依然保留了这一结构。《周礼·考工记》载，周天子居住的地方为明堂，"内有九室，九嫔居之；外有九室，九卿朝焉；九分其国以为九分，九卿治之"②。明堂不仅具有居住和行政的功能，而且也立有神坛，是举行祭祀的地方。蔡邕《明堂月令章句》说："明堂者，天子大庙，所以祭祀、飨功、养老、教学、选士，皆在其中。"③阮元《明堂说》亦谓："有古之明堂，……古者政教朴略，宫室未兴，一切典礼，皆行于天子之居。"周代最高统治者的宫殿也是集居住、祭祀、行政于一体的。

原始宗教的神坛建筑在高处，具有无比的神圣性。夏商周三代，神坛进入最高统治者的宫殿，与行政场所融为一体，这统治者的宫殿也都建筑在相对的高处。且由于周代的礼乐制度以原始宗教礼仪为实践形态，原始宗教

① 宋镇豪：《夏商社会生活史》，中国社会科学出版社 1994 年版，第 35—38 页。

② 《周礼注疏》卷四十一，《十三经注疏》本，中华书局 1980 年版，第 928 页。

③ 《蔡中郎集》卷三，文渊阁《四库全书》本，上海古籍出版社 1987 年版，第 1063 册，第 180 页。

礼仪依然在周代的礼乐制度中有着极为重要的地位，如《左传》说：“国之大事，在祀与戎。”宫廷承担了原始宗教之“寺”的全部功能，于是，这最高统治者的宫殿建筑也就被称之为“寺”。《说文》训“寺”为“廷”。在先秦的典籍中，廷极少指一般的房屋，而是专指国家行政场所，如《左传》襄公三十年：“单公子愆期为灵王御士，过诸廷。”《国语·楚语下》“斗且廷见令尹子常”。故有朝廷、宫廷之语。《周礼·寺人》载：“寺人掌王之内人，及女宫之戒令”，“佐世妇治礼事”。将掌管皇宫的人称为“寺人”，和《说文》训“寺”为“廷”一样，传出的都是称宫廷为“寺”的信息。《管子·度地》载管子与桓公议政说到“官府寺舍”，据《考工记》郑玄注“外有九室”谓：“九室如今朝堂诸曹治事处。”管子“官府寺舍”连言，说明管子时人们以宫廷为“寺”。《周礼注疏》卷三：“宫正”条郑注云：“官府之在宫中者，若膳夫、玉府、内宰、内史之属，次诸吏直宿，若今部署诸庐者，舍其所居寺。”①最为值得注意的是，秦始皇陵从葬区出土一批兵器刻有秦篆“寺工”字样。“寺工”史无记述，专家都肯定“寺工”是中央负责铸造兵器的官署机构名称。② 可知，秦将中央官署称之为寺。宋王昭禹《周礼详解》卷八“寺人”条谓：“度数所自出而求度数者之处谓之寺。”明确称宫中的官府为寺。所以，在汉代，中央的很多机构也称之为寺，如卫尉寺、侍中寺、黄门北寺等。《晋书·荀勖传》载咸宁年间荀勖建议将原九寺并为尚书。《资治通鉴》卷八十胡三省注谓“《晋纪》二：以九寺并尚书”云：“九寺，谓九卿寺也。”知汉代将九卿的官署称之为“寺”，而“九寺”即由周代宫廷的九室发展而来。故《说文》说“寺”为“有法度者”，也正因先秦时宫廷也称为“寺”。人们为了区别于原有神坛之“寺”，便在“寺”一边加上“田”，以“畤”指宫廷之外的祭祀场所。

从前面的论述，可看出“寺”经历了一个由指祭神之所到指统治者宫廷和中央官僚机构的过程。寺最早为纯宗教的祭神场所，并不具备政治的意义。夏商两代，寺虽集居住、祭祀、行政的功能于一体，宗教与政治开始融

① 《周礼注疏》卷三，《十三经注疏》本，中华书局1980年版，第657页。

② 按：《周礼》有“考工记”，所记为当时百工的制作工艺。从秦始皇陵从葬区出土的兵器刻有“寺工”字样看，我怀疑《周礼》的“考工记”原本为“寺工记”，“考”因“寺”形近而误。

合，但那时的礼乐仅为一种祭祀仪式的规范，还没有和政治制度融为一体，统治者只不过是利用掌握的祭祀权来强化政治的权力，而且仅用于人神关系的言说，本质是宗教的。到周代，周公制礼，将原有宗教性质的原始宗教礼仪和嫡长继统制融为一体，转化为一种政治制度。但同为礼乐，周代政治礼乐制度形态的礼乐却与原始宗教形态的礼乐有着本质的不同。周代政治礼乐制度形态的礼乐不仅用于祭祀，也用于政治的各个方面，且由于这祭祀为政治制度的实践形态，规定着社会政治、经济、艺术等方面的等级、权利，用于社会人际关系的表达，本质是政治的。因而，当作为宗教祭祀之所的“寺”转化为君主居住、祭祀和行政之所的“寺”时，“寺”也就完全转化为政治机构。

诗为一个形声会意字，其概念产生于西周。如果是说“诗”为在寺之言，“寺”为那时集居住、祭祀、行政于一体的宫廷，那么，最早的“诗”当然不会是纯宗教的产物。从某种意义上说，诗之源在礼乐政治形态，说得更具体一点，诗产生于西周朝廷政坛这一特定场合而不是原始宗教仪式。

诗虽是西周礼乐政治的产物，但人们认为歌为诗的源头却并不是完全没有道理，因为诗中也有着歌的一些元素。不过，它们的联系主要不在文字的形式，而在音乐。

诗作为在国家中央政治机构之“寺”的活动的产物，显然一开始就是作为一种“限定时空言说”而存在，很少带有歌作为“非限定时空言说”的特征。这也就是说，作为在国家中央政治机构之“寺”这一“限定时空言说”的诗，一开始就被限定在政坛言说的范围之内，言说主体的身份被确定为朝廷官员，言说对象为君臣，言说的内容自然也不能脱离政治，不像歌也能让一般的平民百姓用去抒发个体的情意。因而，诗一开始就承担着政治言说的特殊功能。从《国语·周语上》载厉王时的邵公所说：“天子听政，使公卿至于列士献诗”这一段话看，诗在西周时期承载的任务是补察时政，为君主的政治提出建议和批评。我们注意到，尽管时人认为音乐的节奏旋律有一定的表达人们意愿的功能，如《乐记》所说，“志微、噍杀之音”，能见出百姓“思忧”；“啴谐、慢易、繁文、简节之音”，能见出百姓“康乐”；“粗厉、猛起、奋末、广贲之音”作，能见出百姓“刚毅”；“廉直、劲正、庄诚之音”，能见出百姓

“肃敬”；“宽裕、肉好、顺成、和动之音”，能见出百姓慈爱；“流辟、邪散、狄成、涤滥之音”能见出百姓“淫乱”；以至“亲疏、贵贱、长幼、男女之理皆形见于乐”。但诸如赞美功德、评价政治、提出意见、批判违礼无德的现象等等，都是音乐的旋律所不能胜任的。从《诗经》的《大雅》、《小雅》看，它们主要为言事，对祖先歌功颂德，对当时的政事提出建议，对违德违礼的行为提出批评等等。马银琴认为，“西周早期的‘诗’是指规正人行的讽谏之辞。”① 以为诗原本是政治的产物，承载的是政治功用，是有一定见地的。只是她将诗最早的含义限制在“讽谏之辞”这一范围内，却是不太符合历史。因为《大雅》中有着诸多歌颂功德的诗篇，诸如《文王之什》，并非“讽谏之辞”。

显然，诗要用于歌颂功德和讽谏的政治言说，需要较大的文字空间。所以“二雅”一般篇幅都比较大，如《大雅》40 句以上的诗就有 20 首之多，最长的《抑》达到 114 句。这一现象说明，如果要承担这些功能，则必强化文字的功能；礼乐政治形态言说的实用性，使得诗借语言文字表意的功能大大加强。这也就是说，政坛的言说，主要借助文字来进行。

周代的礼乐政治，除了臣民以各种方式向朝廷提供诸如规谏等方面的意见外，还有非常重要的一点，就是通过礼乐教化向臣民灌输礼乐伦理道德观念，自觉地接受和维护礼乐的伦理道德价值取向。所以周代设有专门的机构来负责这一工作。如《周礼 · 大司乐》载，周代有乐教一项政治措施，大司乐“治建国之学政，而合国之子弟焉。凡有道者，有德者，使教焉。”乐教分为乐德、乐语、乐舞三个方面。乐德即其所说的中、和、祗、庸、孝、友等礼乐伦理道德，为“乐”的本质，乐语为乐德的表现形态。一般的歌虽然是唱出来的，有音乐的性质，但一般的歌所具有的“音乐”却非礼乐之“乐”，不一定承载中、和、祗、庸、孝、友等伦理道德，当然不能用于乐教。诗则不同。因为诗为朝廷政坛这一“限定时空”君臣关系的政治言说，是礼乐政治的产物，体现着礼所规定的伦理道德的价值取向，与一般的歌所体现的情感价值取向不同，因而，较一般的歌更适用于政治伦理的道德教化。《周礼 · 大司乐》说乐教的“乐德”要用“乐语”表现出来。所谓“乐语”，即兴、道、讽、诵、

---

① 马银琴：《两周诗史》，社会科学文献出版社 2006 年版，第 220 页。

言、语等。《周礼注疏》卷二十二郑注谓:“兴者,以善物喻善事。道读曰导,导者,言古以剀今也。倍文曰讽,以声节之曰诵,发端曰言,答述曰语。”贾疏云:“言古以剀今也者,谓若诗陈古以刺幽王厉王之辈皆是。……《文王世子》‘春诵’注:‘诵谓歌乐。’歌乐即诗也,以配乐而歌,故云。”[①]《礼记·内则》也说:“学乐诵诗。”可知周人认为诗能集中体现“乐德”中、和、祇、庸、孝、友的内涵,更有利于政治。孔子说:“诗之所至,礼亦至焉,礼之所至,乐亦至焉。”可见,在周代,战国以前的人将诗看作是礼乐的一部分,诗所承载的应是礼乐伦理道德的价值取向。

歌则不同。歌虽也能承载一些补察时政的功能,如通过歌可以观民风,也可以像《五子歌》那样,向君主进谏,但早期的歌的本质是音乐,体制一般都比较短小,适合抒情而不适合于言事。更为重要的是歌只是一种大众表达情感意愿的形式,而非专门用来表达和传播礼乐伦理道德的政治价值取向,也不可能用来教化百姓。因而,作为在国家中央政治机构之“寺”的言说,原有的歌在内容和形式上都显然已不能满足需要。于是,有了“诗”这一专门用于朝廷政治文体的产生和“歌”向“诗”的转变。

这一转变,在歌之外确立了一种新的韵文——诗的形态。这一形态与歌不同:一是它的本质不再是音乐而是“文学”。二是诗一产生就被赋予了朝廷政坛这一“限定时空”君臣关系政治言说的性质。这一性质,除了决定了“诗”一开始最主要的作者应该是朝廷的官员外,最为重要的确立了“诗”作为国家政治意识形态的工具性。因而,诗的言说主体是朝廷官员而非普通百姓,言说的内容为政治而非个体的情感。三是诗多非实时即事的言说,多先为文字创作。且由于政治言说形式具有一定的规定性,故诗句式齐整,口语成分和杂言较少,如《大雅》、《小雅》。

但是,这并不表明诗就因此而脱离了音乐。诗虽产生于西周,是政治礼乐形态的产物,但周代礼乐的政治本质并不影响它对原始宗教形态礼乐的继承。周代的礼,由原始宗教祭祀礼仪发展而来,与夏商之礼仪不同的是在这祭祀礼仪中融入了血缘、等级的核心元素,赋予了它伦理道德的礼义内

① 《周礼注疏》卷二十二,《十三经注疏》本,中华书局1980年版,第787页。

涵,用来规定君臣、父子、夫妇等人际之间的政治、物质、文化等方面的等级权益。还有就是周礼增加了诸如射礼、燕礼等规范人际关系的礼仪。虽然周礼是作为政治制度出现,但这制度却在很多方面借原始宗教祭祀礼仪来规定,原始宗教祭祀礼仪是这种政治制度的重要实践形态。殷因于夏礼,周因于殷礼,指的就是祭祀礼仪的相承性。因而,周礼在祭祀礼仪形式方面对夏、商并没有多少改变。

周礼中祭祀礼仪对原始宗教祭祀礼仪的继承,赋予了周礼的神秘和神圣性。由于原始宗教祭祀少不了乐,音乐在原始宗教中具有神圣性,且音乐又能起着愉悦作用,所以,适应着礼乐政治而产生的"诗",很自然地继承了宗教礼乐仪式之歌音乐+语言这一形式。而这一形式的使用,一是借助音乐,赋予诗以神圣性。因为乐在那时不仅有着通鬼神的功能,而且,作乐的必定是有大功德的圣人。西周的人极崇拜周以前的乐《云门》、《大卷》、《大咸》、《大韶》、《大夏》、《大濩》等。而他们崇拜这些乐舞,是因为它们都反映了尧舜这些圣人的大功德。如《周礼·大司乐》郑玄注云:"黄帝曰《云门》、《大卷》,黄帝能成名万物,以明民共财,言其德如云之所出,民得以有族类。《大咸》、《咸池》,尧乐也,尧能殚均刑法以仪民,言其德无所不施。《大韶》,舜乐也,言其德能绍尧之道也。《大夏》,禹乐也,禹治水傅土,言其德能大中国也。《大濩》,汤乐也,汤以宽治民而除其邪,言其德能使天下得其所也。"将诗与音乐结合,有助于提高诗的地位。所以,诗从某种意义说,就是周代统治者仿效前代的那些"功成作乐"的帝王所作之"乐"。二是当时的文字书写工具并不发达,借助音乐可以使诗更便于传播,更广泛地发挥教化作用。所以,诗与音乐融为一体,更有利于承担礼乐政治的职能。

不过,即使是诗使用文字与音乐结合这一形式,诗也与歌不一样。歌的语言和音乐的融合是原生态的存在,这也就是说,歌产生时,音乐与语言是相伴相随的,没有音乐的言说不能谓之歌。而诗则是先有文字,后来配乐用于仪式的演唱。由于诗纳入了周代"乐"的系统,音乐和诗的对接才被固定下来,一首诗必定有一首乐曲与之相配,配诗之乐是后来附加的。因为诸如"二雅"中的那些较大文字空间的诗,显然不可能是实时的创作。

在西周至战国早期的典籍中,除《诗经》之外,很少被称之"诗"的。《诗经》中有三篇称自作为诗。一是《卷阿》说“矢诗不多，维以遂歌。”二是《崧高》曰：“吉甫作诵，其诗孔硕。”三是《巷伯》谓：“寺人孟子，作为此诗。”另有《左传》昭公十二年说：“祭公谋父作《祈招之诗》。”《国语·周语上》说：“天子听政，使公卿至于列士献诗。”《卷阿》，毛序以为“召康公戒成王”。全诗充满着对“岂弟君子”“有冯有翼，有孝有德”，“四方为则”，“如圭如璋。令闻令望”，“四方为纲”的期望。《崧高》据毛序为“尹吉甫美宣王”之诗，褒奖申伯“文武是宪”，其德“柔惠且直，揉此万邦，闻于四国”。《巷伯》毛序谓为刺幽王信谗。《祈招之诗》为“祈招之愔愔，式昭德音。思我王度，式如玉，式如金。形民之力，而无醉饱之心”。据《左传》说是祭公谋父为劝止穆王欲肆其心而作。而列士所献之诗能起着规劝作用，当然表现的也是礼乐的价值意识。可见西周晚期前，在人们的意识之中，诗不是一般的歌，而是专指那些具有法度的“诗”。《毛诗序》有以史证诗的嫌疑，但它将《诗经》中的诗分为美、刺两途，完全从政治的角度来对《诗经》进行诠释，却深得“诗”之本义。

《诗经》曾收入了不少的歌，如《大雅·桑柔》：“虽曰匪予。既作尔歌。”《小雅·四牡》：“是用作歌。将母来谂。”《国风·墓门》：“夫也不良，歌以讯之。”《国风》中一些诗，可能原也更多为歌。这一情况，反映着“歌”与“诗”观念的合流。这种合流大概始于周宣王时期。宣王中兴，不仅是说行政权力重归王室，而且也是说礼乐在这一时期有大的发展，所谓“采诗”大概就始于宣王时期。但“采诗”只不过是后人的说法，那时所采，当更多的是在一些诸侯国流行的歌曲。由于这些歌或原本具有讽谏的作用，或通过人们的诠释赋予了他们礼乐伦理道德的价值蕴涵，所以，在后来《诗经》的编辑时，他们也被收入，被归入“诗”的范畴。不过，诗与歌原始概念的含义，并没有随着这种合流而马上消亡，而是在春秋时期一些人们的观念还始终占有一定的位置，故那时人们很少将“诗”称之为“歌”，也很少将“歌”称之“诗”。

总之，歌和诗的起源并不相同，他们的原始功能也大异其趣。诗源于朝廷政坛这一“限定时空”君臣关系的政治言说，故原始功能与个体的抒情写意基本无关。后来诗在发展的过程中融入了歌的审美价值追求，但诗由政坛这一"限定时空言说"所产生的原始功能却一直在很大程度上制约着中国诗歌的发展。

三、礼与赠送酬答诗

赠答酬送类诗歌的源头在先秦礼乐仪制——以言赠答酬送是因主体之意难以物尽——外交的赋诗言志为"言"包括诗的赠答酬送摆脱礼的仪式作了全面铺垫——礼的赠答酬送规定了赠答酬送诗的内容与功能

从文本出发寻找某种体裁的文学源头,应该说方法没有错;但赠、答、酬、送类诗歌的源头却不在文本,而在西周以来形成的礼乐仪制。礼乐仪制的伦理属性在赋予这类诗歌外在的人伦之间往来形式的同时,也规定着这类诗歌的创作目的以及诗歌的内容和功能。

西周初年,周公在殷礼的基础上融合宗法封建制度,制定了严密的礼制。据古人说,周公制礼,"礼仪三百,威仪三千"。三礼之中"《周官(礼)》为体,《仪礼》为履",而《礼记》则是礼的精神阐述。所谓"《仪礼》为履",即《仪礼》是《周礼》在生活中的细节实施。从三礼尤其是《仪礼》看,每一种礼,都离不开赠答酬送这一形式的表达。

赠:在三礼中,赠都是指实物、钱币的赠送。赠送有不同的对象关系。如《周礼·典瑞》:"璋邸射,以祀山川,以造赠宾客。"①《秋官·司仪》:"司仪掌九仪之宾客、摈相之礼……飨食,致赠。"②《仪礼·士昏礼》:"若异邦,则赠丈夫送者以束锦。"《仪礼·聘礼》:宾客"遂行,舍于郊。公使卿赠,……使下大夫赠上介,亦如之。使士赠众介,如其觌币"③。《礼记·少仪》:"君将适他,臣如致金玉货贝于君,则曰'致马资于有司。'敌者曰:'赠

① 《周礼注疏》卷二十,《十三经注疏》本,中华书局1980年版,第777页。
② 《周礼注疏》卷二十,《十三经注疏》本,中华书局1980年版,第896页。
③ 《仪礼注疏》卷二十三,《十三经注疏》本,中华书局1980年版,第1067页。

从者。'"①

赠是礼的重要内容,也是成礼的重要条件。《左传》僖公三十三年载,齐国"庄子来聘,自郊劳至于赠贿,礼成而加之以敏",深得臧文仲赞美,说:"服于有礼,社稷之卫也。"又昭公五年:"公如晋,自郊劳至于赠贿,无失礼。"于是,晋侯谓女叔齐曰:"鲁侯不亦善于礼乎?""出有赠贿,礼之至也。"有人甚至将这作为"士"的人格标准。如《韩诗外传》卷一载:鲁公甫文伯死,其母不哭。人问其故,对曰:"昔是子也,吾使之事仲尼。仲尼去鲁,送之不出鲁郊,赠之不与家珍。……此不足于士,而有余于妇人也。吾是以不哭也。"②

酬:礼之酬有两义。一是指飨宴赏赐之后所赠财物,如《毛诗正义》卷十六所言:"《序》:《鹿鸣》燕群臣嘉宾也,既饮食之,又实币帛,筐篚以将其厚意,然后忠臣嘉宾得尽其心矣。《笺》云:饮之而有币,酬币也。食之而有币,侑币也。"③二是指飨礼时宾客以酒回敬主人。明梁寅《诗演义》卷十谓:"燕礼,主人献宾,宾酢主人,主人又酌以自饮而遂酌以饮宾,谓之酬。"具有对主人回报的意思。故《尔雅·释诂》云:"酬、酢、侑,报也。"其礼见于士冠、士昏、乡饮酒、乡射、聘礼等各种宴饮场合。如《仪礼·乡射礼》:"主人以觯适西阶上酬大夫……若无大夫,则长受酬,亦如之。……众受酬者拜、兴、饮,皆如宾酬主人之礼。"④

答:答是中国古代礼制中一种最基本的礼仪,包括对他人所问的回答,人们相见、别离和对他人以财物致意时的答拜等等。如《仪礼·士冠礼》所说:"主人东面答拜,乃宿宾。宾许,主人再拜,宾答拜。"《礼记·曲礼下》:"君于士,不答拜也,非其臣,则答拜之。大夫于其臣,虽贱,必答拜之。"⑤

答于礼有重要意义,甚至是对赠送者有着浓厚的敌对情绪,当致意者前来拜、赠时,也要对赠送者致意答谢。《论语·阳货》载孔子对阳货非常不

---

① 《礼记正义》卷二十,《十三经注疏》本,中华书局 1980 年版,第 1511 页。
② 许维遹校注:《韩诗外传集释》,中华书局 1980 年版,第 18 页。
③ 《毛诗正义》卷九之二,《十三经注疏》本,中华书局 1980 年版,第 405 页。
④ 《仪礼注疏》卷十二,《十三经注疏》本,中华书局 1980 年版,第 1005 页。
⑤ 《礼记正义》卷四,《十三经注疏》本,中华书局 1980 年版,第 1259 页。

满，阳货想见孔子，孔子不见。于是，阳货派人给孔子送去一头蒸熟了的小猪，孔子迫不得已，只得瞅阳货不在家时，前往阳货家答谢。阳货送小猪给孔子，而孔子趁在阳货不在家前去回拜，就是因为按礼，有拜赠必有答谢。所以《礼记·燕义》说："礼无不答。"董仲舒更是强调："礼无不答，施无不报，天之数也。"①

送：送是指居者对行者的相送。迎来送往，也是礼的基本要求。《左传》桓公三年载：于礼"凡公女嫁于敌国，姊妹则上卿送之，以礼于先君；公子则下卿送之；于大国，虽公子亦上卿送之；于天子，则诸卿皆行，公不自送；于小国，则上大夫送之"。《周礼·秋官·讶士》："邦有宾客，则与行人送逆之。"《周礼·夏官·候人》："若有方治，则帅而致于朝。及归，送之于竟。"送礼不仅出现在外交和政府官员的来往中，也是民间的行为。《孟子·公孙丑章句下》载孟子曰："行者必以赆。"注谓："赆，送行者赠贿之礼也。"②

《礼记·乐记》说："礼也者，报也。""礼报情。"从上面论述看，赠答酬送之礼，都不是主体独立的行为，而是由施礼者和受礼者双方共同实施，构成一种人伦之间的往来关系，核心内涵是来而有往。

礼强调赠答酬送之间的来而有往，目的是等级规范下的人际和谐。《礼记·礼器》说："昔先王之制礼也，因其财物而致其义焉尔。"礼的核心是物质生活资料的等级占有，礼也特别注意在礼制对物质和文化享受的等级规定之外，利用冠、丧、婚、聘、燕、飨、祭、觐等礼仪，进行在礼制等级规定之外的物质和文化享受的再分配，以笼络邦国、贵贱、上下人际之间的情感。这种再分配的方法就是礼的物质赠送酬答。

赠送酬答为最基本的礼节，贯穿于冠、昏、丧、祭、乡射、相见之礼的整个过程。从《仪礼》，我们可以看到各种仪礼之中物与"言"的赠送酬答所表达的这种含义。如《仪礼·士相见礼》载，士相见一定有"挚，冬用雉，夏用腒"。求见者与主人要有三番五次的致敬和辞让，方能完成相见的初步礼节。《礼记·曲礼上》说："夫礼者，自卑而尊人。"从这一实例，可看出礼正

---

① 苏与：《春秋繁露义证》，中华书局 1992 年版，第 6 页。

② 朱熹：《孟子集注》卷四，中华书局 1983 年版，第 243 页。

是在物与“言”赠、送的辞让和酬、答的致敬中向对方表示关怀、尊敬，赋予“自卑而尊人”的意义和“以通上下亲疏远近”的目的。[①] 推而广之，便是《左传》文公十五年载史佚所说：“情虽不同，毋绝其爱，亲之道”的“救乏、贺善、吊灾、祭敬、丧哀”。

礼有冠、昏、丧、祭、乡射、相见之礼。《礼记》有专篇谈这些礼仪的目的和意义。如：《冠义》说，冠礼在于“责成人礼”，使知“为人子、为人弟、为人臣、为人少者”的责任和行为，确立“孝弟忠顺之行”，“所以自卑而尊先祖”。《昏义》说昏礼是为着“合二姓之好”，使男女之间“敬慎重正而后亲之”，“以成男女之别”。乡饮酒礼是通过这种礼，向对方表示“尊让絜敬”，因为人们相接，“尊让则不争，絜敬则不慢，不慢不争，则远于斗辨矣，不斗辨则无暴乱之祸”[②]。燕礼是要让“上下和亲而不相怨”，以达到国家“和宁”的目的。[③] 聘礼规定对待他国的宾客要有丰厚的赠送“一食再飨，燕与时赐无数”，也是要“内君臣不相陵，而外不相侵”。[④] 所以朱熹说：社会“虽有尊卑，而一往一来，礼无不答，是以上下交通而远近洽和也”[⑤]。

礼调和等级制度下人际之间关系的目的，最早主要以物质馈送来实现；但礼的物质的赠送酬答是与“言”相伴的。因为赠送酬答之物固然已包含赠送酬答的主体之意，但主体之意却往往难以物尽，而必须辅以言辞。如《仪礼·士昏礼》载：“父送女，命之曰：‘戒之敬之，夙夜毋违命！’母施衿结帨，曰：‘勉之敬之，夙夜无违宫事！’”[⑥]《仪礼·士冠礼》载士冠礼时有醴辞、醮辞、字辞。它们都是行礼饮酒时说的祝贺的话，如醴辞曰：

> 甘醴惟厚，嘉荐令芳。拜受祭之，以定尔祥。承天之休，寿考不忘。[⑦]

---

① 扬天宇：《周礼·春官·太祝》，上海古籍出版社2004年版，第360页。

② 扬天宇：《礼记·乡饮酒义》，上海古籍出版社2004年版，第822页。

③ 扬天宇：《礼记·乡饮酒义》，上海古籍出版社2004年版，第843页。

④ 扬天宇：《礼记·乡饮酒义》，上海古籍出版社2004年版，第851页。

⑤ 秦蕙田：《五礼通考》卷二百二十，文渊阁《四库全书》本，第141册，第4页。

⑥ 《仪礼注疏》，《十三经注疏》本，中华书局1980年版，第972页。

⑦ 《仪礼注疏》，《十三经注疏》本，中华书局1980年版，第957页。

这醴辞、醮辞、字辞，事实上都能以诗视之。只不过在这些礼仪中，物质的赠送酬答具有更重要的意义，“言”仅作为仪式的内涵起着辅助的作用。

礼不仅与“言”相伴，而且“言”也必有来有往。《周礼》、《仪礼》对此多有记载。如前面说到的士相见礼，《仪礼·士昏礼》所载昏辞的对答：“吾子有惠，贶室某也。某有先人之礼，使某也请纳采。”对曰：“某之子蠢愚，又弗能教。吾子命之，某不敢辞。”致命，曰：“敢纳采。”①可知，礼的物质的赠送酬答，多辅有“言”的赠送酬答。故孔子说：“无辞不相接也，无礼不相见也。”②

礼乐仪式上赋诗赠答在西周初年已经出现。据李学勤先生介绍，在清华大学保存的一批竹简中有《郜夜》一简，记载了“武王出师戡耆，得胜归周，在‘文大室’即文王宗庙进行了‘饮至’的典礼”。典礼上“（武）王夜䇘爵醻毕公，作歌一终，曰《乐乐旨酒》：乐乐旨酒，宴以二公，纴（任）仁兄弟，庶民和同，方壮方武，穆穆克邦。嘉爵速饮，后爵乃从。”“接着有武王致周公的诗，题为《䡈（輶）乘》。”“周公或（又）夜䇘爵醻王，作祝诵一终曰《明明上帝》：明明上帝，临下之光，丕显来格，佥（歆）是禋明（盟）。於……明有城（盛）缺（缺），岁有剆（歇）行，作此祝诵，万寿亡疆。”③所谓的“饮至”礼，即打胜仗后，于大庙祭告祖先，合群臣饮酒策勋的典礼。简文载武王有赠毕公之诗，而没载毕公有答诗，但武王诗赠周公，周公有答诗。可知，礼乐仪式物质的赠答也伴随有言（诗）的赠答。

根据清华简和明言为赠诗的《诗经·大雅》中的《崧高》和《烝民》，可以看到，礼乐仪式上以诗赠答在贵族中已不是个别现象，但是，礼由注重物质的赠送酬答为主转向“言”（诗）的赠送酬答，应该与春秋时期的赋诗赠答有重要关联。

《礼记·孔子闲居》说：“诗之所之，礼亦至焉。”孔子这话不仅是说诗一定合于礼，亦是说礼乐活动总是和诗的活动结合在一块。西周春秋时期，礼

---

① 《仪礼注疏》，《十三经注疏》本，中华书局1980年版，第972页。
② 扬天宇：《礼记·表记》，上海古籍出版社2004年版，第715页。
③ 李学勤：《清华简〈郜夜〉》，《光明日报》2009年8月3日第12版。

与诗的活动原本融为一体。诗歌的演唱本身就是礼的仪式的组成部分。《诗经》的三《颂》,本身就是祭祀时演唱的歌曲;《小雅》是周王朝飨礼时演奏的歌曲。《周礼·春官》载太师掌“教六诗:曰风、曰赋、曰比、曰兴、曰雅、曰颂。”太师本属礼官,主管音乐舞蹈,而音乐舞蹈并不限于祭祀,宴饮等场合也有乐舞相伴,但宴饮也纳入了礼的范畴。礼乐互为一体,因而,诗歌的各种演唱过程也都是礼仪的过程。如《左传》襄公四年载穆叔前往晋,晋侯以飨礼接待他。礼仪过程中“金奏《肆夏》之三”,“工歌《文王》之三”和“《鹿鸣》之三”。《文王》、《鹿鸣》均为《诗经》中的诗篇。而且,歌乐必须与这礼仪进程配合,什么时候奏乐,什么时候歌舞,也都分毫不差。如《礼记·乡饮酒义》载乡饮酒举行时,要“工入,升歌三终”,“间歌三终”,“合乐三终”。所谓“升歌三终”,即升堂歌唱《鹿鸣》、《四牡》、《皇皇者华》。“间歌三终”即乃“间歌《鱼丽》,笙《由庚》;歌《南有嘉鱼》,笙《崇丘》;歌《南山有台》,笙《由仪》”。“合乐三终”,即堂上的歌者和堂下的笙奏一起,歌奏《周南》中的《关雎》、《葛覃》、《卷耳》和《召南》中的《鹊巢》、《采蘩》、《采苹》。可知,诗与礼相辅相成,诗不离礼,礼不离诗。

从《左传》看,春秋时期列国君臣赋诗赠答,也基本都是在燕享时进行。如文公四年:“卫宁武子来聘,公与之宴,为赋《湛露》及《彤弓》。”①文公十三年:“郑伯与公宴于棐。子家赋《鸿雁》。季文子曰:‘寡君未免于此。’文子赋《四月》。子家赋《载驰》之四章。文子赋《采薇》之四章。郑伯拜。公答拜。”②成公九年:“季文子如宋致女,复命,公享之。赋《韩奕》之五章,穆姜出于房,再拜。”③襄公十九年:“季武子如晋拜师,晋侯享之。范宣子为政,赋《黍苗》。”④襄公二十六年:“齐侯、郑伯为卫侯故,如晋,晋侯兼享之。晋侯赋《嘉乐》。国景子相齐侯,赋《蓼萧》。子展相郑伯,赋《缁衣》。”⑤

值得注意的是,春秋时的赋诗赠答都是按礼仪进行。《左传》文公三年

---

① 杜预:《春秋左传集解》,上海古籍出版社 1977 年版,第 439 页。

② 杜预:《春秋左传集解》,上海古籍出版社 1977 年版,第 490 页。

③ 杜预:《春秋左传集解》,上海古籍出版社 1977 年版,第 701 页。

④ 杜预:《春秋左传集解》,上海古籍出版社 1977 年版,第 954 页。

⑤ 杜预:《春秋左传集解》,上海古籍出版社 1977 年版,第 1065 页。

载："晋人惧其无礼于公也，请改盟。公如晋，及晋侯盟。晋侯飨公，赋《菁菁者莪》。庄叔以公降，拜，曰：'小国受命于大国，敢不慎仪。君贶之以大礼，何乐如之。抑小国之乐，大国之惠也。'晋侯降，辞。登，成拜。公赋《嘉乐》。"①从这段话看，春秋时期列国君臣的赋诗赠答，是在当时诸侯君臣会同之礼中进行，也具有礼仪的性质。但在这些礼仪中，诗乐的礼的仪式功能已大为削弱，物质的致意功能也已退居次要的位置。由于双方的主要目的在于某些具体问题的沟通，物质在表达具体意愿方面具有极大的限制，因而，"言"（赋诗）的表意功能得以彰显。

春秋时赋诗赠答成为一种风气，有如顾栋高《春秋大事表》卷四十七所说：当时君卿大夫"一举动必有占，一酬答必有赋"。若不会赋诗赠答，便会被认为缺少风雅。这种贵族间风气的流行，使"言"的赠答酬送开始在礼中受到重视，逐渐成为一种贵族的交往话语，为"言"包括诗的赠答酬送完全摆脱礼的仪式的赠答酬送作了全面的铺垫。

礼由物质的赠送酬答为主转向"言"的赠送酬答也与主体崇尚道德人格不无关系。

春秋时期，礼乐崩坏彰显出物欲对于礼乐本质的破坏，也导致了礼的内涵和仪式在一定程度的分离。于是，强化道德人格的完善，反对物欲的追求，便成了当时众多思想家的任务。如孔子曰："君子喻于义，小人喻于利。"②这一观念的不断强化，在一定的程度上导致了士大夫们对物欲人格的轻视，而把道德的修养当作了最高的价值选择，于是，以"言"代替物质的馈送便在知识阶层，尤其是儒家学者中逐渐流行开来。如《说苑·杂言》载子路将行，向孔子辞行。孔子问子路："赠汝以车乎？以言乎？"子路曰："请以言。"孔子便告诫他："不强不远，不劳无功，不忠无亲，不信无复，不恭无礼。慎此五者，可以长久矣。"③《荀子·大略》也载：曾子行，晏子从于郊，曰："婴闻之，君子赠人以言，庶人赠人以财。婴贫无财，请假于君子，赠吾

① 杜预：《春秋左传集解》，上海古籍出版社1977年版，第435—436页。

② 朱熹：《论语集注》，中华书局1983年版，第73页。

③ 刘向《说苑》卷十七，文渊阁《四库全书》本，第696册，第153页。

子以言。”①晏子的话说明,在春秋时期,赠言已被社会看作是“君子”的行为。所以荀子说:“凡人莫不好言其所善,而君子为甚。故赠人以言,重于金石珠玉。观人以言,美于黼黻、文章;听人以言,乐于钟鼓琴瑟。”②

赋予赠言(诗)主体以君子的质量,不仅使赠言(诗)彻底摆脱礼的仪式的制约,成为一种独立的人际交往形式,而且,也为赠言(诗)规定了合乎伦理道德的内涵。

伦理是礼的本质属性。礼的伦理的属性表现为两方面,一是它人际往来关系的外在形式,一是它以仁义道德沟通人际关系的内在目的和功能。由于礼的赠答酬送是礼的伦理属性在日常生活层面实现的具体手段,诗、礼原本互为一体,诗的赠答酬送由礼的赠答酬送发展而来,而且西周春秋时仍是礼的仪式的一部分,为礼的伦理属性所规定,因而,诗的赠答酬送也就难以超越礼的伦理属性。换言之,即礼的赠答酬送赋予着这类诗歌浓厚的伦理性质。孔子也正是从这一意义赋予了诗“可以群”的功能。

很明显,诗的赠答酬送承袭了仪礼的赠答酬送之名,但我们不应将诗的赠答酬送仅仅看作是对礼的赠答酬送单纯概念的承袭。因为在这概念的继承中,也包含着对于礼的赠答酬送往来形式的继承。于礼,不管是赠送还是酬答,都不是主体独立的行为。赠、送者与酬、答者之间互为主客,构成一种伦理目的关系。而赠答酬送诗也始终保持着礼的物质的赠答酬送这种往来的形式。从汉以后这类诗看,有赠诗都是必有答诗的。如汉代有《客示桓麟诗》,桓麟亦有《答客诗》。蔡邕《答卜元嗣诗》云:“斌斌硕人,贻我以文。……敢不酬答,赋诵以归。”卜元嗣先有所赠,蔡邕后有所答。邯郸淳在《赠吴玄处诗》说:“饯我路隅,赠我嘉辞;既受德音,敢不答之?”《魏书》卷五十二载高允《答宗钦书》亦曰:“既承雅赠,即应有答。”以至于为答宗钦所赠,“所以留连日月”。陶渊明《答庞参军序》中说到自己与庞参军诗歌往来的情形与动机时也说:“辄依《周礼》往复之义,且为别后相思之资。”以至“三复来贶,欲罢不能”。可见,诗的赠送之往,酬答之来,实源于礼制的社会规

① 王先谦:《荀子集解》卷十九,中华书局1954年版,第334页。
② 王先谦:《荀子集解》卷三,中华书局1954年版,第53页。

范。魏晋以后,虽然社会礼的意识较先前有所淡薄,但统治阶级的意识形态中,礼仍具有显赫的地位;只不过这时礼的仪式意识不像此前那样强烈,而更为注重礼的伦理道德的内涵。《南齐书》卷四十六载,南郡内史州西曹荀平遗王秀之交知书,王秀之拒不回信。荀平乃作《遗王秀之书》曰:"以君若此非典,何宜施之于国士? 如其循礼,礼无不答,谨以相还,亦何犯于逆鳞哉?"①可见礼来而有往的规范在长期的封建社会中为处理人际关系的重要原则,诗文的赠答酬送也为礼的这一原则所支配。

礼的赠答酬送既赋予了赠答酬送诗的形式,也规定了赠答酬送诗的内容与功能。

礼的赠送酬答目的是维护君臣、父子、夫妻、兄弟和士人之间的和谐关系,其内容不外乎对特定对象表示赞美、崇敬、友好、劝勉、祝贺等。如:《仪礼·士冠礼》的载士冠礼中的醴辞:"以定尔祥。承天之休,寿考不忘。"醮辞:"始加元服,兄弟具来。孝友时格,永乃保之。"字辞:"令月吉日,昭告尔字。爰字孔嘉,髦士攸宜。宜之于假,永受保之。"等等,都不外乎劝勉、祝贺。《仪礼·士相见礼》的赠答之辞"某子命某见,吾子有辱","某不足以辱命,请终赐见",表达的是对对方的尊敬。《仪礼·士昏礼》所载昏辞:"吾子有惠,贶室某也。某有先人之礼,使某也请纳采",表达的是对于女方的感谢。而先秦外交时的借诗言志,也更多是通过表示歌颂、赞美、友好之意来沟通双方。《左传》僖公二十三年载,秦伯接待晋公子重耳时,重耳赋《河水》。有人认为《河水》即《沔水》,如是,重耳所赋即取《沔水》"沔彼流水,朝宗于海"的诸侯朝见天子之义,以表示对于秦伯的尊重和赞美。秦伯回答的诗为《六月》,《六月》的本义是歌颂尹吉甫辅佐宣王征伐的诗,秦伯以此诗作答,意在告诉重耳,重耳定能还晋,如尹吉甫一样辅佐天子,表达的是十分隆重的祝福。

早期的赠送酬答诗表现的主要的是礼的赠送酬答的话语内涵。清华简所载武王赠毕公以及周公答武王的诗和《诗经》中的《崧高》和《烝民》都是对赠送对象的赞美。如《崧高》云:"申伯之德,柔惠且直。揉此万邦,闻于

---

① 萧子显:《南齐书》,中华书局1972年版,第800—801页。

四国。"《烝民》云："仲山甫之德，柔嘉维则。"汉代仅存的几首这类诗歌中，秦嘉夫妇的赠答主要是表示怀念；客《示桓麟诗》是赞美桓麟；蔡邕的《答对元式诗》、《答卜元嗣诗》在对对方之赠表示感谢的同时，充满着对对方的赞颂。魏晋南北朝时，赠送酬答之类的诗得到了充分的发展。由于魏晋以来人的觉醒，主体的政治属性得以减弱，个体的身份得以增强，情感的诉求得以凸显，这类诗歌的政治功能随之减弱；但是，它的"群"的伦理本质并没有改变。西晋时期，尤其是陆云、潘尼的这类作品，都没有超出礼的赠送酬答赞美、崇敬、友好、劝勉、祝贺的范围。陆云赠送《从事中郎张彦明为中护军、奚世都为汲郡太守》为"感《鹿鸣》之宴乐咏《鱼藻》之凯歌而作"。它如《赠汲郡太守诗》、《赠顾骠骑诗二首》、《赠鄱阳府君张仲膺诗》、《赠顾彦先》、《答顾秀才诗》、《赠顾尚书诗》、《答孙显世诗》等，潘尼的《赠司空掾安仁诗》、《赠陆机出为吴王郎中令诗》、《答傅咸诗并序》、《皇太子集应令诗》、《赠河阳诗》、《赠侍御史王元贶诗》等等，都无不体现着礼那种通过赞美、崇敬、友好、劝勉、祝贺来维系人伦关系的精神。如陆云《赠顾骠骑诗二首》在仿《诗经》而作的序中明确表明：其《有皇》篇为"美祈阳也。祈阳秉文之士，骏发其声，故能明照有吴"。其《思文》篇为"美祁阳也。祁阳能明其德，刑于寡妻，以至于家邦，无思不服。亦赖贤妃贞女以成其内教"。潘尼《答傅玄诗序》明言自己作诗答傅玄，目的是要"以规焉"。

从唐代始，受魏晋以来赋、书等文体赠予问答的影响，赠送酬答类诗歌吸收了赋、书等文体赠予问答讨论说明问题等方面题材，近乎无所不写，包括要求、干谒、询问、说理、邀请、解释问题等，但也基本没有超出春秋时赋诗言志的范围，对对象表示赞美、劝勉、友好、怀念、祝贺、哀悼仍是主要的内容。初唐宫体诗中的大量这类作品，正是以它表现出来的礼的伦理精神而盛行初唐诗坛。这在后来的唐德宗为曲江文人宴会诗所作的序中的表达得很清楚："朕在位仅将十载，实赖忠贤左右，克致小康。是以择三令节，锡兹宴赏，俾大夫、卿士得同欢洽也。夫共其戚者同其休，有其初者贵其终，咨尔群僚，顺朕不暇，乐而能节，职思其忧，咸若时则，庶乎理矣。"①而那些以抒

① 刘昫：《旧唐书》，中华书局 1997 年版，第 965 页。

写别情、友情之类的这类抒情诗，如李白的《赠王伦》、李商隐的《夜雨寄北》等等，看似与礼乐精神无关，而实际却体现着礼的赠送酬答的调和人际关系的精神本质。钟嵘《诗品序》曾说："嘉会寄诗以亲，离群托诗以怨。"白居易在《与元九书》中也说到这一点："但以亲朋合散之际，取其释恨佐欢"，即"小通则以诗相戒，小穷则以诗相勉，索居则以诗相慰，同处则以诗相娱"。①不管是相戒、相勉、相慰、相娱，还是干谒、询问、说理、邀请、解释问题等，都不过是主体与特定对象的交流手段，目的也都不外乎礼的赠答送酬的用以沟通主体和特定的群体和个人之间的情感。因为这类诗歌即使是只是一味地抒写自己的情感，但当它一旦与特定的对象与人群构成一种目的关系，潜藏着以之加强与特定对象情感的目的，它的伦理本质就得到了确认。

由上面的论述可知，赠答送酬诗不仅继承了礼的赠答送酬的形式，也继承了礼以"通上下亲疏远近"的伦理精神本质和功能。

四、赋的发生历程

> 赋本为祭祀仪式上向神灵贡献祭祀物品——祭祀主持人一一列举祭祀物品赋予了"铺陈"的意义——赋因铺陈而具有言说方式和文体的意义——宋玉的赋大多登坛而作——登高而赋确立了赋这种体裁的基本形式与赋讽谏、讽喻的惯例

对于赋的起源及其体式的形成已有众多的论述。人们多将赋的起源归于原始宗教，而没有注意礼乐政治对于赋体及其言说形式的关键作用。其实，和其他的文体一样，赋体及其言说形式的产生与礼乐政治形态的言说有着至为密切的关系。

赋本为祭祀仪式上向神灵贡献祭祀物品和祭祀主持人铺陈祭祀物品的"物质+语言"的言说形态。文学体裁的赋，由这一言说形态而萌生。为说清这一点，先说明"赋"的含义和"赋"与登高的关系。

① 谢思炜：《白居易文集校注》，中华书局2011年版，第327页。

甲骨文中没有“赋”字，“赋”字最早见于金文，毛公鼎铭文中有“赋”一字。《说文解字》：“赋，敛也，从贝，武声。”段玉裁注谓：“《周礼·太宰》：‘以九赋敛财贿。’敛之曰赋，班之亦曰赋，经传中凡言以物班布与人曰赋。”但许氏和段氏所说均为“赋”的后起义项。

考先秦典籍，“赋”最早当指各地贡献的祭神物品。《尚书·禹贡》是记载远古社会贡赋制度的文献，有“任土作贡”和“厥赋”、“厥贡”之语。据记载，那时是按甸服、侯服、绥服、要服、荒服的行政区域来确定贡献的物品，即“任土作贡”。这一制度，在《国语·周语上》也有记载：

> 夫先王之制，邦内甸服，邦外侯服，侯、卫宾服，夷、蛮要服，戎、狄荒服。甸服者祭，侯服者祀，宾服者享，要服者贡，荒服者王。日祭、月祀、时享、岁贡、终王，先王之训也。①

这段话为周穆王时的祭公谋父所说，“先王”当指周初及周以前的帝王。韦昭注曰，甸服者日祭，侯服者月祀，宾服者时享，要服者贡，即“皆以所贡助祭于庙”，也就是“《孝经》所谓四海之内各以其职来祭”。将《尚书·禹贡》对照祭公谋父所说，可见《禹贡》为周人早期贡赋制度所本，《禹贡》所说当时各地的贡赋，当为祭祀神灵的物品，并非后世意义的“赋税”。

祭公谋父所言，在《周礼》等典籍的记载中也有反映。《周礼·太宰》说太宰“以八则治都鄙”，其“五曰赋贡”。其赋有九：“一曰邦中之赋，二曰四郊之赋，三曰邦甸之赋，四曰家削之赋，五曰邦县之赋，六曰邦都之赋，七曰关市之赋，八曰山泽之赋，九曰弊余之赋。”其贡亦有九：“一曰祀贡，二曰嫔贡，三曰器贡，四曰币贡，五曰材贡，六曰货贡，七曰服贡，八曰斿贡，九曰物贡。”②所谓九赋，是就赋之地域而言，九贡则是就赋之物种而言，贡实为赋的具体物品。《周礼注疏》卷二注引郑司农云：

---

① 徐元诰：《国语集解》，中华书局2002年版，第6—7页。

② 《周礼注疏》卷二，《十三经注疏》本，中华书局1980年版，第646页。

祀贡，牺牲包茅之属；宾贡，皮帛之属；器贡，宗庙之器；币贡，绣帛；材贡，木材也；货贡，珠贝自然之物也；服贡，祭服；游贡，羽毛；物贡，九州之外各以其所贵为挚，肃慎氏贡楛矢之属是也。①

郑众虽只明确指出器贡为宗庙祭祀之器、服贡为祭祀之服；但实际祀贡的牺牲包茅之属、宾贡的皮帛之属、币贡的绢帛、材贡之木材、货贡之珠贝自然之物、游贡之羽毛等，也都为上古祭神之物。如《左传》庄公十年载庄公说自己祭神："牺牲玉帛，弗敢加也。"《周礼·大宗伯》"以玉作六器"，"以苍璧礼天，以黄琮礼地，以青圭礼东方，以赤璋礼南方，以白琥礼西方，以璜礼北方"；"以禋祀祀昊天上帝，以实柴祀日月星辰，以槱燎祀司中、司命、风师、雨师"。《周礼·肆师》："立大祀，用玉帛牲牷；立次祀，用牲币。"《尚书·召诰》："惟恭奉币，用供王，能祈天永命。"《诗经·宛丘》："坎其击鼓，宛丘之下。无冬无夏，值其鹭羽。"苏轼《书传》卷七曰："诗云：'无冬无夏，值其鹭羽。'此巫风也。"是羽毛亦用于祭神。《吕氏春秋·季冬纪》和《礼记·月令》载：

(周天子)命太史，次诸侯之列，赋之牺牲，以共皇天上帝社稷之享。乃命同姓之国，共寝庙之刍豢。令宰历卿大夫，至于庶民，土田之数，而赋之牺牲，以共山林名川之祀。②

牺牲为祭神之物。"赋之牺牲"、"而赋牺牲"都明确指出牺牲为"赋"。结合前面所说周代的赋制，可以肯定"赋"原指祭祀的牺牲。韩高年《赋之"序物"、"口诵"源于祭神考》指出："《禹贡》中的任土作贡，所指贡赋，均为贡献于神，用于祭神的实物，而不是后世意义上的'税收'。"③是有见地的。

中国古代有"登高必赋"这一传统。《韩诗外传》卷七载孔子说："君子

---

① 《周礼注疏》卷二，《十三经注疏》本，中华书局1980年版，第648页。

② 《礼记正义》卷十七，《十三经注疏》本，中华书局1980年版，第1384页。

③ 韩高年：《诗赋文体源流新探》，巴蜀书社2004年版，第138页。

登高必赋。"《汉书·艺文志》引《传》曰："登高能赋，可以为大夫。"这两句话，既表明那时登高而赋在士大夫心目中普遍占有很重要的位置，也表明战国之前，"赋"与登高有着非常密切的关系："赋"多是在登高时进行，"赋"离不开登高。

在后人眼中，"高"是一个地理概念，指高处。如刘禹锡《九日登高》："年年上高处，未省不伤心。"所谓"登高必赋"，多指登临高处而赋诗作文。但这一行为方式却源于原始宗教祭祀神灵时向神灵铺言祭祀物品等。

在先秦，登高之"高"并不全是一个地理概念，而且也是一个带有原始宗教建筑含义的概念，多指"台"或"坛"。《韩诗外传》卷七说："孔子游于景山之上，子路、子贡、颜渊从。孔子曰：'君子登高必赋。'"①孔子所说的登高是指"景山之上"，但宋罗泌《路史》卷二十七"商氏后"条载："有景山亳城汤亭，宋宗庙墓所。"《山海经》记述的各山都在祭祀之列，如"凡《西次四经》自阴山以下至于崦嵫之山，凡十九山……其祠祀礼皆用一白鸡祈，糈以稻米，白菅为席。"知古人眼中的山，都不是自然之山。联系子路、子贡、颜渊所赋均为政治志向，知孔子登景山并不完全因为景山为高山。《礼记·月令》、《吕氏春秋·仲夏纪》说仲夏"可以居高明"，宋卫湜《礼记集说》卷四十二注曰："台榭则人为高明之所也。"是先秦便视台为高处。汉以来视登台为登高的记载则更多。如《春秋公羊传注疏》卷九谓："礼，天子有灵台以候天地，诸侯有时台以候四时，登高远望，人情所乐动。"②《后汉书·孝灵帝纪》说："张让亦给灵帝不得登高临观。"注谓："帝尝登永安候台，宦官恐望见之"，乃使赵忠等谏曰："人君不当登高。"③陆云《登台赋》序云："永宁中，参大府之佐于邺都，以时事巡行邺宫三台。登高有感，因以言崇替。"④杜甫《登高》："万里悲秋常作客，百年多病独登台。"知汉代以来人们的观念中，登台亦为登高。后世将登台视之为登高，实是先秦视登台为登高这一余风的反映。

---

① 许维遹校注：《韩诗外传集释》，中华书局1980年版，第268页。

② 《春秋公羊传注疏》，《十三经注疏》本，中华书局1980年版，第2242页。

③ 范晔：《后汉书》，中华书局1965年版，第359页。

④ 严可均辑：《上古三代秦汉三国六朝文》，中华书局1958年版，第2033页。

之所以特别指出登高在先秦就是登台，是因为“台”或“坛”、“畤”在上古具有非常特殊的意义，其含义不仅仅是地势较高的地方。在古人的观念中，具有至高无上权力和力量的“帝”与“天”及神灵都居住于高高的苍穹。《离骚》所谓“百神翳其备降”，正是说百神从天空下降。于是，茫茫苍穹也就成了古人无限向往的地方，有了后来人登天、飞仙、羽化的美好幻想。为借助神灵获得幸福、消除灾祸的人们为接近神灵，便在观念上赋予了接近天庭的相对高处以神秘的力量。高山因其“高”而接近天庭尤为引人神往，像昆仑在上古人们的眼中，就有十二分的神圣。《小雅·车舝》所言“高山仰止”观念形成的源头正在此。

但当人类走出旧石器时代，也走出了山居之洞穴；人们便开始在小山和平地筑台建畤以祀神灵，如司马迁所言：

> 盖天好阴，祠之必于高山之下，小山之上，命曰“畤”；地贵阳，祭之必于泽中圆丘。①

于是，台或坛、畤便随着人们走出山洞而成为神灵的栖息之处，如《史记·秦本纪》“索隐”曰：“畤，止也，言神灵之所依止也。”“谓为坛以祭天也。”由于高山祀神也需筑台，所以，古代也将某山别名之为某台，如《山海经·海内东经》云：“琅邪台在勃海间。”琅邪台即指琅邪山。《史记·赵世家》“正义”引《括地志》云：北岳又别名兰台府、华阳台、紫台等。台与山都为高处，且台为祭神之所，有高高在上的意义，故登台被视为登高也就顺理成章。

由此可见，远古的登高，实是一种原始宗教祭祀神灵的活动，并非后代意义上的登高望远。由于祭祀具有无比的神圣性，坛（台）等原始宗教建筑也具有了神圣的属性，被人们无比敬畏，视为不可侵犯，如《山海经·海外北经》说：人们“不敢北射，畏共工之台”②。《大荒西经》：“有轩辕之台，射

---

① 司马迁：《史记·封禅书》，中华书局1959年版，第1367页。

② 袁珂：《山海经校注》，上海古籍出版社1980年版，第233页。

者不敢西向射，畏轩辕之台。”①

远古时代的登高既是一种原始宗教祭祀活动，祭神必在坛，而且必向神灵贡献祭祀物品，就有了所谓的“登高必赋”，“赋”必登高。所以，登高而赋也就具有了神圣而神秘的意义，而不是后来的消闲、遣兴行为。

但就在登高而赋之“赋”为贡献神灵的物品这一原始含义产生的同时，也当具有了话语之“赋”的义项。先秦时期，祭神讲求物品齐备，大小则没有要求，《国语·楚语下》载观射父说：

> 夫神以精明临民者也，故求备物，不求丰大。是以先王之祀也，以一纯、二精、三牲、四时、五色、六律、七事、八种、九祭、十日、十二辰以致之，百姓、千品、万官、亿丑，兆民经入畡数以奉之，明德以昭之，和声以听之，以告遍至，则无不受休。②

所谓“备物”，是指物品种类的齐全。“一纯”即后文所言“无有苛慝于神者”，指无所隐瞒。“二精、三牲”，“五色、六律”，“八种”，指的是祭祀物品及其色彩、音乐所用音阶、乐器种类。“九祭”指的是九州前来助祭之人。“百姓、千品、万官、亿丑、兆民”，即参加祭祀的各阶层之人。可知，那时的祭祀，尤其是大祭，除要求参加祭祀的人齐全外，也对祭祀物品求全责备，只有这二者“遍至”，才能得到神灵的福佑。

同时，祭祀不仅要将这些物品，即贡献给神灵的“赋”一一陈列，而且必须由祭祀的主持者将这些陈列的物品之“赋”用话语向神灵一一列举。《国语·楚语下》又载观射父说：“祀加于举，天子举以大牢，祀以会。”韦注云：“加，增也。举人君朔望之盛馔。”“会，会三大牢，举四方之奠。”③所谓“举人君朔望之盛馔”，“举四方之奠”，就是一一称举各地所贡献的祭祀物品。《文心雕龙·祝盟》说周之大祝致六祀之辞时，“是以庶物咸生，陈于天地之

① 袁珂：《山海经校注》，上海古籍出版社1980年版，第339页。

② 徐元诰：《国语集解》，中华书局2002年版，第517页。

③ 韦昭注：《国语》，上海古籍出版社1988年版，第564页。

郊"，正是说的这一情况。现代一些少数民族的祭祀至今保留着这种习惯。如彝族腊罗支的《供祖经》有这样一段：

> 献你三柱香，献你三把荞，献你三盅茶，献你三杯酒，献你三碗饭，献你三块糕，献你三匙盐，献你三片肉。①

可见，祭祀必须向祭祀的对象一一列举祭品。于是，祭祀之物品的"赋"便由祭神时祭祀主持人一一向神灵言说祭祀所用各地贡赋而顺理成章地转化为话语之"赋"，具有了铺排、敷陈的含义。

由此，我们也可以将人神关系言说的"登高而赋"定义为登神台而赋。这一言说形态虽然目的不关文学，但它却确立了中国古代文学的一个原点和赋这种文学体裁及其言说的惯例。

在古代，典籍记载的"赋曰"、"箴曰"、"铭曰"都同时具有作为动词和文体的两层意义。《国语·鲁语下》："铭其栝曰：'肃慎氏之贡矢。'"《说苑·敬慎》："有金人焉，三缄其口，而铭其背曰"，这"铭"同时具有铭刻和作为铭这种文体的意义。《国语·楚语上》："庄王使士亹傅太子箴"，便是作箴。《左传》隐公元年："公入而赋……姜出而赋。"僖公五年：士蔿"退而赋曰：'狐裘龙茸，一国三公，吾谁适从。'"《文心雕龙·诠赋》说："至如郑庄之赋'大隧'，士蔿之赋'狐裘'，结言短韵，词自己作，虽合赋体，明而未融。"②是刘勰将其也视作赋体。故"登高必赋"、"登高能赋"之"赋"也同时具有言说和赋体两层含义，可视为登高作赋。因而，我们也可以将这种在祭祀时主持人向神灵一一称举各地所贡献的祭祀物品的话语视之为最早的文学体裁之"赋"。

由此，我们也可以推知"颂"为最早的赋体文学的言说体式。这种体式的内容，除了向神灵列举贡献的祭祀物品外，当还有颂神、献功、赋事等。

---

① 吕大吉主编：《中国各少数民族原始宗教资料集成·彝族卷》，中国社会科学出版社1996年版，第137页。

② 周振甫：《文心雕龙今译》，中华书局1986年版，第77页。

《诗经·灵台》是记载周人在灵台祭祀祖先的诗,诗中有"鼍鼓逢逢,蒙瞍奏公"之句。"奏公"《韩诗》作"奏功"。《国语·鲁语下》载公父文伯母曰,社祭有"社而赋事,烝而献功"之事。知那时的祭祀少不了歌功颂德的言说。所以,《诗经》中的那些祭祀诗内容不外乎歌功颂德。秦始皇封禅泰山、琅琊,作有泰山琅琊石刻,对自己的功德加以褒扬,亦即所谓"奏功"。《韩非子·外储说左上》有"先王之赋颂"之语,说明先秦时期赋颂即为一体。汉时人们将"赋"名之"颂",或将"颂"名之"赋",实是对早期赋体的认同和回归。所以,《诗经》中的颂,还有诸如秦始皇的那些石刻,都为登神台而赋,应视之为赋体文学。且由于颂功、赋事同在一一向神灵言说祭祀所用物品的时候进行,言说也采用着"铺陈"这一向神灵言说祭祀所用物品的方式。《诗经》中的《颂》和《大雅》少比、兴而多铺陈,即赋的表现方法,当是因此而形成的惯例。后来各朝的郊庙诗,都是这一惯例的延续。

但赋体的完善并具有"文学"的意味,却是礼乐政治形态言说的结果。

礼乐政治形态的言说也有"登高而赋"这一行为方式。而且登高而赋的政治言说形态是登高而赋的宗教言说形态的必然发展。这种必然以原始宗教礼仪和作为国家政治根本的礼乐制度的内在关联而表现。

原始宗教祭祀是一种巫术的存在,礼乐制度是作为国家的政治制度而存在,两者本质不同,但礼乐却同以原始宗教礼仪为表现形态,礼乐制度的核心内涵多借祭祀礼仪为载体。如《礼记·祭统》认为祭祀不仅"见事鬼神之道"、"爵赏之施"、"政事之均",亦体现着君臣、父子、贵贱、亲疏、夫妇、长幼、上下的伦理关系。因而,"父子之道、君臣之义"为"伦";"社稷山川之事、鬼神之祭"为"体"。"伦"以"体"为具有实践意义的表达形式,没有祭祀之"体",这道德之"伦"便无从体现。所以《管子·牧民》说:"不明鬼神,则陋民不悟;不祗山川,则威令不闻;不敬宗庙,则民乃上校;不恭祖旧,则孝悌不备。"①没有这对鬼神、山川、宗庙、祖先的祭祀,忠孝等道德观念就得不到弘扬,"四维"就会"不张",国家就会灭亡。

宗教祭祀与礼乐制度的这一关系,决定了坛(台)在礼乐制度中的地

① 戴望:《管子校正》卷一,中华书局1954年版,第1页。

位。在原始宗教祭祀中，坛（台）是人神言说的唯一地点。礼乐制度及其仪式由原始宗教礼仪发展而来，祭祀有着尤其重要的地位，坛（台）也就自然成为礼乐制度实践的重要场所。此外，礼乐仪式和宗教祭祀的内在关系，也决定了礼乐言说主体身份对宗教言说主体身份的继承。在宗教言说中，登台者的身份为巫；在礼乐仪式的言说中，登台者的身份为国家政治官员，但他们许多依然保留着神职人员的身份。《周礼》所载“六官”中，不仅《春官》中的大小宗伯、大司乐、大卜、大祝、大史及其属官为礼乐人员，参与祭祀及其他礼乐仪式，就是《天官》中的大小宰、宫正，《地官》中的大小司徒、乡师、州长、师氏、封人，《夏官》中的大小司马、大仆、校人，《秋官》中的大小司寇、士师、乡师等等，也都有着祭祀中这样那样的职责。于是，随着神坛自然向政坛转换和朝臣对于神台言说主体身份的继承，朝台（政坛）为“高”的观念也得以确立。

当然，朝台（政坛）被视为“高”，不仅因为它具有相对的高度，更主要是因为它所代表的神圣性、崇高性和高贵性。由于礼乐制度中坛（台）仍然具有祭坛的性质，周代祭祀的神灵如《国语·鲁语上》载展禽所说：“法施于民则祀之，以死勤事则祀之，以劳定国则祀之，能御大灾则祀之，能扞大患则祀之。”①必然是有大功大德于民者。故台在人们的观念中仍然具有无比的神圣性、崇高性，代表着功业、道德的高度。加上天子之堂的台基高度超过诸侯、大夫，表现着等级差异的“以高为贵”，故朝台和神台（坛）一样，被赋予了“高”的意义。于是，登朝台被理所当然地视为登高。

当登朝台被视为登高后，朝臣在朝的政治言说也就自然而然地视为“登高而赋”。班固《汉书·艺文志》引“登高能赋，可以为大夫”后解释道：

> 言感物造端，材知深美，可与图事，故可以为列大夫也。古者诸侯卿大夫交接邻国，以微言相感，当揖让之时，必称《诗》以谕其志，盖以别贤不肖而观盛衰焉。②

---

① 韦昭注：《国语》，上海古籍出版社 1988 年版，第 166 页。

② 班固：《汉书》，中华书局 1962 年版，第 1755—1756 页。

班固认为，登高所赋的目的为"图事"而非作文，"登高能赋"即为外交场合能登台"赋诗言志"，间接肯定了那时"登高"就是登台。王利器亦曰："《诗·墉风·定之方中》传叙九能之士，中有'登高能赋'一项，即言会同之时，坛坫之上，能赋诗见意也。"①肯定了班固之说。

班固、王利器对"登高能赋"的这一解读是不错的，但他们认为登高而赋只是春秋外交场合的"赋诗言志"却过于狭隘。坛（台）既是外交活动的场所，也是君臣的论政之地，所谓"登高而赋"也就绝不仅仅是外交场合"赋诗言志"。《荀子·儒效》说：

> 君子言有坛宇，行有防表，道有一隆。言政治之求，不下于安存；言志意之求，不下于士；言道德之求，不二后王。……是君子之所以骋志意于坛宇宫廷也。

王先谦释曰："'言有坛宇'，谓有所尊高也；'行有防表'，谓有标准也。"②如果说"'言有坛宇'，谓有所尊高"，那下文"骋志意于坛宇宫廷"的"宫廷"也当作高尚之言解。显然，王氏此释不完全符合作者原意。坛（台）既为君臣议政之所，"言有坛宇"也即是在坛（台）之言。所以，下文说要"言政治之求"、"言志意之求"、"言道德之求"。

《诗经·定之方中》毛传曰："建邦能命龟，田能施命，作器能铭，使能造命，升高能赋，师旅能誓，山川能说，丧纪能诔，祭祀能语。君子能此九者，可谓有德音，可谓为大夫也。"③这"九能"都是就政治才能而言。九种才能分别用于不同场合，"升高能赋"之外的八种才能分别用于建都、田猎、作器、出使、出师、山川、丧纪、祭祀，都不关在朝之事。毛传将山川、祭祀单独列出，可知所说的"升高"不关山川、祭祀之事。在朝建言献策、部署各方面的政事是大夫最为重要的职能，也是那时选拔官员的措施。《左传》僖公二十

① 王利器：《颜氏家训集解》，上海古籍出版社1980年版，第243页。
② 王先谦：《荀子集解》，中华书局1954年版，第93页。
③ 《毛诗正义》，《十三经注疏》本，中华书局1980年版，第316页。

七年载赵衰荐郄縠时引《夏书》曰，用人应“赋纳以言，明试以功”。《尚书·益稷》“赋纳以言”作“敷纳以言”。《汉书·文帝纪》颜师古注曰：“敷陈其言而纳用之。”据颜师古注，“赋纳以言”即使某“赋”而纳其言。由《夏书》和赵衰所言可以看出，使“赋”而考察人才有着久远的历史，毛苌之言并非杜撰，“九能”中的“升高能赋”，当是登朝的政治言说。

同时，我们注意到，孔子、子路、子贡、颜渊游景山，子路、子贡、颜渊所赋也不外乎政治志向。有周一代，道德为礼乐核心，表现在士大夫的思想中便是以修、齐、治、平为最高价值选择的个体意志。因而，朝台之上君臣的言说，自然少不了意志、道德的言说。这在《左传》、《国语》所载君臣的言说中随处可见。孔子则更是主张通过个人的道德修养和礼乐教化来平治天下。《论语·学而》载他周游列国时，每到一国，“必闻其政”，向各国君主兜售自己的政治主张，则正是他所谓“君子登高必赋”的实践。可知他说的登高必赋，也主要是登朝的政治言说。

朝台与神台的内在联系，使登高而赋的政治言说形态也在一定程度上继承了登高而赋的宗教言说形态的言说特征。在宗教言说形态中，音乐、舞蹈是通神、娱神的必须手段，故登神台之“赋”必须配合音乐舞蹈。由于散体的句式不适合配乐演唱，神台之“赋”就主要采用“音乐 + 诗 + 舞蹈”的言说形式。在政治言说形态中这一言说形式也还有保留。诸如，赋诗言志、飨燕之时，都少不了音乐舞蹈。还有采诗、献诗让乐工在朝堂之上演唱，以观民风，都是对宗教言说形式的继承。因而说，正是朝台与神台的内在联系，使周代的政治及其言说形态具有了艺术的意味。

但朝台和神台毕竟有着极大的区别。宗教不能涵盖政治的全部蕴涵，即便是在礼乐制度中，政治具有浓厚的宗教气息，但礼乐制度作为一种政治制度，却具有宗教难以包含的诸如经济、法律、官制等要素。因此，政台的主要功能已不再是祭神，登坛者在具有神职人员身份的同时必然具备了完全的朝臣身份。前面所说的大小司马、大小司寇虽然还保留着某种神职人员的职能，但其主要的职责却是政治。就是大小宗伯、大司乐、大史等，虽然更多地履行着礼神的职能，但由于这时的祭祀只是礼乐这一政治制度的实践形式，从属于政治，因而，他们的完全身份也当是作为政治官员的朝臣。所以，登高而赋的政治言说形态也必然与宗教的言说形态有了很大的差异。

从言说性质而言，宗教言说虽具有文学艺术的因素，但其目的指向是获得生产、生活资料；因而，宗教言说更多具有实用性。礼乐制度虽承袭着宗教言说的艺术因子，但礼乐制度的本质是政治。礼乐言说都在朝台上进行，受朝台性质、功能的制约，包括我们今天所说的文学艺术也都只作为一种政治言说而存在。《国语·周语上》说："天子听政，使公卿至于列士献诗，瞽献曲，史献书，师箴，瞍赋，矇诵，百工谏，庶人传语，近臣尽规。"①从这段话可知，不仅是赋，这里的箴、诵、谏、规都不过因修辞的需要分别而言，实际上都是登高之"赋"的不同表述。这或许就是孔子、毛苌所言"登高必赋"、"升高能赋"之说更为直接的来源。由于"赋"在朝台，召公所说的这献诗、献曲、献书，还有箴、赋、诵、谏等虽带有文学艺术的特征，但它是作为礼乐的言说而产生、存在，献者、赋者的目的都不在文学艺术，而是直接指向政治，事实上也就是作为一种政治手段或措施使用于君臣关系的言说。在这一言说形态中，所"登"使得所"赋"很难超越政治而存在。所以，那个时代诗赋的言说总是随着政治需要的改变而改变，故《诗经》中的《雅》、《颂》由早期的颂德而在幽、厉时期转变为讽刺批判。且政治言说为主流意识形态和士大夫普遍的生存、生活方式，因而，不管是诗、曲、书还是箴、赋也就最为普遍地被用于政治言说，在主流意识中被视作政治的工具，而逐渐确立了它作为一种"美的工具"的实用文体的性质。孔子言诗，只谈兴、观、群、怨，事君事父，无视审美，正是这主流意识和它作为士大夫的生存、生活方式作用的结果。

从言说形式而言，在政治言说形态中，虽也还保留着"音乐+诗"这一形式，诸如《小雅》，但宗教言说主要为一种宗教情感的言说，而政治言说要复杂得多，包括对事情的陈述和阐述，非"音乐+诗"的形式能承载。因而，政治言说形式较宗教言说也要复杂得多，包括赋、箴、史、论等，且篇制较大。如前引颜渊登景山所赋，其句式较颂体的四言多有变化，杂有五言、六言的对仗句式，散而有序，大体合韵，可以散体赋视之。而这一点，正是适应着政治言说的需要而产生。而赋这种文学体裁正是在这种言说中确立了基本的

---

① 韦昭注：《国语》，上海古籍出版社1988年版，第10页。

形式。

赋的基本体式是表现手法的铺陈、结构形式的“主客问答”和讽谏。“登朝而赋”是就臣下在朝建言献策而言;而在朝之事免不了一问一答,《左传》、《国语》多有君臣在朝的问答之例。这直接影响着赋体文学“主客问答”结构的形成。前引子路、子贡、颜渊在孔子的鼓励下而赋,虽不备问答,却同是赋的“客主以首引”的原型,与宋玉赋和荀赋相去不远。荀子《赋篇》大都以“主客问答”结构而成,从赋中有“臣愚不识,敢请之王”之语,且言说内容有关政治看,都应是“登朝而赋”的产物。其中《璇玉瑶珠不知佩》一篇,根据《韩诗外传》卷四载,是春申君责问荀子,荀子对春申君陈说人主不辨奸忠而必遭祸患的道理后的一段文字。这些赋以隐语的形式写成,正是君臣言说“见今之失,不敢斥言,取比类以言之”的登朝而赋的方法的表现。

周代的政坛,宗教色彩在政治言说的冲击中逐步削弱,但周代的政治不仅以礼乐为其核心,亦以礼乐为实践形式,且周代的礼乐亦由原始宗教礼仪发展而来,而乐是一种融诗歌、音乐、舞蹈于一体的一种文学艺术形态,非今天意义上的音乐;故周代的政治事实上带有较为浓厚的艺术气息,如飨礼、射礼、宗庙祭祀都以诗歌、音乐、舞蹈为必要内容,听政亦少不了献诗、献曲、献书、师箴、瞍赋、蒙诵。所以,那时作为言政、施政场所的台,依然笼罩着神坛一样的艺术氛围。这不仅为统治者将台赋予娱乐场所的功能埋下了伏笔,而且,也为登高而赋的政治言说向文学言说的转变作了充分的准备。

更应该注意的,是西周晚期,尤其春秋以来,坛(台)作为国家言政场所的同时,统治者在享乐意识的作用下,将此前坛(台)歌舞娱神和以乐为礼的功能转换为娱乐自己,使台成为最高统治者的享乐之地。如《韩非子·十过》载晋平公觞卫灵公于施夷之台,欣赏“新声”。《战国策·赵策二》载苏秦说当时的统治者“高台,美宫室,听竽瑟之音,察五味之和,前有轩辕,后有长庭,美人巧笑”①。正因神圣之台变成了享乐

① 高诱注:《战国策》第二册,上海书店1987年版,第55页。

之台，当时众多的政治家及学者都对最高统治者筑台寻乐给予了严厉的批判；于是，台的神圣外衣被逐渐脱去，神圣性也逐渐在人们的心中丧失。

台在被统治者掀掉罩在它上面的神秘而神圣的光环后，作为生活场所的性质便突出出来，台上的所作所为便不必一定神圣庄严。据说宋玉曾作有《大言赋》、《小言赋》、《高唐赋》、《风赋》等。这些赋的作者虽不能肯定是宋玉，但这些赋中的一些记载，却为倡优在登朝而赋的政治言说中形成赋这一体裁的积极作用提供了生动的证据。如其所言：

> 楚襄王与唐勒、景差、宋玉游于阳云之台，王曰："能为寡人大言者上座……"(《大言赋》)①
>
> 楚襄王既登阳云之台，令诸大夫景差、唐勒、宋玉等并造《小言赋》，赋毕而宋玉受赏。(《小言赋》)②
>
> 昔者楚襄王与宋玉游于云梦之台，望高唐之观，其上独有云气，崒兮直上，忽兮改容，须臾之间，变化无穷。王问玉曰："此何气也?"玉对曰："所谓朝云者也。"(《高唐赋》)③
>
> 楚襄王游于兰台之宫，宋玉、景差侍。有风飒然而至，王乃披襟而当之，曰："快哉此风！寡人所与庶人共者邪?"宋玉对曰："此独大王之风耳！"(《风赋》)④

从这些记载看，这些赋都是登台而作，其中的阳云之台即阳台，和云梦之台一样为祭神之台；言说者和听众为君臣；说者和听者都是带着寻求愉悦的目的，起着倡优以笑语来愉悦君主的作用；《风赋》还稍有讽谏的意义。由此，我们不仅可以看出远古登台和后来的登朝之间的关系以及赋体文学由登朝而赋发展而来，而且可以看出，倡优在完成登朝而赋的政治言说向登

① 严可均：《全上古三代文》卷十，中华书局1958年版，第72页。
② 严可均：《全上古三代文》卷十，中华书局1958年版，第72页。
③ 严可均：《全上古三代文》卷十，中华书局1958年版，第73页。
④ 严可均：《全上古三代文》卷十，中华书局1958年版，第72页。

高而赋的审美情感言说中所起的巨大作用。

故可以说，是“登朝而赋”确立了赋这体裁的基本形式与战国、汉代赋讽谏、讽喻的惯例。赋也是先秦神坛、政坛限定时空言说的结果。

第五章　礼乐政治形态的言说与史、论

不仅诗、赋是先秦神坛、政坛的言说体式，先秦的史与论也都是从神坛和政坛的言说中脱胎，故先秦史与论说文的言说体式，也是在先秦的神坛和政坛言说中形成。在西周，叙事散文的写作主体兼有史官和礼官的身份，故叙事散文的"文书"性质多因礼乐仪式——某一特定时空具体场面的记述而形成。随着春秋礼乐政治的发展，春秋时期史官的地位、职能随着社会偏重于礼义的转化发生相应转变，史的"守典奉法"职能亦得到了极大强化。于是，史家记事由西周记叙礼仪及周王之言和铭功转向提供历史借鉴和防止君臣乱法，使百国《春秋》完成了向历史著述、重在事件过程和由质向文的转变。《左传》以礼为视点，认为家国兴衰、邦交和恶、战争胜败皆因礼。这一礼学历史观决定了《左传》"以礼明事"，礼仪对于细节的重视因此导致《左传》叙事细化和言事相兼。此外，论说文也在礼乐政治言说中逐渐成熟。由于诸子论说文从历史叙事散文发展而来，且都是同一行为方式的表达，《尚书》、《国语》的外在叙事框架和"对话式"说理使其具有了"论、叙同体"的性质，故诸子论说文言说主体的臣子身份虽使诸子散文较《尚书》的"胁迫性说理"更具逻辑性、理由的充足性，但却保留了历史叙事散文的外在叙事框架和"对话式"说理形式，与记言体历史散文在文体上有着相同的内在特质。故先秦将记载晏子话语的典籍称之为《晏子春秋》，将吕不韦门人撰写的完全以论说文结集的著作命名为《吕氏春秋》。

一、西周"文书"叙事与礼乐仪式言说

西周的叙事文具有完全叙事、言事相兼两类——西周叙事散文的

“文书”性质——“叙事文书”性质多因礼乐仪式而形成——某一特定时空具体场面的记述——少见历史著述的性质

与诗赋的起源不同,中国的叙事文体当是在文字成熟之时。尽管在殷商之前的出土文物中发现了一些最早的记事符号,但中国文字的成熟在殷商是毫无疑问的。因而,中国的叙事文体的源头应该确定在殷商。《尚书·多士》说:“惟殷先人有册有典。”这典册不一定就是甲骨卜辞,但甲骨卜辞也应当属于《尚书》所说的册典当属无疑。所以,说甲骨卜辞是中国的叙事文体的源头,是不应该受到质疑的。

既然甲骨卜辞是中国的叙事文体的源头,那么,我们也就可以确定叙事文体产生于神坛,因为甲骨卜辞都是卜筮的记载。甲骨卜辞肯定鬼神的神明性,因而,甲骨卜辞大多不仅有叙辞、命辞、占辞,而且有验辞。虽然记事很简单,但却记述了整个事情的过程。这一点多有论述。

毫无疑问,甲骨卜辞只是中国历史叙事散文的雏形,而对于较完备的历史散文的叙事体式的生成则是西周时期。过去,人们将我国历史叙事散文的成熟确定在《左传》出现的战国时期,这一是因受《汉书·艺文志》“左史记言,右史记事,事为《春秋》,言为《尚书》”说的影响,人们都认为《尚书》是记言体历史散文,忽视了它们的叙事因素。二是西周铜器在20世纪中期前已多有出土,但铭文的整理及释文著作却不多见,往往被先秦文学研究者忽略。三是《逸周书》因其内容混杂,被列入“杂史”之类,长期不为学者关注,人们在讨论先秦叙事历史散文时,都将《尚书·周书》和《逸周书》忽略。若我们将《尚书》和西周的铜器铭文和《逸周书》结合起来考察西周的历史叙事散文,不仅可以看到,西周时期的叙事性历史散文已较为发达成熟,而且多具有“文书”的性质,其体式的生成和礼乐政治形态的仪式言说有着极密切的关系。

从《尚书》和西周的铜器铭文和《逸周书》看,西周的叙事历史散文已基本具备了《左传》的一些主要叙事特征,西周叙事历史散文的体式有下列两种:

其一,完全记事型。

《汉书·艺文志》说:"左史记言,右史记事。"对于这一记载,学者有着不同看法,但西周确有完全记事而不记一言的作品。不过,西周的这类散文都为铜器铭文。

西周这类铭文就内容而言,有记周王对臣下册命赏赐和土地纷争、战争的,其中以记册命赏赐的为主。这类铭文在西周铜器铭文中所占比例不是太大,比较著名且有文学研究价值的如周武王时器的《利簋铭》,穆王时器的《鲜簋铭》,宣王时器的《趞鼎铭》,1975年陕西岐山董家村青铜器窑藏出土的《卫盉铭》,厉王时器的《宗周钟铭》等。

就叙事而言,这类铭文有些叙事非常简单。如孝王时器的《散伯车父鼎铭》:"(唯)王四年八月初吉丁亥,散伯车父乍郧姞尊鼎,其万年子子孙孙永宝。"①全铭只记散伯车父为郧姞作器,虽具备了时间、人物、事件要素,但只记了事情的结果,至于事情的过程和为什么作器都没记述,有如《春秋》记事。但总的来说,纯记事的西周铜器铭文大多所记较为详细,如厉王时器的《宗周钟铭》:

> 王肇遹省文、武勤疆土,南国服子敢陷虐我土。王敦伐其至,扑伐厥都。服子廼遣闲来逆昭王,南夷东夷具见,廿又六邦。唯皇上帝百神,保余小子,朕猷有成亡竞。我唯嗣配皇天,王对作宗周宝钟。仓仓悤悤,雒雒雝雝,用昭各丕显祖考先王。其严在上,彙彙斁斁,降余多福,福余顺孙,参(三)寿唯利。㝬其万年,畯保四国。②

《宗周钟铭》记厉王时的一场战争。从开头到"廿又六邦"为记事,后为作器套语,表示对于神灵的感谢和希望神灵保佑国家平安、赐福消灾的祝愿。在前段记事的文字中,不仅记述了南国服子侵犯疆土,而且记载周朝军队反击,夺取了南国服子的城邑,使得南夷、东夷二十六国来朝。所记有战事的发生、发展及其结果的整个过程。此铭只以五六句话就记述了一场大规模

① 陈文新主编:《中国文学编年史》(周秦卷),湖南人民出版社2006年版,第49页。
② 陈文新主编:《中国文学编年史》(周秦卷),湖南人民出版社2006年版,第54页。

战争的过程,记事虽很简略,但却抓住了事情发展的关键点。第二句写南国服子入侵。第三句写周王率周朝军队反攻,进入敌军城邑。第四句写服子臣服,战争的结束。第五六句写战争的影响,突出周朝军队的声威,突破了甲骨文记事限于某一具体时空的格局。

这类完全记事型的西周铜器铭文中,有不少记事更为细致,如宣王时器的《趞鼎铭》:

> 唯十又九年四月既望辛卯,王在周康卲宫,各于大室,即位,宰讯佑趞,入门,立中廷,北向,史籀授王命书,王乎内史留册赐趞:玄衣纯黹、赤芾、朱衡、銮旂、鋚勒,用事。趞拜稽首,敢对扬天子不显鲁休,用作朕皇考郜伯、郑姬宝鼎,其眉寿万年,子子孙孙永宝。①

西周记册命赏赐的铭文有着一个通行的格式,除时间外,一般都有仪式中人物,包括赐者和受赐者一些行为动作及赏赐物品的程式化记载。本铭记趞受周王册命的整个仪式过程。不仅记有时间、地点、人物、天象,而且有仪式场景,包括人物行为动作,甚至所处方位的详细描述,使人能够依据记述恢复当时的场景。为了突出周王的恩泽,铭文对赏赐物品的记载尤为详细。它如恭王时器的《卫盉盘铭》:

> 唯三年三月既生霸壬寅,王爯旂于丰,矩白庶人取堇章于裘卫,才八十朋,厥贮其舍田十四。矩或取赤虎两,麀贲两,贲韐一,才廿朋,其舍田三田。裘卫乃彘告于白邑父、荣伯、定伯、琼伯、单伯乃令参有司,司土微邑、司马单旟、司工邑人服罘受田豳趞卫小子韐逆者其乡。卫用乍朕文考惠孟宝盘,卫其万年永宝用。②

① 陈文新主编:《中国文学编年史》(周秦卷),湖南人民出版社 2006 年版,第 74—75 页。

② 陈文新主编:《中国文学编年史》(周秦卷),湖南人民出版社 2006 年版,第 45 页。

《卫盉盘铭》记裘卫以玉璋等财物来换取矩伯的田地之事,其中不仅详细记载了交换物品的品种、数量,而且详细记载了交易的主持人和见证人。此铭虽更多的只具有契约文书的性质,但却和《趞鼎铭》等铭文一样,都能够根据记事目的记事,不蔓枝叶,突出重点。

其二,言、事相兼型。

古今学者多认为历史散文的"言、事相兼"始于《左传》。如唐刘知几《史通》卷二谓:"逮左氏为书,不遵古法,言之与事,同在传中。然而言事相兼,烦省合理,故使读者寻绎不倦,览讽忘疲。"就今天意义的上历史著述而言,刘知几的这话是应该不错的;但这种同一篇章中记事、记言兼有的文章体式,在西周就已产生。

自班固说"言为《尚书》",古今学者都视《尚书》为"记言"类史书。就《尚书》的主要性质而言,班固的话并没有错。《尚书》固然更多的篇章主要在于记言,如《大诰》和《酒诰》都是以"王若曰"开篇,中间以若干个"王曰"结构全文,但我们也注意到《周书》所载,大都存在一个外在的叙事架构。这架构有如下几种范式:

第一,开头简单叙事+记言。如《康诰》前有:"惟三月,哉生魄。周公初基,作新大邑于东国洛,四方民大和会。侯、甸、男、邦、采、卫、百工播民和,见士于周。周公咸勤,乃洪大诰治。"接以"王若曰"开始记言。而《召诰》篇首的那段叙述性文字更长:

> 惟二月既望,越六日乙未,王朝步自周,则至于丰。惟太保先周公相宅,越若来三月,惟丙午朏。越三日戊申,太保朝至于洛,卜宅。厥既得卜,则经营。越三日庚戌,太保乃以庶殷攻位于洛汭。越五日甲寅,位成。若翼日乙卯,周公朝至于洛,则达观于新邑营。越三日丁巳,用牲于郊,牛二。越翼日戊午,乃社于新邑。牛一、羊一、豕一。越七日甲子,周公乃朝用书,命庶殷、侯、甸、男、邦伯。厥既命殷庶,庶殷丕作。太保乃以庶邦冢君出取币,乃复入,锡周公曰……①

① 《尚书正义》卷十五,《十三经注疏》本,中华书局1980年版,第211页。

这一段记叙性文字，详细记载了西周洛邑的选址和决定营建洛邑的过程，而且所记之事发生在不同的时间和空间，不像《康诰》等和西周的册命类铭文所记之事发生在某一具体的同一时空，篇幅差不多占《召诰》的三分之一。这种范式在《周书》中较多。

第二，以人物动作描述开篇+言+人物动作描述+言+叙事文字结尾。如《洛诰》：

> 周公拜手稽首曰：…… 王拜手稽首曰：…… 周公曰：…… 公曰：……王若曰：……王曰：……王曰：……王曰……周公拜手稽首曰：……
>
> 戊辰，王在新邑，烝祭，岁，文王骍牛一，武王骍牛一。王命作册，逸祝册，惟告周公其后。王宾杀禋咸格。王入太室裸。王命周公后，作册，逸诰。在十有二月，惟周公诞保文武受命，惟七年。①

诰文在记述周公与成王的对话时，插入了一些诸如"拜手稽首"的行为动作描写。这种描写，依然是《尚书》外在叙事架构的构成元素。最后一段则全是记事，表面上看似与上文不相衔接，而实际是将第一式前置叙事后置置换，交代周公与成王的对话背景。

同时，《尚书》也有主于记事的篇章。如果说《大诰》、《康诰》、《洛诰》之类主要还是记言，但《顾命》与其说是记言，还不如说是记事。《顾命》记成王将死时对康王的嘱咐和康王即位的情况。文章开头记成王得病，病中召集群臣宣明遗命："惟四月，哉生魄，王不怿。甲子，王乃洮颒水，相被冕服，凭玉几。乃同召太保奭、芮伯、彤伯、毕公、卫侯、毛公、师氏、虎臣、百尹、御事。王曰……"全文799字，所记成王之言不过146字。遗言之后，则是587字的康王即位仪式情形的记述。其中有仪式礼器摆设的铺述，有人物穿戴、行为过程有具体记叙：

> 王麻冕黼裳，由宾阶隮。卿士、邦君麻冕蚁裳，入即位。太保、太

① 《尚书正义》卷十五，《十三经注疏》本，中华书局1980年版，第217页。

史、太宗皆麻冕彤裳,太保承介圭,上宗奉同瑁,由阼阶隮。大史秉书,由宾阶隮,御王册命。曰:"皇后凭玉几,道扬末命,命汝嗣训,临君周邦,率循大卞,燮和天下,用答扬文武之光训。"王再拜兴,答曰:"眇眇予末小子,其能而乱四,以敬忌天威。"乃受同瑁。王三宿、三祭、三咤。上宗曰:"飨。"太保受同,降,盥以异同,秉璋以酢,授宗人同,拜,王答拜。太保受同,祭,哜宅,授宗人同,拜。王答拜。太保降,收,诸侯出庙门俟。①

这段记叙性文字,极其具体地记载了康王即位的仪式,从时间、地点、人物到穿戴、佩饰、器物,乃至于起坐升降无不记述,记事之详细较《左传》有过之而无不及。

《尚书》多数文章这一外在叙事结构的存在,使得《尚书》中这些篇章具有了"场景化"的性质。这也就是说,《周书》所记,大都是某一限定时空场面的记述。这场景不仅存在具体时间和具体地点,具有具体的主体和言说对象,而且大都有某一特定的目的。它们虽然重在记言,但所记之言都不过是所记"场景"的结构元素之一,而非一种单独的存在。尽管这所记之言具备独立的表达功能,能够脱离叙事因素而独立表达思想情感,但当它出现在这一文本的具体的语境之中时,它却只是某一限定时空场景之"事"的一部分。故《周书》一些篇章的这一外在的叙事框架,赋予了它一定的叙事性质。清人章学诚《文史通义·书教上》认为"《尚书》典、谟之篇,记事而言亦具焉;训、诰之篇,记言而事亦见焉。古人事见于言,言以为事,未尝分事言为二物也"②。是极有见地的。

西周的铜器铭文亦多以"言、事相兼"为记叙形式,如穆王时器的《虎簋铭》:

唯卅年四月初吉,王在周新宫,各于大室。密吊入右虎,即位。王

① 《尚书正义》卷十八,《十三经注疏》本,中华书局1980年版,第240—241页。

② 叶瑛校注:《文史通义》卷一,中华书局1985年版,第31页。

呼入内史曰:"册命虎。"曰:"䌛乃祖考先王,司虎臣。今命汝曰:'更乃祖考胥师戏,司走马驭人眔五邑走马驭人。汝毋敢不善于乃政,赐汝缁市幽黄、玄衣㡊纯、銮旂五日,用事。'"虎敢拜稽首,对扬天子丕丕鲁休。虎曰:"丕显朕烈祖考耆明,克事先王。肆天子弗亡厥孙子,付厥尚官。天子其万年,申兹命。"①

此铭记册命赏赐,与前引记册命的《趞鼎铭》不涉一言不同,周王对虎的册命和赏赐全是通过周王的"言"来记述。全铭事与言互映,言与事融为一体,为"事"的重要构成元素。它如陈梦家先生认为是成王时器《毛伯簋铭》记毛伯接受周穆王的册命,继承虢城公职务与爵位,屏辅周王,执掌繁、蜀、巢三地的号令。周王令毛伯"以邦冢君、徒驭、戜人伐东国痟戎"。其中记有穆王令虞伯、吕伯的话:"以乃师左比毛公。""以乃右比毛公。"经过三年的战争,平定东国后,铭文又记有毛公告其事于上的话:"唯民亡延哉,彝昧天命,故亡,允哉显。唯敬德,亡攸违。"②

西周"言、事相兼"的铭文以记册命为多,但并不限于册命,也有记土地交易及讼诉、战争之类的。如恭王时器的五年《卫鼎铭》,记厉"执龏王恤工"之令,将在邵太室的东边治理两条河流,但河流要经过卫的田地。厉与裘卫请求执政大臣井伯、伯邑父、定白(伯)等主持土地交换。其中,主持过程全部以对话的形式加以记载:"厉曰:余执龏王恤工,于邵太室东逆营二川。曰:余舍女田五田。正乃讯厉曰:女贮田不?厉乃许曰:余审贮田五田。"③对话之后,再记井伯、伯邑父等许可成交,并要厉立誓。然后厉命三有司勘定田界,和裘卫交换土地。《曶鼎铭》在这类铭文中,是非常独特的一篇,它具有叙事散文的体制,但事件的发展却以人物对话的形式进行结构,对话在所记整个事件中对事件的发展具有关键性作用。这篇铭文分别记述了曶受周王册命、讼效父背约和向匡季索赔三件事情。向匡季索赔之

① 陈文新主编:《中国文学编年史》(周秦卷),湖南人民出版社 2006 年版,第 45 页。
② 陈文新主编:《中国文学编年史》(周秦卷),湖南人民出版社 2006 年版,第 33 页。
③ 陈文新主编:《中国文学编年史》(周秦卷),湖南人民出版社 2006 年版,第 45 页。

事以“昔馑岁”开头,不仅采用倒叙的方式记述,而且人物对话具有生活化气息,较为生动。记战争如厉王时器《晋侯苏钟铭》:

唯王卅又三年,王亲遹省东国南国。正月既生霸,戊午,王步自宗周。二月既望,癸卯,王入各成周,二月既死霸,壬寅,王僨往东。三月旁死霸,王至于莴,分行。

王亲令晋侯苏:“率乃师,左洀濩,北洀□,伐夙夷。”晋侯苏折首百又廿,执讯廿又三夫。王至于匔城,王亲远省师。王至晋侯苏师,王降自车,位南向,亲令晋侯苏:“自西北隅敦伐匔城。”晋侯率厥亚族、小子、戟人,先陷入,折百首,执讯十又一夫。王至,淖淖列列夷出奔。王令晋侯苏率大、小臣、车仆从,逋逐之,晋侯折首百又一十,执讯廿夫。大室、小臣、车仆折首百又五十,执讯六十夫。

王唯反归,在成周,公族整师官。六月初吉,戊寅,旦,王各大室,即位,王呼善夫曰:“召晋侯苏。”入门,位中廷,王亲锡驹四匹。苏拜稽首,受驹以出,反入拜稽首。丁亥,旦,王鄩于邑伐宫,庚寅,旦,王各大室,司工扬父入右晋侯苏,王亲赉晋侯苏秬鬯一卣,弓矢百,马四匹。

苏敢扬天子不显鲁休,用作元龢锡钟,用昭各前文人,前文人其严在上,翼在下,數數彙彙,降余多福,苏其万年无疆,子子孙孙永宝兹钟。①

此铭记述周厉王东省,率晋侯苏讨伐夙夷这一事件。全文430多字,可分为四个部分。铭文以时间和事件的发展为顺序而展开记叙,第一部分记周王亲遹省东国南的行踪,第二部分记战争过程及其俘获,第三部分记周王胜利后对晋侯苏的奖赏,第四部分为铭文套语。铭文以叙事为主,辅以记言,条理清晰,对战争和周王对晋侯苏赏赐场面的叙述较为细致,而且为突出周王在这场战争中的统帅地位,具体记录了周王的命令:“率乃师,左洀濩,北洀□,伐夙夷。”“自西北隅敦伐匔城。”以见周王对战争的具体指挥及

① 陈文新主编:《中国文学编年史》(周秦卷),湖南人民出版社2006年版,第56页。

指挥得当。可以说代表着西周叙事散文的成就。

最为值得注意的是铜器铭文一铭连记多事或一组铭文同记一人之事。如懿王时器的《曶鼎铭》，首记“王元年六月既望乙亥，王在周穆王太室”册命曶。同时又记述了“惟王四月既生霸辰在丁酉”这一天，井叔效父违背原来的誓约和曶之间一场讼诉。接下来记井叔“厥臣廿夫寇曶禾十秭”，曶索赔于匡季之事。三件事情同围绕曶而记述，开了一文连续记事的先河。① 以一组铜器铭文记一人之事的，如2003年1月在陕西眉山杨家村出土逨所作有一组铜器，有铭者有盘一件，鼎十二件。其中《逨盘铭》记逨与周王的对话，逨历数先祖辅佐周王的功绩，周王重申王命，命逨“胥荣兑，兼司四方虞林，用宫御”。同时出土的铭鼎尚有十二件，其中四十二年所作两鼎铭文相同，记“唯卅又二年五月既生霸乙卯”，册命逨及对其赏赐。其余十鼎同铭，记“唯卅又三年六月既生霸丁亥，王在周康宫穆宫”，再次册命逨及对其赏赐。② 三铭所记都为周王对逨的册命及赏赐，所记之事却发生在不同的时空。这都无疑对春秋时期历史著述体例的形成具有非常积极的意义。

西周铜器铭文和《周书》较甲骨卜辞，在叙事方面有了重大的发展，已有叙事散文成熟的标志。但是，我们必须看到，西周的叙事散文，不管《周书》还是铜器铭文，大多只具有文书的性质，我们可以将其称之为“叙事文书”。这不仅是西周的史官为高级文书，更为重要的是，大凡历史著述，都是通过对于历史事件前因后果的记载，为政治和人生提供借鉴。而《周书》和铜器铭文，目的或在于强化最高统治者的意志和权威，或在于个人铭功，或在于记载经济纷争的解决结果，而不在总结历史的经验教训。它们在形式上一般一篇只记某一件事的某个片段，或受册命赏赐这一结果，或只记周王的册命之词，而很少有对事情发展前因后果的记载。《尚书》如此，西周铜器铭文亦如此，诸如《曶鼎铭》记向匡季索赔，虽也记述了索赔的起因及问题的最后解决，但所记仍然没有超越经济契约文书的性质。《晋侯苏钟铭》虽记载了周王亲遹省东国南的行踪、战争过程及其俘获、胜利后对晋侯

① 陈文新主编：《中国文学编年史》（周秦卷），湖南人民出版社2006年版，第47页。
② 陈文新主编：《中国文学编年史》（周秦卷），湖南人民出版社2006年版，第81页。

苏的奖赏，但作者关注的不是战争胜败的缘由，而是战争的俘获和周王对晋侯苏的赏赐场面的记述，它向人们展示的依然是周王的权威和晋侯苏杀敌的大功劳。至于《小盂鼎铭》则全是献俘礼仪的记述，完全不涉及战争的过程。《多友鼎铭》虽也有对于战争原委及过程的交代："唯十月，用严允方兴，广伐京师，告追于王。命武公：遣乃元士，羞追于京师。武公命多友率公车，羞追于京师。癸未，戎伐郇，衣俘。多友西追，甲申之辰，搏于郏。"①但这过程仍然只是一个梗概式的记述，为记叙中心的仍是《晋侯苏钟铭》所记战争的俘获和周王赏赐场面。虽也有极少一些的铭文突破了这一体制，但总的来说，西周的叙事散文都还是一种"叙事文书"，或者说是一种具有文书性质的叙事散文。

西周的叙事散文的"叙事文书"性质的形成，关键是因为不管《周书》还是西周铜器铭文都更多是礼乐政治形态礼乐仪式的记载。《尚书》多记典谟文诰，西周铜器铭文就记事而言，内容除赏赐、册命、战功、献俘，土地及交易争讼和其他讼诉外，还有礼乐盟誓诸如祭祀、朝谨、宴飨、会同等，如《矢簋铭》记其丁公之祭；《令鼎铭》记周王大耤于諆田，举行射礼；《趞曹鼎铭》记恭王在周新宫举行射礼；《大鼎铭》记厉王举行飨礼。典谟文诰的发布和册命赏赐都是一种仪式行为。战争过程也与仪式有密切关系。《礼记·王制》云："天子将出征，类乎上帝，宜乎社，造乎祢，祃于所征之地。受命于祖，受成于学；出征执有罪，反释奠于学，以讯馘告。"②祢，为军中神主，故《礼记·文王世子》谓："其在军，则守于公祢。"祃为出征或驻地之祭。此外，战胜还有献俘的仪式，如《逸周书·世俘》记载的为武王伐商胜利后献俘仪式。就是土地及交易及其他讼诉，大都有订立盟约的仪式。《周礼·司寇》载"司约掌邦国及万民之约剂"其中有"治地之约"；"司盟掌盟载之法，凡邦国有疑会同，则掌其盟约之载及其礼仪，北面诏明神，既盟则贰之。盟万民之犯命者、诅其不信者亦如之。凡民之有约剂者，其贰在司盟；有狱讼者，则使之盟诅。凡盟诅，各以其地域之众庶，共其牲而致焉。既盟，则为

---

① 陈文新主编：《中国文学编年史》（周秦卷），湖南人民出版社 2006 年版，第 59 页。

② 《礼记正义》，《十三经注疏》本，中华书局 1980 年版，第 1332 页。

司盟共祈酒脯。”可以说,《尚书》及西周铜器铭文所记不出礼仪范畴。这些虽也涉及众多的历史大事,但从西周每篇铭文最后都有“其万年子子孙孙永宝用”的结语看,西周的铜器铭文都还限于个人的铭功,包括《尚书·周书》都集中于礼乐仪式的记述,“都是为了纪念某件自认为非常重大的事件”①。这些铭文诚如郭沫若先生所言“有书史之性质”②,但并没有多少后来历史著述的警戒借鉴的意义和价值,所记并没有向读者提供多少认识和借鉴的信息。

二、百国《春秋》叙事功能的转换与礼乐

叙事散文的写作主体兼有史官和礼官的身份——西周的史官不是历史著述家——春秋时期史官的地位、职能随着社会偏重于礼义的转化发生相应转变——史的“守典奉法”职能的极大强化——史家记事由西周记叙礼仪及周王之言和铭功转向提供历史借鉴和防止君臣乱法——孔子《春秋》标题式记事只是一个特例——百国《春秋》完成了向历史著述、重在事件过程和由质向文的转变

不管是西周还是春秋时期,叙事散文写作主体的“史”都是礼“史”合一,兼有史官和礼官的双重身份。但是,随着西周对礼仪的重视转向春秋对礼义的强化,春秋时期史官的地位和主要职能都较西周有了较大的转变。

西周的礼乐制度以原始宗教祭祀礼仪为载体,通过礼乐仪式而得以表现,所蕴涵的血缘和等级内涵,都是通过仪式得以贯彻。正因祭祀仪式是周代礼乐制度的实践形式,故西周对礼乐仪式有着前所未有的重视。

降及春秋,随着社会对于神灵对社会发展作用认识的弱化,礼乐仪式的严肃性、崇高性也随之在人们的认识中弱化。人们举行礼乐,多如《礼记·

① 程水金:《中国早期文化意识的嬗变——先秦散文发展线索探寻》,武汉大学出版社2003年版,第223页。

② 郭沫若:《青铜时代·周代彝铭进化观》,人民出版社1954年版,第317页。

效特牲》所说："失其义，陈其数"，"其数可陈也，其义难知也"，礼乐仪式已不能承载礼义。诸如季氏旅于泰山、以八佾舞于庭，鲁国从文公已不参加周天子告朔，仅以羊告于祖庙，有告朔之仪而无告朔之义，故"子贡欲去告朔之饩羊"①，都表明礼乐仪式对于礼义承载的缺失。于是，社会开始转向对礼乐精神的强调，而对礼仪这一礼乐的表现形式有了轻视的态度。史载这一时期礼崩乐坏，既是说西周原有的礼乐制度规范的等级制度被破坏，但更主要的是就表现等级这一外在形式的礼乐仪式被人们弱化而言。从所有历史典籍对当时社会的思潮的记载看，时人对于礼乐的推崇并不下于西周，但时人对礼的强化更多指向了礼义。《左传》昭公五年曾载鲁昭公前往晋国，"自郊劳至于赠贿，无失礼。晋侯谓女叔齐曰：'鲁侯不亦善于礼乎！'对曰：'鲁侯焉知礼？'公曰：'何为？自郊劳至于赠贿，礼无违者，何故不知？'对曰：'是仪也，不可谓礼。礼所以守其国，行其政令，无失其民者也。'"②晋侯以鲁昭公在郊劳至于赠贿的礼乐仪式上没有过错为"善于礼"，女叔齐却认为郊劳至于赠贿的礼乐仪式只能说是"仪"，不能说是"礼"，礼是"守其国，行其政令，无失其民"，即维护国家政治的礼义，而认为礼仪在维护国家政治秩序方面无足轻重。这与《礼记·效特牲》说"礼之所尊，尊其义也"，意思是一样的。女叔齐和《礼记·效特牲》所言正反映了春秋时期礼仪在失其义的同时，礼乐的仪式也在时人的心目中失去了西周的崇高、尊严。

在春秋时由西周偏重于礼乐仪式向春秋偏重于礼义转化的同时，春秋时期史官的地位和职能也有了相应的转变。

据《尚书》、《逸周书》和西周铜器铭文这些典籍记载，西周的史官都不职掌历史著述。西周时期，卿事寮和大史寮是中央政权的两大官署，如《毛公鼎铭》云："彶兹卿事寮、大史寮，于父即尹。"卿事寮掌管政治、军事和刑法，大史寮可以说是周王的秘书处，具有极大的权力。如被确定为周宣王时的《毛公厝鼎铭》载周王父厝，"及兹卿事僚、太史僚于父即尹，命汝缵司公

① 朱熹：《论语集注》卷二，中华书局1983年版，第66页。

② 杜预：《春秋左传集解》，上海古籍出版社1954年版，第1263页。

族，与参有司、小子、师氏、虎臣，与朕褻事，以乃族捍敌王身。”①大史作为大史寮的首长，位极三公，如《作册魖卣铭》曰：“惟公大史见服于宗周年，才二月既望乙亥，公大史咸见服于辟王，辨于多正。”而内史作为大史寮的属官，其地位也当不低，如《大戴礼记·保傅》说：“天子御者，内史、太史左右手也。”杨宽先生说：“太师太史被看作周朝的支柱，掌握着国家的权柄，无疑是辅助君王的执政大臣。”②应该是中肯的。

西周史官的职掌，先秦的一些典籍稍有记载，如《左传》襄公四年：“昔周辛甲之为大史也，命百官官箴王阙。”《尚书·顾命》云：“大史秉书，由宾阶隮，御王册命。”《卫簋铭》云：“王乎内史易卫缁市、朱黄銮。”《虎簋铭》曰：“王呼入内史曰：‘册命虎。’”所掌不见历史著述之类。故朱希祖说：“周官之五史，大抵皆为掌管册籍起文书草之人，无为历史官者。惟五史如后世之秘书及秘书长，为高等之书记。府史之史，则为下级书记耳。”③故西周的史官，并非我们今天所说的著述历史的史家，而主要是掌管文书之类，制定周王朝的法令或记载周王的册命。

春秋时期，史官地位已大大下降。春秋时期已不见大史寮这一机构，随着三公地位的下降，史官的权位也大不如西周。《周礼·春官》载：“大史，下大夫二人。”“小史，中士八人。”似已没有了西周铜器铭文的大史寮的长官大史那样的权位。这一时期的史官虽也还保留有册命之类的职能，如《左传》襄公三十年载：“子产使大史命伯石为卿。”同书僖公十一年载：“天王使召武公、内史过，赐晋侯命。”他们也掌管文书典籍，同时，他们也还在继续行使礼官的职能，主持着各种礼乐仪式。如《左传》桓公六年：“祝史矫举以祭。”同书襄公二十七年载：“祝史陈信于鬼神。”

这一时期，礼法的制定似乎也不再是史官的职责，但西周以来形成的史官文化所赋予他们的政治责任，却对他们这一时期“守典奉法”的职能有了极大的强化。当礼仪蕴涵的等级被打破而逐渐减少对于君臣的束缚时，他

---

① 陈文新主编：《中国文学编年史》(周秦卷)，湖南人民出版社 2006 年版，第 49 页。

② 杨宽：《西周史》，上海人民出版社 2003 年版，第 356 页。

③ 朱希祖：《中国史学通论》，独立出版社 1947 年版，第 7 页。

们一方面将蕴涵在礼仪制度中的伦理道德从礼仪制度中分离出来，赋予它独特的地位，予以强化，使这种外在的强制变为个体内在的需求，通过教化，从根本上来强化礼乐的束缚作用，以规范个体的行为。另一方面，适应着这种需要，史家强化了对于"为恶"记载的职能，利用社会对青史留恶名的恐惧，在歌颂伦理道德操守的同时，记载君臣违背礼法的行为，防止君臣违礼犯法。

适应着这职责转换的需要，史家记事也发生了根本性的转变，即从西周时期记叙礼的仪式及周王之言以强调周王的绝对权威和铭功转移到提供政治借鉴，防止君臣乱法方面。《国语·周语上》说："故天子听政，使公卿至于列士献诗，瞽献曲，史献书，师箴，瞍赋，矇诵，百工谏，庶人传语，近臣尽规，亲戚补察，瞽、史教诲，耆、艾修之，而后王斟酌焉，是以事行而不悖。"献诗、献书、献曲等，目的都在于规谏统治者，防止行事违背礼法。这和《白虎通义》所引《礼·保傅》所说"王失度，则史书之"的目的是一样的。《吕氏春秋·孟春纪》载周天子在立春之日，"乃命太史，守典奉法"。[①] 所谓太史"守典奉法"，当就是防止君失度，臣犯上。孟子说孔子作《春秋》"而乱臣贼子惧"，也正说明那个时候史家所记在于维护礼法。这一点在《左传》的记载中也有反映。如襄公二十五年载齐崔杼弑其君，"大史书曰：'崔杼弑其君。'崔子杀之，其弟嗣书，而死者二人，其弟又书"。[②] 崔杼怕在青史上留下恶名，故想以杀戮来阻止太史对其恶行的记载。宣公二年亦载，晋"赵穿攻灵公于桃园，宣子未出境而复。大史书曰：'赵盾弑其君。'以示于朝。"赵盾不服，太史说："子为正卿，亡不越竟，反不讨贼，非子而谁？"所以孔子评此事紧靠礼法："董狐，古之良史也，书法不隐。赵宣子，古之良大夫也，为法受恶，惜也。"[③]

西周、春秋史的叙事功能的差异，带来了史官记述的不同。西周时期，礼法，即礼的等级的规定主要是通过礼仪，诸如礼仪使用的器物、歌乐、服

① 高诱注：《吕氏春秋》卷一，中华书局 1954 年版，第 2 页。
② 杜预：《春秋左传集解》，上海古籍出版社 1977 年版，第 1024 页。
③ 杜预：《春秋左传集解》，上海古籍出版社 1977 年版，第 540—541 页。

饰、方位等来得以表现,礼仪显示和维护着周王至高无上的权威。因为周王这至高无上的权威,使受其赏赐册命的臣下感到无上荣耀,故西周王室和诸侯史官所载更多的是仪式的记录。但也正是这仪式的记录改变了商代甲骨卜辞那种标题式记事的体式。春秋时史官职掌的重心转移到了以礼义来防止君臣的乱法,故其所记自然也由西周更多记述礼乐仪式转向了具有历史著述意义的君臣政治行的记述。这可以从两方面来理解:

一是"献书"进谏必形成对已往历史的著述。与诗、曲、传语和近规等都是以现实政治问题对君主进谏不同的是,史官是以历史的经验、教训来晓明君臣什么能做,什么不能做。如《国语·周语上》载周十五年,周惠王就"有神降于莘"问内史过,内史过以夏和西周兴衰之历史来说明"神飨而民听,民神无怨,故明神降之,观其政德而均布福焉"。《国语·晋语一》载,晋献公卜伐骊戎,史苏说:"昔夏桀伐有施,有施人以妹喜女焉,妹喜有宠,于是乎与伊尹比而亡夏。殷辛伐有苏,有苏氏以妲己女焉,妲己有宠,于是乎与胶鬲比而亡殷。周幽王伐有褒,褒人以褒姒女焉,褒姒有宠,生伯服,于是乎与虢石甫比,逐太子宜臼而立伯服。"以说明"诸夏从戎,非败而何"?而要以历史的经验、教训进谏,则必对历史进行记载,对春秋以前的历史文献进行整理,使"献书"能够给予君主历史借鉴,从而形成历史著述。《国语·楚语上》载申叔时说,辅佐太子要"教之春秋,而为之耸善而抑恶焉,以戒劝其心……教之故志,使知废兴者而戒惧焉",正说明着政治对于历史著述产生的积极作用。

二是阻止君臣违礼犯法,则必有对于君臣行为的记载。《礼记·玉藻》说那时国君"动则左史书之,言则右史书之"。《新序·杂事》载:"昔者,周舍事赵简子,立赵简子之门,三日三夜。简子使人出问之曰:'夫子将何以令我?'周舍曰:'愿为谔谔之臣,墨笔操牍,随君之后,司君之过而书之,日有记也,月有效也,岁有得也。'"知那时记事是史家的重要职责。而史家记事能够在某种程度上阻止群臣作乱,关键是君臣在青史留名心理作用下担心自已乱法被史官记载而遗臭万年。崔杼在弑君被史官记载其事后接连杀死史官正出于这一心理。《国语·鲁语上》载"(鲁)庄公如齐观社",曹刿认为,"诸侯祀先王、先公,卿大夫佐之受事焉。臣不闻诸侯相会祀也,祀又不法。君举必书，书而不法，后嗣何观？”以“庄公如齐观社”不符合礼法的行为被史官记载下来，给后人留下不好的名声，谏止鲁庄公，反映的也是当时人们对乱法而遗臭青史的担心。而若没有史官对历史事件记载，这种担心也就不会存在。

但史家要担负起进谏和防止臣违礼犯法的职能，则必有对具体事件发展过程的记载，明确事件的前因后果；诸如西周铜器铭文和《尚书》只记礼仪场景而漠视事件的发展过程及成败因果，是难以实现这一目的的。如果说在某些方面史官防止群臣违礼犯法，只要如大史书“崔杼弑其君”一语、如孔子《春秋》标语式记事就可以起到震慑作用，但这种缺少事件过程的标语式叙事并不足以说明事件产生的原委。如“崔杼弑其君”，原本是齐庄公无礼在先，多次与崔杼的妻子私通，并一再出言侮辱崔杼。仅“崔杼弑其君”一语很难看出齐庄公被杀的原委。凡事必有前因后果，故要真正“守典奉法”，并为君臣提供借鉴，仅有西周叙事散文对于礼乐仪式及孔子《春秋》对事情结果的记载，是不能起到防止君臣违礼犯法的作用的；故必对事情前因后果有所记载，方能在防止君臣乱法方面起到更大效果。因为借鉴历史和防止君臣违礼犯法是紧密结合在一起的。人们借鉴历史，在于防止君臣违礼犯法，为当时或后来的统治者提供一个行为的标准。从《左传》、《国语》所记君臣所谈历史看，时人所谈大多是西周以来礼乐制度下的历史。因而，春秋时人们借鉴的历史更多的是西周以来礼乐制度下的兴衰存亡的历史。这一历史使史官认识到，礼义在防止君臣违礼犯法方面有更为重要和明显的作用，礼乐仪式的记载和标题式的记事，是难以起到君臣守典奉法的作用的。故职掌礼与史的史官对记君主之言和礼乐仪式的文书式记载也随之递减，转向了注重历史事件过程的历史著述的写作。

春秋时期叙事散文的转变，在百国“春秋”佚文中可得到充分印证。

《国语·楚语上》载申叔时曰：“教之《春秋》，而为之耸善而抑恶焉，以戒劝其心。”《晋语七》也说过“羊舌肸习于《春秋》”。又《左传》鲁昭公二年载韩宣子适鲁，见《易象》与《鲁春秋》。可知春秋时各国皆有《春秋》，墨子曾说他见过百国《春秋》不假。战国时期，诸侯兼并，攻城略地的战争使得一些被灭亡国家的《春秋》在战乱中佚亡，但从战国和汉初一些文献可以看到，百国《春秋》中的一些仍在流传，并留下了一定数量的佚文。《墨子·明鬼》曾引周《春秋》、燕《春秋》、宋《春秋》、齐《春秋》。《孟子·离娄下》亦说："王者之迹熄而诗亡，诗亡然后春秋作。晋之《乘》，楚之《梼杌》，鲁之《春秋》，一也。其事则齐桓、晋文，其文则史。"①认为晋、楚、鲁三国之史名称不同，所记之事和记事的风格却是一致的。先秦的文献中，唯孟子说到晋之国史为《乘》、楚之国史称《梼杌》，而不名"春秋"，当是阅读过这三国的《春秋》。《战国策·楚四》和《韩非子·奸劫弑臣》都载有"楚王子围将聘于郑"一条，明言"《春秋》戒之曰"，知战国晚期还有诸国《春秋》流传。汉初，贾谊的《新书》有《春秋》一篇，长沙马王堆汉墓帛书有《春秋事语》一篇。贾谊为汉初人，生于韩非去世后的公元前200年，而秦灭亡于前206年。《史记》本传说他"颇通诸子百家之书"，可知贾谊的先秦文献知识极为丰富。他的《新书》以"春秋"名篇，而且其中"晋文公出畋"、"孙叔敖见两头蛇"之事皆不见于现存先秦典籍。故可肯定《新书·春秋》当是他摘录先秦春秋至战国时期一些国家的《春秋》而成。《春秋事语》，意即《春秋》所载之事。《春秋事语》1972年出土于马王堆汉墓，该墓的下葬年代为汉文帝十二年，即前168年。因而，《春秋事语》的写定当在战国晚期或汉初。它所载或不见于现在先秦任何文献，或与先秦文献所载文字大不相同，因而，《春秋事语》当摘自战国时代流传的诸国《春秋》（作者另附文对这些佚文做详细考证，本节考证从略）。通过这些佚文，我们可以看到孔子《春秋》标题式记事只是一个特例，春秋时期的叙事历史散文不仅继承了西周时期的叙事历史散文叙事细致和言、事相兼的传统，而且有了下面几个方面的转变。

（一）向历史著述的转变

《汉书·司马迁传》载司马迁说《春秋》之作，在于"上明三王之道，下辨人事之经纪，别嫌疑，明是非，定犹与，善善恶恶，贤贤贱不肖"；自己作《史记》在于"究天人之际，通古今之变"。知中国古代真正的历史著述其功用在于记述历史的成败兴衰，为政治提供借鉴，如《史通·内篇·书事》载荀悦所言："立典有五志焉：一曰达道义，二曰彰法式，三曰通古今，四曰著功

① 朱熹：《孟子集注》卷八，中华书局1983年版，第295页。

勋，五曰表贤能。"①

从《国语》、《左传》所载春秋时期的政治观念形态看，随着诸侯争霸和兼并所导致的国家、家族的兴衰存亡局面的出现，借鉴历史的经验教训来兴盛政治已成为一种思想潮流。适应着西周"礼乐征伐自天子出"向春秋诸侯争霸这一政治局面的转变，春秋时期的史家也已不再仅将强化周天子权威和铭功的礼乐仪式作为记述的目的和出发点，他们编著的百国"春秋"自然也不再限于对于仪式和天子话语的记录，而是通过记叙君臣政治和日常生活对于礼乐道德维护与否而导致家国兴衰的事实来为君臣进行警戒。因而，百国《春秋》的作者铭自己之功以为纪念，或记帝王诰命以为法纪的价值追求不再是史家的主流价值追求。

在春秋时期人们的观念中，礼乐伦理道德的维护与否是国家兴衰的根本。"礼，国之干也"、"礼，身之干也"两句话，在那个时代，被不同的人在不同的场合用不同的话语反复表达着。政治家们仍然认为，礼是国家兴衰的根本，国家按礼行政就会兴盛，无礼则会败亡。人们探讨国家、家族和个人的成败，也多以礼乐伦理道德为原点。百国《春秋》也更多的从这一角度来记叙历史，总结历史的经验教训。如《墨子·明鬼》引《燕春秋》"燕简公杀其臣庄子仪而不辜"，载燕简公杀害无辜的大夫庄子仪，被庄子仪鬼魂杀死之事，以明无道杀害大臣的后果。所引《齐春秋》载齐庄公之臣有王里国与中里徼打官司，"讼三年而狱不断，齐君由谦杀之恐不辜，犹谦释之。恐失有罪，乃使之人共一羊，盟齐之神社"；羊起而触杀有罪的中里徼，都是告诫人们违反礼法都没有好下场。再如《韩非子·奸劫弑臣》所引《春秋》记：

> 齐崔杼其妻美，而庄公通之，数如崔氏之室，及公往，崔子之徒贾举率崔子之徒而攻公，公入室，请与之分国，崔子不许，公请自刃于庙，崔子又不听，公乃走踰于北墙，贾举射公，中其股，公坠，崔子之徒以戈斫公而死之，而立其弟景公。②

---

① 蒲起龙：《史通通释》，上海古籍出版社 1978 年版，第 229 页。

② 王先慎：《韩非子集解》卷四，中华书局 1954 年版，第 76 页。

齐崔杼弑其君之事，孔子《春秋》所载极为简单，仅"齐崔杼弑其君光"七字。《左传》昭公元年和襄公二十五年对两事有较详细记载，但文字却大不相同。《韩非子》、《战国策·楚四》和《韩诗外传》卷四所载文字却基本相同，仅有稍许的差异，《战国策·楚四》和《韩诗外传》所载文字则完全一样。知《韩非子》、《战国策》和《韩诗外传》所谓的《春秋》并非孔子《春秋》，也非《左传》，当出自百国《春秋》无疑。崔杼弑齐庄公，实际是齐庄公自求其咎。它告诉统治者的是不遵礼义道德则必身败名裂。

另一方面，百国"春秋"也记有遵守礼乐伦理道德便家国兴盛、逢凶化吉的事件的。如《新书·春秋》载：

晋文公出畋，前驱还白："前有大蛇，高若堤，横道而处。"文公曰："还车而归。"其御曰："臣闻：祥则迎之，妖则凌之。今前有妖，请以从吾者攻之。"文公曰："不可。吾闻之曰：天子梦恶则修道，诸侯梦恶则修政，大夫梦恶则修官，庶人梦恶则修身，若是则祸不至。今我有失行，而天招以妖我，我若攻之，是逆天命。"乃归，斋宿而请于庙曰："孤实不佞，不能尊道，吾罪一；执政不贤，左右不良，吾罪二；饬政不谨，民人不信，吾罪三；本务不脩，以咎百姓，吾罪四；斋肃不庄，粢盛不洁，吾罪五。请兴贤遂能，而章德行善，以导百姓，毋复前过。"乃退而修政。居三月，而梦天诛大蛇，曰："尔何敢当明君之路。"文公觉，使人视之，蛇已鱼烂矣。①

齐桓公之始伯也，翟人伐燕，桓公为燕北伐翟，乃至于孤竹，反而使燕君复召公之职。桓公归，燕君送桓公入齐地百六十六里。桓公问于管仲曰："礼，诸侯相送固出境乎？"管仲曰："非天子不出境。"桓公曰："然则燕君畏而失礼也。寡人恐后世之以寡人为存燕而欺之也。"乃下车，而令燕君还车，乃割燕君所至而与之，遂沟以为境而后去。诸侯闻桓公之义，口不言而心皆服矣。故九合诸侯，莫不乐听，扶兴天子，莫不

① 《新书》卷六，文渊阁《四库全书》本，第695册，第431页。

劝从，诚退让人，孰弗戴也。①

这两节所载之事，不见于先秦任何典籍。晋文公出猎，路遇大蛇，退而反省自己，改善政治，三月而天诛大蛇。故事虽很荒诞，但所表达的观念却是那时社会较为普遍的观念。齐桓公为燕伐翟，燕君极为感谢，"送桓公入齐地百六十六里"。当桓公知道这不合礼法时，"割燕君所至而与之，遂沟以为境而后去"，义闻诸侯，成就霸业。前篇在于显明能自省其过而归于道德，政治清明，则能逢凶化吉；后篇告诉人们，遵守礼法，则会获得人心，国家兴盛。

从上述百国《春秋》所记看，百国《春秋》主要是记叙君臣日常生活对于礼乐道德维护与否而导致家国的兴衰之事，为君臣提供警戒和借鉴的目的已非常明显，在写作目的和价值的追求方面，与《左传》、《史记》基本一致。

（二）叙事重心的转变

由于春秋时史官已由西周时记载册命、盟约等完成了向历史著述方面的转变，记事的功能集中在"守典奉法"方面，故春秋时期百国《春秋》的记事重心也较西周大有不同。它也注重事件结果，但更注重事情发展过程的记述。

西周铜器铭文和《尚书·周书》记述的对象更多是帝王。除那些记土地交易争讼和其他讼诉的铭文外，其余的记述，帝王始终处于事件的主体地位，是事件的发生者、驱动者。因而，西周铜器铭文虽多记事，《尚书》虽也有叙事的性质，而且诸如《曶鼎铭》和《顾命》等记事还比较细致，但因西周王朝比较强大，礼乐征伐自天子出，史官的职责不在向统治者提供历史的借鉴，而是为着强化统治者的权威和铭功。故那时所记主要是册命和盟约等，限于某一具体时空发生的事情，而对事件的发展过程及成败因果大多漠然无视，极少记载事情的来龙去脉。但百国《春秋》却非常注重所记事件发展的过程及事件出现不同结果的前因后果。如周《春秋》载"周宣王杀其臣杜伯而不辜"一事。

---

① 《新书》卷六，文渊阁《四库全书》本，第695册，第431—432页。

《墨子·明鬼》所引周《春秋》载有"周宣王杀其臣杜伯而不辜"一事,但较为简略。颜之推《冤魂志》有更为细致的引述:

> 周杜国之伯名为恒,为宣王大夫。宣王之妾曰女鸠,欲通之。杜伯不可,女鸠诉之于王,曰:"恒窃与妾交。"宣王信之,囚杜伯于焦。其友左儒争之。王不许,曰:"女别君而异友也。"儒曰:"君道友逆,则顺君以诛友;友道君逆,则师友以违君。"王怒曰:"易而言则生,不易而言则死。"儒曰:"士不枉义以从死,不易言以求生。臣能明君之过以正杜伯之无罪。"九谏而王不听,王使薛甫与司工锜杀杜伯。左儒死之。杜伯既死,即为人,见王曰:"恒之罪,何哉?"召祝而以杜伯语告之。祝曰:"始杀杜伯,谁与王谋之?"王曰:"司工锜也。"祝曰:"何不杀锜以谢之?"宣王乃杀锜,使祝以谢杜伯。锜为人而至曰:"臣何罪之有?"宣王告皇甫曰:"祝也与我谋而杀人,吾所杀者,又皆为人而见,奈何?"皇甫曰:"杀祝以兼谢焉。"又无益也,皆为人而至。祝亦曰:"我焉知之,奈何以为罪而杀臣也?"后三年,游于圃田,从人满野。日中,杜伯乘白马,素衣,司工锜为左,祝为右,朱衣朱冠起于道,左执朱弓朱矢,射宣王中心,折脊伏于弓矢而死。①

从颜之推《冤魂志》的引述看,《墨子》所引百国"春秋"可能并非原文,而是对百国"春秋"所记之事的转述。颜之推《冤魂志》所引周《春秋》这段,不仅记述事件的前因后果,而且较为详细地记述了女鸠诬陷杜伯、左儒自杀以明杜伯无罪、宣王杀司工锜与祝、杜伯与司工锜和祝合杀宣王之事的来龙去脉。宣王被射杀,是因为他杀害了无辜的杜伯和司工锜与祝,而宣王杀司工锜与祝是因为杜伯的鬼魂找他算账,杜伯的鬼魂找他算账又缘于杜伯无辜。杜伯无辜被杀则又因为宣王听信女鸠的诬告。女鸠诬告杜伯则又是因为杜伯不愿与她私通。事情的前因后果极为明了。它如《新序·善谋》引《鲁春秋》:

---

① 杨慎:《升菴集》卷四十六,文渊阁《四库全书》本,第1270册,第365页。

> 楚平王杀伍子胥之父，子胥出亡，挟弓而干阖闾，阖闾曰："大之甚，勇之甚。"为是而欲兴师伐楚。子胥谏曰："不可，臣闻之，君子不为匹夫兴师，且事君犹事父也，亏君之义，复父之仇，臣不为也。"于是止。蔡昭公朝于楚，有美裘，楚令尹囊瓦求之，昭公不予，于是拘昭公于郢。数年而后归之，昭公济汉水，沉璧曰："诸侯有伐楚者，寡人请为前列。"楚人闻之怒，于是兴兵伐蔡，蔡请救于吴，子胥谏曰："蔡非有罪也，楚人无道也，君若有忧中国之心，则若此时可矣。"于是兴兵伐楚，遂败楚人于柏举而成霸道，子胥之谋也。故《春秋》美而褒之。①

按孔子《春秋》定公四年载有"蔡侯以吴子及楚人战于伯举，楚师败绩"之事，并未涉及楚平王杀伍子胥之父与子胥出亡。《左传》载此事而重在战事的记载，对《新序·善谋》所载伍子胥"挟弓而干阖闾"为父报仇之事基本没有涉及。孔子《春秋》和《左传》也并没有对其"美而褒之"。《穀梁传》定公四年和《公羊传》定公四年则对此有较详细的记载，且两传所载文字基本相同，与《新序》所载相去不远。推知《公羊传》、《穀梁传》同本一书。又《公羊传》庄公七年释"星賈如雨"曰："《不修春秋》曰：雨星不及地尺而复。君子脩之曰：星賈如雨。"朱彝尊《经义考》卷一百六十八载王应麟曰："鲁之《春秋》韩起所见，《公羊传》所云《不脩春秋》也。"②以《不脩春秋》为《鲁春秋》。《汉书·艺文志》载：《公羊传》十一卷，自注曰："公羊子，齐人。"师古注曰："名高。"唐杨士勋《春秋穀梁传序疏》说公羊子"受经于子夏"。《经义考》卷一百七十也载："颜师古曰：穀梁子，名喜，受经于子夏，为经作传，传孙卿，卿传鲁申公，申公传瑕丘江公。"知公羊子和穀梁子皆为子夏的弟子。从《公羊传》引《不脩春秋》看，公羊子和穀梁子都应该见到过《鲁春秋》。《汉书·楚元王传》载刘向曾受《穀梁传》，晚年"采传记行事，著《新序》、《说苑》，凡五十篇奏之"。而《公羊传》写定的时间和立于学官比《穀梁传》早，景帝时博士胡毋生便治《公羊春秋》。刘向曾为校中五经秘书，对

---

① 《新序》卷九，文渊阁《四库全书》本，第696册，第251页。

② 朱彝尊：《经义考》，文渊阁《四库全书》本，第679册，第300页。

先秦典籍的整理卓有成就。从他《说苑·立节》"左儒友于杜伯"引自《周春秋》看可以肯定，刘向读过《周春秋》。同时可推知《新序·善谋》载楚平王杀伍子胥之父之事可能来自《穀梁传》和《公羊传》。但《公羊传》所载诸如伍子胥挟弓而干阖闾、襄公二十七年所载卫杀其大夫甯喜等之类较为详细的记载，应都本于《鲁春秋》无疑。

此段记载伍子胥谋划借吴国的力量伐楚以报父仇之事，先述子胥挟弓而干阖闾，吴王欲为之伐楚而子胥不允，转而叙述楚令尹向前来朝楚的蔡昭公索取美裘而蔡昭公不允，导致被楚拘留数年，再写楚兴兵伐蔡，蔡请救于吴，伍子胥因此请吴伐楚，大败楚国。作者没有直接记吴国大败楚国的这一结果，而是重在记叙楚国君臣无道，激起诸侯公愤这一过程。前引崔杼弑齐庄公、齐桓公割燕君所至之地与燕君等，也莫不注重事件发展的来龙去脉，以突出兴败的原因。

（三）由质向文的转变

《尚书·周书》和西周的铜器铭文，不能说是毫无文采，但由于它们多是仪式的记载，大多格式呆板，缺少叙事的曲折和文学色彩，即便是代表那个时代叙事散文成就的《晋侯苏钟铭》，也可以说没有太多的可读性。但百国《春秋》却获得了"其文则史"的批评。《孟子·离娄下》曾说：

> 王者之迹熄而诗亡，诗亡然后《春秋》作。晋之《乘》，楚之《梼杌》，鲁之《春秋》，一也。其事则齐桓、晋文，其文则史。①

孟子这段话是说晋、楚、鲁的《春秋》所记之事不外乎诸侯争霸之事，较西周依礼记事已有了较大的变化，行文则都具有"史"的风格。而所谓"史"，在人格方面，即是说在本质上没有礼义道德。如《论语·雍也》说："质胜文则野，文胜质则史。"在文章学意义上则是指繁于文采。如《韩非子·难言》说："捷敏辩给，繁于文采，则见以为史。"②《仪礼·聘礼》谓："辞多则史。"

---

① 《四书章句集注》，中华书局1983年版，第295页。

② 王先谦：《韩非子集解》卷一，中华书局1954年版，第14页。

春秋晚期到战国时期，人们将人在本质上没有礼义道德和文章具有辞采都称之为“史”，正见出春秋时期史家两个方面的转变：一是他们为礼而没有礼义之实。春秋时史以礼官身份主持礼，但因礼仪已不再表现原有的“义”，有其仪而无其义，于是有了社会对史官言而不诚、行而无实的印象。《礼记·效特牲》说：“失其义，陈其数，祝史之事也。故其数可陈也，其义难知也。”①但“礼之所尊，尊其义也”，义已既失，为礼就徒有形式。二是史官史的写作受功能转变、价值导向、重视事件发展过程记载的内在要求支配，有意识地强化了著述形式，增强了文采。史官持礼既“陈其数”而“失其义”，其著述又富有文采，故人们将文章繁于文采谓之“史”。

从百国《春秋》佚文看，相对于西周时期的叙事散文，春秋时期的历史著述确实具有更强的审美意义。颜之推《冤魂志》所引《周春秋》虽文章不长，但却具有较强的故事性。女鸠诬陷杜伯，宣王信之，开头即生波澜，宣王之昏庸形象已呼之欲出。至“左儒争之”，文章别出一枝；左儒九谏，愿以死以“正杜伯之无罪”，使人觉杜伯之冤可昭，有云开之感；同时一个刚正而不畏强权的左儒已跃然纸上。“王使薛甫司工锜杀杜伯”一转，使人顿觉跌入深渊，又给宣王这一昏庸形象涂上浓墨重彩。“杜伯既死”，觉沉冤难昭，但杜伯“即为人”见王，又生波澜。宣王杀司工锜，“使祝以谢杜伯”，“杀祝以兼谢”，于跌宕起伏中为宣王的昏庸形象再添几笔，见宣王昏庸之骨象。后三年杜伯与司工锜、巫祝共射宣王，以沉冤昭雪结束全文。可谓行文曲折百变，所记人物形象鲜明。再如《马王堆汉墓帛书·春秋事语》所载“鲁桓公与文姜会齐侯于乐”：

> 鲁亘（桓）公与文羌（姜）会齐侯於乐。文羌（姜）迵（通）於齐侯，亘（桓）公以訾文羌（姜），文羌（姜）以告齐侯。齐侯使公子彭生载，公薨於车。医宁曰：“吾闻之，贤者死忠以辱尤而百姓愚焉。知（智）者瘥李（理）长【虑】而身得比（庇）焉。今彭生近君，□无尽言，容行阿君，使吾失亲戚之，有（又）勒（力）成吾君之过，以□二邦之恶，彭生其不免

① 《礼记正义》，《十三经注疏》本，中华书局1980年版，第1455页。

【乎】,祸李(理)属焉。君以怒遂祸,不畏恶也。亲间容昏,生□无匿(慝)也。几(岂)【及】彭生而能贞(正)之乎?鲁若有诛,彭生必为说。”鲁人请曰:“寡君来勒〈勤〉【旧】好,礼成而不反(返),恶【於】诸侯,无所归怨(怨)。”齐侯果杀彭生以说(悦)鲁。①

按鲁桓公与文姜会齐侯于乐之事,《左传》桓公十八年和《公羊传》庄公元年及《管子·匡君大匡》都有记载,《管子·匡君大匡》所载与本条文意相同,但文字各异;而《左传》和《公羊传》所载文字较此条简略得多。《管子·匡君大匡》与本条所载当非本于《左传》、《公羊传》,而是本于百国《春秋》。《春秋事语》更多的是通过人物对话来突出人物的聪明才智。此篇记载是鲁桓公与文姜会齐侯于乐,鲁桓公被齐侯派遣彭生杀死。医宁通过当时复杂的形势的分析,推断齐必杀彭生以取悦鲁国,最后齐侯果然杀了彭生。所记虽情节不及《周春秋》所载宣王之杀杜伯一节情节曲折,也不及宣王之杀杜伯所记人物形象鲜明,但较之《尚书》和西周铜器铭文,无疑更具有文采,更具可读性。

总之,西周和春秋是中国“史官文化”形成的关键时期。这一时期的史官不仅同是礼官,而且也是国家政权机构的重要官员。这三重身份,决定了他们的职能和记事的价值取向。史官的身份赋予了他们记事的职能;礼官的身份决定了他们以“礼”为视点的叙事角度;而他们作为国家政权机构的重要官员,则确定了他们所记的政治价值取向。由于礼乐制度是西周、春秋时期国家的根本制度,人们对于礼仪和礼义价值认识的差异,在导致了这两个时期史官职能差异的同时,也导致了史官所记功能及记事视点的不同。适应着史家视点和记事功能的转换,由西周铜器铭文和《尚书》为代表“文书式”叙事也逐渐转变为以百国“春秋”代表的历史著述式叙事,确立了中国古代历史叙事散文最基本的言说体式。

---

① 《马王堆汉墓帛书》,文物出版社1983年版,第20页。

三、《左传》的依礼记事和叙事明礼

《左传》的礼学历史观：家国兴衰、邦交和恶、战争胜败皆因礼——礼学历史观决定了《左传》“以礼明事”——礼仪对于细节的重视导致《左传》叙事细化——“言”为“事”之因素——明礼仪与礼义离不开记言

《左传》的言说体式同样是因礼乐政治言说而形成。要清楚地认识这一问题，我们需先阐明《左传》礼学历史观。

身份对作者历史观和价值观的形成往往起着决定作用。不管文学还是史学，主体都多从自身身份的角度去认识、阐述和反映问题。因而史官和礼官身份的重合，不仅决定了周代史官对宗教祭祀及其他礼仪和典章制度的熟悉，也对史官史学观的形成起着重要作用。我们既已肯定周代的史官亦是礼官，故也可以肯定《左传》的作者同时具有史官和礼官的身份。

任何史学家的历史观和反映的历史都是时代的，时代的主流意识形态总是史家历史观形成的温床。《左传》的作者既为礼家，生活于春秋战国之交，《左传》成书于战国初年。[①] 而从《左传》、《国语》和春秋时其他典籍的记载看，礼依然是那个时代的主旋律，时人探讨国家、家族和个人的成败，都多以礼为出发点。在时人的观念中，礼为国家兴衰的根本，国家按礼行政就会兴盛，无礼则会败亡；礼在人们的观念中仍普遍地占有支配地位。因而，兼有史官和礼官的身份的《左传》的作者，自然也就不免以礼去考察春秋各国的成败。尽管有不少人说《左传》“废君臣之义”，但从《左传》“君子曰”那些作者的议论中，可以发现作者对礼的执著。如隐公十一年“君子谓”：“礼，经国家，定社稷，序民人，利后嗣者也。”在《左传》的作者看来，礼同样是人类社会的最高法则，国家的兴衰，社会的秩序，家族的传承，都由主体能

① 《左传》成书的年代，郑樵《六经奥论》认为是六国时，叶梦得以为是战国周秦之间，多不妥；游国恩《中国文学史》(一)认为是战国初年或稍后为是。

否按礼行事决定着，行之则兴，违之则败。这一观念，在《左传》中一再演绎。如襄公二年君子曰："礼无所逆。"并引《诗》："为酒为醴，烝畀祖妣，以洽百礼，降福孔偕"来说明事事守礼，便能得福多多。襄公四年又有君子引《志》来强调违礼必然带来灾祸，说"多行无礼，必自及也"。程水金认为，《左传》的作者将礼作为"君、臣、民三者之间权益与义务均衡关系的调节系统"①，是很有见地的。

《左传》的礼学历史观，体现在它整个春秋历史的记叙中，具体表现在三方面：

（一）家国兴衰由礼。史家取舍题材，多从自己的历史观出发。对照作者的思想观念，可看出《左传》对他人话语的反复引说，正表现出作者对他人观念的肯定。从《左传》对内史过、子皮、孟僖子、子大叔、晏子、孟献子有关礼为国与立身根本的话语的引述，已可看出《左传》以礼为历史视点。而《左传》所记各国具体的历史事件中，作者的这一历史观也贯穿始终。如庄公十年载齐国灭谭，作者总结其原因说："齐侯之出也，过谭，谭不礼焉；及其入也，诸侯皆贺，谭又不至。"故齐师灭谭，过不在齐，而在"谭无礼"。记宋昭公之败时，作者将所有的原因也都归于昭公无礼。文公八年载，宋襄夫人借戴氏之族，杀宋昭公之党。作者认为其根源在昭公对宋襄夫人"不礼"。文公十六年，"国人奉公子鲍以因夫人"，也因为"昭公无道"而"宋公子鲍礼于国人"：宋发生饥荒时，公子鲍"竭其粟"借给百姓，对老人"无不馈饴"，并"时加羞珍异"，尽事"国之才人"，极尽全力体恤亲属。襄公七年，郑僖公被臣下弑杀。作者记述道，郑僖公作太子时与子罕适晋，对子罕"不礼"；与子丰适楚，对子丰"不礼"，至其即位朝于晋时，又对子驷"不礼"，以至将一再进谏的侍者杀死。通过这些记述，表明其原因在郑僖公不以礼行事。僖公十二年载："齐侯使管夷吾平戎于王，使隰朋平戎于晋。王以上卿之礼飨管仲。管仲辞曰：'臣，贱有司也。有天子之二守国、高在，若节春秋，来承王命，何以礼焉？陪臣敢辞。'管仲受下卿之礼而还。"作者认为管

① 程水金：《中国早期文化意识的嬗变——先秦散文发展线索探寻》第一卷，武汉大学出版社2003年版，第415页。

仲有礼，“让不忘其上”，因而，“管氏之世祀也宜哉”！

谭之灭，宋昭公之败，郑僖公之死，管氏之世祀，原因并非有礼、无礼一言可以尽之。作者都将其归结于其无礼、有礼，显然有失于实；而这正见出作者礼兴则兴、违礼则败的历史观。

（二）邦交和恶由礼。春秋诸侯相争，外交往来为各国成败极重要的一个因素。《左传》记述各国历史的兴衰时，非常注重考察各国外交。在记叙外交事件时，作者也将礼作为处理外交关系的根本原则。隐公三年记周郑交质，作者以“君子曰”提出国与国之间的交往原则：“明恕而行，要之以礼。”认为国家之间一切按礼行事，也就不会发生争斗。

作者的这一观念，在《左传》中一再借他人之言表述着。隐公六年郑伯前往京城朝见周王，“周王不礼”。作者记周桓公言于王曰：“我周之东迁，晋郑焉依，善郑以劝来者，犹惧不蔇；况不礼焉？郑不来矣。”认为即便是天子之于诸侯，也必须以礼相待。僖公七年，鲁国与齐国盟于甯毌，商量讨伐郑国。管仲对齐侯说：“臣闻之，招携以礼，怀远以德；德礼不易，无人不怀。”齐侯于是修礼于诸侯。郑伯使太子华听命于会，对齐侯说：违背齐侯命令的是泄氏、孔氏、子人氏三族，并表示愿意以郑为内应，攻下三族。齐侯将许之。管仲曰：“君以礼与信属诸侯，而以奸终之，无乃不可乎？子父不奸之谓礼，守命共时之谓信。违此二者，奸莫大焉。”作者以肯定的态度记述这些，体现的正是他以礼为邦国纽带的思想。

《左传》触目可见的对所记事件的直接评说，则更加充分地表现着作者的这一历史观。隐公十一年，鲁与齐、郑伐许，许被占领。郑使许大夫百里奉许叔以居许东偏，复奉其社稷。作者赞扬道：“郑庄公于是乎有礼。”“许无刑而伐之，服而舍之，度德而处之，量力而行之，相时而动，无累后人，可谓知礼矣。”隐公八年：“齐人卒平宋、卫于郑。秋，会于温，盟于瓦屋，以释东门之役，礼也。”文公九年：“秦人来归僖公、成风之禭，礼也。”文公十二年：“郕伯卒，郕人立君。大子以夫钟与郕邽来奔，公以诸侯逆之，非礼也。”宣公四年：“公及齐侯平莒及郯，莒人不肯。公伐莒，取向，非礼也。”如此等等，无不是作者的这一思想的表述。

（三）战争胜败由礼。春秋时，“国之大事，在祀与戎”。列国争斗多以战争的形式进行,故《左传》记战争的文字不少。对战争的成败,作者注意到了双方力量的对比、民心的归向、外交手段和战争策略的运用,但也将礼的实践作为战争胜败一个极为重要的因素。如记晋楚城濮之战,作者在僖公二十七年便交待晋选元帅郤縠,是因为郤縠"说礼乐而敦诗书",并以倒叙的手法交待晋文公回国后采纳子犯的建议,教化国民"知义"、"知信","大蒐以示之礼,作执秩以正其官,民听不惑"。表现晋以礼为政,民知礼义。记楚帅子玉时,作者特借蔿贾之口,交待子玉"刚而无礼"。僖公二十八年记战争过程,作者又借子犯再次交待"子玉无礼",并记晋在先轸的"定人之谓礼。楚一言而定三国,我一言而亡之,我则无礼。何以战乎"的劝说下答应子玉的要求,说明晋师有礼。当曹、卫与楚断绝关系,子玉怒而追晋师,晋师退,军吏认为这是晋军的耻辱时,又记子犯说:"微楚之惠不及此,退三舍辟之,所以报也。"示晋有礼。当晋侯登有莘之虚观师时,又通过晋侯的话,交待晋军将士"少长有礼"。显然,作者反复交待楚之无礼、晋军有礼,在于告诉人们,礼是战争成败的一个关键因素。它如记秦晋殽之战,作者一开始就借王孙满之口,交待"秦师轻而无礼",又记先轸说:"秦不哀吾丧,而伐吾同姓,秦则无礼。"将秦败的原因归于秦之"无礼"。郑宋大棘之战,宋师败绩,郑俘获华元、乐吕等二百五十人及甲车四百六十乘。作者在寻找宋人失败的原因,也将其归结于"失礼违命"。

政治、外交、战争与家族之间的争斗构成了春秋社会发展的历史,《左传》将其成败都归结到礼这一点,可知礼是作者考察历史的根本视点。

历史观是史家考察历史的原则和出发点,决定着史家记述历史的角度、方法。当《左传》的作者将礼作为历史视点时,作者便会自觉地将礼作为标杆,以礼为参照去反映历史。故可以说,《左传》的礼学历史观决定了《左传》的"以事明礼"。据说孔子作《春秋》,是因为他认为礼"载之空言,不如见之于行事之深切著明"①;故"以事明礼"比空谈礼义更能说明礼在社会生活中的价值。当史家以事来为明礼服务时,礼也就在史的写作过程中获得了对叙事角度和方式的支配地位。由于礼借人们的行事(礼仪)而得以

---

① 司马迁:《史记》,中华书局1959年版,第3297页。

表现,故《左传》记事也就自然会在极大的程度上以礼仪为参照,而作者对于礼的熟悉,也使得他熟练地把礼的礼仪表现形式引入《左传》的叙事。

如前所言,礼是以细节的过程表现意义的。礼源于原始宗教礼仪。在原始宗教中,任何仪式都以一个完整的过程表现着,而这一过程又以众多的礼仪细节联结而成。由于原始宗教的每一仪式都以表现特定的意义来达到特定的目的,意义与仪式融为一体,目的通过具体仪式而实现,因而,仪式与意义具有严格的对应性。仪式一定的行为细节过程和物品的形态、数目、位置、色彩、高低等表现一定的意义;仪式一定的行为细节构成和形态、数目、位置、色彩、高低的改变都会导致它过程的改变,而过程的改变又导致意义的改变。因而,原始宗教仪式对所用物品、数目、摆放的位置、人的一举一动等等都有严格的规定。行为的细节和过程对原始宗教仪式具有非常重要的意义。

在周之三礼中,《仪礼》与《周礼》、《礼记》互为表里。《礼记》是《周礼》的制度意义的伦理道德阐述,他们共同的意义为《仪礼》的本质,而《仪礼》则是《周礼》和《礼记》意义的行为实现。秦蕙田《五礼通考》卷首第三说:郑玄"《礼序》云:'礼也者,体也,履也;统之于心曰体,践而行之曰履。'然则《周礼》为体,《仪礼》为履。"所谓"《仪礼》为履",即《仪礼》是《周礼》在生活中的细节实施。尽管周礼与原始宗教礼仪有许多区别,但原始宗教一定的仪式与一定的意义的严格对应性却没有丝毫改变。《论语·子罕》载孔子说:"拜下,礼也;今拜乎上,泰也。"按礼,臣子朝见君主,应先在堂下磕头,升堂后再磕头。如果只在堂上磕一次头,少了在堂下先磕头这一过程,就不合礼。故孔子说"今拜乎上,泰也"。因而,《礼记·礼器》明谓:"礼有大有小,有显有微。大者不可损,小者不可益,显者不可掩,微者不可大也。""故先王之制礼也,不可多也,不可寡也,唯其称也。"所谓大、小、显、微即包括礼仪的过程、物品的形制、多少以及礼仪细节等所有礼仪的全部。

周礼的这一原则,在《仪礼》中得到了充分的表现。《仪礼》对礼仪的过程,乃至衣服、器物的形制、色彩、数量、配备、花纹等都有严格的规定,而它对每一礼的整个过程、细节不厌其烦的记述,正表明过程中的每一行为细节对仪式有着重要的意义,礼对仪式的细节和过程的极端重视。如《仪礼》载士昏礼的过程有提亲、纳彩礼、纳吉、纳徵、请期、迎娶、公婆、公婆献礼等,过程的每一细节都记载得清清楚楚，如“纳采”一段不仅规定了采礼用雁，而且规定了所用的一切物品，拜、揖、升、降、坐、授、送、出、辞、奠等一切举动的次数、方位、次序等，可谓细致入微。如果是在这一文本中加入行为之人名记叙这一事情，稍作修饰，便是一篇记事极为细致的历史散文。

西周铜器铭文和《尚书》多为礼乐仪式的记述。从西周铜器铭文和《尚书》对仪式人物行为和仪式物品及其数目的记叙尤为细致，可充分地看到西周铜器铭文和《尚书》因礼乐仪的要素而导致叙事细化这一点。如《小盂鼎铭》，不仅对所献俘获赏赐品种、数量的记载特别详细：“执嘼（酋）三人，获聝四千八百又二聝，俘人万三千八十一人，俘马□□匹，俘车卅辆，俘牛三百五十五牛，羊卅八羊。’盂又告曰：‘□□□□，乎蔑我征，执酋一人，获聝二百卅七聝，俘人□□人，俘马百四匹，俘车百□辆。”“王令赏盂，□□□□□□，弓一、矢百、画皋一、贝胄一、金毌一、臧戈二、矢鋞八。”而且记录了具体时间：八月既望，甲申，天蒙蒙亮；人物具体的活动：“三左三右”这些率领邦君诸侯的周室诸侯一起“服酒”，天明之时，周王来到周庙，司仪延引“邦宾”，东向。盂在战服上插上多种旌旗，将俘获的鬼方人带到三门，向周王报告。报告完毕后：

> 盂拜稽首，以酋进，即大廷，王令荣邋酋，荣即酋邋厥故。□越伯□□鬼獯，鬼獯虘以新□从，咸，折酋于□。王乎豚伯令盂以人聝入门，献西旅，□□入燎周庙。盂以□□□□□□入三门，即立中廷，北向，盂告豚伯，即位，豚伯□□□□于明伯、继伯、豚伯，告咸。盂与诸侯罘侯、甸、男□□从盂征，既咸。宾即位，赞宾，王乎赞盂，以□□□进宾。□□大采，三周入服洒，王各庙，祝延□□□邦宾，丕裸，□□用牲禘周王、武王、成王，□□卜有臧，王裸，裸述，赞邦宾，王乎□□□令盂以区入，凡区以品。雩若翌日乙酉，□三事□□入服酒，王各庙，赞王邦宾。①

---

① 陈文新主编：《中国文学编年史》（周秦卷），湖南人民出版社2006年版，第38—39页。

《小盂鼎铭》记载的盂伐鬼方,大有俘获,盂向周康王献俘之事。前文详细地记述了盂伐鬼方俘获的众多,所引这段则完全是仪式的记述。在周代诸如册命赏赐之灯的铭文,多有诸如《师虎簋铭》"唯元年六月既望甲戌,王在杜宓,格于太室。井伯内右师虎,即立中廷,北向,王乎内史吴曰……"之类的记述,为这类铭文一种普遍的格式。这种格式化记述,正说明仪式记述对于人物方位、站立、跪拜等行为及赏赐物品记述的必需。因而,可以说是西周礼乐的需要将叙事散文由商代甲骨文记事的简略引向了西周的记事细化。

《左传》的作者以礼为考察历史的视点,由于礼的细致入微,合礼、违礼又表现在事情的过程以及过程中人们的一举一动,过程的每一步都影响着事情的发展。因而,《左传》要以合礼、违礼来反映各诸侯和家族及个人的成败,也就必然极为关注事件的发展过程。

从《左传》许多事件来龙去脉的记述来看,也正是为着说明礼在整个事情发展过程中的影响。如隐公元年记郑伯克段于鄢,作者要反映的是公叔段违礼而败,故作者所记事情的发展都是围绕共叔段的"无礼"而展开。庄公为太子,作者记武姜欲立庄公之弟共叔段及为之请制、请京,记祭仲所言"都城过百雉,国之害也。先王之制:大都,不过叁国之一;中,五之一;小,九之一。今京不度,非制也",是说明武姜和共叔段违礼;记"既而大叔命西鄙、北鄙贰于己"和公子吕之言,是要说明共叔段再次违礼;记"大叔完聚,缮甲兵,具卒乘,将袭郑,夫人将启之",则是说明共叔段违礼之甚。因为按照礼,废长立少是违礼。庄公即位后为君,共叔段为臣。君令臣恭为礼,共叔段居京非制已是不合礼制,又"命西鄙、北鄙贰于己"和"收贰以为己邑",并发动叛乱,更是违反礼制的。如果是像《春秋》以"郑伯克段于鄢"一言记之,没有请制、请京,以"西鄙、北鄙贰于己","收贰以为己邑",袭郑等事件来龙去脉的记述,则共叔段违礼而败这一根本原因就难以表现出来。再如晋楚城濮之战,如果没有那些晋人为礼和楚人违礼过程的记述,也就难以见出晋人因礼而胜,楚人无礼而败。可见,《左传》记述事情的来龙去脉,关键在于它要以事情的过程明礼。

《左传》既以礼为历史视点,礼又以细节表现意义,落实在人的一举一动。《左传》要表现礼对国家个人成败的影响，也必注重细节。分析僖公二十三年记重耳出亡时几个非常典型的细节，可明显看出这一点。

重耳过曹时，作者仅记述了曹共公在重耳沐浴时，薄而观其裸和僖负羁"馈盘飧置璧"与"公子受飧反璧"等细节。重耳出亡曾经狄、齐、卫、曹、宋、郑、楚、秦。过卫、郑时，作者都没有过多的记述，只以卫文公和郑文公"不礼焉"一笔带过，结合过曹时僖负羁之妻所说重耳返国"得志于诸侯，而诛无礼，曹其首也"的话看，可看出作者是以礼与"不礼"为记叙重耳流亡的线索。因而，观裸亦是为着说明曹共公的无礼，"馈盘飧置璧"与"受飧反璧"，也在于说僖负羁和重耳知礼。记重耳在秦时"秦伯纳女五人"一段，人物行为的叙述，不仅围绕着礼而展开，也表现着作者对其行为是否有礼的评述。怀嬴"奉匜沃盥"是说她为礼周全，并没有因为重耳的流亡和秦的主人地位而慢待落难的晋国公子。重耳"既而挥之"也是说重耳不太知礼。秦晋地位相当，按礼重耳不应"挥之"，所以有怀嬴"怒"，而怀嬴之"怒"和所言"秦晋匹也"也在于说明她知礼。重耳"降服而囚"表现的是他对自己无礼行为的反悔以及违礼后果的明了。秦穆公为君、为主，重耳为客；秦伯赋《六月》，以重耳比尹吉甫，隐言重耳必能归晋，并对他寄以辅佐周王而立功业的期望。按礼，大夫（宾）对君（主）所赐应降、拜，君对大夫之拜应辞，然后大夫（宾）接受君（主）所赐。故"公子降，拜，稽首，公降一级而辞"这一细节，也实依礼而记，旨在说明双方知礼。它如僖公二十八年记周王命尹氏及王子虎、内史叔兴父策命晋侯为侯伯，赐重耳"大辂之服，戎辂之服，彤弓一，彤矢百，玈弓矢千，秬鬯一卣，虎贲三百人"。将周王所赐记得如此具体，也是因为按礼，周王所赐的物品和数量都有一定的规定。

可见，礼不仅给《左传》记事的细化提供了借鉴，《左传》记事的细化亦是其作者以礼为视点、"以事明礼"产生的结果。章学诚在《文史通义》卷七说到列传之体的特征及其形成的原因时说："繁曲委折，《礼》之伦也。"①虽不是专就《左传》而言，但也当是注意到了礼对史记事繁细的直接影响。

其实，《左传》的"言事相兼"同样是出于明礼的需要。于事来说，"言"

① 叶瑛校注：《文史通义》，中华书局1985年版，第755页。

是构成事件过程的一个重要方面。在社会政治生活中，每一事件都不是某个人的行为，而是涉及多方。不仅大事需要多方的协商，就是一些小事，也免不了和他人商讨，故“言”是“事”不可缺少的组成部分。还有，很多的“事”因“言”而起，很多的矛盾因“言”而化解，“言”对于事情的发展起着非常重要的作用。如隐公元年所载，颍考叔的一番话便化解了郑庄公和其母姜氏的矛盾。《左传》要记事情的本末，自然不能舍“言”不记。但是，这还只是礼给《左传》“言事相兼”的间接作用，更为直接的是礼仪的“言行相兼”和作者要“以言明义”。

《礼记·文王世子》说：“乐，所以修内也；礼，所以修外也。”所谓“礼以修外”，即通过礼来规范人的外在的言行。故于礼来说，礼的实践实际上包括“言”、“行”两个方面。从《仪礼》看，先秦各种礼仪都不仅仅是行为的过程，而是与“言”结合在一起。这也就是说，礼仪过程是以言、事合一的形式而进行，“言”也是礼的一个极为重要的方面，凡仪式必有“言”。如《仪礼·士冠礼》在告宾时有双方多次的致辞：“戒宾曰”、“宾对曰”、“主人曰”等等。不仅士冠礼、士昏礼、士相见礼等这些礼仪都有“言”，就是诸如燕礼、乡射礼、特牲馈食礼、士丧礼等那些行为极强的礼仪仪式，也大都有“言”。虽然这些仪式中的“言”具有很强的程式化色彩，但由于“言”是礼的重要组成部分，无“言”或“言”不当都是无礼的表现，故《尚书》和西周这类铭文大多都言、事相兼。

“言”不仅是礼的生活的一个组成部分，而且言为心声，更能表现对礼的态度。所以，礼不仅重仪，而且也重“言”。《左传》襄公三十一年曰：“君子在位可畏，施舍可爱，进退可度，周旋可则，容止可观，做事可法，德行可象，声气可乐，动作有文，言语有章。”所谓“动作有文”，即以外在的符合礼之义的施舍、进退、周旋、容止、行事为内涵。而“言语有章”，即指符合礼义的言语。《礼记·冠义》说：“礼义之始，在于正容体、齐颜色、顺辞令。容体正，颜色齐，辞令顺，而后礼义备。”①认为人们为礼，不仅体现在容体、颜色方面，而且必须“顺辞令”，辞令不顺，则算不得有礼；而“顺辞令”即言辞符

① 《礼记正义》卷六十一，《十三经注疏》本，中华书局 1980 年版，第 1679 页。

合礼义。孔子也一再强调:“无辞不相接也,无礼不相见也。”故君子不仅要“文以君子之容”,还要“文以君子之辞”①。认为“无辞”不能为礼,君子必须有君子之容仪之言语,以体现君子之德。所以,孔子对人的行和言都重视有加。《论语》一书,便有着孔子对于“言”的许多要求。如《颜渊》:“非礼勿言。”《子路》:“君子于其言,无所苟而已矣。”《卫灵公》:“群居终日,言不及义,好行小慧,难矣哉!”《季氏》:“言思忠。”孔子对“言”这般重视,正在于为礼对“言”的有着特别的要求。

“言”既对礼有着非常重要的意义,人有礼无礼必然外现为“言”,所以,要考察人是否有礼,也就必然要“察言”。《公冶长》载孔子看人,将“听其言”和“观其行”看得同等重要。《左传》既以礼为视点考察事情的成败,当然不仅要记其事其行,也要记其“言”。

从《左传》所记之“言”看,作者也是以“言”来对礼进行记述和论述,去反映所记对象是否有礼。如桓公二年,鲁取郜大鼎于宋,纳于大庙。作者指出其“非礼”后,又记臧哀伯进谏说君主应守礼昭德,“俭而有度,登降有数”。礼“文物以纪之,声明以发之”,规范百官,现在您“置其赂器于大庙”,是灭德违礼。臧哀伯的这一段话,既论述了器物对应礼的等级制度,也阐述了违礼对于行政的负面作用。作者记这一段话,不仅借臧哀伯其“言”对礼作了相应的阐述,亦是通过臧哀伯之“言”来赞扬他遵循礼。故后文引周内史说:“臧孙达其有后于鲁乎!君违不忘谏之以德。”他如文公七年所载晋郤缺对赵宣子之“言”、僖公二十四年所载富辰之“言”、文公十八年所载大史克之“言”,都可视为短小的礼论论文,无不在阐述着礼,发明着礼的重要性。

此外,《左传》记言,还有一层更为重要的意义,即记“言”以明礼义。礼由礼仪和礼义构成,礼仪作为形式具有相对的独立性,能够在某种程度上脱离礼义而单独存在,因而,礼仪并不一定完全表现礼义。春秋时期,许多的礼仪形式依然还保留着,但其原有的君臣父子的伦理道德内涵却已不复存在。如按礼,周天子每年要在头年冬天的最后一个月行告朔之礼,颁命于诸

① 《礼记正义》卷五十四,《十三经注疏》本,中华书局1980年版,第1638—1640页。

侯。鲁国从文公开始已不参加告朔，仅以羊为牺牲告于祖庙，有其仪而无告朔之实。另外这一时期为礼很多是虚陈其实。于礼，各种祭祀最重要的原则是“信”。这“信”表现在两方面：一是牺牲玉帛，不能虚报，如《左传》庄公十年载鲁庄公说：“牺牲玉帛，弗敢加也，必以信。”二是不能诈称功德或国情。如《左传》桓公六年载随国大臣季梁曰：“所谓道，忠于民而信于神也。上思利民，忠也；祝史正辞，信也。今民馁而君逞欲，祝史矫举以祭，臣不知其可也。”“祝史正辞”即不虚称君主之美；“矫举以祭”，即“诈称功德以欺鬼神”。可见，当时的礼仪已失去了对应的礼义。故《礼记·效特牲》说：“礼之所尊，尊其义也。失其义，陈其数，祝史之事也。故其数可陈也，其义难知也。”①

礼仪对应行事。礼之仪和义的分离，反映着“事”不可能充分地表现礼之义。所以，史家仅记行事，也就不可能充分地表现礼义，造成记事少义的状况。由于“言”可以通过对礼的直接的阐述，来发明礼义和所记之事蕴涵的礼的性质。因而，史要表明所记之事的性质，阐述礼义，就应充分地记“言”。

从《左传》看，许多是先记事，后借事中人之“言”来对礼进行阐述，以言其行是否合礼来发明礼义的。如文公十五年载齐侵鲁西边边疆，又因曹朝鲁而伐曹。季文子由此而发议论，借《诗》批评齐国的行为不合于礼。说齐“己则无礼，而讨于有礼者”，“以乱取国，奉礼以守，犹惧不终，多行无礼，弗能在矣！”在这里，季文子之“言”因事而发，为说明齐之行为的性质服务，与“事”相互对礼加以发明，阐明礼以天道为本，违礼则家国不保。如果没有季文子的这段议论，人们就难以仅就所记之事认识到齐国违礼，难以认识礼为天道在人类社会的表现、违礼即违天道的道理。他如昭公二十六年所载“齐侯与晏子坐于路寝”的对话，通过晏子之言，就礼对君臣、父子、兄弟、夫妻、姑妇关系的要义加以论述；而这些要义却不可能以“事”反映出来。但记这段晏子之“言”，便较以事明礼有着对礼义更为深入的发明。故说《左传》“言事相兼”亦出于对礼义阐述的需要。

---

① 《礼记正义》卷五十四，《十三经注疏》本，中华书局1980年版，第1455页。

值得指出的是,《左传》的"言事相兼"对它记事的细化也起了极为重要的作用。皇甫湜《皇甫持正集》卷二《编年纪传论》认为史书言、事"合之则繁,离之则异,削之则阙"。虽没说《左传》文繁是因为"言事相兼",但却肯定"言事相兼"则文必繁细。这一是表现在所记事情的过程很多是通过对话而得以具体,如桓公十一年记楚败郧。文章以楚斗廉和莫敖的对话来交待郧人的驻扎之地和松懈的军情以及楚人对郧师的分析、战斗部署等,借人物之"言"将整个战争过程具体化。庄公十年记齐、鲁长勺之战,也是借曹刿与乡人和鲁庄公的对话,将战争过程的记叙细化。二是许多的具体的典章制度,也是通过所记人物之"言"而得记载,如《左传》桓公二年臧哀伯对古代礼制的论述。

四、从"史、论同体"到"论、史同体"

《尚书》、《国语》已有较成熟的论说文——外在叙事框架和"对话式"说理使其具有"论、叙同体"的性质——言说主体的臣子身份使《国语》较《尚书》的"胁迫性说理"更具逻辑性、理由的充足性——诸子论说文的叙事性——同一行为方式是诸子论说文和历史散文"论、叙不分"的根本原因

长期以来,人们以《论语》、《老子》为论说文之源。形成这观念的原因,是人们将历史散文和说理散文截然分离开来。其实,那时的历史散文和说理散文同是当时礼乐政治形态的言说形式,在君臣关系和同僚关系言说的基础上产生,同出一源。故西周以来,记言体历史散文诸如《尚书》、《国语》都"史"中有"论",记言即记"论",主要在记"论";而战国诸子散文虽以"论"为主,但却有着众多的叙事因素,是在记"论",并通过记"论"而记述了某些"论"的主体个人和某些国家事件,可谓"论"中有"叙",它们在文体上有着相同的内在特质。而形成这一特征的原因,主要是史与论是同一行为方式的产物。

过去,一般将先秦论说文分为三个阶段:第一阶段以《老子》、《论语》为

代表，为说理文的雏形；第二阶段以《孟子》、《庄子》为代表，为说理文的发展阶段；第三阶段以《荀子》、《韩非子》为代表，为说理文的成熟阶段。现在，很多的学者认为，中国论说文的源头在《尚书》。如陈桐生先生说："中国说理散文并不是从春秋战国之际的《论语》才开始起步，在商周春秋时期《尚书》、《国语》等历史记言散文之中，就已有大量的说理文章，这些记言散文是战国诸子说理散文的先驱，只不过这些说理散文有一个外在的叙事框架，这个叙事框架有很大的迷惑性，导致人们长期以来将这些说理文章当做叙事散文作品来读。"①认为《尚书》外在的叙事柜架，使人们将其定性为历史散文，从而忽视了《尚书》中一些篇章的说理性质。陈桐生所言是很有道理的，但可惜他没能充分论述诸子散文和记言体历史散文在其功能和文体形式的内在一致性。

如前所言，《尚书》大多数篇章有一个外在叙事散文的框架，如果去掉这个外在的叙事框架，我们会发现在《尚书》确实有些完全符合我们所谓论说文的必要条件，如《洪范》，是周武王灭商后咨询治国安邦的方略的谈话记录。文章虽前记有"惟十有三祀，王访于箕子"，并记有武王咨询的话语："呜呼！箕子，惟天阴骘下民，相协厥居，我不知其彝伦攸叙。"后面则全是箕子对于如何治国的论述，完全可以视为一篇完整的政论之文。《尚书》为记言体历史散文，主要是记言，目的在于记"言"，是因记"言"而记事。因而可以说，最早的"论"是隐含于"叙"中的。

但是，虽说《尚书》是现存的最早的说理文，即便是其中一些文章有一个集中的论说主题，有着丰富的论据和充分的论证，论证的过程且具有一定的逻辑性，如《无逸》。《无逸》全篇的论述围绕着"君子所其无逸"论题而展开，首先提出君子应"知稼穑之艰难"、"知小人之依"。然后通过中宗、太王、王季、文王"治民祇惧，不敢荒宁"，"康功田功，徽柔，懿恭，怀保小民，惠鲜鳏寡，自朝至于日中昃，不遑暇食"，从正面论述能"无逸"方能使国家政治兴盛。接下来又以殷王"迷乱酗于酒"为例，说明淫逸则会使国家衰亡。

---

① 陈桐生：《中国说理散文之源：历史记言文——"七十子后学散文"系列研究之一》，《东南大学学报（哲学社会科学版）》2007 年第 3 期。

但《尚书》不管是论证逻辑还是其文体形式，都算不得纯粹而成熟的说理散文。

首先，从论说文的体式看，成熟的论说文的论述主体只以署名的形式出现，论说主体是不出现在文章中的。诸如《荀子·天论》、《韩非子·五蠹》等等，文中皆没出现“荀子曰”、“韩非曰”等。其次是成熟的论说文少有以“对话体”的形式出现，文章一气直下，没有以言说者身份的言说开启每一段下文。但《尚书》中的任何一篇，论述主体都出现在文章中。如《无逸》中每一段都有“周公曰”以启下文，《酒诰》则每一段以“王若曰”或“王曰”以启下文。而且，《尚书》中多采用“对话体”的形式进行论述。如《多方》开头一段为“周公曰”，至“乃惟尔自速辜”后则是“王曰”。显然，虽然《多方》也在说理，但由周公和成王的对话而成篇。《尚书》有些篇章虽然也只出现一个言说主体，但中间多以“某某曰”开启下文，显然也是一种“对话式说理”的形式，只不过是对话者没有出现在文章中。如《无逸》中由五个“周公曰”结构成篇，《酒诰》则以一个“王若曰”和四个“王曰”串起全文。这种现象也在铜器铭文中存在，如《盂鼎铭》亦是以一个“王若曰”和三个“王曰”结构全文。可知这是那个时代册、诰、典、命一种普遍的形式。而这一形式的产生，则是因为这些文诰原本是对话的记录。《尚书》中不仅一些文章如《多方》明显留有对话的痕迹，就是那些不曾出现对话者的篇章，也能寻找出对话的印记。如《康诰》开头曰：“王若曰：孟侯、朕其弟小子封。”便出现有对话之人。孟侯即周公的弟弟康叔。最后有“王若曰：往哉！封，勿替敬典，听朕告汝，乃以殷民世享”；叮嘱康叔前往封地殷墟，敬慎治理国家，具有明显的对话口语的特征。只不过册、诰、典、命主要用于发布帝王的命令，对话者的话因对话者的身份相对帝王来说低下而被删略。

《尚书》的这种“对话式”论说形式能使语言较为活泼，表现对话者的情感，增强作品的感染力和文章的活泼性；但其负面作用也很明显，一是在说理时容易滋生旁枝，所说之理难以一以贯之。二是影响内在的逻辑性。

《尚书》的这种“论、叙同体”和“对话式说理”的形式被《国语》、《左传》充分继承。《国语》和《尚书》一样重在记言，其所记之言，也都有一个具体时空及所言缘由的交代，可谓“言、事相兼”。诸如《鲁语上》记“曹刿论战”,开头便以叙事的手法交代事情的缘起:“长勺之役,曹刿问所以战于庄公。”又以公曰:“余不爱衣食于民,不爱牲玉于神”引出曹刿的议论,然后才是曹刿关于战争的论述。《晋语一》载“史苏论骊姬必乱晋”开始则有一段文字交代所论的发生情境:“献公伐骊戎,克之,灭骊子,获骊姬以归,立以为夫人,生奚齐。其娣生卓子。骊姬请使申生主曲沃以速悬,重耳处蒲城,夷吾处屈,奚齐处绛,以儆无辱之故。公许之。史苏朝,告大夫曰:……”还有一些篇章叙事成分更多。如《周语下》所载“刘文公与苌弘欲城周”,开头便也是叙事:“敬王十年,刘文公与苌弘欲城周,为之告晋。魏献子为政,说苌弘而与之。将合诸侯。卫彪傒适周,闻之,见单穆公曰:……”接下来便是卫彪傒与单穆公的对话。最后又有一段对于事情结果的记述:“是岁也,魏献子合诸侯之大夫于狄泉,遂田于大陆,焚而死。及范、中行之难,苌弘与之,晋人以为讨,二十八年,杀苌弘。及定王,刘氏亡。”这种情况,与《左传》已无不同。

值得注意的是,《国语》在记述西周及春秋早期时言行时多如《尚书》,记“言”为主,是只以极简单的笔墨交代“言”的缘起,最后以一两句话交代事情的结果。如《周语上》记“穆王将征犬戎”、“厉王说荣夷公”、“虢文公谏宣王不籍千亩”、“内史过论神”、“襄王使太宰文公及内史兴赐晋文公命”、《郑语》“桓公问于史伯”等所记之“言”皆是。而到春秋中晚期,记事的成分大为增强,如前引《晋语一》载“史苏论骊姬必乱晋”、《周语下》所载“刘文公与苌弘欲城周”。这种情况,表现着春秋时历史散文“言”、“事”并重而相兼的发展趋势。

《国语》既是记言体历史散文,也是以对话的形式说理的说理文,其中许多篇章在向成熟的论说文方向迈进了一大步。这一方面是有些篇章不像《尚书》中诸如《无逸》在论述某一问题时,每段总是以“某某曰”提起下文,而是论述者的论述连贯直下。如果删去前后的叙事语言,就是一篇比较成熟的说理散文了。《周语下》载“单穆公谏景王铸大钱”,如果去其头“景王二十一年,将铸大钱”,删其尾“后王弗听,卒铸大钱”,全都是单穆公对为何不能铸大钱的论说,中间并没有以“单穆公曰”的字眼来提起下段的论说。《鲁语上》“展禽论祭爰居”、《楚语上》“伍举论台美”等都是如此。如“伍举论台美”先简单交代所论背景“灵王为章华之台，与伍举升焉，曰：‘台美夫！’”开篇，提出问题，接下来便以“对曰”引出伍举所论。伍举开头以“臣闻国君服宠以为美……不闻其以土木之崇高、彤镂为美”提出中心论点，然后以先王不为美台而朝诸侯和灵王为美台而国家财用竭尽、臣民怨烦、诸侯不至来论述不同的美乐观所带来的不同结果。楚国历史上开疆拓土雄霸春秋的先君楚庄王为台“高不过望国氛，大不过容宴豆，木不妨守备，用不烦官府，民不废时务，官不易朝常”，却能宴宋公、郑伯，使华元、驷騑相礼，让陈侯、蔡侯、许男、顿子赞事。灵王为章华台“国民罢焉，财用尽焉，年谷败焉，百官烦焉，举国留之，数年乃成”；结果却是“愿得诸侯与始升焉，诸侯皆距，无有至者”；论证“以土木之崇高、彤镂为美”的错误。接下来提出“夫美也者，上下、内外、小大、远近皆无害焉，故曰美”的正确美乐观，通过议论，指出“美”不在“目观”，为“目观”之美，则必“私欲弘侈，则德义鲜少”，使百姓“有远心”，“为恶也甚”，对前文的两个对比进一步阐述，否定以“目观”为美的美乐观。最后以“夫为台榭，将以教民利也，不知其以匮之也。若君谓此台美而为之正，楚其殆矣”总括前论，警告灵王为美台而将使楚国衰败。伍举的这一段话，围绕着“什么为台美”这一中心论点而展开，不仅认证比较充分，而且逻辑较为严密，有据有理，具有较强的说服力。它虽然是以对话开篇，但若分离背景的交代部分，完全可视作为一篇成熟的论说文。

另一方面，《尚书》记载都为典、册、诰、命。典、册、诰、命是君主对臣下的言说，都具有“命令”的意义。君主身份的神圣性和权威性可以在一定程度消解文章的说理性。这也就是说，即便是君主的言说理由不够充分，君主的言说也是“真理”，作为臣民，对君主所言不仅应该坚信，而且应该坚决执行。因而，《尚书》的典、册、诰、命的核心不在“理”，政治所赋予他们的权威性，使其说理往往带有“胁迫”的性质，可谓之为“胁迫性说理”。《国语》则不同。《国语》所记，非《尚书》那种君主对臣下言说的典、册、诰、命，而多是臣下对君主或同事的言说，或回答提出问题的回答，或解释某种现象，或谏止君主的某种行为，说明诸如“为何如此”、“为何不能如此”的理由。由于言说主体和言说对象身份的不同，无论是臣下对君主的言说或者对同事的言说，一般都不存在由权力所带来的“胁迫”性，而只能凭借“理”来打动言说对象。因而,要言说对象接受自己的意见,则必事理充足,言说有条不紊。因而,《国语》中的"论",较《尚书》要更具说理的连贯性和逻辑性,更具理由的充足性。

西周、春秋时期处于礼乐政治形态,宗教、音乐甚至于建筑服饰都纳入了政治的范畴,《国语》所记之言,自然也涉及这些方面。因而,《国语》中的"论"不仅有政论,还有宗教学之论,如内史过论神;有音乐学之论,如《周语下》所载伶州鸠论乐律;有经济学之论,如单穆公谏景王铸大钱。

过去,我们将《尚书》、《国语》视之为史,而将《墨子》、《孟子》、《庄子》视之为论说文。其实,《墨子》、《孟子》、《庄子》与《尚书》、《国语》在文体形式方面不过是大同小异。这主要表现在它们"论、叙同体"的文体性质和"对话式说理"的方式。

从《墨子》看,《墨子》基本上继承了《尚书》和西周青铜铭文的行文程式,一是以"子墨子曰"提起全文,如《节用中》等。同时也有以"子墨子言曰"提起全文,而中间以"曰"提起下一段,最后又以"子墨子言曰"作结的结构。这种结构,和《尚书·酒诰》、《盂鼎铭》是一致的。这些篇章没有交代论说缘起的叙事成分,又可见出对《尚书》之"论"的发展。但《墨子》中也有一些有叙事成分的篇章存在,如《贵义》中便有墨子言说缘由的交代:

子墨子自鲁即齐,过故人,谓子墨子曰:"今天下莫为义,子独自苦而为义,子不若已。"子墨子曰……①

可见,《墨子》依然没能摆脱"论、叙同体"的体式。《孟子》虽也多以"孟子曰"来提起下文,却也依然保留着叙事的成分。如《梁惠王上》"齐桓、晋文之事"一章开头就有"齐宣王问曰:'齐桓、晋文之事可得闻乎?'"《孟子·滕文公上》"有为神农之言者许行"一章前面更有一大段叙述性文字:

有为神农之言者许行,自楚之滕,踵门而告文公曰:"远方之人闻

① 孙诒让:《墨子閒诂》卷十二,中华书局1954年版,第265页。

君行仁政,愿受一廛而为氓。"文公与之处,其徒数十人,皆衣褐,捆屦、织席以为食。陈良之徒陈相与其弟辛,负耒耜而自宋之滕,曰:"闻君行圣人之政,是亦圣人也,愿为圣人氓。"陈相见许行而大悦,尽弃其学而学焉。陈相见孟子,道许行之言曰:"滕君,则诚贤君也;虽然,未闻道也。贤者与民并耕而食,饔飧而治。今也滕有仓廪府库,则是厉民而以自养也,恶得贤?"①

而且在"屦大小同,则贾相若"后,又以一个"曰"字提起最后一段。《庄子》中的叙事成分则更为浓厚。其内篇中的任何一篇都有一段段叙事性文字,如《齐物论》:"南郭子綦隐机而坐,仰天而嘘,答焉似丧其耦。颜成子游立侍乎前。"《人间世》:"颜回见仲尼,请行。"《应帝王》:"啮缺问于王倪,四问而四不知。啮缺因跃而大喜,行以告蒲衣子。"等等。

当然《庄子》较《孟子》也有所不同,《庄子》中的一些叙事成分已有一些作为论据而存在于论说过程之中。尤其是一些寓言故事,虽是叙事,却同时也在说理,如《养生主》中的"庖丁解牛"。

"叙、论同体"带来了"对话式"说理的范式,因而,《墨子》、《孟子》、《庄子》、《荀子》、《韩非子》都保持的对话论述体形迹。它们中,确也有一些篇章不是以"对话式说理"的方式说理,如《墨子》的《尚贤》、《尚同》等,《庄子》中的《马蹄》、《胠箧》等。但它们却也都有篇章是以"对话"来说理的。如《墨子·尚贤上》:

子墨子言曰:"今者王公大人为政于国家者,皆欲国家之富,人民之众,刑政之治,然而不得富而得贫,不得众而得寡,不得治而得乱,则是本失其所欲,得其所恶,是其故何也?"

子墨子言曰:"是在王公大人为政于国家者,不能以尚贤事能为政也。是故国有贤良之士众,则国家之治厚,贤良之士寡,则国家之治薄。故大人之务,将在于众贤而已。"

① 朱熹:《孟子集注》卷五,中华书局1983年版,第257—258页。

曰:“然则众贤之术将奈何哉?”

子墨子言曰:“譬若欲众其国之善射御……”①

第三自然段的“曰:然则众贤之术将奈何哉?”显然是他人的问话,接下来墨子才针对这一提问而对“尚贤”作进一步论说。这种情况,《孟子》不必说,《庄子》、《荀子》中也大量存在,如《庄子》中的《逍遥游》、《齐物论》、《养生主》、《人间世》、《秋水》等,《荀子》中诸如《儒效》、《性恶》、《议兵》、《正论》,《韩非子》中的《定法》、《难一》、《难二》、《难势》等也依然保留了这种“对话式说理”的形式。

大凡对话都带有叙事性质。这主要表现于对话都必定存在一定的时间、人物、事件这些叙事文的要素。虽然这些叙事文的要素不一定都在诸子散文的所有的文章章节中出现,但对话的过程事实上就是一个事件过程中的一个场景或一个子环节。如《孟子》所载齐宣王问齐桓、晋文之事本身就是一个事件。齐宣王和孟子的对话都是这一事件过程中的一部分。因而,尽管《墨子》、《孟子》和《庄子》、《荀子》、《韩非子》中的一些篇章没有出现对话缘起和时间这些叙事要素,但这些要素事实上都隐含在对话过程的记叙之中。

先秦诸子散文的这种“对话式”说理体式,毫无疑问是从先秦的史记类散文发展而来。而史记类历史散文这种模式的发生,正在于它本原于礼乐政治形态君臣或同僚关系的面对面的直接言说。从《国语》中的一些篇章,如《国语·周语上》所载“内史过论神”,我们会更清楚地意识到这一点。

十五年,有神降于莘,王问于内史过,曰:“是何故?固有之乎?”

对曰:“有之。国之将兴,其君齐明、衷正、精洁、惠和,其德足以昭其馨香,其惠足以同其民人。神飨而民听,民神无怨,故明神降之,观其政德而均布福焉。国之将亡,其君贪冒、辟邪、淫佚、荒怠、粗秽、暴虐;其政腥臊,馨香不登;其刑矫诬,百姓携贰。明神不蠲而民有远志,民神

① 孙诒让:《墨子閒诂》卷二,中华书局1954年版,第25页。

怨痛，无所依怀，故神亦往焉，观其苛慝而降之祸。是以或见神以兴，亦或以亡。昔夏之兴也，融降于崇山；其亡也，回禄信于聆隧。商之兴也，梼杌次于丕山；其亡也，夷羊在牧。周之兴也，鸑鷟鸣于岐山；其衰也，杜伯射王于鄗。是皆明神之志者也。”

王曰：“今是何神也？”

对曰：“昔昭王娶于房，曰房后，实有爽德，协于丹朱，丹朱凭身以仪之，生穆王焉。是实临照周之子孙而祸福之。夫神壹不远徙迁，若由是观之，其丹朱之神乎？”

王曰：“其谁受之？”

对曰：“在虢土。”

王曰：“然则何为？”

对曰：“臣闻之：道而得神，是谓逢福；淫而得神，是谓贪祸。今虢少荒，其亡乎？”

王曰：“吾其若之何？”

对曰：“使太宰以祝、史帅狸姓，奉牺牲、粢盛、玉帛往献焉，无有祈也。”

王曰：“虢其几何？”

对曰：“昔尧临民以五，今其胄见，神之见也，不过其物。若由是观之，不过五年。”

王使太宰忌父帅傅氏及祝、史奉牺牲、玉鬯往献焉。内史过从至虢，虢公亦使祝、史请土焉。

内史过归，以告王曰：“虢必亡矣，不禋于神而求福焉，神必祸之；不亲于民而求用焉，人必违之。精意以享，禋也；慈保庶民，亲也。今虢公动匮百姓以逞其违，离民怒神而求利焉，不亦难乎！”

十九年，晋灭虢。①

如果将这一章对照《孟子》中“齐桓晋文之事”和《庄子·秋水》、《荀子·儒

① 徐元诰：《国语集解》，中华书局2002年版，第28—31页。

效篇》、《韩非子·难势》等,便可看出他们并没有什么大的不同。因而,从某种意义上说,先秦的诸子散文也就是记言体历史散文。如果说诸子散文为论说文,那么,先秦的论说文和记言体历史散文原本同源同体,诸子说理散文由记言体历史散文脱胎而来。

当然,造成诸子说理散文对记言体历史散文体式继承的更为根本的原因还是在于诸子说理散文和记言体历史散文为同一种行为方式。在先秦,文体体现的本质是一种行为方式。这也就是说,不同的行为方式形成了不同的文体。文体的"论"从《尚书》的诰、命等文体发展而来,而西周、春秋时期,君臣之间的会见都是一种仪式行为,不仅是朝觐、聘问之时如此,一般作典、诰、誓、命也都有着一定的礼仪。《国语》所记绝大部分不是礼乐仪式而是君臣日常政治的言说,但和《尚书》一样,同在记言,所言也都是政坛的言说,而且所记之人为史官,故《尚书》与西周铜器铭文的模式很自然被《国语》所继承。战国诸子的身份虽不是史,但其言说多是个体向君主的游说,依然大多是政坛的言说。史的写作虽然更多是一种国家行为,目的是为国家政治提供借鉴;诸子散文则带有个人行为的性质,目的是在为政治服务的同时获取功名,但它们同是政坛的言说,言说关系更多的臣君关系或臣僚之间的当面论辩式言说。被齐宣王请为上大夫的稷下之士是"不治而议论";《战国策》所载策士游说君主是如此,《孟子》所载孟子见梁惠王、齐宣王及其与许行等的论说是如此,《史记·鲁仲连邹阳列传》"正义"引《鲁连子》所载鲁仲连服齐辩士田巴亦是如此,其言说基本保持着同一行为方式。故我们说,成熟的论述文只有在士阶层中一部分人脱离仕途而真正作为个体而存在,其言说不再是面对面的讨论式言说之时才能产生。

其次,就文体之"论"而言,《庄子·齐物论》应该说是先秦第一次使用"论"的文体概念。而《庄子·齐物论》却依然完全保留了《尚书》那种以"叙事开篇+言+人物动作描述+言+叙事文字结尾"和《国语》那种"叙事开篇+对话说理+叙事文字结尾"的行文模式,开篇便是叙事:"南郭子綦隐机而坐,仰天而嘘,答焉似丧其耦。颜成子游立侍乎前。"接下来便是子綦与子游的对话。《荀子》中有《天论》、《正论》、《礼论》、《乐论》,但其他篇章都没有以"论"名。而且《荀子》中这些以"论"名篇的文章,也还依然保留“对话式”论说的痕迹。最为值得注意的是，韩非为荀子的学生，但《韩非子》却无一以“论”名篇。《吕氏春秋》有《行论》一篇，其他都不以“论”名篇。可知，文体之“论”这一概念在战国中晚期已产生，但在著述家中并没有太大的影响。先秦将那些记述各国历史的典籍称为“春秋”，也将记载晏子话语的典籍称之为《晏子春秋》，甚至于将吕不韦门客撰写的完全以论说文结集的著作命名为《吕氏春秋》，不仅说明着诸子散文和历史散文有着同一渊源和一定的叙事性质，而且可以看出，在战国晚期之前，人们没有“史”与“论”的文体概念，也没有“史”与“论”的文体区分。

此外，当时诸子所研习的不外《国语·楚语上》载申叔时所说春秋、世、诗、礼、乐、令、语、故志、训典等；他们总结历史的经验教训也更多是依靠春秋、故志、训典等史记之类的典籍，且这些典籍都具有一定的经典性，具有文体的示范意义，在“论说文”这种文体的区分没有确立之前，诸子散文对《尚书》、《国语》“对话式”说理模式的继承，是顺理成章的事。

附：百国《春秋》佚文考

有周一代，强烈的功名和礼乐意识使周王朝和各诸侯国都设立了史官，编修国史。《国语·楚语上》曾载申叔时曰："教之《春秋》，而为之耸善而抑恶焉，以戒劝其心。"《晋语七》也说过"羊舌肸习于《春秋》"。又《左传》鲁昭公二年载韩宣子适鲁，见《易象》与《鲁春秋》。可知墨子曾说他见过百国《春秋》不假，春秋时各国皆有《春秋》。

战国时期，诸侯相互兼并，攻城略地的战争使得一些被灭亡的国家的国史《春秋》在战乱中佚亡，但墨子不仅说自己见过百国春秋，而且在《明鬼》中引用过《周春秋》、《燕春秋》、《宋春秋》和《齐春秋》。《孟子·离娄下》亦说："王者之迹熄而诗亡，诗亡然后《春秋》作。晋之《乘》，楚之《梼杌》，鲁之《春秋》，一也。其事则齐桓、晋文，其文则史。"晋、楚、鲁三国之史虽名称不同，但所记之事和记事的风格却是一致的。先秦的文献中，唯孟子说到晋之国史为《乘》、楚之国史称《梼杌》，而不名"春秋"，当是阅读过这三国的国史。汉初，贾谊的《新书》有《春秋》一篇，长沙马王堆汉墓帛书有《春秋事语》一篇。现根据先秦两汉文献和出土文献资料，对百国《春秋》的佚文考述如下：

一、周春秋：

《墨子·明鬼》云：

> 周宣王杀其臣杜伯而不辜，杜伯曰："吾君杀我而不辜，若以死者为无知则止矣；若死而有知，不出三年，必使吾君知之。"其三年，周宣王合诸侯而田于圃，田车数百乘，从数千，人满野。日中，杜伯乘白马素车，朱衣冠，执朱弓，挟朱矢，追周宣王，射之车上，中心折脊，殪车中，伏

弢而死。当是之时,周人从者莫不见,远者莫不闻,著在周之《春秋》。①

按:《国语·周语上》有“杜伯射王于鄗”一语,但无详细记载。汉刘向《说苑·立节》云:“左儒友于杜伯,皆臣周宣王。宣王将杀杜伯而非其罪也,左儒争之于王,九复之,而王弗许也。王曰:别君而异友,斯汝也。左儒对曰:臣闻之,君道友逆,则顺君以诛友;友道君逆,则率友以违君。王怒曰:易而言则生,不易而言则死。左儒对曰:臣闻古之士不枉义以从死,不易言以求生。故臣能明君之过,以死杜伯之无罪。王杀杜伯,左儒死之。”②虽载有宣王杀杜伯之事,但重在左儒争之于王,且未明确说引自《周春秋》。又颜之推《冤魂志》曾引《周春秋》这一段文字,比《墨子》所引更为详细:

周杜国之伯名为恒,为宣王大夫。宣王之妾曰女鸠,欲通之。杜伯不可,女鸠诉之于王,曰:“恒窃与妾交。”宣王信之,囚杜伯于焦。其友左儒争之。王不许,曰:“女别君而异友也。”儒曰:“君道友逆,则顺君以诛友;友道君逆,则师友以违君。”王怒曰:“易而言则生,不易而言则死。”儒曰:“士不枉义以从死,不易言以求生。臣能明君之过以正杜伯之无罪。”九谏而王不听,王使薛甫与司工锜杀杜伯。左儒死之。杜伯既死,即为人,见王曰:“恒之罪,何哉?”召祝而以杜伯语告之。祝曰:“始杀杜伯,谁与王谋之?”王曰:“司工锜也。”祝曰:“何不杀锜以谢之?”宣王乃杀锜,使祝以谢杜伯。锜为人而至曰:“臣何罪之有?”宣王告皇甫曰:“祝也与我谋而杀人,吾所杀者,又皆为人而见,奈何?”皇甫曰:“杀祝以兼谢焉。”又无益也,皆为人而至。祝亦曰:“我焉知之,奈何以为罪而杀臣也?”后三年,游于圃田,从人满野。日中,杜伯乘白马,素衣,司工锜为左,祝为右,朱衣朱冠起于道,左执朱弓朱矢,射宣王中心,折脊伏於弓矢而死。

---

① 吴毓江:《墨子校注》,《新编诸子集成》本,中华书局 1993 年版,第 331 页。

② 刘向:《说苑》卷四,文渊阁《四库全书》本,第 696 册,第 36 页。

由颜之推《冤魂志》所引《周春秋》，知《说苑·立节》为《周春秋》中的文字。《墨子·明鬼》所引对《周春秋》杜伯射王于鄗的故事有删节。

二、燕春秋

《墨子·明鬼》云：

昔者郑穆公，当昼日中处乎庙，有神入门而左，鸟身，素服三绝，面状正方。郑穆公见之，乃恐惧奔，神曰：无惧！帝享女明德，使予锡女寿十年有九，使若国家蕃昌，子孙茂，毋失。郑穆公再拜稽首曰：敢问神名？曰：予为句芒。若以郑穆公之所身见为仪，则鬼神之有，岂可疑哉？非惟若书之说为然也。昔者，燕简公杀其臣庄子仪而不辜，庄子仪曰：吾君王杀我而不辜，死人毋知亦已，死人有知，不出三年，必使吾君知之。期年，燕将驰祖，燕之有祖，当齐之社稷，宋之有桑林，楚之有云梦也，此男女之所属而观也。日中，燕简公方将驰于祖涂，庄子仪荷朱杖而击之，殪之车上。当是时，燕人从者莫不见，远者莫不闻，著在燕之《春秋》。①

三、宋春秋

《墨子·明鬼》云：

昔者，宋文君鲍之时，有臣曰祝观辜，固尝从事于厉，祩子杖揖出与言曰："观辜是何圭璧之不满度量？酒醴粢盛之不净洁也？牺牲之不全肥？春秋冬夏'选'失时？岂女为之与？意鲍为之与？"观辜曰："鲍幼弱在荷繈之中，鲍何与识焉。官臣观辜特为之。"祩子举揖而槁之，殪之坛上。当是时，宋人从者莫不见，远者莫不闻，著在宋之《春秋》。②

四、齐春秋

① 吴毓江：《墨子校注》，《新编诸子集成》本，中华书局1993年版，第332页。

② 吴毓江：《墨子校注》，《新编诸子集成》本，中华书局1993年版，第332页。

《墨子·明鬼》云：

昔者，齐庄君之臣有所谓王里国、中里徼者，此二子者，讼三年而狱不断。齐君由谦杀之恐不辜，犹谦释之恐失有罪。乃使之人共一羊，盟齐之神社，二子许诺。于是泏洫摞羊而洒其血，读王里国之辞既已终矣，读中里徼之辞未半也，羊起而触之，折其脚，祧神之而槁之，殪之盟所。当是时，齐人从者莫不见，远者莫不闻，著在齐之春秋。①

按：(二)、(三)、(四)条所载事不见于先秦其他典籍。《论衡·书虚篇》载："周宣王杀其臣杜伯，赵简子杀其臣庄子义；其后杜伯射宣王，庄子义害简子。"《论衡》所载内容不超过《墨子》，当引自《墨子》。知《燕春秋》、《宋春秋》、《齐春秋》战国晚期及汉代不传。

五、不脩春秋(鲁春秋)

《新序·善谋》：

楚平王杀伍子胥之父，子胥出亡，挟弓而干阖闾，阖闾曰："大之甚，勇之甚。"为是而欲兴师伐楚。子胥谏曰："不可，臣闻之，君子不为匹夫兴师，且事君犹事父也，亏君之义，复父之仇，臣不为也。"于是止。蔡昭公朝于楚，有美裘，楚令尹囊瓦求之，昭公不予，于是拘昭公于郢。数年而后归之，昭公济汉水，沉璧曰："诸侯有伐楚者，寡人请为前列。"楚人闻之怒，于是兴兵伐蔡，蔡请救于吴，子胥谏曰："蔡非有罪也，楚人无道也，君若有忧中国之心，则若此时可矣。"于是兴兵伐楚，遂败楚人于柏举而成霸道，子胥之谋也。故《春秋》美而褒之。②

按：孔子《春秋》定公四年载有"蔡侯以吴子及楚人战于柏举，楚师败绩"之事，并未涉及楚平王杀伍子胥之父与子胥出亡。《左传》载此事而重在战事

① 吴毓江：《墨子校注》，《新编诸子集成》本，中华书局1993年版，第333页。

② 《新序》卷九，文渊阁《四库全书》本，第696册，第251页。

的记载,对《新序·善谋》所载伍子胥"挟弓而干阖闾"为父报仇之事基本没有涉及。孔子《春秋》和《左传》也并没有对其"美而褒之"。而《穀梁传》定公四年和《公羊传》定公四年则对此有较详细的记载,且两传所载文字基本相同,与《新序》所载相去不远。《公羊传》定公四年云:

伍子胥父诛乎楚,挟弓而去楚,以干阖庐。阖庐曰:"士之甚,勇之甚。"将为之兴师而复仇于楚。伍子胥复曰:"诸侯不为匹夫兴师。且臣闻之,事君犹事父也。亏君之义,复父之仇,臣不为也。"于是止。蔡昭公朝乎楚,有美裘焉。囊瓦求之,昭公不与,为是拘昭公于南郢。数年,然后归之。于其归焉,用事乎河。曰:"天下诸侯苟有能伐楚者,寡人请为之前列。"楚人闻之怒,为是兴师,使囊瓦将而伐蔡。蔡请救于吴。伍子胥复曰:"蔡非有罪也,楚人为无道。君如有忧中国之心,则若时可矣。"于是兴师而救蔡,曰:"事君犹事父也。此其为可以复仇奈何?"曰:"父不受诛,子复仇可也;父受诛,子复仇,推刃之道也。"①

《穀梁传》定公四年亦载:

子胥父诛于楚也,挟弓持矢而干阖庐。阖庐曰:"大之甚,勇之甚。"为是欲兴师而伐楚。子胥谏曰:"臣闻之,君不为匹夫兴师。且事君犹事父也,亏君之义,复父之仇,臣弗为也。"于是止。蔡昭公朝于楚,有美裘。正是日,囊瓦求之,昭公不与,为是拘昭公于南郢。数年,然后得归。归乃用事乎汉,曰:"苟诸侯有欲伐楚者,寡人请为前列焉。"楚人闻之而怒,为是兴师而伐蔡,蔡请救于吴。子胥曰:"蔡非有罪,楚无道也。君若有忧中国之心,则若此时可矣。"为是兴师而伐楚。楚囊瓦出奔郑,庚辰。吴入楚。②

---

① 《春秋公羊传注疏》,《十三经注疏》本,中华书局1980年版,第2337页。

② 《春秋穀梁传注疏》,《十三经注疏》本,中华书局1980年版,第2445页。

《穀梁传》此段文字与《公羊传》只稍有不同，知《公羊传》、《穀梁传》同本一书。

《公羊传》庄公七年释“星霣如雨”曰：“《不脩春秋》曰：雨星不及地尺而复。君子脩之曰：星霣如雨。”朱彝尊《经义考》卷一百六十八载王应麟曰：“鲁之《春秋》韩起所见，《公羊传》所云《不脩春秋》也。”以《不脩春秋》为《鲁春秋》。《汉书·艺文志》载：《公羊传》十一卷，自注曰：“公羊子，齐人。”师古注曰：“名高。”唐时，杨士勋《春秋穀梁传序疏》说公羊子“受经于子夏”。《经义考》卷一百七十也载：“颜师古曰：穀梁子，名喜，受经于子夏，为经作传，传孙卿，卿传鲁申公，申公传瑕丘江公。”①知公羊子和穀梁子皆为子夏的弟子。如此，公羊子和穀梁子都应该见到过《鲁春秋》。《汉书·楚元王传》载刘向曾受《穀梁传》，晚年“采传记行事，著《新序》、《说苑》凡五十篇奏之”。而《公羊传》写定的时间和立于学官比《穀梁传》早，景帝时博士胡母生便治《公羊春秋》。刘向曾为校中五经秘书，对先秦典籍的整理卓有成就。从他《说苑·立节》“左儒友于杜伯”引自《周春秋》看可以肯定，刘向读过《周春秋》。同时可推知《新序·善谋》载楚平王杀伍子胥之父之事来自《穀梁传》和《公羊传》。而《公羊传》所载诸如伍子胥挟弓而干阖闾、襄公二十七年所载卫杀其大夫甯喜等之类较为详细的记载，应都本于《鲁春秋》无疑。

六、春秋

1.《韩非子·奸劫弑臣》：

> 故《春秋》记之曰：“楚王子围将聘于郑，未出境，闻王病而反，因入问病，以其冠缨绞王而杀之，遂自立也。齐崔杼其妻美，而庄公通之，数如崔氏之室，及公往，崔子之徒贾举率崔子之徒而攻公，公入室，请与之分国，崔子不许，公请自刃于庙，崔子又不听，公乃走踰于北墙，贾举射公，中其股，公坠，崔子之徒以戈斫公而死之，而立其弟景公。”②

---

① 朱彝尊：《经义考》卷一百七十，文渊阁《四库全书》本，第679册，第320页。

② 梁启雄：《韩子浅解》，中华书局1960年版，第111页。

按：《战国策·楚四》曰："《春秋》戒之曰：楚王子围聘于郑，未出竟，闻王病，反问疾，遂以冠缨绞王，杀之，因自立也。齐崔杼之妻美，庄公通之。崔杼帅其君党而攻。庄公请与分国，崔杼不许；欲自刃于庙，崔杼不许。庄公走出，踰于外墙，射中其股，遂杀之，而立其弟景公。"①《韩诗外传》卷四亦曰："故《春秋》志之曰：楚王之子围聘于郑，未出境，闻王疾，返问疾，遂以冠缨绞王而杀之，因自立。齐崔杼之妻美，庄公通之，[崔杼帅其党而攻庄公，庄公请与分国，]崔杼不许，欲自刃于庙，[崔杼又不许，]庄公走出，踰于外墙，射中其股，遂杀之而立其弟景公。"②明云引自《春秋》，其文稍有不同。楚子围绞杀楚王之事，孔子《春秋》没有记载。齐崔杼弑其君之事，孔子《春秋》仅"齐崔杼弑其君光"七字，所载极为简单。《左传》昭公元年和襄公二十五年虽对两事有较详细记载，但文字却有大不相同。而《韩非子》、《战国策·楚四》和《韩诗外传》卷四所载文字却基本相同，仅有稍许的差异，《战国策·楚四》和《韩诗外传》所载文字则完全一样。知《韩非子》、《战国策》和《韩诗外传》所谓的《春秋》并非孔子《春秋》，也非《左传》，当出自百国《春秋》无疑。

2. 贾谊的《新书》有《春秋》一篇，载春秋时事"卫懿公喜鹤"、"晋文公出畋"、"齐桓公之始伯"、"孙叔敖见两头蛇"。载有战国时事："楚惠王食寒菹而得蛭"、"邹穆公有令，食凫鴈者必以秕"、"楚王欲淫，邹君乃遗之技乐美女四人"、"宋康王时有爵生鹯于城之陬"、"楚怀王心矜好高人"、"二世胡亥之为公子"。

(1)卫懿公喜鹤，鹤有饰以文绣而乘轩者。赋敛繁多，而不顾其民，贵优而轻大臣。群臣或谏，则面叱之。及翟伐卫，寇挟城堞矣，卫君垂泣而拜其臣民曰："寇迫矣，士民其勉之！"士民曰："君亦使君之贵优，将君之爱鹤，以为君战矣。我侪弃人也，安能守战！"乃溃门而出

① 高诱注：《战国策》，上海书店1987年版，第38页。
② 许维遹校注：《韩诗外传集释》，中华书局1980年版，第18页。

走，翟寇遂入，卫君奔死，遂丧其国。①

按："卫懿公喜鹤"之事，《左传》闵公二年有载："卫懿公好鹤，鹤有乘轩者。将战，国人受甲者皆曰：使鹤。鹤实有禄位，余焉能战。"《吕氏春秋·忠廉》亦载："卫懿公有臣曰弘演，有所于使。翟人攻卫，其民曰：君之所予位禄者，鹤也；所贵富者，宫人也。君使宫人与鹤战，余焉能战！"其事相同，而文字则大不相同。《吕氏春秋》和《新书》当另有所本。

(2)晋文公出畋，前驱还白：前有大蛇，高若隄，横道而处。文公曰："还车而归。"其御曰："臣闻祥则迎之，妖则凌之。今前有妖，请以从吾者攻之。"文公曰："不可。吾闻之曰：天子梦恶则修道，诸侯梦恶则修政，大夫梦恶则修官，庶人梦恶修身，若是则祸不至。今我有失行，而天招以妖我，我若攻之，是逆天命。"乃归，斋宿而请于庙曰："孤实不佞，不能尊道，吾罪一；执政不贤，左右不良，吾罪二；饬政不谨，民人不信，吾罪三；本务不修，以咎百姓，吾罪四；斋肃不庄，粢盛不洁，吾罪五。请兴贤遂能，而章德行善，以导百姓，毋复前过。"乃退而修政。居三月，而梦天诛大蛇，曰："尔何敢当明君之路？"文公觉，使人视之，蛇已鱼烂矣。②

(3)齐桓公之始伯也，翟人伐燕，桓公为燕北伐翟，乃至于孤竹，反而使燕君复召公之职。桓公归，燕君送桓公入齐地百六十六里。桓公问于管仲曰："礼，诸侯相送固出境乎？"管仲曰："非天子不出境。"桓公曰："然则燕君畏而失礼也。寡人恐后世之以寡人为存燕而欺之也。"乃下车，而令燕君还车，乃割燕君所至而与之，遂沟以为境而后去。诸侯闻桓公之义，口不言而心皆服矣。故九合诸侯，莫不乐听，扶兴天子，莫不劝从，诚退让人，孰弗戴也。③

① 《新书》卷六，文渊阁《四库全书》本，第695册，第430页。
② 《新书》卷六，文渊阁《四库全书》本，第695册，第431页。
③ 《新书》卷六，文渊阁《四库全书》本，第695册，第431—432页。

(4)孙叔敖之为婴儿也,出游而还,忧而不食。其母问其故,泣而对曰:"今日吾见两头蛇,恐去死无日矣。"其母曰:"今蛇安在?"曰:"吾闻见两头蛇者死,吾恐他人又见,吾已埋之也。"其母曰:"无忧,汝不死。吾闻之:有阴德者,天报以福。"人闻之,皆谕其能仁也。及为令尹,未治而国人信之。①

按:"晋文公出畋"、"孙叔敖见两头蛇"之事皆不见于现存先秦典籍。"齐桓公之始伯"所载之事,《管子·霸形》虽有"北伐狄"、"还存燕公"之语,但却不及《新书·春秋》所载详细。贾谊为汉初人,生于韩非去世后的公元前200年,而秦灭亡于前206年。《史记》本传说他"颇通诸子百家之书",可知贾谊的先秦文献知识极为丰富。他的《新书》以"春秋"名篇,而未明言某国春秋,当是他摘录自先秦春秋至战国时期一些国家的《春秋》而成。而其所载有战国中晚期之事,当是战国时期一些国家还修有国史"春秋"。

3. 刘向《列女传》云:

伯姬者,鲁宣公之女,成公之妹也。其母曰缪姜,嫁伯姬于宋恭公。恭公不亲迎,伯姬迫于父母之命而行。既入宋,三月庙见,当行夫妇之道。伯姬以恭公不亲迎,故不肯听命。宋人告鲁,鲁使大夫季文子如宋,致命于伯姬。还,复命。公享之,缪姜出于房,再拜曰:"大夫勤劳于远道,辱送小子,不忘先君以及后嗣,使下而有知,先君犹有望也。敢再拜大夫之辱。"伯姬既嫁于恭公十年,恭公卒,伯姬寡。至景公时,伯姬尝遇夜失火,左右曰:"夫人少避火。"伯姬曰:"妇人之义,保傅不俱,夜不下堂,待保傅来也。"保母至矣,傅母未至也。左右又曰:"夫人少避火。"伯姬曰:"妇人之义,傅母不至,夜不可下堂,越义求生,不如守义而死。"遂逮于火而死。《春秋》详录其事,为贤伯姬,以为妇人以贞为行者也。②

---

① 《新书》卷六,文渊阁《四库全书》本,第695册,第432页。
② 刘向:《列女传》,文渊阁《四库全书》本,第448册,第36页。

按:《淮南子·泰族训》亦云:“宋伯姬坐烧而死,春秋大之。”孔子《春秋》襄公三十年有“宋灾,宋伯姬卒”几个字的记录,而《左传》对《春秋》“伯姬卒”未传。《穀梁传》襄公三十年记述的文字较孔子《春秋》详细:“伯姬之舍失火,左右曰:夫人少辟火乎?伯姬曰:妇人之义,傅母不在,宵不下堂。左右又曰:夫人少辟火乎?伯姬曰:妇人之义,保母不在,宵不下堂。遂逮乎火而死。”①但却较《列女传》要简略得多。“伯姬尝遇夜失火”前一段都超出《穀梁传》所载的内容,可知《列女传》所载非出自《穀梁传》。《穀梁传》和《列女传》都本于孔子《春秋》之外的《春秋》。

4.《马王堆汉墓帛书·春秋事语》载有“杀里克”、“燕大夫”、“韩魏”、“鲁文公卒”、“晋献公欲得隋会”、“伯有”、“齐桓公与蔡夫人乘舟”、“晋献公欲袭虢”、“卫献公出亡”、“吴人会诸侯”、“鲁桓公少”、“长万”、“宋荆战泓水之上”、“吴伐越”、“鲁庄公有疾”、“鲁桓公与齐姜会齐侯于乐”等共十六章,其中有些文字不可认,大意不明,现将大意明确的几章引述于下:

> (1)齐亘(桓)公与蔡夫人乘周(舟),夫人汤(荡)周(舟),禁之,不可,怒而归之,未之绝,蔡人嫁之。士说曰:“蔡其亡乎。夫女制不逆夫,天之道也。事大不报怒,小之利也。说之□小邦□大邦之□亡将□□□则□□□□是故养之以□好,申之以子□,重以□□□□□□□□□□□□□□□□□□今蔡之女齐也,为□以为此,今听女辞而嫁之,以绝齐,是□𢘓(怨)以□也。□□□□□□□恶角矣。而力□□□□□□乎。”亘(桓)公衛(率)帀(师)以侵蔡,蔡人遂溃。②

按:《韩非子·外储说左上》、《史记·管蔡世家》曾载此事,但文字有出入:《韩非子·外储说左上》云:“蔡女为桓公妻,桓公与之乘舟,夫人荡舟,桓公大惧,禁之不止,怒而出之,乃且复召之,因复更嫁之,桓公大怒,将伐蔡,仲父谏曰:夫以寝席之戏,不足以伐人之国,功业不可冀也,请无以此为稽也。

① 《春秋穀梁传注疏》,《十三经注疏》本,中华书局1980年版,第2432页。

② 《马王堆汉墓帛书》,文物出版社1983年版,第10页。

桓公不听,仲父曰:必不得已,楚之菁茅不贡于天子三年矣,君不如举兵为天子伐楚,楚服,因还袭蔡曰:余为天子伐楚而蔡不以兵听从,因遂灭之。”《史记·管蔡世家》云:“齐桓公与蔡女戏船中,夫人荡舟,桓公止之,不止,公怒,归蔡女而不绝也。蔡侯怒,嫁其弟。齐桓公怒,伐蔡,蔡溃,遂虏缪侯,南至楚邵陵。已而诸侯为蔡谢齐,齐侯归蔡侯。”其他先秦典籍不载。

(2)燕大夫子□衒(率)帀(师)以锲(御)晋人,胜之。归而饮至,而乐。其弟子车曰:“□则乐矣,非先王□胜之乐也。昔者【文王军】宗,能取而弗威(灭),以申其德也。武王胜殷,登□□□□□□□□□□□□□□□□□□□□□□□□□□□□□□□□□□□□□□非盩夫何以贰□。以小胜大而□□□□□□□□□□□□□□□□□□□□□生,乐则芒(荒),芒(荒)则□□□忧□□□为起民之暨也。燕以使人迥(通)言□□□□□□败而怒其反恶□□□寇属惌(怨)之胜忧,□在後□□□而□□□□□□□□□□□君之忧。”处十一月,晋人□燕南,大败燕人。①

按:此条不见先秦任何典籍。

(3)鲁文公卒,叔中(仲)惠伯□□□佐之。东门襄中(仲)杀适(嫡)而羊(佯)以【君】令(命)召惠【伯】,□□□□,【其】宰公襄目人曰:入必死。【惠伯】曰:“入死,死者君令(命)也,其□□。”【公】襄负人曰:“□□□□□□□□ 劫於祸而 □□□□ 能无患,其次□□□□□□□□□□□□□□□□□□□□□□□□□也□□□□□□□□何听。□□□□□□□□□□□□□□□□□□之□□□也,非君令(命)也,有子之所以去也。初□□□□□□以召人,今祸满(满)矣,不与君者,顾赍君令(命)以召子,其事恶矣,而□□□□□□□无□初失备以□君,今其谋□□□□□□□□□□□□□□□□□□□□□□□□□□□□□□入,东门

① 《马王堆汉墓帛书》,文物出版社1983年版,第4页。

襄【仲】杀而狸(埋)□□□□□中。"①

按:《左传》文公十八年载有鲁文公死之事:"仲以君命召惠伯,其宰公冉务人止之,曰:入必死。叔仲曰:死君命可也。公冉务人曰:若君命可死,非君命何听?弗听,乃入,杀而埋之马矢之中。"人名与其文都与此条不同。

(4)晋献公欲得随会也,魏州余请召之。乃令君羊(佯)囚己,斩桎瑜(踰)□□□□□□□□。晓朝曰:"魏州余来也,台(殆)□□随会也,君弗□也。"盉(魏)【州】余果与隋会出,晓朝熷(赠)之以【策】,曰:"□□吾熷(赠)子,子毋以秦□□人,吾谋实不用□。"□□□□吏□□闻之【曰】:"□□□□□□赠□□□□□□□□□□□□□□□□□魏州余□□□□□□□□□□□□□□□□□□□□□□□矣果□不□□是以二【子】弗知畏难而□□□□晋邦□□□□谋而晓朝得之,梈其心也。"二子畏其後事,必谋危之。□□会果使倮(谍)毚(谗)之曰:"是知余事,将因我於晋。"大夫信之,君杀晓朝。②

按:现存先秦典籍不载此事。

(5)卫献公出亡,公子浮□□【宁】召子在立(位)。献公使公子段胃(谓)宁召子,曰:"后(苟)入我□正(政)必【宁】氏之门出,蔡(祭)则我也。"右□□曰:"不可。夫子失德以亡,□亡而不茝(改),其德恶矣。恶德者难以责。吾子试□□,且□□以义也。闻路(赂)而起之,虽入不为德。是权近敛以几远福,福有不必,难而不义,□为勉者,复将恶之。且□所乡□□□将□□□□其心逆矣。知者弗亲,仁者弗贞,负路(赂)以塞后忧□之□□□□□□□□功大矣而不赏,卒必畏之。亡者欲傅美,将以疑君;居者疾其功,必伤以傅君。□入而勒正,能反邦者

① 《马王堆汉墓帛书》,文物出版社1983年版,第6页。

② 《马王堆汉墓帛书》,文物出版社1983年版,第7页。

弗与治,是以劳著恶也,必有后患。"宁召子弗听,遂伐□□□君浮,而入□□□□□□□□余伐【宁】召子而尿(尸)之朝。公曰:"大(太)叔仪□□□□□□□不二,以为卿。"①

按:《左传》襄公二十六年、二十七年载有卫献公出亡之事,除"苟反,政由甯氏,祭则寡人"文字基本相同外,无右宰谷这一大段话语。此条当另有所本。

(6)【吴】人会诸侯,衛〈卫〉君【後】,吴人止之。子赣见大(太)宁(宰)喜,语及衛(卫)故。大(太)宁〈宰〉喜曰:"其来後,是以止之。"子赣(贡)曰:"衛〈卫〉君【之来】,必谋其大夫,或欲,或不欲,是以後。欲其来者子之党也,不欲其来者子之寿(仇)也。今止【卫】君,是隨(堕)党而崇寿(仇)也。且会诸【侯】而止衛〈卫〉君,谁则不思(惧),隨(堕)党崇寿(仇),以思(惧)诸侯,难以霸矣。"吴人乃□之。②

按:《左传》哀公十二年载此事:"吴徵会于卫。初,卫人杀吴行人且姚而惧,谋于行人子羽。子羽曰:'吴方无道,无乃辱吾君,不如止也。'子木曰:'吴方无道。国无道,必弃疾于人。吴虽无道,犹足以患卫。往也。长木之毙,无不摽也。国狗之瘈,无不噬也,而况大国乎。'秋,卫侯会吴于郧。公及卫侯、宋皇瑗盟,而卒辞吴盟。吴人藩卫侯之舍。子服景伯谓子贡曰:'夫诸侯之会,事既毕矣,侯伯致礼,地主归饩,以相辞也。今吴不行礼于卫,而藩其君舍以难之。子盍见大宰,乃请束锦以行,语及卫故。'大宰嚭曰:'寡君愿事卫君,卫君之来也缓,寡君惧,故将止之。'子贡曰:'卫君之来,必谋于其众;其众或欲或否,是以缓来。其欲来者,子之党也;其不欲来者,子之仇也。若执卫君,是堕党而崇仇也。夫堕子者,得其志矣。且合诸侯而执卫

① 《马王堆汉墓帛书》,文物出版社 1983 年版,第 12 页。
② 《马王堆汉墓帛书》,文物出版社 1983 年版,第 14 页。

君，谁敢不惧，堕党崇仇，而惧诸侯，或者难以霸乎！’大宰嚭说，乃舍卫侯。”①文字稍长。

(7)鲁亘(桓)公少，隐公立以奉孤，公子翬(翚)胃(谓)隐公曰：“胡不代之？”隐公弗听，亦弗罪。闵子辛闻之，曰：“□□隐公。夫奉孤以君令者，百图之召也。长将畏其威，次职其□。其□有□□□□□□□□□□夫奉孤者□素以暴忠□伐以□□□愳(惧)□□□□有奸心而□□□□正也，害君耳闻□□心不怒□志也。事□□□疾□□牲而素不匡，非备也。□□□之，其能久作人命，卒必訾(诈)之。”亘(桓)公长，公【子翬】果以其言訾(诈)之。公使人伐(攻)隐公□□畓。②

按：鲁隐公被杀之事见《公羊传》隐公四年、《左传》隐公十一年，但都极为简略，不及本条详细，闵子辛所言各书无载。本条所载当另有所本。

(8)长万，宋之第士也。君吏(使)为□。及鲁宋战，长【万】□止焉。君使人请之，来而戏之，【曰：“始】吾敬子，今子鲁之囚也，吾不敬子矣。”长万病之。因田□□□□□□□□曰：“□□□□□夫君者臣之所为容也。朝夕自孱，日以有几也。是故君人者，刑之所不及，弗昔(措)于心；【伐之】所未加，弗见於色；故刑伐已加而乱心不生。今罪而弗诛，耻而近之，是绝其几而臽(陷)之深□□□何□丘之闻之也。□□□□□□□于君，君鲜不害矣。”③

按：《左传》庄公十一年载：“宋为乘丘之役故，侵我，公御之。宋师未陈而薄之，败诸鄑。”十二年载：“宋万弑闵公于蒙泽，遇仇牧于门，批而杀之，遇大

① 《春秋左传正义》，《十三经注疏》本，中华书局1980年版，第2170页。
② 《马王堆汉墓帛书》，文物出版社1983年版，第15页。
③ 《马王堆汉墓帛书》，文物出版社1983年版，第16页。

宰督于东宫之西,又杀之,立子游。"《史记·郑世家》:"宋人长万弑其君滑公。"《春秋繁露》卷四云:"宋闵公矜妇人而心妒,与大夫万博,万誉鲁庄公曰:'天下诸侯宜为君唯鲁侯尔。'闵公妒其言,曰:'此虏也。尔虏焉知?鲁侯之美恶乎至?'万怒,搏闵公,绝脰,此以与臣博之过也。"①刘向《新序·义勇》载:"宋闵公臣长万以勇力闻,万与鲁战,师败,为鲁所获,囚之宫中数月,归之宋。宋与闵公博,妇人在侧,公谓万曰:'鲁君孰与寡人美?'万曰:'鲁君美。天下诸侯,唯鲁君耳。宜其为君也。'闵公矜,妇人妒,其言曰:'尔鲁之囚虏尔,何知?'万怒,遂搏闵公颊,齿落于口,绝吭而死。仇牧闻君死,趋而至,遇万于门,携剑而叱之,万臂击仇牧而杀之,齿著于门阖。仇牧可谓不畏强御矣,趋君之难,顾不旋踵。"②上述文献所载其事都与本条不同。本条当另有所本。

(9)宋荆战弘(泓)水之上,宋人□□陈(阵)矣,荆人未济。宋司马请曰:"宋人寡而荆人众,及未济,击之,可破也。"宋君曰:"吾闻【之】,君子不击不成之列,不童(重)伤,不禽(擒)二毛。"士匽为鲁君槁(犒)师,曰:"宋必败。吾闻之,兵□三用,不当名则不克。邦治适(敌)乱,兵之所迹(迹)也。小邦□大邦,邪以務(攘)之,兵之所□也。诸侯失礼,天子诛之,兵□□□也。故□□□□□□□□□于百姓,上下无却然后可以济。伐,深入多杀者为上,所以除害也。今宋用兵而不□,见间而弗从,非德伐回,陈(阵)何为。且宋君不佴(耻)不全宋人之腹胫(颈),而佴(耻)不全荆陈(阵)之义,逆矣。以逆使民,其何以济之。"战而宋人果大败。③

按:此条所载之事见于《左传》、《穀梁传》、《公羊传》。《穀梁传》僖公二十二年:"宋公与楚人战于泓水之上。司马子反曰:楚众我少,鼓险而击之,胜

① 苏舆:《春秋繁露义证》,中华书局1992年版,第125页。
② 《新序》卷九,文渊阁《四库全书》本,第696册,第244—245页。
③ 《马王堆汉墓帛书》,文物出版社1983年版,第16页。

无幸焉。襄公曰:君子不推人危,不攻人厄,须其出。既出,旌乱于上,陈乱于下。子反曰:楚众我少,击之,胜无幸焉。襄公曰:不鼓不成列,须其成列而后击之。则众败而身伤焉。"①《公羊传》僖公二十二年:"宋公与楚人期战于泓之阳,楚人济泓而来。有司复曰:请迨其未毕济而击之。宋公曰:不可!吾闻之也,君子不厄人。吾虽丧国之余,寡人不忍行也。既济未毕陈,有司复曰:请迨其未毕陈而击之。宋公曰:不可,吾闻之也,君子不鼓不成列。已陈,然后襄公鼓之。宋师大败。"②《韩非子·外储说左上》:"宋襄公与楚人战于涿谷上,宋人既成列矣,楚人未及济,右司马购强趋而谏曰:楚人众而宋人寡,请使楚人半涉未成列而击之,必败。襄公曰:寡人闻君子曰:不重伤,不擒二毛,不推人于险,不迫人于厄,不鼓不成列。今楚未济而击之,害义。请使楚人毕涉成阵而后鼓士进之。右司马曰:君不爱宋民,腹心不完,特为义耳。公曰:不反列,且行法。右司马反列,楚人已成列撰阵矣,公乃鼓之,宋人大败,公伤股,三日而死,此乃慕自亲仁义之祸。"但三传和《韩非子·外储说左上》文字各异。"士匽为鲁君槁(犒)师"后的文字三传和《韩非子·外储说左上》皆不载。本条当另有所本。

(10)吴伐越,复其民,以归,弗复□□刑之,使守布周(舟)。纪谱曰:"刑不峇,使守布周(舟),游(留)其祸也。刑人佴(耻)刑而哀不辜,□瘱(怨)以司(伺)间,千万必有幸矣。"吴子余蔡观周(舟),闽(阍)人杀之。③

按:《穀梁传》襄公二十九年载:"阍弑吴子余祭。"《左传》载:"吴人伐越,获俘焉,以为阍,使守舟。吴子余祭观舟,阍以刀弑之。"都较本条简略。本条当另有所本。

---

① 《春秋穀梁传注疏》,《十三经注疏》本,中华书局1980年版,第2400页。

② 《春秋公羊传注疏》,《十三经注疏》本,中华书局1980年版,第2259页。

③ 《马王堆汉墓帛书》,文物出版社1983年版,第18页。

(11)鲁壮(庄)公有疾,讯公子牙曰:"吾将谁以?"□子对曰:"庆父财(才)。"讯公子侑,对曰:"臣以死奉烦也。"五月,公薨,子烦即立(位),公子庆父杀子烦而立公子启方。君召,公子侑俱入。闵子辛闻之,曰:"君以逆德入,怠(殆)有后患。夫共中(仲)㒸(圉)人骈旅其扶(抶)以犯尚民之众,杀子烦而立君,除君惌(怨)也。今【召】而公子侑俱人(入),不惌(怨)也。若不惌(怨)惌(怨)则德无事矣。为其亲则德为柰矣。二子之袭失量于君,愧于诸思(悔)德訾(诈)惌(怨),何叚(瑕)之不图。"处二年,共中(仲)使卜奇贼闵公於武讳(闱)。①

按:庆父弑君之事,《左传》庄公三十二年载云:"公疾。问后于叔牙。对曰:'庆父材。'问于季友。对曰:'臣以死奉般。'公曰:'乡者牙曰:庆父材。'成季使以君命命僖叔,待于鍼巫氏,使鍼季鸩之曰:'饮此则有后于鲁国,不然,死且无后。'饮之,归及逵泉而卒。立叔孙氏。"②《公羊传》庄公三十二年亦曰:"庄公病,将死,以病召季子。季子至而授之以国政,曰:'寡人即不起此病,吾将焉致乎鲁国。'季子曰:'般也存,君何忧焉?'公曰:'庸得若是乎。牙谓我曰:鲁一生一及,君已知之矣。庆父也存。'季子曰:'夫何敢,是将为乱乎!夫何敢。'俄,而牙弑械成,季子和药而饮之。曰:'公子从吾言而饮此,则必可以无为天下戮笑,必有后乎鲁国。不从吾言,而不饮此,则必为天下戮笑,必无后乎鲁国。'于是从其言而饮之,饮之无傫氏,至乎王堤而死。"③文字与本条大不同。此条或另有所本。

(12)鲁亘(桓)公与文羌(姜)会齐侯於乐。文羌(姜)迵(通)于齐侯,亘(桓)公以訾文羌(姜),文羌(姜)以告齐侯。齐侯使公子彭生载,公薨於车。医宁曰:"吾闻之,贤者死忠以辱尤而百姓愚焉。知(智)者瘇李(理)长【虑】而身得比(庇)焉。今彭生近君,□无尽言,容

① 《马王堆汉墓帛书》,文物出版社1983年版,第19页。
② 《春秋左传正义》,《十三经注疏》本,中华书局1980年版,第1784页。
③ 《春秋公羊传注疏》,《十三经注疏》本,中华书局1980年版,第2243页。

行阿君,使吾失亲戚之,有(又)勒(力)成吾君之过,以□二邦之恶,彭生其不免【乎】,祸李(理)属焉。君以怒遂祸,不畏恶也。亲间容昏,生□无匿(慝)也。几(岂)【及】彭生而能贞(正)之乎?鲁若有诛,彭生必为说。"鲁人请曰:"寡君来勒〈勤〉【旧】好,礼成而不反(返),恶【於】诸侯,无所归怨(怨)。"齐侯果杀彭生以说(悦)鲁。①

按:《左传》桓公十八年载:"公将有行。遂与姜氏如齐。申繻曰:女有家,男有室,无相渎也,谓之有礼,易此必败。公会齐侯于泺,遂及文姜如齐,齐侯通焉。公谪之,以告。夏四月,丙子。享公,使公子彭生乘公,公薨于车。"《公羊传》庄公元年:"夫人谮公于齐侯。公曰:同非吾子,齐侯之子也。齐侯怒,与之饮酒。于其出焉,使公子彭生送之。于其乘焉,搚干而杀之。"《管子·大匡》:"鲁桓公夫人文姜,齐女也,公将如齐,与夫人偕行,申俞谏曰:'不可,女有家,男有室,无相渎也,谓之有礼。'公不听,遂以文姜会齐侯于泺,文姜通于齐侯,桓公闻,责文姜,文姜告齐侯,齐侯怒,飨公,使公子彭生乘鲁侯,胁之,公薨于车。竖曼曰:'贤者死忠以振疑,百姓寓焉。智者究理而长虑,身得免焉。今彭生二于君,无尽言,而谀行以戏我君,使我君失亲戚之礼命。又力成吾君之祸,以构二国之怨,彭生其得免乎?祸理属焉。(夫君以怒遂祸,不畏恶亲闻容昏生无丑也,岂及彭生而能止之哉?)鲁若有诛,必以彭生为说。'二月,鲁人告齐曰:'寡君畏君之威,不敢宁居,来修旧好,礼成而不反,无所归死,请以彭生除之。'齐人为杀彭生,以谢于鲁。"②所载与本条文意相同,但文字各异;而二传所载文字较此条简略得多。《管子·大匡》与本条所载当非本于《左传》、《公羊传》之所载。

《春秋事语》,意即《春秋》所载之事之语。《春秋事语》1972 年出土于马王堆汉墓,该墓的下葬年代为汉文帝十二年,即前 168 年。因而,《春秋事语》的写定当在战国晚期或汉初。它所载或不见于现在先秦任何文献,或与先秦文献所载文字大不相同,因而,《春秋事语》当本自战国时代流传

① 《马王堆汉墓帛书》,文物出版社 1983 年版,第 20 页。
② 黎翔凤:《管子校注》,中华书局 2004 年版,第 336 页。

的诸国《春秋》。李学勤《〈春秋事语〉与〈左传〉的流传》一文认为:《春秋事语》的"内容是从《左传》简化而来"。但徐仁甫"主张不是帛书《春秋事语》袭《左传》,而是伪造《左传》的刘歆袭《春秋事语》。在他看来,叙事详密的应在后,简略的应在先"。《春秋事语》"有的与《左传》少有突出,这只能说是作者闻见有异"。① 从其所载或不见于现在先秦任何文献或与先秦文献所载文字大不相同看,《春秋事语》并非仅仅是袭自《左传》。

百国《春秋》的散佚,对于我们认识春秋时期的历史散文的叙事成就留下了一段空白。由于这一空白的存在,先秦文学的研究者便将以孔子《春秋》为春秋时历史散文的范本,认为春秋时的历史散文记事也很简单,而将叙事的细化和"言、事相兼"的功劳归于《左传》。而从上述百国《春秋》的佚文,我们可以发现如下几个问题:

(1)一些百国《春秋》仍然在战国至汉代流传。这流传的除《周春秋》之外,可能还有《鲁春秋》等。《穀梁传》、《公羊传》多保留有《鲁春秋》遗文。

(2)孔子《春秋》标题式记事是春秋时历史散文的一个特例。春秋时的历史散文百国《春秋》叙事已具备了《左传》的主要特征,叙事比较细致,有场面的描写,只是不及《左传》那样具体;而且言事兼记。

① 李学勤:《简帛佚籍与学术史》,江西教育出版社 2001 年版,第 268—269 页。

第六章 礼乐政坛言说与文坛言说方式

当今文学创作的创作主体是一个自由的主体。主体的这一自由性不仅能够使主体在“言说什么”方面根据自己对于事物的认知和判断自由加以选择,而且,由于主体不受言说场合的制约而能自由选择言说方式。礼乐制度的核心是伦理等级,礼乐政治形态下言说的也必然受制于言说主体和言说对象所构成的伦理性,规定着言说主体对于言说方法的选择,从而使言说方式具有了制度的意义。《礼记》说:“人臣之礼不显谏。”礼的这一言说原则和“不陷君于不义之地”的教条,使言说主体处于因言说不当而获祸的巨大焦虑之中,规定君臣关系的言说对君主的“顺”和对“讽谏”、“谲谏”言说方式的必然选择。先秦“文学”言说为礼乐政治形态的言说,故先秦礼乐政治形态言说的“伦理原则”也自然成为先秦“文学”的言说原则,规定着“文学”的言说方式。这最有代表性的表现形式就是诗的“六诗”、“六义”。“六诗”、“六义”的“风”即借其他人事来说言说对象所做正确与否来进行讽劝,“雅”即庄严地直接言说,与《诗经》的风、雅、颂不是同一概念。先秦散文的“《春秋》笔法”、寓言、重言和战国诸子的言说都继承着“六诗”的言说方式,都不过是先秦礼乐政治形态“限定时空”言说伦理原则支配下维护等级之间“和而不同”的“讽喻”言说方式顺理成章的置换,而交际歌的“诗+音乐”这一言说形式也因礼乐政治形态言说长期的积淀而确立。这些由礼乐政治形态言说而形成的“文学”言说方式,为后来中国文学最基本的言说方式。

一、礼乐政治与言说方式

政治形态君臣关系的言说以臣下之“顺”为根本原则——战国士阶层“义不臣乎天子”的诉求没能使其超越礼乐的伦理原则——政坛言说使臣下处于巨大的焦虑之中——人臣之礼不显谏——“五谏”以讽喻最得礼乐要义

周代“家国同构”的政治建构，使得礼乐制度同时具有了家族宗法制度和国家政治制度的性质。我们注意到，于礼乐制度而言，尽管家族制度也就是国家政治制度，但在某些情况下，国家的利益并不表现为家族的利益，家族的利益也不代表国家的利益。尤其在春秋战国时期，某些家族由于实力强大，权势凌驾于公室之上，如鲁国的季氏、齐国的陈氏等。所以，在礼乐制度中，君、父的角色身份及其职责还是存在很大差别的。这种差别，导致了臣子事君和事父的一些不同。

父子之道与君臣之道最大的不同，在于父子之道的“无犯”和君臣之道的“有犯”。《礼记·檀弓上》曾说：“事亲有隐而无犯”，“事君有犯而无隐”。《礼记正义》卷六《正义》曰：“子之事亲本主恩爱，不欲闻亲有过恶，故有隐不欲违亲颜色，故无犯。臣之事君，利在功义，若有恶不谏，社稷倾亡，故有犯君之过恶，众所同知，故云无隐也。”①子事其父，在于家庭的和睦，而臣之事君，在于政治的功利。故事父“有隐而无犯”，事君“有犯而无隐”。荀子有几句话可谓这一段话的极好注解，他说：

> 君有过谋过事，将危国家陨社稷之惧也；大臣父兄，有能进言于君，用则可，不用则去，谓之谏；有能进言于君，用则可，不用则死，谓之争；有能比知同力，率群臣百吏而相与强君挢君，君虽不安，不能不听，遂以解国之大患，除国之大害，成于尊君安国，谓之辅；有能抗君之命，窃君

---

① 《礼记正义》卷六，《十三经注疏》本，中华书局1980年版，第1274页。

之重，反君之事，以安国之危，除君之辱，功伐足以成国之大利，谓之拂。故谏争辅拂之人，社稷之臣也，国君之宝也，明君之所尊厚也。①

若君主所作所为有损于国家社稷利益，关系到国家的存亡，群臣百吏可以"相与强君挢君"，乃至于可以"抗君之命，窃君之重，反君之事"。荀子甚至于将这样的臣子视为"社稷之臣"。

不可否认，为着维系君臣之间的和谐，先秦的礼乐政治形态在君臣关系方面也给予了大臣一定的尊严，如《中庸》说，君主应该"敬大臣"，"体群臣"。所谓"敬大臣"，就是说君主不能凌辱臣下；"体群臣"就是要君主"设以身处其地而察其心"。因为"敬大臣"君主才能"不眩"，"体群臣则士之报礼重"，群臣才会尽忠于君主，不至于产生离心力。而且，战国时期由于士阶层崛起及其在诸侯争霸的过程中对国家成败兴衰所发挥的巨大作用，滋生了士阶层超越礼乐所强化的传统君臣关系而平揖君主的观念。如于陵子仲"上不臣于王，下不治其家，中不索交诸侯"；公孙弘说："义不臣乎天子，不友乎诸侯，得志不惭为人主，不得志不肯为人臣，如此者三人，能治可为管、商之师，说义听行，其能致主霸王。"②《孟子·万章上》载《语》云："盛德之士，君不得而臣，父不得而子。"也有人确实将他们的这一观念用之于君臣关系的言说实践，如：

齐宣王见颜斶，曰："斶前！"斶亦曰："王前！"宣王不悦。左右曰："王，人君也。斶，人臣也。王曰'斶前'，亦曰'王前'，可乎？"斶对曰："夫斶前为慕势，王前为趋士。与使斶为趋势，不如使王为趋士。"王忿然作色曰："王者贵乎？士贵乎？"对曰："士贵耳，王者不贵。"王曰："有说乎？"斶曰："有。昔者秦攻齐，令曰：'有敢去柳下季垄五十步而樵采者，死不赦。'令曰：'有能得齐王头者，封万户侯，赐金千镒。'由是观

① 王先谦：《荀子集解》卷九，中华书局1954年版，第155—156页。
② 高诱注：《吕氏春秋》卷十二，中华书局1954年版，第122页。

之，生王之头，曾不若死士之垄也。”①

颜斶认为士贵而君主为贱。这种对于传统君臣关系的超越，使他在君臣言说时无所顾忌。但是，这种平交君主的渴望只不过是单方面的一种人格价值的诉求。在那个时代，确实有些君主为着国家的生存而留下了礼贤下士的佳话，如魏文侯师事子夏。

但是，尽管战国时期人们对待礼乐的态度远不及西周和春秋时期那样执著，但由于先秦礼乐制度被赋予了天造地设的神秘意义，如《礼记·礼运》所说：“夫礼，必本于大一，分而为天地，转而为阴阳，变而为四时，列而为鬼神。其降曰命，其官于天也。”因而，礼所规定的君君、臣臣、父父、子子的等级原则被认为是天地的法则，礼所确定的君主的权威也就具有了绝对神圣而不可侵犯的意义。即便是法家对礼乐进行全盘否定，却从不曾否定君主的绝对权威，反而对君主的权威进行了进一步强化。因而，战国时期士的这一诉求并没能颠覆礼乐制度所确立的君臣等级关系。齐宣王和他的左右依然坚持王为人君、臣下必恭的传统观念。赵威后认为于陵子仲为“率民而出于无用者”，要将其杀掉。② 荀子虽认为在国家重要关头，君主有过，群臣可以“相与强君挢君”，可以“抗君之命，窃君之重，反君之事”，但他同样以为，臣下是“事人”者。而“事人而不顺者，不疾者也；疾而不顺者，不敬者也；敬而不顺者，不忠者也；忠而不顺者，无功者也；有功而不顺者，无德者也”③。“不疾”就是怠慢之意。侍奉君主即便是有功、忠敬而且做事敏捷，但若“不顺”，便是“无德”。所以，事君当以顺君为基本原则。

因此，《礼记·檀弓上》说“事君有犯而无隐”，并不是说在政治言说中，臣下可以凌驾于君主之上。礼乐制度虽然也在一定程度上维护了臣民的利益，但这对臣民利益的维护其旨正在于维护君主的权益，强化的是君主凌驾天下的绝对权威。《礼运》中的一段话将礼的这一终极目的说得非常清楚：

---

① 刘向辑录：《战国策·齐策四》，上海古籍出版社1985年版，第407—408页。

② 刘向辑录：《战国策·齐策四》，上海古籍出版社1985年版，第418页。

③ 王先谦：《荀子集解》卷九，中华书局1954年版，第168页。

“礼者,君之大柄也,所以别嫌明微,傧鬼神,考制度,别仁义,所以治政安君也。”礼乐只不过是君主维护其权益的一个工具,所谓的“别嫌明微,傧鬼神,考制度,别仁义”都不过是为着“安君”。因而,礼乐政治形态中的君臣关系只能是一种驱使和被驱使、服从和被服从的关系。

礼制确立的政治形态的这种君臣关系,使君主在君臣关系的言说中具有极致的主导和支配地位。董仲舒曾说:“天子受命于天,诸侯受命于天子,子受命于父,臣妾受命于君,妻受命于夫,诸所受命者,其尊皆天也,虽谓受命于天亦可。”若是“公侯不能奉天子之命,则名绝而不得就位”;“子不奉父命,则有伯讨之罪”;“臣不奉君命,虽善,以叛言”;“妾不奉君之命,则媵女先至者是也”。① 在董仲舒看来,天子是天意和天理的代言者,臣下受命于君主,就是受命于天。天的意志是不可违背的,故臣下应该绝对服从君主之命。董仲舒虽是西汉人,但他的这番话可谓是对先秦时期礼乐形态的政坛君臣言主说关系的一个总结。因为这样的一种观念在《尚书·洪范》中已有了充分的表述:

> 无偏无陂,遵王之义。无有作好,遵王之道。无有作恶,遵王之路。无偏无党,王道荡荡。无党无偏,王道平平。无反无侧,王道正直。会其有极,归其有极。曰:皇极之敷言。是彝是训,于帝其训。凡厥庶民,极之敷言,是训是行。

曾运乾曰:“义,法也。”“会其有极,谓君也。”“彝,常也。训,教也。帝,天也。‘其训’之‘训’读为顺,言天子上同于天也。”②帝王之言为法,故臣下不要有任何个人的意志,一切遵从帝王,顺任帝王。箕子的这一思想用周人的话来表述,就是《诗经·皇矣》所说“不识不知,顺帝之则”。这才是礼乐政治制度最根本的原则。故所谓“事君有犯而无隐”,只不过是在非常特殊的情况下所采用的非常特殊的方式而已。

---

① 苏舆:《春秋繁露义证》,中华书局1992年版,第412页。

② 曾运乾:《尚书正读》,中华书局1964年版,第132—133页。

其实，不管在礼乐政治形态还是中央集权制政治形态，君臣之道都是必须之道。因而，和父子关系的言说一样，君臣关系言说依然以“顺”为根本原则。这一原则表现为两方面：一是作为言说主体的臣下不言君恶，二是言说要委婉。《晏子春秋·外篇》载时人言曰：“废置不周于君前，谓之专；出言不讳于君前，谓之易。专易之行存，则君臣之道废矣。”《礼记》对此也多有明确的表述。《少仪》说：

> 为人臣下者，有谏而无讪，有亡而无疾，颂而无讇，谏而无骄，怠则张而相之，废则埽而更之，谓之社稷之役。①

《礼记正义》卷三十五“正义”曰：“此明臣事君之道。有谏而无讪者，讪，谓道说君之过恶及谤毁也。君若恶，臣当谏之，不得向人道说谤毁。故《论语》云：‘恶居下流而讪上者。’有亡而无疾者，亡，犹去也，疾犹憎恶也。君若有过，三谏不从，乃出境而去，不得强留而憎恶君也。颂而无讇者，颂，美盛德之形容也；讇谓横求见容。若君有盛德，臣当美而颂之也；君苟无德，则匡而救之，不得虚妄以恶为美，横求见容。故《孝经》云：‘将顺其美匡救其恶。’谏而无骄者，君若从己谏，则己不得藉己言行谋用恃知而生骄慢。怠则张而相之者，怠，惰也；相，助也。若君政怠惰，则臣当为张起而助成之也。”②《礼记·曲礼下》亦谓：

> 为人臣之礼不显谏，三谏而不听，则逃之。子之事亲也，三谏而不听，则号泣而随之。③

郑注云：“为夺美也。显，明也；谓明言其君恶不几微。”孔颖达疏曰：“事君虽主谏争，亦当依微纳进善言耳，不得显然明言君恶，以夺君之美也。”可

① 《礼记正义》卷三十五，《十三经注疏》本，中华书局1980年版，第1512页。
② 《礼记正义》卷三十五，《十三经注疏》本，中华书局1980年版，第1512页。
③ 《礼记正义》卷五，《十三经注疏》本，中华书局1980年版，第1267页。

见，礼乐形态中政治形态的君臣关系言说和家庭形态的父子关系言说的原则是完全一致的。所以，孔子在子路问事君时虽然说过“勿欺也，而犯之”①，但他却从不明言君主的不是。《论语·述而》曾载：“陈司败问昭公知礼乎？孔子曰：‘知礼。’孔子退，揖巫马期而进之，曰：‘吾闻君子不党，君子亦党乎？君取于吴为同姓，谓之吴孟子。君而知礼，孰不知礼？’”②以孔子的才学，当然知道昭公娶同姓女子不符合礼同姓不娶的原则。明知昭公不知礼却说其知礼，只不过如宋张栻《论语解》卷四所说“言为君隐之意”。《八佾》载：鲁僖公僭礼而举行褅祭，孔子非常不满，但他却不直接批评僖公，而只是说：“褅自既灌而往者，吾不欲观之矣。”在有人“问褅之说”时说：“不知也。知其说者之于天下也，其如示诸斯乎！”以表明自己的态度。《孔丛子·执节》云：“先君夫子曰事君欲谏不欲陈，言不欲显君之非。”可知孔子遵守着礼不明言君恶的原则。关于君臣关系言说之“委婉”，后面将有论述，此不多说。

君臣关系的这一言说原则，对于作为臣下的言说主体始终保持着一种高压态势，对于言说主体的言说心理及言说起着巨大的制约作用。

礼乐制度确立了君主的绝对权威，而君主这一绝对权威的确立，为保证君主意志不受约束提供了制度的根本保障，从而使得绝大多数君主在君臣关系的言说中能够突破礼乐道德的约束，将臣下置之于一种被凌辱乃至于尽忠君主而被剥夺生命的境地。如齐庄公与崔杼的老婆通奸，还以崔杼之冠赐人，说：“不为崔子，其无冠乎！”③“卫懿公喜鹤，鹤有饰以文绣而乘轩者。赋敛繁多，而不顾其民，贵优而轻大臣。群臣或谏，则面叱之。”晋灵公“厚敛以雕墙，从台上弹人，而观其辟丸也；宰夫胹熊蹯不熟，杀之，寘诸畚。使妇人载以过朝”。赵宣子几次进谏。晋灵公患之，竟派鉏麑刺杀赵宣子。这样一种政治生态，使得政治言说中作为言说主体的臣子在言说时始终处于一种人格遭受凌辱和生命被剥夺的焦虑之中。孔子一再强调明哲保身，

---

① 朱熹：《论语集注》卷七，中华书局 1983 年版，第 155 页。

② 朱熹：《论语集注》卷四，中华书局 1983 年版，第 100 页。

③ 杜预：《春秋左传集解》，上海古籍出版社 1977 年版，第 1022 页。

主张“危邦不入,乱邦不居”,对于宁武子“邦有道则知,邦无道则愚”极为赞赏,说“其知可及也,其愚不可及也”①。正在于他看透了当时君臣关系中臣子的境地以及对这一境地感到的焦虑和不安。

庄子对君臣关系言说中臣子的这一生存状态有着更为深刻的体会。他的这一体会和深切的焦虑在《人间世》中得到极为充分的表露。文章以三个故事揭露了君臣关系言说之难的现状。颜回听说“卫君其年壮,其行独。轻用其国,而不见其过。轻用民死,死者以国量乎泽若蕉,民其无如”,欲前往卫国进谏卫君,向孔子请行。孔子对他说,即使是你颜回“德厚信矼”、“名闻不争”,但卫君并不知你颜回的心气,你“强以仁义绳墨之言术暴人之前”,卫君必“恶有其美”,认为是在“菑人”。“菑人者,人必反菑之。”你若是“无诏”,默尔不言,卫君则必“恃千乘之势,用五等之威,饰非距谏,斗其捷辩”②。即使你有“忠厚之言”,也是诚心献替,但却必遭卫君刑戮。颜回认为,自己“端正其形,尽人臣之敬;虚豁心虑,竭匡谏之诚”,应该不至于有危险。但孔子却说,卫君亢阳之性充张于内而甚扬于外,喜怒无常,人们都不敢对他有所违逆。你若对他劝谏,他则会“因其忠谏而抑挫之,以求快乐纵容”。颜回又问:“然则我内直而外曲,成而上比。内直者,与天为徒。与天为徒者,知天子之与己皆天之所子,而独以己言蕲乎而人善之,蕲乎而人不善之邪?若然者,人谓之童子,是之谓与天为徒。外曲者,与人之为徒也。擎跽曲拳,人臣之礼也。人皆为之,吾敢不为邪!为人之所为者,人亦无疵焉,是之谓与人为徒。成而上比者,与古为徒。其言虽教,谪之实也,古之有也,非吾有也。若然者,虽直而不病,是之谓与古为徒。若是则可乎?”但孔子仍然给予了否定的回答。在接下来的叶公子高将使于齐问于仲尼这一故事中,庄子再借孔子之口说,侍奉君主,“凡事若小若大,寡不道以欢成。事若不成,则必有人道之患;事若成,则必有阴阳之患”。交往“近则必相靡以信,远则必忠之以言。言必或传之。夫传两喜两怒之言,天下之难者也。夫两喜必多溢美之言,两怒必多溢恶之言。凡溢之类妄,妄则其信之也莫,莫

① 朱熹:《论语集注》卷三,中华书局1983年版,第81页。

② 郭庆藩:《庄子集释》卷二中“成疏”,中华书局1954年版,第63—64页。

则传言者殃”。但言语如同风波易于改变；传言者要讨得对方的认可，则必说对方喜听之言，这样，则必改变实情，巧言偏辞。而“风波易以动，实丧易以危”；对方的忿怒，常由巧言过实、偏辞失当产生。这时对方“气息茀然，于是并生心厉”。传言者见“克核大至，则必有不肖之心应之，而不知其然也。苟为不知其然也，孰知其所终”！在颜阖将傅卫灵公太子而问于蘧伯玉的故事中，庄子再次借颜阖和蘧伯玉的对话，表明了君臣言说的这种焦虑：“与之为无方则危吾国，与之为有方，则危吾身。其知适足以知人之过，而不知其所以过。”即便是臣下行为不乖君臣之礼，内心顺任君主，但同样“有患”。若“形就而入，且为颠为灭，为崩为蹶。心和而出，且为声为名，为妖为孽”。同陷于败亡的境地。在君臣关系中臣下只不过是螳螂，君主则如同车辙，螳螂若“怒其臂以当车辙”，则必逃不出粉身碎骨的下场。臣下事君就如养虎，“不敢以生物与之，为其杀之之怒也；不敢以全物与之，为其决之之怒也”。故只有“时其饥饱，达其怒心”，方能避免螳螂挡车的结果。因为君主和老虎一样，“媚养己者，顺也；故其杀者，逆也”。

在礼乐政治形态君臣关系言说中，臣下始终处于沉重的焦虑状态这情况绝非道家的庄子所独有。如柏常骞见晏子曰：“敢问正道直行则不容于世，隐道危行则不忍，道亦无灭，身亦无废者何若？”晏子对曰：“善哉！问事君乎。婴闻之，执二法裾，则不取也；轻进苟合，则不信也；直易无讳，则速伤也。”①是晏子也心中有着在君臣关系言说中不能“直易无讳”的原则。《韩非子·难言》亦诉说了这种礼乐政治形态君臣关系言说的担心。他说，作为臣子，“度量虽正，未必听也；义理虽全，未必用也。大王若以此不信，则小者以为毁訾诽谤，大者患祸灾害死亡及其身。故子胥善谋而吴戮之，仲尼善说而匡围之，管夷吾实贤而鲁囚之”。在人们的眼中，商汤为圣，伊尹为“至智”；但伊尹说商汤“七十说而不受，身执鼎俎为庖宰，昵近习亲，而汤乃仅知其贤而用之”。至于那些暴君更不用说，如“文王说纣而纣囚之，翼侯炙，鬼侯腊，比干剖心，梅伯醢”。就是一般的君主，进言的臣子也未必有一个好的下场，如“夷吾束缚，而曹羁奔陈，伯里子道乞，傅说转鬻，孙子膑脚

---

① 张纯一：《晏子春秋校注》卷四，中华书局1954年版，第121页。

于魏，吴起收泣于岸门、痛西河之为秦，卒枝解于楚，公叔痤言国器反为悖，公孙鞅奔秦，关龙逢斩，苌宏分胣，尹子阱于棘，司马子期死而浮于江，田明辜射，宓子贱、西门豹不斗而死人手，董安于死而陈于市，宰予不免于田常，范睢折胁于魏”。他最后总结道：“世之仁贤忠良有道术之士”，“不幸而遇悖乱闇惑之主而死”，虽贤圣也“不能逃死亡避戮辱者”。① 韩非的这一番话，可谓痛心疾首，将君臣关系言说中臣子的所处境况分析得至为透彻。

礼乐制度规定的君主最大利益及对君主绝对权威的维护，导致了君主和臣下不可避免的矛盾。因而，怎样调和君主与臣子的矛盾，是封建政治不可逃避的一大问题。即便是再圣明的君主也有犯过错的时候。由于他们的地位决定了他们的错误轻则会导致国家政治的混乱，重则会导致国家的败亡。若是出现这种情况，则必影响到他们的利益。故君主要维护自己的统治，必要臣下的不时进谏，以修正行政过程中出现的错误。故“卫武公年数九十有五矣，犹箴儆于国，曰：‘自卿以下至于师长士，苟在朝者，无谓我老耄而舍我，必恭恪于朝，朝夕以交戒我；闻一二之言，必诵志而纳之，以训导我。’”②于臣下而言，他们政治价值追求的实现必依赖君主的任用，而不可能像楚狂接舆避世以保持人格的尊严和自由，而要得到君主的任用，则必不能过分损害君主的利益，否则，则会性命不保。如周厉王暴虐，国人对他进行批评，“王怒，得卫巫，使监谤者，以告，则杀之”。致使“国人莫敢言，道路以目”；而国人之谤王者亦被杀。③ 故楚庄王时的中庶子说：

> 忠信者，士之行也；言语者，士之道路也。道路不修，士无所行矣。④

显然，这种两败的结局是君主和臣下都不愿看到的。因而，寻找一套适应于君臣伦理秩序的君臣关系言说方式，化解君臣言说的矛盾，是君臣双方

① 王先慎：《韩非子集解》卷一，中华书局1954年版，第14—16页。
② 韦昭注：《国语》，上海古籍出版社1988年版，第551页。
③ 韦昭注：《国语》，上海古籍出版社1988年版，第9页。
④ 《新序》卷二，文渊阁《四库全书》本，第696册，第153页。

一致的诉求。这也就是说，礼乐规定的君臣的伦理秩序以及由此而产生的君臣关系言说中言说主体和言说对象的双向诉求，需要一套与这种伦理秩序和双向诉求相适应的君臣言说方式，以化解君臣之间因不同的政治行为而产生的矛盾，保证礼乐形态政治秩序的运行和臣下人格以及政治价值诉求的实现。

于是，适应着礼乐规定的伦理秩序，在长期的礼乐政治运行过程中，人们根据《易》象思维的"以象见意"，总结了一套与之相应的君臣关系言说方式。其中有些方式，以礼义的名义被规定下来。《荀子·臣道》曾引《书》曰：

> 从命而不拂，微谏而不倦，为上则明，为下则逊。①

《礼记·王制》亦谓：

> 大史典礼，执简记，奉讳恶。

孔子曾对君臣关系的言说方式加以总结，说：

> 忠臣之谏君，有五义焉。一曰谲谏，二曰戆谏，三曰降谏，四曰直谏，五曰风谏。②

这君臣关系言说的五种方式，在汉代有不同的表述。《说苑·正谏篇》云："谏有五：一曰正谏，二曰降谏，三曰忠谏，四曰戆谏，五曰讽谏。"③何休《公羊传》庄公二十四年《解诂》曰："谏有五：一曰讽谏，……二曰顺谏，……三曰直谏，……四曰争谏，……五曰戆谏"④班固《白虎通义·谏争》亦说："五

---

① 王先谦：《荀子集解》卷九，中华书局 1954 年版，第 168 页。
② 《孔子家语》，文渊阁《四库全书》本，第 695 册，第 34 页。
③ 《说苑》卷九，文渊阁《四库全书》本，第 696 册，第 75 页。
④ 《春秋公羊传注疏》，《十三经注疏》本，中华书局 1980 年版，第 2238 页。

谏谓讽谏、顺谏、窥谏、指谏、伯谏。"[1]这"五谏"虽然名称不同，但根据后人的注释，知其基本含义相去不远。所谓"谲谏"，即《毛诗正义》卷一郑注所说："咏歌依违不直谏。"降谏，大概就是刘向、何休、班固所说的"顺谏"。《白虎通义·谏争》云："顺谏者，仁也，出辞逊顺不逆君心。"[2]《礼记正义》卷五"正义"曰："顺谏，曹羁是也。即上谏曹君，无以戎敌，三谏不从，遂出奔陈，所谓以道事君，不可则止；此是顺谏也。"直谏，即刘向所谓"正谏"，班固所谓"指谏"。《白虎通义·谏争》云："指谏者，信也；指，质相其事也。"《礼记正义》卷五"正义"曰："直谏，子家驹是也。案昭二十五年《公羊传》云：昭公将杀季氏，子家驹谏曰：诸侯僭于天子，大夫僭于诸侯久矣。是不辟君僭而言之，是直谏也。"戆谏即何休所谓"争谏"，班固所谓"伯谏"。《礼记正义》卷五"正义"曰："戆谏，百里子蹇叔子是也。案僖三十三年《公羊传》云：秦穆公将袭郑，百里子与蹇叔子谏穆公，不从。百里子、蹇叔子从其子而哭之，是戆谏也。"《白虎通义·谏争》谓："伯谏者，义也；恻隐发于中，直言国之害厉，志忘生为君不避丧身。"《礼记正义》卷五"正义"曰："争谏，子反请归是也。案宣十五年《公羊传》云：楚庄王围宋，子反华元乘堙相对语，华元谓子反云：易子而食之，析骸而炊之。子反谓华元：吾军有七日之粮。子反劝楚王赦宋而归，楚王不可。子反频谏不听，乃引师去，楚王亦归，是争谏也。"而讽谏即如《礼记正义》卷五"正义"所说："孔子以季氏之强，谓季孙曰家不藏甲，邑无百雉之城。季孙闻之，堕费邑，是讽谏也。"

在这五种君臣关系言说方式中，谲谏、讽谏就是不直言君主之恶，既能表达臣下的意愿，也不至于引起君主对于言说者的憎恨而导致臣下有性命之忧，较为典型地体现着礼乐政治君臣伦理之义，体现着礼乐规定的君臣的伦理秩序以及由此而产生的君臣关系言说中言说主体和言说对象的双向诉求，因而受到言说者普遍的认可。孔子说："唯度主而行之，吾从其风谏乎！"[3]《战国策·赵策二》亦谓臣下"事主之行，竭意尽力，微谏而不哗，应

① 《白虎通义》卷上，文渊阁《四库全书》本，第850册，第30页。

② 《白虎通义》卷上，文渊阁《四库全书》本，第850册，第30页。

③ 《孔子家语》，文渊阁《四库全书》本，第695册，第34页。

对而不怨，不逆上以自伐，不立私以为名。子道顺而不拂，臣行让而不争”①。荀子将君主分为“圣君”、“中君”、“暴君”三类，但不管是哪类君主，臣下都应该“崇其美，扬其善，违其恶，隐其败，言其所长，不称其所短”。②可见，在先秦礼乐政治形态，虽也不乏诤臣，但君臣最为崇尚的言说方式却是讽喻，即借他人之言或他人之事来进行劝谏，委婉地表达对于君主的批评。

从上面的论述，可以得出这样一个结论，在先秦礼乐政治形态这一限定时空言说中，礼乐所规定的君臣伦理关系言说，是一种非言说主体的自由的言说。这种非自由，既表现于言说的内容，也表现于言说方式。换句话说，言说的方式，即怎样言说是完全被礼乐所规定的君臣伦理关系所制约，言说的主体没有自主选择的权力。

二、“六诗”、“六义”与讽喻

对“六诗”、“六义”的解释产生歧义的原因是学者多以文艺为视点——诗的产生与政治功用的实现都缘于美刺的第一存在形态——“六诗”之风雅颂与作为诗之体的风雅颂非同一概念——“风”即借其他人事来说言说对象所做正确与否来进行讽劝——“雅”即庄严地言说——“六诗”是适应礼乐政治形态言说“颜色齐”和“顺辞令”的原则而产生的言说方式

先秦的“文坛”隐含于神坛和政坛的混融性建构，在将礼乐政治形态的价值取向、言说场合和言说主体和言说对象及其构成的言说关系与“文学”的价值取向、言说场合和言说主体和言说对象及其构成的言说关系融为一体时，也将礼乐政治形态的言说原则和“文学”的言说原则结构为一体。于是，礼乐政治形态言说的伦理原则也就顺理成章地成为了“文学”言说原

① 高诱注：《战国策》第二册，上海书店 1978 年版，第 64 页。

② 王先谦：《荀子集解》卷九，中华书局 1954 年版，第 167 页。

则。适应着礼乐政治形态言说的"和而不同"和伦理原则而产生的言说方式也自然成为"文学"的言说方式。确定了这一点,便找到了解析先秦文学言说方式的发生的最佳视点。

礼乐制度下礼乐政治形态言说的伦理原则的表现形式是"颜色齐"和"顺辞令"。这辞令之"顺"在"诗"这一形态最有代表性的表现形式就是《周礼》所谓"六诗"。

《周礼·大师》第一次记述了先秦"六诗"这一概念,说大师"教六诗:曰风,曰赋,曰比,曰兴,曰雅,曰颂。"①《毛诗序》将其表述为"六义",说:"诗有六义焉,一曰风,二曰赋,三曰比,四曰兴,五曰雅,六曰颂。"②古今学者大都将"六诗"和"六义"视为同一概念,但对何为"六诗"、"六义",却有众多不同解读。

赋、比、兴有众多不同解释,对风、雅、颂的解读,学者之间存在着更大的差异。《毛诗序》是最早对风、雅、颂作解读的。《毛诗序》认为:"上以风化下,下以风刺上,主文而谲谏,言之者无罪,闻之者足以戒,故曰风。"显然,"风"是一种政治的言说方式。其功用是君主以之来教化百姓和臣民以之来讽谏君主,因为"主文"而不直言君主之过,故能让"言之者无罪"。但他下文对风、雅、颂的解读却将诗之体和诗之用结合在一起。"以一国之事,系一人之本,谓之风。言天下之事,形四方之风,谓之雅。雅者,正也,言王政之所由废兴也。政有小大,故有小雅焉,有大雅焉。颂者美盛德之形容,以其成功告于神明者也。"《毛诗正义》卷一"正义"曰:"一国之政事,善恶皆系属于一人之本,意如此而作诗者谓之风。言道天下之政事,发见四方之风俗,如是而作诗者谓之雅。"③据此,风、雅当为言说方式。而说"雅"为"言王政之所由废兴",则是就雅的内容而言。颂为"美盛德之形容,以其成功告于神明者"。所谓"美盛德"和"以其成功告于神明"无疑是就颂的内容而言。而"形容"则是指舞容。阮元《研经堂集·释颂》曰:"三颂各章,皆是

① 《周礼注疏》卷二十三,《十三经注疏》本,中华书局1980年版,第796页。
② 《毛诗正义》卷一之一,《十三经注疏》本,中华书局1980年版,第271页。
③ 《毛诗正义》卷一之一,《十三经注疏》本,中华书局1980年版,第272页。

舞容,故称为颂。”故“美盛德之形容”即是以舞乐来赞美神灵及祖先的功德。当我们将不同的内容的诗文分别归于一类时,便有了不同之诗文之体的意义。因而,《毛诗序》的作者既将风、雅、颂看作是诗之体,同时也将其看作是诗的表达方式。

郑玄是第一个对“六诗”和“六义”作全面解释的学者。他的解读与《毛诗传》有不同,但他基本上也将风、雅、颂、赋、比、兴看作是诗的表达方式。他在《周礼注疏》卷二十三注“六诗”云:“风言圣贤治道之遗化,……雅,正也,言今之正者以为后世法。颂之言诵也,容也,诵今之德广以美之。”①郑玄同样认为“六诗”是政治的言说。所谓“风言圣贤治道之遗化”,亦即庄子所说“成而上比者,与古为徒”,即借用古代圣贤的事对当今君主进行讽谏。雅主要“言今之正者为后世法”,虽涉及雅的内容,但同时也是就言说方式而言,即对事对人不作直接的批评,而是以“正”比“邪”,以见“邪”不符合“正”。颂则是以“诵”和舞乐美神灵和先王的盛德。

孔颖达无视《周礼·大师》和《毛诗序》关于“六诗”、“六义”风、赋、比、兴、雅、颂的顺序,将风、雅、颂和赋、比、兴区明确分开来。他在《毛诗正义》卷一“疏”中说:“风、雅、颂者,皆是施政之名也。上云风,风也,教也,风以动之,教以化之,是风为政名也。下云雅者,正也,政有小大,故有小雅焉有大雅焉,是雅为政名也。《周颂谱》云:‘颂之言容,天子之德,光被四表,格于上下。’此之谓容是颂,为政名也。人君以政化下,臣下感政作诗,故还取政教之名,以为作诗之目。”②谓风、雅、颂为体,是“施政之名”,赋、比、兴则为表述方式。他说:

> 然则风、雅、颂者,诗篇之异体;赋比兴者,诗文之异辞耳。大小不同而得并为六义者,赋比兴是诗之所用,风雅颂是诗之成形,用彼三事成此三事,是故同称为义,非别有篇卷也。③

① 《周礼注疏》卷二十三,《十三经注疏》本,中华书局1980年版,第796页。
② 《毛诗正义》卷一之一,《十三经注疏》本,中华书局1980年版,第272页。
③ 《毛诗正义》卷一之一,《十三经注疏》本,中华书局1980年版,第271页。

即便是都认为风、雅、颂是诗之体，但在根据什么来分体却也有解读的差异。毛传和郑玄是以诗的内容和所用空间及对象的不同作为依据。孔颖达则以为风、雅、颂原本为“施政之名”。朱熹认为是因作者不同而导致诗的内容及所用空间的不同而产生了风、雅、颂之体，说：“大抵国风是民庶所作，雅是朝廷之诗，颂是宗庙之诗。”但同时他也认为，风、雅、颂的不同与所用之乐有密切关系，说《卫风》所以分为《邶》、《鄘》、《卫》，“亦如今之歌曲，音各不同。卫有卫音，鄘有鄘音，邶有邶音”；“若《大雅》、《小雅》则亦如今之商调、宫调。作歌曲者亦按其腔调而作耳。《大雅》、《小雅》亦古作乐之体格，按《大雅》体格作《大雅》，按《小雅》体格作《小雅》，非是做成诗后，旋相度其辞目为《大雅》、《小雅》也”。故“风、雅、颂乃是乐章之腔调，如言仲吕调、大石调、越调之类。”①而郑樵又认为：风、雅、颂三体，不仅“如今人之诗有律、有吕、有歌行是也”，亦“风者出于土风，大概小夫贱隶妇人女子之言，其意虽远，其言浅近重复，故谓之风。雅出于朝廷士大夫，其言纯厚典则，其体抑扬顿挫，非复小夫贱隶妇人女子所能道，故曰雅。颂者初无讽谕，惟铺张勋德而已，其辞严，其声有节，不敢琐言亵语，以示有所尊，故曰颂”。② 将作者为文风格的不同结合在一起来进行解释风、雅、颂的分类。

“六诗”和“六义”的解读众多。产生这众多歧义的原因，一是将“六诗”、“六义”的风、雅、颂等同于《诗经》中文体的风、雅、颂；二是没有以先秦礼乐政治形态的伦理言说为视点。从上面的论述我们注意到，汉代学者在解释“六诗”和“六义”时，多从先秦诗为礼乐政治形态的言说这一视点对其进行解析，而汉以后的学者则多超越先秦诗的这一言说语境，更多从当时文学艺术的角度来进行解读，如钟嵘释赋、比、兴；朱熹说“《大雅》、《小雅》则亦如今之商调、宫调，作歌曲者亦按其腔调而作耳”；郑樵认为“风雅颂三者之体，如今人之诗有律、有吕、有歌行”。都是以当时作诗的情况去揣度先秦诗之所作所用。

将“六诗”和“六义”区分为诗之体和诗之用，显然是有违历史的，要不，

① 《御纂朱子全书》卷三十五，文渊阁《四库全书》本，第721册，第48—49页。

② 严虞惇：《读诗质疑》卷首六引，文渊阁《四库全书》本，第87册，第84页。

便是解释者有意忽略了先秦典籍对于“六诗”和“六义”顺序的记载。《周礼》和《毛诗序》对“六诗”和“六义”记述顺序都为风、赋、比、兴、雅、颂,并没有将赋、比、兴归为一类,将风、雅、颂归于另一类。应该说,这一排序不是随意的。先秦有“六艺”、“六气”、“六合”、“六律”、“六府”、“六德”等概念,从没有将其分为几类的例子。孔颖达在《毛诗正义》卷一之“正义”对将风、雅、颂归之为“施政之名”作过解释,说:“事有积渐教化之道,必先讽动之,物情既悟,然后教化,使之齐正,言其风动之初则名之曰风,指其齐正之后则名之曰雅,风俗既齐,然后德能容物,故功成乃谓之颂。”但既如此,《周礼》和《毛诗序》就不会将风排序于赋、比、兴之先,而应排序为赋、比、兴、风、雅、颂,或风、雅、颂、赋、比、兴。所以严虞惇《读诗质疑》卷首六对其质疑道:“孔氏谓风、雅、颂皆以赋、比、兴为之,非也。大序之六义,即周官之六诗,如孔氏说是风雅颂三诗之中有赋比兴之三义耳,何名六义、六诗哉?”王昆吾先生充分注意到以诗之体意义上的风雅颂难以解释“六诗”和“六义”所谓的风雅颂,另辟蹊径去考释“六诗”和“六义”,认为:“‘六诗’是六种传述诗的方式”,“‘六诗’是西周乐教的六个项目,服务于仪式上的唱诵和乐舞,其中风与赋是用语言传述诗的两种方式,分别指方音诵和雅言诵;比与兴是用歌唱传述诗的两种方式,分别指赓歌与和歌;雅和颂是加入器乐的因素来传述诗的方式,分别指乐歌和舞歌。”①这解释确实与众不同,但他不看诗主要是作诗者用来讽谏的历史事实,完全从乐教这一角度来进行诠释,结论显然难以令人信服。

前文在讨论“诗”这一概念的起源时,我们指出,诗作为在“寺”之言,一开始就是作为一种政治的言说形式而面世。在其发展过程中,诗与乐结合为一体,依托乐与礼的融合而获得了礼乐制度的属性,成为礼乐政治专门的言说形式。这一点,在先秦的典籍中多有反映。如前引《国语·周语上》说:“故天子听政,使公卿至于列士献诗。”《晋语六》所载范文子说:“吾闻古之王者,政德既成,又听于民,于是乎使工诵谏于朝,在列者献诗使勿兜,风

---

① 王昆吾:《诗六义原始》,载《中国早期艺术与宗教》,东方出版中心 1998 年版,第 222、213 页。

听胪言于市，辨祆祥于谣，考百事于朝，问谤誉于路，有邪而正之，尽戒之术也。先王疾是骄也。”韦昭注曰：“献诗以风也，列士，上士也。”①《左传》襄公十四年亦谓：“自王以下，各有父兄子弟，以补察其政。史为书，瞽为诗，工诵箴谏，大夫规诲，士传言，庶人谤，商旅于市，百工献艺。”结合孔子及其他学者对于《诗》的功用的论述，完全可以肯定，在先秦，诗从不曾获得我们今天意义上的文学艺术的属性，而只是一种政治的言说形式。故解读“六诗”和“六义”，也必须以先秦诗的这一属性为视角。

在先秦，作为一种礼乐政治形态的言说，《诗》的功用主要有三个方面：

一是臣下作诗对政治进行美刺。三颂和大小雅、国风，都有众多的所谓美刺的作品。毛诗小序多从这一角度来解释《诗经》。如说《鲁颂·駉》：“颂僖公也。僖公能遵伯禽之法，俭以足用，宽以爱民，务农重谷，牧于坰野。鲁人尊之。于是季孙行父请命于周，而史克作是颂。”《大雅·皇矣》：“美周也。”《假乐》：“嘉成王也。”《小雅·吉日》：“美宣王田也。”至于刺，如说“《鹑之奔奔》，刺卫宣姜也，卫人以为宣姜鹑鹊之不若也”。“《芄兰》，刺惠公也。骄而无礼，大夫刺之。”《节南山》：“家父刺幽王也。”当今众多学者，根据朱熹《诗经集传序》“所谓风者，多出于里巷歌谣之作，所谓男女相与咏歌，各言其情者也”的论断，而对《毛序》表示怀疑。如刘大杰先生说，《诗序》是“传统的文学思想的一种解释”，“朱熹的意见是较为适当的”，“使我们认清了《风》诗的来源和内容”。② 不可否认，《毛序》虽然有将“刺”扩大化的嫌疑，但它对于《诗经》的解读是历史的。在《诗经》的一些篇章中，作诗者明言自己作诗的目的是讽刺。如《节南山》：“家父作诵，以究王凶。式讹尔心，以畜万邦。”《葛屦》：“好人提提，宛然左辟，佩其象揥。维是褊心，是以为刺。”《墓门》：“夫也不良，歌以讯之。讯予不顾，颠倒思予。”《巷伯》：“寺人孟子，作为此诗。凡百君子，敬而听之。”从《诗经》中的诗篇看，不管是雅诗还是风诗都有大量的诗篇有着讽刺的目的。如《郑风·清人》、《秦风·黄鸟》，《左传》对其所作都有着明确的记述。闵公二年载：

---

① 韦昭注：《国语》，上海古籍出版社1988年版，第410页。

② 刘大杰：《中国文学发展史上》，上海古籍出版社1983年版，第53页。

“郑人恶高克,使帅师次于河上,久而弗召,师溃而归,高克奔陈。郑人为之赋《清人》。”①文公六年载:“秦伯任好卒,以子车氏之三子奄息、仲行、鍼虎为殉。皆秦之良也。国人哀之,为之赋《黄鸟》。”②从二诗的内容看,《左传》所载当是事实。至于《毛序》说《新台》“刺卫宣公”,《伐檀》之“刺贪”,《硕鼠》“刺重敛也”,也得到当今学者的认同。至于雅,尤其是“变雅”,刺的篇章就更多,如《巷伯》、《何人斯》、《巧言》、《小弁》等等。当然,诗不仅用于美刺,也有些用于讽告,如《鸱鸮》,《诗序》云:“《鸱鸮》,周公救乱也。成王未知周公之志,公乃为诗以遗王,名之曰《鸱鸮》焉。”《尚书·金縢》亦说是周公讽成王:周公摄政,“管叔及其群弟,乃流言于国曰:‘公将不利于孺子。’周公乃告二公曰:‘我之弗辟,我无以告我先王。’周公居东二年,则罪人斯得。于后,公乃为诗以贻王,名之曰《鸱鸮》。”③

二是赋诗言志。赋诗言志是春秋时期外交场合常用的一种双方表达意愿的方式,就是从《诗经》的作品“断章取义”来表达自己的意愿。如《左传》昭公二年载:“晋侯使韩宣子来聘,且告为政,而来见礼也。……公享之。季武子赋《绵》之卒章。韩子赋《角弓》。季武子拜曰:‘敢拜子之弥缝敝邑,寡君有望矣。’武子赋《节》之卒章。既享,宴于季氏,有嘉树焉。宣子誉之。武子曰:‘宿敢不封殖此树以无忘《角弓》。’遂赋《甘棠》。”《春秋左传注疏》卷四十二杜预注谓:《绵》“卒章取文王有四臣,故能以绵绵致兴盛,以晋侯比文王,以韩子比四辅”。《角弓》“取其‘兄弟昏姻,无胥远矣’,言兄弟之国宜相亲”。《节》“卒章取‘式讹尔心,以畜万邦’,以言晋德可以畜万邦”。《甘棠》,“召伯息于甘棠之下,诗人思之,而爱其树。武子欲封殖嘉树如甘棠,以宣子比召公”。④

赋诗言志,虽不排除赋诗者借赋诗以显示自己风雅的目的,但最主要的目的是向对方示好,增强双方的友谊或化解双方的矛盾。在两国或者高层的交往中,既要保护自己的利益和尊严,又要达到外交目的,面对面的直接

① 杜预:《春秋左传集解》,上海古籍出版社 1977 年版,第 225 页。
② 杜预:《春秋左传集解》,上海古籍出版社 1977 年版,第 446 页。
③ 《尚书正义》,《十三经注疏》本,中华书局 1980 年版,第 197 页。
④ 杜预:《春秋左传集解》,上海古籍出版社 1977 年版,第 1208—1210 页。

言说往往难以奏效。以赋诗来委婉地表达自己的意愿,达到赞美而不至于有媚谀之嫌,有所求而不至于因直接言说而陷自己于被动,有批评而不至于对方有切肤之痛。正因赋诗言志在政坛言说中有此效果,故春秋时成为一种风尚。

三是以诗教化。先秦礼、乐、诗的一体,使诗纳入了礼乐的范畴,也使诗教成为乐教和礼教的组成部分。《礼记·仲尼燕居》载孔子曰:“不能诗,于礼缪;不能乐,于礼素。”故礼教、乐教、诗教是合而为一的。《尚书·舜典》载命夔典乐,“教胄子,直而温,宽而栗,刚而无虐,简而无傲”,诗便是一项主要内容。礼在于维护等级制度下君臣、父子、兄弟、夫妇之间的和谐,要维护这和谐,则君臣、父子、兄弟、夫妇必“温柔敦厚”。诗教正在于使人“温柔敦厚”,如孔子说:“温柔敦厚,诗教也。”①所以,那时的贵族十三岁便开始“学乐、诵诗、舞勺”②。

诗乐的一体,导致了那时诗教大多以音乐为载体,用之于祭祀、宴飨、大射、乡射等礼乐仪式。如《周礼·乐师》载:“凡射,王以《驺虞》为节,诸侯以《狸首》为节,大夫以《采苹》为节,士以《采蘩》为节。……帅学士而歌《彻》。”③《仪礼·乡饮酒礼》:“乃间歌《鱼丽》,笙《由庚》,歌《南有嘉鱼》,笙《崇丘》,歌《南山有台》,笙《由仪》,乃合乐,《周南》:《关雎》、《葛覃》、《卷耳》;《召南》:《鹊巢》、《采蘩》、《采苹》。”诗教的这种属性,是我们在探讨“六诗”或“六义”的含义时必须注意的。

皮锡瑞《经学通论·〈诗经〉通论》曰:“诗本讽谕,非同质言,前人既不质言,后人何从推测,就诗而论,有作诗之意,有赋诗之意,郑君云,赋者或造篇,或述古,故诗有正义,有旁义,有断章取义,以旁义为正义则误,以断章取义本义尤误,是其义虽并出于古,亦宜审择,难尽遵从,此诗之难明者一也。”④皮氏的这一段话对于我们理解“六诗”也同样具有重要意义。先秦诗的这三种功用都是政治的,虽也都是限定时空的言说,但其存在、传播形

---

① 《礼记正义》卷五十,《十三经注疏》本,中华书局1980年版,第1609页。

② 《礼记正义》卷二十八,《十三经注疏》本,中华书局1980年版,第1471页。

③ 《周礼注疏》卷二十三,《十三经注疏》本,中华书局1980年版,第793页。

④ 皮锡瑞:《经学通论·诗经通论》,中华书局1954年版,第141页。

态却不一样。对政治进行美刺讽喻为第一存在形态，赋诗言志和用于礼乐仪式而进行教化为第二存在形态。存在的形态不同，诗的言说主体和言说对象也不相同。在第一存在形态，诗的言说主体是臣下，对象是君主；也有些诗的言说主体和言说对象之间的关系是同僚。而在其用于教化时，对象则是一个群体，与以诗美刺和讽谏大多针对一人不同。

对探讨“六诗”、“六义”的含义更为重要的是，当诗用于君臣和同僚之间的美刺和讽谏时，诗与乐是分离的，并不以乐为载体，尤其是雅诗。因为“二雅”一般篇幅都比较大，《大雅》40句以上的诗就有20首之多，最长的《抑》有114句。这样大的篇幅，是不可能临时唱出来的。这些诗，最先应是以裸诗的形式存在，后来配乐演唱，才成为乐诗，用之于仪式。因而，诗与音乐的融合当在其传播形态，而非创作形态。而从《国语》所载“使公卿至于列士献诗”、“在列者献诗使勿兜”来看，诗的政治功能主要是用于君臣和同僚之间美刺、讽谏的第一传播形态，而非用之于“赋诗言志”和礼乐仪式的第二传播形态。

明确诗最先用于君臣和同僚之间美刺和讽谏的第一传播形态，是我们历史地解读“六诗”或“六义”的关键。在解读“六诗”或“六义”时，对赋、比、兴虽有不同的意见，但却都认为为诗之用，是诗的表达方式；而风、雅、颂最大的歧义在于到底是诗之体还是诗之用。因而，必须首先对风、雅、颂为诗之体还是诗之用作出正确的解读。

孔子曾说“忠臣之谏君，有五义”。孔子所说的“五义”与《毛序》所说“六义”之“义”意义应该是完全相同的，都是指言说方式。古来研究将“六诗”、“六义”中的风、雅、颂与《诗经》中的具有文体意义的风、雅、颂视为同一概念。其实，“六诗”、“六义”中所谓风、雅、颂与《诗经》作为诗之体的风、雅、颂并非一谈。《诗经》的编辑有着一个漫长的过程。《左传》襄公二十九年载季札观乐，谈到《诗经》风、雅、颂，而《诗经》中最晚的作品不管是《陈风·株林》还是《曹风·下泉》都没有超过公元前600年。因而，风、雅、颂成为《诗经》之体亦不会太早，而诗用之于礼乐政治却是在《诗经》还没有成集之前。周代的礼乐制度在西周就已形成，教国子以“六诗”当然不会是在《诗经》成集之后。故将作为《诗经》之体的风、雅、颂去理解《诗经》成集之前"六诗"这一概念中的风、雅、颂，只能是刻舟求剑。

其实，"六诗"、"六义"的风、雅、颂到《诗经》作为诗之体的风、雅、颂和赋这种文体的形成一样，存在着一个发展过程。"六诗"、"六义"的风、雅、颂的概念当产生于《诗经》作为诗之体的风、雅、颂之前，最早作为一种言说方式而存在。这也就是说，风、雅、颂作为诗之体是由它作为一种言说方式发展而来。

风，最早大概是歌唱他事以表达思想情感的形式，不同于雅、颂的是它为一种大众言说方式。《左传》成公九年载楚伶人钟仪在晋人面前以琴演奏南音为"乐操土风"。襄公十八年载："歌北风，又歌南风。南风不竞。"《庄子·山木》："歌猋氏之风。"这里所谓的"风"无疑都指乐歌，具有"体"的意义。但这些典籍都出自战国，将其称之为"风"，当是受《诗经》以各地乐歌称之为风的影响，而非"北风"、"南风"、"猋氏之风"的"风"产生时就已有地方乐歌的文体意义。

考《诗经》、《尚书》、《逸周书》及《周易》等，"风"最主要的含义有：(1)自然之风。(2)风动，如《尚书·大禹谟》："四方风动。"(3)风俗，如《尚书·伊训》："恒舞于宫，酣歌于室，时谓巫风。"但最值得注意的是《诗经·北山》："或出入风议，或靡事不为"中的"风议"和《诗经·崧高》"吉甫作诵，其诗孔硕；其风肆好，以赠申伯"的"其风"之"风"。对"风议"之"风"，《毛诗正义》卷二十郑笺云："风，犹放也。"孔疏释"风议"为"放恣议量时政"，后来注家多释"风"为"讽"。《北山》为讽刺"役使不均"。作者采用对比的手法来言说心中的不满：一边是"燕燕居息"、"息偃在床"，一些人则是"尽瘁事国"、"不已于行"。根据"风议"后一句"或靡事不为"看，"出入风议"大意是朝内朝外之事都只动动嘴皮之意。郑笺、孔疏及后来注家的大体意思都没有错；而"放恣议量时政"也可以说是"讽"。考虑到孔子曾说五谏之中有"风谏"，宋戴侗《六书故》卷十一亦谓：讽，"缓诵也，古通作风。微辞几谏谓之风谏。诗云：或出入风议。"①故释"风议"之"风"为"微辞几谏"这样一种言说方式是符合原诗意义的。

---

① 文渊阁《四库全书》本，上海古籍出版社1987年版，第85册，第269页。

对《崧高》"其风肆好"之"风",郑笺云:"吉甫为此诵也,言其诗之意甚美大,风切申伯。"郑笺所谓"风切",其实就是"讽切"之意,故孔疏曰:"言吉甫作诗自述,云甚美者,欲使前人听受其言,故美大以入之。令以为乐者,令使申伯常歌乐此诗以自规戒也。"①朱鹤龄《诗经通义》卷十解此句云:"形诸咏歌足以感人则为风。或谓此雅诗而有风体,非也。"②宋段昌武《毛诗集解》卷二十五引王曰:"此雅也,而谓之风,则以辞不迫切而能感动人之善心,故谓之风也。"③显然,《崧高》"其风肆好"之"风",是指借咏歌以感动他人的一种言说方式,说明"雅"体的诗中也采用了"风","风"原本非诗之体。

其实,"风"是西周时期礼乐政治形态中一种常用的言说方式。《尚书·毕命》载康王令毕公"以周公之事""旌别淑慝,表厥宅里。彰善瘅恶,树之风声"。《尚书正义》卷十九孔传云:"言当识别顽民之善恶,表异其居里,明其为善,病其为恶,立其善,风扬其善声。"④《左传》文公六年载:"古之王者知命之不长,是以并建圣哲,树之风声。"⑤从《左传》"树之风声"之后的"分之采物,著之话言,为之律度,陈之艺极"都是一种行为方式看,所谓"树之风声"也当是一种行为方式。因此郑玄说"风言圣贤治道之遗化"是有根据的。古来将歌颂后妃和召伯之德的《周南》、《召南》视之为"正风",正说明"风"的最早含义为以圣贤之德以诱导他人。

西周的典籍中"风"没有作为诗之体的含义,《诗经》的编辑者将"风"作为诗之体,是《诗经》的编辑者认为诗本为政治的产物,或言圣贤治道,或以讽刺,而各诸侯国之诗又原本以"乐语"的形式出现,如《毛传》所说"吟咏情性,以风其上",故其将各地的乐歌编为一体,谓之"风"。

"雅",据《说文》原义指楚地之鸟,于秦曰雅。雅、夏相通。夏为周王朝直辖地区,故谓其地之声为雅。此说多为学者认可。但可能并非夏为周王

---

① 《毛诗正义》卷十八之三,《十三经注疏》本,中华书局1980年版,第567页。

② 文渊阁《四库全书》本,上海古籍出版社1987年版,第74册,第827页。

③ 文渊阁《四库全书》本,上海古籍出版社1987年版,第226册,第198页。

④ 《尚书正义》,《十三经注疏》本,中华书局1980年版,第245页。

⑤ 杜预:《春秋左传集解》,上海古籍出版社1977年版,第446页。

朝直辖地区，故谓其地之声为雅；风、雅、颂之“雅”也非以其产生于秦地而有其名。

“雅”在战国楚竹书《孔子诗论》皆写作“夏”，如“《大夏》，盛德也。”《性情论》将“韶夏”写作“卲夏”。“马承源谓‘大夏’即‘大夏’”；“古字夏、雅通用”；“《少虽》即今本《小雅》”，“夏、夏古同。《鄂君启节》夏字亦从页从虽”。①季旭升谓：“甲骨文的‘夏’字都当人名用，但它的本意可能是指热天气，所以从日下页会意。《伯夏父簋》页形下部的人形加‘止’。叔尸钟‘止’形移到左旁‘日’下，这就变成了战国‘夏’字的标准结构，至其变化则省‘日’，或省‘止’，或加‘虫’，止形或加繁为‘正’。”②从季旭升对于“夏”字的演变过程的解释看，“夏”原本写作“夏”。按古“雅”又写作“疋”。徐铉增释《说文解字》卷二下谓：“疋，足也，上象腓肠，下从止。《弟子职》曰：‘问疋何止。’古文以为诗《大疋》字亦以为足字。”《说文》：“疋，足也，上象腓肠，下从止。”《字汇补》以“疋”为“正”的古字。知雅、夏的本字为“夏”。

确定雅、夏的本字为“夏”便明白了为何雅有“正”的含义。季旭升说：“夏”的“本意可能是指热天气，所以从日下页会意”。这是以季节的“夏”的意义来揣测“夏”的原始义，而没有注意到“夏”这一古字的“页”旁所包含的意义。从字形构造看，“夏”是一会意字。“夏”左边为“日止”，右边为“页”。“夏”从“页”，故“页”对于“夏”原始含义的构成具有不容忽视的重要意义。《说文》曰：页者，“头也，从百，从儿。古文□首如此。”明赵撝谦《六书本义》卷六说：“页，头也；上象发髻，下象面形”。“页”为“头”，实际上包括脸部。故《说文》释凡有“页”部的字大都与人的形貌有关，无有例外，故“夏”的原始义不当为“热天气”。

远古时代，人们就有着对日（太阳）的崇拜。进入阶级社会，这种对日的崇拜依然不减，如《礼记·祭法》说：“日月星辰，民所瞻仰也。”《礼记·玉藻》载天子立春要“玄端而朝日于东门之外”。而人们拜日，一是因为它化

---

① 季旭升主编，陈霖庆、郑玉姗、邹浚智撰：《上海博物馆藏战国楚竹书（一）读本》，北京大学出版社2009年版，第18页。

② 季旭升：《说文新证（上）》，艺文印书馆2004年版，第468页。

育万物，二是因为它公平正直，为世界之法则。如《礼记·孔子闲居》说："天无私覆，地无私载，日月无私照。"故《管子·枢言》载管子曰："道之在天者，日也。"《礼记·月令》载古代行政及日常生活都视日所在而动。如"孟春之月，日在营室"，"天子居青阳左个，乘鸾路，驾仓龙，载青旂，衣青衣，服仓玉"。要迎春于东郊，"以元日祈谷于上帝"，"禁止伐木，毋覆巢，毋杀孩虫，胎夭飞鸟"。[①] 人们亦以"日"象征帝王。因而，"止"于"日"下，意即效日而动，公正直行。徐铉增释《说文解字》卷二下："正，是也；从止，一以止。"释"是"时又说："是，直也；从日正。"可见，疋、正、是都从"頙"讹变而来。所以，毛、郑皆训"雅"为"正"。

《周礼·地官·司徒》载周设有保氏这一官职，"掌谏王恶"，除教国子六艺外，还要教之六仪："一曰祭祀之容，二曰宾客之容，三曰朝廷之容，四曰丧纪之容，五曰军旅之容，六曰车马之容。"[②]《礼记·玉藻》亦曰：

> 君子之容舒迟，见所尊者齐遬，足容重，手容恭，目容端，口容止，声容静，头容直，气容肃，立容德，色容庄。[③]

可知周礼极为重视人的容貌的端庄。按"頙"左"日止"原始义为正，"页"包括所谓目容、头容、色容，故"頙"原义应为脸部表情端正庄敬。故"雅"实是"頙"、"夏"、"疋"的假借字，"頙"意即《逸周书·官人》所谓"其貌直而不止，其言正而不私"。

在先秦，不仅是礼乐政治伦理要求臣子在君父面前应庄敬恭顺，而且臣下对于政治的言说也心存一种近乎崇拜的心理，如《论语》载"孔子沐浴而朝"。故先秦礼乐政治形态君臣父子的言说都必须庄敬恭顺，也就是所谓"雅"。君臣的关系加上政治的言说既为政事，君臣也就不能随便。《论语·述而》载："子所雅言，诗、书、执礼，皆雅言也。"由于对"雅"的原始含义

---

① 《礼记正义》卷十四，《十三经注疏》本，中华书局 1980 年版，第 1355—1357 页。

② 《周礼注疏》卷十四，《十三经注疏》本，中华书局 1980 年版，第 731 页。

③ 《礼记正义》卷三十，《十三经注疏》本，中华书局 1980 年版，第 1485 页。

不解,学者多以为“雅言”就是今天所谓的“普通话”,其实所谓“雅言”就是庄严正儿八经地说,是一种礼乐政治形态的言说方式。因此,先秦有“豳雅”和“韶雅”之说(《性情论》将“韶夏”写作“邵頙”)。由于诗用于乐教的第二传播形态多是仪式的言说,而仪式具有神圣和庄严性,于是,这种用于仪式的歌乐也就被称之为“雅乐”,所歌之诗也就被称之为“雅”,从而具有了文体的内涵。

颂,学者多认为通“诵”。徐铉增释《说文解字》卷九上:“颂,皃也,从页,公声。”结合凡从页的字多与面部颜色有关看,“颂”最初当与言说时的容貌有关。上海博物馆藏战国楚竹书《性情论》有“至颂宙,所以曼,节也”之语。陈霖庆等注谓:“即‘致容貌,所以文,节也。’裘锡圭先生《郭注释》页182注14读‘至’为‘致’,谓‘致力’;读颂宙为‘容貌’。廖名春先生《试论》页141:‘《礼记·表记》:礼以节之,信以结之,容貌以文之……’‘容貌以文之’与‘至容貌,所以文节也’义近。这是说非常注意修饰容貌,是用礼仪制度来规范之。”①是“颂”原本为礼乐政治形态的言说方式,即在言说时辅以表情和肢体语言。《庄子·在宥》说:“颂论形躯,合乎大同。”“颂”与“雅”当原都与言说容止有关。《说文》貌部云“貌,颂仪也。”知“颂”时当有特别的神情。故毛序说:“颂者,美盛德之形容。”《周礼注疏》卷二十三郑注谓:“颂之言诵也,容也,诵今之德广以美之。”因其主要用于郊庙祭祀,故才具备文体的意义。

由上可见,风、雅、颂最初当为言说的方式,在后来诗的传播形态才具有文体的内涵。

西周时期,有同一篇诗谓之风、雅、颂者。《周礼·籥章》载:

> (籥章)掌土鼓豳籥,中春,昼击土鼓,歔豳诗,以逆暑。中秋夜迎寒,亦如之。凡国祈年于田祖,歔豳雅,击土鼓,以乐田畯。国祭蜡,则

① 季旭升主编,陈霖庆、郑玉姗、邹浚智撰:《上海博物馆藏战国楚竹书(一)读本》,北京大学出版社2009年版,第182页。

龡豳颂，击土鼓，以息老物。①

现存《诗经》既无豳雅，亦无豳颂。郑玄注谓："豳诗，《豳风·七月》也。吹之者以籥为之声，《七月》言寒暑之事，迎气歌其类也，此风也；而言诗，诗，总名也。""豳雅亦《七月》也。《七月》又有'于耜'、'举趾'、'馌彼南亩'之事，是亦歌其类。谓之雅者，以其言男女之正。""豳颂亦《七月》也，《七月》又有'获稻'、'作酒'、'跻彼公堂，称彼兕觥，万寿无疆'之事，是亦歌其类也。谓之颂者，以其言岁终人功之成。"郑玄此注，遵循着他对"六诗"解释的逻辑。朱熹别取三说，"谓《楚茨》诸篇为豳雅，《噫嘻》诸篇为豳颂"。但朱熹之说不通。如陈启源谓："夫豳，侯国耳，方自奋戎狄间，安得有雅、颂？假令有之，则诗有三雅四颂矣。季札观乐时，诗未火也，亦未经删也，鲁人何不并歌之？"②宋易祓《周官总义》卷十四谓："诗之大序曰诗有六义焉，以六义求诗，则不必专指《关雎》以下谓之风，不必专指《鹿鸣》以下谓之小雅，不必专指《文王》以下谓之大雅，亦不必专指《清庙》以下谓之三颂。"③因而，结合《崧高》和《节南山》同谓之风、颂，郑玄的解释是较为可信的。宋李樗、黄櫄《毛诗集解》卷一引程氏曰：

诗之六体，随篇求之，有兼备者，有偏得其一二者。风之为言，使有感动之意；雅者正言其事，颂者称美之词。自其四始而言之，则必有一国之政事者，然后谓之风。自其诗之体而论之，则三百篇之中有所谓讽谕之言者皆可谓之风也。如"文王曰咨，咨女殷商"之类是也。自其四始而言之，则必正言天下之事者然后谓之雅。自其诗之体而论之，则三百篇之中有所谓正言其事者，皆可谓之雅也。如"忧心悄悄，愠于群小；觏闵既多，受侮不少"之类是也。自其四始而言之，则必其形容天子之盛德然后谓之颂。自其体而言之，则三百篇之中有所谓称颂圣人之盛德皆可谓

① 《周礼注疏》卷二十四，《十三经注疏》本，中华书局1980年版，第802页。

② 陈启源：《毛诗稽古编》卷八，文渊阁《四库全书》本，第85册，第443页。

③ 文渊阁《四库全书》本，第92册，第442页。

之颂，如"于嗟麟兮"、"于嗟乎驺虞"之类是也。风也，雅也，颂也，皆分在于三百篇之中。故学诗者不当泥四始之辨，故必求之六义也。①

程氏不以《诗经》的风、雅、颂之体去解释"六诗"，所言是极有道理的。既然一诗之中有风、有雅亦有颂，那么在《诗经》之体风、雅、颂之外还存在着作为言说的方式而存在风、雅、颂。也就是说，"六诗"所谓的风、雅、颂并非《诗经》之体的风、雅、颂。

《周礼·大司乐》载：大司乐"以乐语教国子：兴、道、讽、诵、言、语。"郑注曰："兴者，以善物喻善事；道读曰导，导者，言古以刺今也；倍文曰讽；以声节之曰诵；发端曰言，答述曰语。"②"倍文"即背文，实即引他人文章进行言说。诵实即《韩非子·难言三》所谓："时称诗书，道法往古，则见以为诵。"方苞《周官集注》卷五谓："以乐语教国子者，非谓乐之语有此六类，谓以乐教人欲其达此六语也。""六诗"、"六义"虽没有谓之为"乐语"，但从人们对乐语的解释看，教国子以乐语和教国子以"六诗"的目的都是相同的，即在培养国子这些政治接班人礼乐意识的同时，培养他们的政治言说能力，使之在将来的政治中维护礼乐政治形态的伦理原则。而在诗用于君臣和同僚之间美刺和讽谏的第一传播形态，风、雅、颂作为诗之体而存在是没有任何意义的。不管是君臣言说还是同僚关系的言说，诗的不同的体裁既不关涉礼乐政治形态诗言说的美刺和讽谏目的，也不涉及礼乐政治形态言说礼乐政治伦理的原则。礼乐政治形态君臣、同僚的言说，不管是内容还是言说方式都旨在达到美刺和讽喻的目的同时，维护政治伦理原则和君臣、同僚之间关系的和谐。即使在其第二传播形态，风、雅、颂作为诗之体，也同样没有任何意义。因为教化的根本在诗的内容，而不在诗有什么体。《诗经》的风、雅、颂，就其内容而言，颂皆为赞美，然风中有美刺、有讽劝，雅中有亦有美刺和讽劝。故不管是诗在第一传播形态还是第二传播形态，"六诗"所谓风、雅、颂都不可能为所谓"体"。

① 文渊阁《四库全书》本，上海古籍出版社1987年版，第71册，第15页。
② 《周礼注疏》卷二十二，《十三经注疏》本，中华书局1980年版，第787页。

在先秦，诗本从属于乐，且乐语的兴、道、讽、诵、言、语与“六诗”的风、赋、比、兴、雅、颂在其含义方面是相通的。乐语与“六诗”皆有“兴”；“讽”与“风”、“诵”与“颂”本相通；“道”的“陈古以刺幽王厉王之辈”亦可理解为“雅”的“正言之”。而作为言说方式，不管是“六诗”的风、赋、比、兴、雅、颂，还是“乐语”的兴、道、讽、诵、言、语，都与礼乐政治形态言说伦理原则是相对应的，或比方于物，或托物于事，或以圣贤之事之语劝说，或以他人话语对比君主行事之误，或赞美以倡导道德，或铺陈连类以示强调，或“时称诗书，道法往古”。通过这些方式对言说进行“文”饰而尽量避免直接的批评指责，在保持礼乐等级制度下伦理关系的和睦的同时而达到言说的目的。如《毛诗序》所言：“主文而谲谏，言之者无罪，闻之者足以戒。”所以，“六诗”、“六义”所谓风、赋、比、兴、雅、颂都是被礼乐政治伦理形态所规定的言说方式。“风”即借其他人事来说言说对象所做正确与否来进行讽劝，郑玄所谓“圣贤治道之遗化”，都是就此而言。“赋”即用铺陈事实来进行言说，但并非就是直言之，如《荀子·赋篇》都是比喻象征的方法说理。“比”就是以物比事。“兴”则是取善事来进行讽喻，如孔子所谓诗“可以兴”之“兴”。“雅”即庄严地言说；“颂”即“美盛德之形容”。他们都是适应礼乐政治形态言说“颜色齐”和“顺辞令”这一原则而产生的言说方式。

值得注意的是，楚辞中的主要作品也采用了“讽喻”这一言说方式。有些学者认为，屈原是一个不顾个人安危，敢于直谏的人。其实，这是一种误读、误解。从《离骚》看，屈原虽对楚国君主颇有怨忿，但他却严格遵守着礼乐的伦理原则。虽然他也指责过“党人”“竞进以贪婪”，“凭不厌乎求索”，“各兴心而嫉妒”，但却从不曾直接对楚国的君主表示过批评，而是或采用象征的手法，说楚王的没有遵守对自己许下的诺言，或陈述尧、舜、禹、汤、文王之法和羿、浇、桀、纣之失，批评楚国君臣“偭规矩”、“背绳墨”。所以，《史记·屈原贾生列传》载刘安说屈原之作“其辞微”，又说“屈原既死之后，楚有宋玉、唐勒、景差之徒者，皆好辞而以赋见称，然皆祖屈原之从容辞令，终莫敢直谏”。① 所谓“其辞微”、“从容辞令”，正是就屈原作品的“讽喻”方式

① 司马迁：《史记·屈原贾生列传》，中华书局1959年版，第2491页。

而言。而这一点,也说明屈原的一些作品虽不是政坛的言说,但依然没能超越先秦的礼乐伦理原则。

三、"春秋笔法"与《庄子》寓言

战国君臣和诸子的言说继承着"六诗"的言说方式——"《春秋》笔法"的核心是"委婉其说"——韩非所谓与君主言说十二种方式与"五谏"相近——《庄子》的寓言、重言是"六诗"言说方式的糅合

先秦礼乐政坛的言说方式不仅规定了诗的言说方式,而且也规定着先秦历史散文与诸子散文的言说方式。

先秦的诗为一种独特的政治言说形式,较为集中地运用了"六诗"方法,但我们将"六诗"或"六义"这些言说方式和《晏子春秋》、《左传》、《国语》所载西周、春秋臣子侍问、劝谏或外交等方面的辞令所用的言说方式作一比较,便会看到,风、赋、比、兴、雅、颂不仅是诗的言说方式,而且广泛地用于当时的侍问、劝谏等君臣关系言说或外交方面的辞令之中。

《晏子春秋》主要记载晏子与君主的言说辞令,文学和史学价值都不大,但对于研究那个时代君臣关系言说的方式,却较之一般的历史典籍和诸子散文更具价值。晏子是齐国有名的政治家,在齐国的地位极高,也是一个严格遵守礼乐原则的人,认为:"礼之可以为国也久矣,与天地并。""君令而不违,臣共而不贰,父慈而教,子孝而箴,兄爱而友,弟敬而顺,夫和而义,妻柔而正,姑慈而从,妇听而婉"为"礼之善物"。① 在君臣关系言说方面主张:"不掩君过,谏乎前,不华乎外";"不揜贤以隐长,不刻下以谀上"。② 从《晏子春秋》看,晏子在进谏和君主侍问时,往往能不掩君主的过错,采用"六诗"中"雅"的"正言"和五谏之"直谏"的言说方式。如《晏子春秋·内篇谏上》载:"景公饮酒酣,曰:'今日愿与诸大夫为乐饮,请无为礼。'晏子蹴

① 杜预:《春秋左传集解》,上海古籍出版社 1977 年版,第 1547 页。
② 张纯一:《晏子春秋校注》卷三,中华书局 1954 年版,第 90—91 页。

然改容曰：‘君之言过矣！群臣固欲君之无礼也。力多足以胜其长，勇多足以弑君，而礼不使也。禽兽以力为政，强者犯弱，故日易主，今君去礼，则是禽兽也。’”①有着“戆谏”的意味。但更多时候，他却采用“六诗”的风、比、兴的方式。如同篇载景公所爱马死，欲诛圉人，晏子并不直接批评景公，而是先问：“尧舜支解人，从何躯始？”接下来数圉人之罪：“尔罪有三：公使汝养马而杀之，当死罪一也；又杀公之所最善马，当死罪二也；使公以一马之故而杀人，百姓闻之必怨吾君，诸侯闻之必轻吾国，汝杀公马，使怨积于百姓，兵弱于邻国，汝当死罪三也。”②它如《晏子春秋·内篇谏下》载：“景公令兵抟治，当腊冰月之间而寒，民多冻馁，而功不成。公怒曰：‘为我杀兵二人。’晏子曰：‘诺。’少间，晏子曰：‘昔者先君庄公之伐于晋也，其役杀兵四人，今令而杀兵二人，是师杀之半也。’公曰：‘诺！是寡人之过也。’令止之。”③《内篇谏下》亦曰：景公饮酒，七日七夜不止。弦章谏曰：“君欲饮酒七日七夜，章愿君废酒也！不然，章赐死。”晏子入见曰：“幸矣章遇君也！令章遇桀纣者，章死久矣。”于是景公遂废酒。《内篇问上》载：景公问治国何患，晏子对曰：“患夫社鼠。”“夫社，束木而涂之，鼠因往托焉，熏之则恐烧其木，灌之则恐败其涂，此鼠所以不可得杀者，以社故也。夫国亦有焉，人主左右是也。内则蔽善恶于君上，外则卖权重于百姓，不诛之则乱，诛之则为人主所案据，腹而有之，此亦国之社鼠也。人有酤酒者，为器甚洁清，置表甚长，而酒酸不售，问之里人其故，里人云：‘公狗之猛，人挈器而入，且酤公酒，狗迎而噬之，此酒所以酸而不售也。’夫国亦有猛狗，用事者是也。有道术之士，欲干万乘之主，而用事者迎而龁之，此亦国之猛狗也。左右为社鼠，用事者为猛狗，主安得无壅，国安得无患乎？”④都不是直言君过，而借他事以讽。就五谏而言，是为谲谏、风谏、降谏；就“六诗”而言，可谓有“风”中有“比”。而同篇所载景公问欲如桓公用管仲以成霸业，晏子对以齐桓公“能任用贤，国有什伍，治遍细民，贵不凌贱，富不傲贫，功不遗罢，佞不吐愚，举事不私，

---

① 张纯一：《晏子春秋校注》卷三，中华书局1954年版，第3页。

② 张纯一：《晏子春秋校注》卷三，中华书局1954年版，第34页。

③ 张纯一：《晏子春秋校注》卷二，中华书局1954年版，第42页。

④ 张纯一：《晏子春秋校注》卷三，中华书局1954年版，第78—79页。

听狱不阿,内妾无羡食,外臣无羡禄,鳏寡无饥色;不以饮食之辟害民之财,不以宫室之侈劳人之力;节取于民,而普施之,府无藏,仓无粟,上无骄行,下无谄德”,则又可谓“六诗”之“兴”与“颂”。因而,晏子在礼乐政治形态的言说中,是遵循着君臣伦理的言说原则的;虽然他也说过“臣闻忠臣不避死,谏不违罪。君不听臣,臣将逝矣”①;但他在君臣言说时,却更多的遵循着“臣顺”的原则。

《国语》和《左传》所记臣下侍问和进谏或外交的辞令不少。这些辞令也有不少如“雅”正言直说,但也普遍地却采用着风、赋、比、兴的言说方式。如《国语·周语上》载,祭公谋父之以“先王耀德不观兵”之事讽喻穆王将征犬戎。宣王料民于太原,仲山父以古说今来劝谏宣王不应料民。《周语下》载太子晋借共工“欲壅防百川”而祸至和大禹“疏川导滞”谏灵王无壅谷、洛,都可谓“风”。同篇载称颂晋周之德:“夫敬,文之恭也;忠,文之实也;信,文之孚也;仁,文之爱也;义,文之制也;智,文之舆也;勇,文之帅也;教,文之施也;孝,文之本也;惠,文之慈也;让,文之材也。象天能敬,帅意能忠,思身能信,爱人能仁,利制能义,事建能智,帅义能勇,施辩能教,昭神能孝,慈和能惠,推敌能让。”则可谓融“颂”与“赋”于一体。所载宾孟以“见雄鸡自断其尾,而人曰‘惮其牺也’”谏景王杀下门子,则可谓“比”。《左传》所载外交辞令,则无不委婉不必多说,如颍考叔以“食舍肉”和“小人有母,皆尝小人之食矣,未尝君之羹,请以遗之”讽庄公与其母和好②,可谓为“兴”。同书庄公五年所载臧僖伯以“古之制”谏庄公不要往棠观鱼和《左传》所载谏言多以“臣闻”之事进谏,都可谓为“风”。如师服以“臣闻家国之立”谏晋惠公不要封桓叔于曲沃;哀公元年载伍员以“臣闻之:树德莫如滋,去疾莫如尽。昔有过浇,杀斟灌以伐斟鄩,灭夏后相”等事谏吴王不要与越讲和。如此等等,不一尽言。

君臣侍问与讽谏都为礼乐政治形态的言说。故从上述情况看,不仅在西周、春秋时期的礼乐政治言说中普遍地运用着“六诗”或“六义”的言说方

① 张纯一:《晏子春秋校注》卷二,中华书局1954年版,第45—46页。
② 杜预:《春秋左传集解》,上海古籍出版社1977年版,第6—7页。

式,而且也可以看出“六诗”或“六义”的产生由礼乐政治言说方式移植而来。

在先秦的历史散文中,孔子所修《春秋》可谓是遵循礼乐政治伦理言说原则的典范。《左传》成公十四年载君子曰:

《春秋》之称微而显,志而晦,婉而成章,尽而不污,惩恶而劝善。非圣人谁能修之?①

后来杜预在《左氏传序》对这一段话加以诠释:

一曰微而显,文见于此而起义在彼,称族、尊君命、舍族、尊夫人、梁亡、城缘陵之类是也。二曰志而晦,约言示制,推以知例,参会不地、与谋曰及之类是也。三曰婉而成章、曲从义训,以示大顺,诸所讳辟、璧假许田之类是也。四曰尽而不污,直书其事,具文见意,丹楹刻桷、天王求车、齐侯献捷之类是也。五曰惩恶而劝善,求名而亡,欲盖而章,书齐豹盗、三叛人名之类是也。②

根据杜预的这一段话和对于上一段话的注释,知“微而显”,即“文见于此而起义在彼”;“志而晦”,即“约言示制,推以知例”,通过一定的体例来显示所要表达的意念。“婉而成章”即“曲从义训,以示大顺”,“有所辟讳”。“尽而不污”,即“谓直言其事,尽其事实,无所污曲”。知所谓“微而显,志而晦,婉而成章,尽而不污”,皆是就《春秋》言说方式而言。而这些言说方式,集中到一点,就是委婉其说,借曲笔以盖君恶。

《春秋》的这一叙事方法,到《公羊传》和《穀梁传》被解说为“微言大义”,后来被称之为“春秋笔法”。其要义就是在记述历史时,不直接表现对人物和事件的看法,而是通过书写体例、修辞手法或用语,于行文中委婉而

① 杜预:《春秋左传集解》,上海古籍出版社1977年版,第735页。
② 《春秋左传正义》,《十三经注疏》本,中华书局1980年版,第1706页。

微妙地表达作者的褒贬。这一言说方式受到后来学者的普遍推崇。如《史通·内篇·六家第一》说:“仲尼之修《春秋》也,……微婉其说,志晦其文;为不刊之言,著将来之法,故能弥历千载,而其书独行。”①

应该说,《春秋》的言说方式是完全符合人们对它的评价的。《左传》宣公二年曾载太史董狐书“赵盾弑其君,以示于朝”。孔子听说后说:“董狐,古之良史也!书法不隐。”但孔子修《春秋》却正如《论语》所载他在陈司败面前说昭公知礼一样,遵循着礼“为尊者讳,为亲者讳,为贤者讳”的君臣、亲疏有别的言说原则②。诸如鲁国的君主被弑或有什么不光彩的事,《春秋》是从不直言的,而是选择特殊的用语为其隐讳。《左传》隐公十一年载,鲁隐公公子翚“反谮公于桓公,而请弑之”,“使贼弑公于寪氏”。而《春秋》仅记“冬,十有一月,壬辰,公薨”。③ 又《左传》桓公十八年载,鲁桓公“与姜氏如齐”,“公会齐侯于泺,遂及文姜如齐。齐侯通焉”。鲁桓公知道了这事,齐侯便“使公子彭生乘公,公薨于车”。文姜与齐侯为兄妹,兄妹通奸并使人杀死亲夫鲁桓公,是极为不光彩的事。《春秋》为鲁君讳,只记:“春,王正月,公会齐侯于泺,公与夫人姜氏遂如齐。夏四月,丙子,公薨于齐。丁酉,公之丧至自齐。”④将这一大丑闻掩得严严实实。再如鲁国君主失位而逃亡外国,《春秋》从不书其“出奔”,而是以逊位掩其事实。如《春秋》昭公二十五年载:“九月,己亥,公孙于齐,次于阳州。”而事实是鲁昭公被季孙意如所逼,不得不逃往齐国。故杜预注谓:“讳奔,故曰孙,若自孙让而去位者。”⑤又如《春秋》庄公元年载“三月,夫人孙于齐。”杜预注谓:“夫人,庄公母也。鲁人责之,故出奔。内讳奔谓之孙,犹孙让而去。”“正义”曰:夫人孙,意传文不明,故云鲁人责之。盖责其诉公于齐侯,而使公见杀,故惭惧而出奔也。”⑥

---

① 浦起龙:《史通通释》,上海古籍出版社1978年版,第7页。

② 《春秋公羊传注疏》,《十三经注疏》本,中华书局1980年版,第2244页。

③ 杜预:《春秋左传集解》,上海古籍出版社1977年版,第54页。

④ 杜预:《春秋左传集解》,上海古籍出版社1977年版,第125页。

⑤ 杜预:《春秋左传集解》,上海古籍出版社1977年版,第1513页。

⑥ 杜预注,孔颖达疏:《春秋左传正义》,《十三经注疏》本,中华书局1980年版,第1762页。

对于“春秋笔法”的形成，古人多以扬善惩恶、匡救礼乐秩序来解释。如《春秋左传正义》卷四孔疏谓：“以仲尼之善董狐，知为史必须直也；以丘明之礼讳恶，知为史又当讳也。释例曰：臣之事君，犹子事父，微谏见志，造膝诡辞，执其是而谏其非，不必其得，盖匡救将然而将顺其已然，故有隐讳之义焉。”①但要惩恶扬善，拯救礼乐崩坏的政治局面，莫过于直书其事而无任何隐讳，根本不必“微婉其说，志晦其文”。这是一个再明白不过的道理。程水金认为：“《春秋》经文中有‘为尊者讳’的观念是不足为奇的。这一方面可能是由于当时宗法伦理情感的普遍存在，鲁史记事本身就存在着‘为尊者讳’的思想；另一方面，也可能是孔子在修订《春秋》时更加强化了这一观念。”②其实，这也不是仅仅“由于当时宗法伦理情感的普遍存在”而能够解释的。

“春秋笔法”既谓之为“春秋笔法”，显然带有独创的性质。但是，“春秋笔法”这一言说方式的产生，却并非孔子随意的创造，而是和《诗经》的言说方式一样被礼乐政治形态的言说原则所规定的，换言之，即礼乐政治言说的产物。

《孟子·滕文公下》说：“世衰道微，邪说暴行有作，臣弑其君者有之，子弑其父者有之。孔子惧，作《春秋》。”③从孔子修《春秋》的动机来看，《春秋》并非像纯粹的历史言说一样仅仅是为了记载历史，而是带有浓厚礼乐意味的政治言说。孔子修《春秋》的目的，是要制止臣弑其君、子弑其父的君不君、臣不臣、父不父、子不子的政治局面，维护他做梦都想恢复的周代礼乐制度。在他看来，要做到这一点，最为重要的便是“正名分”。正如子路问他：“卫君待子而为政，子将奚先?”孔子曰：“必也正名乎！……名不正，则言不顺；言不顺，则事不成；事不成，则礼乐不兴；礼乐不兴，则刑罚不中；

---

① 杜预注，孔颖达疏：《春秋左传正义》，《十三经注疏》本，中华书局1980年版，第1735页。

② 程水金：《中国早期文化意识的嬗变——先秦散文发展线索探寻》第一卷，武汉大学出版社2003年版，第356页。

③ 朱熹：《孟子集注》卷六，中华书局1983年版，第272页。

刑罚不中,则民无所措手足。"①而所谓"正名",就是要君臣父子之名与其权益之实相符,实质是保证君臣父子的伦理秩序在现实中得以保持维护。而要达到这一目的,则必对那些破坏这伦理秩序的行为进行谴责。而若要对破坏这伦理秩序的行为进行谴责时,则很容易陷入一种悖论式的陷阱。因为礼乐原则不仅落实在行为,而且也体现在人们的言说中。于礼乐伦理道德而言,维护君父的威严是不容置疑的,故礼有子为父隐、臣为君隐的原则。君父行为不端,便严辞指责并加以揭露,显然有悖于礼乐伦理道德。而在现实社会中,君父并非都是严格遵守礼乐伦理道德之人,诸如鲁桓公勾结公子翚弑其君父。若对君父的这类行为不谴责,便难正名分,若直言无忌,便又会坏了名分。而若要正名分而又不坏名分,那便只有在言说方式上做文章。孔子在当时的礼乐政治言说中找到了这样一种言说方式,这便是春秋时期政治外交言说中的"委婉其说"。《春秋》不同于诗和诸子散文,具有史的性质,且极为扼要,要保证叙事的准确性,是不能采用诸如风、赋、比、兴之类的言说方式的。于是,孔子在"属辞比事"方面,通过同一性质的不同事件以不同的词语,诸如弑、杀、崩、薨、卒、奔、孙(逊)等等加以记述,"委婉其说"来寄寓贬褒,而避免对君父为恶行为的直言不讳。而《春秋》的纲领性记事也正是适应着礼的"讽"的言说原则而有一定关系。因为那些事情说详细了,也就无隐可言。

考《春秋》"属辞比事",可见其很多直接本于礼。《春秋》宣公十八年载:"甲戌,楚子旅卒。"楚子旅即楚庄王。按《春秋》之例,一般记诸侯死时都要书葬,如宣公十年载"葬齐惠公",十二年载"葬陈灵公",十四年载"葬曹文公"等。而吴、楚之君死,《春秋》却不书葬,而且对其死以"卒"加以记载。其原因,如《礼记·坊记》载孔子云"天无二日,土无二王,家无二主,尊无二上,示民有君臣之别也。春秋不称楚越之王丧。"郑玄注谓:"楚越之君僭号称王,不称其丧,谓不书葬也。《春秋传》曰:'吴楚之君不书葬,辟其僭号也。'"是"《春秋》不称楚越之王丧"原本于礼。再如崩、薨、卒的选用,书"王正月"亦是如此。《礼记·曲礼下》曰:"天子死曰崩,诸侯曰薨,大夫曰

① 朱熹:《论语集注》卷七,中华书局1983年版,第142页。

卒,士曰不禄,庶人曰死。”宋欧阳修《诗本义》卷十五曰:“《春秋》之法,书王以加正月,言王人虽微,必尊于上;周室虽弱,不绝其正。苟绝而不与,岂尊周乎?故曰王号之存,黜诸侯也。”可知,《春秋》的“微言大义”,因礼乐制度的言说原则而产生。故刘知几谓其“言多隐讳,虽直道不足,而名教存焉”①。

战国时期,诸子腾说,人各不同,且礼乐意识有了较为普遍的衰落,但是,由于从礼乐政治伦理发展而来的君主专制政治在战国得到了进一步的强化,作为政治形态的言说的文学依然保持着礼乐政治形态的言说原则和言说方式。章学诚《文史通义·内篇一·诗教上》曾说:

> 战国之文,既源于六艺,又谓多出于《诗》教,何谓也?曰:战国者,纵横之世也。纵横之学,本于古者行人之官。观春秋之辞命,列国大夫,聘问诸侯,出使专对,盖欲文其言以达旨而已。至战国而抵掌揣摩,腾说以取富贵,其辞敷张而扬厉,变其本而加恢奇焉,不可谓非行人辞命之极也。孔子曰:“诵诗三百,授之以政,不达;使于四方,不能专对,虽多奚为?”是则比兴之旨,讽喻之义,固行人之所肄也。纵横者流,推而衍之,是以能委折而入情,微婉而善讽也。九流之学,承官曲于六典,虽或原于《书》、《易》、《春秋》,其质多本于礼教,为其体之有所该也。②

章学诚将先秦周代的文学分为战国之前与战国两个阶段,认为战国文学源于六艺,其言说方式在整体保持了《诗经》言而微婉、善讽的言说原则,并指出《诗》、《书》、《易》、《春秋》“其质多本于礼教”,受礼乐政治言说的规定,应该说是极有见地的。

《礼记·经解》说:“温柔敦厚,《诗》教也。疏通知远,《书》教也。广博易良,《乐》教也。絜静精微,《易》教也。恭俭庄敬,礼教也。属辞比事,《春

---

① 浦起龙:《史通通释》,上海古籍出版社 1978 年版,第 196 页。

② 叶瑛:《文史通义校注》,中华书局 1985 年版,第 61 页。

秋》教也。”①《诗》、《书》、《乐》、《易》、《礼》、《春秋》之教所要达到的目的虽不一样，但他们同是礼乐政治的产物并用之于礼乐政治教化，遵循的言说原则却是一致的。因而，尽管文体的不同使得那时的文体在表达方式上有一定的差异，诸如诗多有韵而文则更多是单行散句；各作家作品的风格也存在很大差异，但在礼乐政治言说原则的制约下形成的《诗》的言说方式也同样在历史散文和诸子散文中得到了普遍运用。《韩非子·难言》在谈到战国时游说君主的困难时说：

> 所以难言者：言顺比滑泽，洋洋纚纚然，则见以为华而不实。敦祗恭厚，鲠固慎完，则见以为拙而不伦。多言繁称，连类比物，则见以为虚而无用。总微说约，径省而不饰，则见以为刿而不辩。激急亲近，探知人情，则见以为僭而不让。闳大广博，妙远不测，则见以为夸而无用。家计小谈，以具数言，则见以为陋。言而近世，辞不悖逆，则见以为贪生而谀上。言而远俗，诡躁人间，则见以为诞。捷敏辩给，繁于文采，则见以为史。殊释文学，以质性言，则见以为鄙。时称诗书，道法往古，则见以为诵。②

“顺比滑泽，洋洋纚纚然”，王先慎注引卢文弨曰：“顺比，不拂逆也。”③故其意为顺着言说对象的意愿言说，而且言辞华美。“敦祗恭厚，鲠固慎完”，梁启雄注引太田方曰：“敦厚，相勉也。祗，敬也。恭，肃也。鲠，骨鲠也，谓直也。”意即严肃的直接告诫。“多言繁称，连模拟物”，即所谓铺排比喻。“总微说约，径省而不饰”，即言辞简约，直接而不绕弯子。“激急亲近，探知人情”，“似谓激烈急切而接近事理人情”。“闳大广博，妙远不测”，即夸谈而不近事实。“家计小谈，以具数言”，即借一些细小具体的事情进行言说。“言而近世，辞不悖逆”，即如蒲阪圆说“委曲逊顺，不危激也”④。“言而远

① 《礼记正义》卷五十，《十三经注疏》本，中华书局1980年版，第1609页。
② 王先慎：《韩非子集解》卷一，中华书局1954年版，第14页。
③ 王先慎：《韩非子集解》卷一，中华书局1954年版，第14页。
④ 梁启雄：《韩子浅解》，中华书局1960年版，第20—21页。

俗,诡躁人间”,即高谈阔论而近荒诞。“捷敏辩给,繁于文采”,谓口辩急切,文采繁富。“殊释文学,以质信言”,即指言说质朴无华。“时称诗书,道法往古”,即引用古人的话语和圣贤之事进行言说。

韩非所说“言”难十二种,实际就是当时的政治言说方式。而当时的诗文行为,尤其是诸子言说多为政治行为,故韩非所说“言”难种种,亦是文学言说的十二种方式。尽管韩非说这十二种言说方式并不都被时人十分认可,但毫无疑问,韩非概括的这些言说方式代表着当时主流的言说方式,并遵从着西周以来的礼乐政治形态的伦理言说原则。

事实上我们可将这十二种言说方式归纳入孔子所谓的“五谏”。“顺比滑泽,洋洋纚纚然”、“多言繁称,连模拟物”、“闳大广博,妙远不测”、“言而近世,辞不悖逆”、“捷敏辩给,繁于文采”、“时称诗书,道法往古”等,可谓为委曲言说的降谏、谲谏、风谏之类;“敦祗恭厚,鲠固慎完”、“总微说约,径省而不饰”则可谓与“直谏”相仿;“激急亲近,探知人情”则与“戆谏”相近。

在诸子言说中,固然有直言不讳者,如孟子直问齐宣王“四境之内不治,则如之何?”直教齐宣王“顾左右而言他”①。故人们说《孟子》言辞犀利。但孟子,即便是他非常反对的事却也很少有直接的指责,而是非常注意以他事来说事。如他回答梁惠王“贤者亦乐此乎?”借文王经营灵台作答;回答梁惠王尽心为国而民不加多时先以战喻,接以陈述自己的治国主张;回答齐宣王问齐桓晋文之事时,层层设喻,加以诱导。

当然,战国诸子中,对君主专制政治形态君臣关系言说原则体会最深、对这一言说原则支配下的言说方式把握最准且运用最多的则莫过于《庄子》,而最能表现它这一点是它对寓言、重言和卮言的大量运用。《庄子》一书:

> 寓言十九,重言十七,卮言日出,和以天倪。寓言十九,藉外论之。②

---

① 朱熹:《孟子集注》卷六,中华书局 1983 年版,第 220 页。

② 郭庆藩:《庄子集释》卷九上,中华书局 1961 年版,第 947 页。

王先谦《庄子集解》卷七谓:寓言,"宣云:'寄寓之言,十居其九。'案:意在此而言寄于彼。"①《庄子集释》卷九上成疏谓:"鸿蒙、云将、肩吾、连叔之类,皆寓言耳。""重言,长老乡闾尊重者也。"《庄子集解》卷七谓姚云:"其托为神农、黄帝、尧、舜、孔、颜之类,言足为世重者。"②由此而观之,所谓"寓言"、"重言"即借用他人话语来阐述自己所要说明问题的话语方式。《庄子》一书,虽也有直接发表议论的时候,如《齐物论》"大知闲闲"、"夫言非吹也"等几段都是作者直接对问题进行阐述,但更多却是借寓言、重言将所要阐述的主题串联起来,来阐明提出的问题。

《庄子》的寓言和重言,可以说是"六诗"言说方式的糅合。有人说,寓言是比喻的高级形态。这话固然有一定的道理,因为寓言有着很大的比喻因素。但从古今学者对寓言的解释看,比喻却并非寓言的核心。寓言和重言的核心是假托他人话语来进行言说,即"六诗"之"风"和五谏中所谓的"风谏";其中的那些諔诡之辞,则又可以看到他与《毛诗序》所谓的"谲谏"有着直接的渊源。而对至人、圣人、神人诸如许由让天下、藐姑射之山神人的赞美则又与"六诗"之"颂"与"兴"有着极大的相似。故我们说,《庄子》寓言和重言的言说方式亦继承着此前礼乐政治形态的言说方式,由礼乐政治形态的言说发展而来。

《庄子》对这些言说方式的采用,古今学者多从接受学的角度进行解释。如《庄子集释》卷九上郭注说:"言出于己,俗多不受,故借外耳。"成疏谓:"世人愚迷,妄为猜忌,闻道己说,则起嫌疑,寄之他人,则十言而信九矣。""释文"亦言:"寓,寄也。以人不信己,故托之他人,十言而九见信也。"《庄子·寓言》在谈到寓言、重言的运用时也说过:"与己同则应,不与己同则反;同于己为是之,异于己为非之。"故"亲父不为其子媒。亲父誉之,不若非其父者也"。③

从《庄子》言说的内容看,《内篇》确实很少像《墨子》、《孟子》、《韩非

① 王先谦:《庄子集解》卷七,中华书局1954年版,第181页。

② 王先谦:《庄子集解》卷七,中华书局1954年版,第181页。

③ 郭庆藩:《庄子集释》卷九上,中华书局1961年版,第947页。

子》等那样为政治的直接言说，而多讨论人们应如何在那个时代生活而不至于受到束缚和伤害。而且，庄子也只做过小小的漆园吏，后来一直不与统治者为伍。按说，其言说不应该受现实政治伦理言说原则的支配。但是，从《庄子》表现的那愤世嫉俗的态度看，庄子们并没有超然物外。若庄子们真的认为这个世界“彼亦是非，此一是非”，便没有必要去指责那个社会。而且，当一种政治形态的言说原则一旦形成，人们又处于政治伦理而导致言论不自由的社会环境中时，适应着这政治言说原则而产生的言说方式，同样会对整个社会的言说产生支配作用。从《庄子·人间世》所言君臣关系言说的种种恐惧，从《寓言》在说到“亲父誉之，不若非其父者也”时，也说过“非吾罪也，人之罪也”这一句话，我们可以看到当时君臣伦理对于庄子言说心态的深刻影响。《庄子·天下》说：

> 以天下为沉浊，不可与庄语，以卮言为曼衍，以重言为真，以寓言为广。独与天地精神往来，而不敖倪于万物，不谴是非，以与世俗处。其书虽瑰玮，而连犿无伤也。①

所谓“天下沉浊”，显然是就政治的黑暗而言，而不是从接受的角度说人们容易或者难以接受庄子的观念。对于“庄语”，注释家们有多种解读，郭注谓：“累于形名，以庄语为狂而不信，故不与也。”以“庄语”为庄子之语。成疏谓：“犹大言也。宇内黔黎，沉滞闇浊，咸溺于小辩，未可与说大言也。”郭庆藩则认为“庄语”就是“壮语”。但是，他们都没有注意到后面的“不敖倪于万物，不谴是非，以与世俗处”“而连犿无伤”的话。王先谦《庄子集解》卷八谓：连犿，“李云：‘宛转貌’。一云相从貌。谓与物相从不违，故无伤也”。② 从这些话看，郭注、成疏和郭庆藩的解读显然与全段话语意思不符。“庄语”应当是王先谦所说的“正论”，即正言直说。“以天下为沉浊，不可与庄语”，就是说天下政治黑暗，不可以正言直说。

---

① 郭庆藩：《庄子集释》卷十下，中华书局1961年版，第1098页。
② 王先谦：《庄子集解》卷七，中华书局1954年版，第222页。

因而,《庄子》采用寓言和重言的言说方式,不仅仅出于他人接受自己观念的考虑,而且也因为政治黑暗、君主残暴而不得已。因为他所谈的问题,不仅否定了当时社会的价值取向,同时也否定了礼乐政治所形规定的伦理秩序。直接言说这些问题,显然有些不合时宜。故从某种意义上说,和“春秋笔法”言说方式的运用一样,庄子采用寓言和重言的言说方式亦受当时政治的言说原则的影响。

四、诗+音乐言说的正式性

诗达到歌功颂德的政治和沟通意见的目的不需要音乐——先秦的诗与歌都与音乐融为一体——音乐的通神性和功成作乐的神圣性赋予了音乐的神圣性——音乐的神圣性赋予诗借乐言说的神圣性和正式性

先秦时,诗、乐、舞三位一体,交际歌也作为一种“惯例”被广泛地运用于人们的社会交际,诸如《诗经》中的《何人斯》,《越人歌》、《申包胥歌》、《优孟歌》、《吴越春秋》所载《渔父歌》等等,都采用着语言+音乐的言说方式。如果说一般的歌是为着抒情的需要,而生活中的交际一般都是以直接的言说方式来进行,并不需要音乐的参与,那为何一些交际言说的内容要采用“唱”的方式来表达呢?

《易·系辞上传》载孔子曰:“书不尽言,言不尽意。”《庄子·秋水》亦言:“可以言论者,物之粗也;可以意致者,物之精也。”虽说在先秦时期,人们就已经意识到了语言(包括口语和书面语言)在表情达意方面的局限性,但语言在社会交际中的绝对地位在今天也还没有“沦陷”,人们的交际还是使用着“语言”这一手段。这种情况说明,语言完全可以胜任人类交际的需要。先秦时期,语言的词汇虽然相对于今天要贫乏一些,没有今天的语言这般具有准确而丰富的表现力,但那个时代的语言是与那个时代的社会的交际相适应的。这也就是说,那个时代的语言,是完全可以胜任人们交际需要的。于是,我们便有了这样一个问题:既然如此,那么,那个时代的人们交际为何在一些场合不直接使用口语,而要用使用语言+音乐,即“歌”的言说方式呢？

歌的特质在于它具有音乐的旋律性。在西方艺术家看来，音乐是一种完全独立的艺术形式，而且有着其他艺术远远不及的地方。如苏珊·朗格所说，它不像其他的艺术需要从有形的世界中获取构成的材料和模型，甚至不需要语言，只要人具有发声的能力便可创作。而且“音乐的音调结构，与人类的情感形式——增强与减弱，流动与休止，冲突与解决，以及加速、抑制、极度兴奋、平缓和微妙的激发、梦的消失等等形式——在逻辑上有着惊人的一致。这种一致恐怕不单是单纯的喜悦与悲哀，而是与二者或其中一者在深刻程度上，在生命感受到的一切事物的强度、简洁和永恒流动的一致”①。所以，音乐是最便于宣泄、表现情感的。

在中国古代，乐为礼制的一种表达形式，但人们也认识到了音乐的这一功能。如《毛诗序》说：

> 诗者，志之所之也。在心为志，发言为诗。情动于中而形于言，言之不足故嗟叹之；嗟叹之不足故永歌之；永歌之不足，不知手之舞之、足之蹈之也。②

《毛诗序》的作者认为，在诗、乐、舞三者中，音乐较诗更便于表现情感，而舞蹈则更进一步。当语言不能充分表达自己的情感时，便以“永歌”来增加情感的表达，当“永歌”还不足以表达自己的情感时，再附之以舞蹈。诗＋音乐结构而成的“歌”，较诗具有更强的表情功效。《白虎通义》卷二亦说：“乐所以必歌者何？夫歌者，口言之也。中心喜乐，口欲歌之，手欲舞之，足欲蹈之。故《尚书》曰：‘前歌后舞，假于上下。’”说的也是这意思。

无可置疑，这一理论完全可以解释那些纯粹用于抒情的歌，因为它只是要将自己的情感抒泻出来，主体的目的在于更多地作用于人们的审美心理，

---

① ［美］苏珊·朗格著，刘大基等译：《情感与形式》，中国社会科学出版社1986年版，第36页。

② 《毛诗正义》卷一之一，《十三经注疏》本，中华书局1980年版，第269—270页。

而不是要向某一具体的对象言说什么具体的事情。因而，当这些诗词附加上音乐后，音乐的旋律节奏可将主体的情感进一步强化，调动起接受对象的审美情感活动，使其进入或悲或喜的境界。但是，这一理论对于向某一具体的对象言说具体事情的交际诗来说，却未必能教人心悦诚服。因为交际歌与抒情诗歌有着某种性质的不同。

人类的交际在某种意义上说也确实离不开情感的交流。如那首著名的《越人歌》：

> 今夕何夕兮，搴中洲流。今日何日兮，得与王子同舟。蒙羞被好兮，不訾诟耻；心几烦而不绝兮，得知王子。山有木兮木有枝，心说君兮君不知。①

据《说苑》说，"鄂君子晳之泛舟于新波之中也，越人拥楫而歌"此歌。歌者的目的是向鄂君子晳表达无比的爱慕，并传达哪怕是"蒙羞"，被人"诟耻"，也愿和子晳"交欢尽意"的意愿，带有明显的具体的直接指向，即与子晳交欢的具体目的。歌也产生了现实中的实际而直接的效果，即"鄂君子晳乃掩修袂行而拥之，举绣被而覆之"。因而，我们很难说这是一首纯粹的抒情诗；但是，我们依然也可以从歌中感受到越女对子晳热烈的爱。所以说，交际之歌并不排斥抒情。而后代的那些赠、答、送、酬之类的诗往往情溢字里行间，则更说明这一点，诸如大家都非常熟悉的庾信的《寄王琳》、王维的《送元二使安西》等。

而且，我们不能对音乐也具有交际的功能视而不见。在远古时代，人们通神有往往只有乐舞而不使用语言的时候。此时，人们正是借音乐这种情感语言来和神灵进行交际的，诸如殷商的甲骨卜辞中记载时人祷雨，多用随音乐而跳起的舞蹈。而当我们从《韩诗外传》读到钟子期从俞伯牙的琴声中读出伯牙志在高山、志在流水，从《史记·司马相如列传》读到司马相如以琴音打动卓文君的芳心时，对于音乐能够用来进行交际会更加坚信不疑。

① 刘向：《说苑》卷十一，文渊阁《四库全书》本，第696册，第99页。

尤其是周人将礼与乐作为一种制度而赋予一些音乐以具体的政治教化的内涵后，音乐便不再仅仅是一种表达感性情感的形式，而且具有了表达理性认识的功能。如《礼记·乐记》所说：

律小大之称，比终始之序，以象事行。使亲疏、贵贱、长幼、男女之理，皆形见于乐。①

于是，音乐通过象征手法的改造和社会制度的强化，完成了由表情功能向阐述功能的转化，从而进一步拓展了它的交际功能。所以，"孔子学鼓琴于师襄"而能"谕文王之志"②；在卫击磬时，荷蒉者能够听出他"莫己知也，斯已而已矣"的心声。③

交际诗既不排斥抒情的成分，而且音乐也具有交际的功能，那么交际歌将语言与音乐相结合似乎也就顺理成章。不过，我们应该注意到，能够将情感的因素融入交际过程的，大多是那些指向情感的交际的歌，但并不是所有的交际都需要加入情感的因素的，如《申包胥歌》。据《吴越春秋》载，伍子胥以吴兵伐楚，入郢。楚昭王出奔。申包胥乃之秦求救，倚哭于秦庭，七日七夜，口不绝声。哭已，歌曰：

吴为无道，封豕长蛇；以食上国，欲有天下，政从楚起。寡君出，在草泽，使来告急。

申包胥赴秦，请求秦国发兵救楚，情感沟通的作用显然是微乎其微的。也许申包胥也深明这一点，所以，他的歌没有动之以情，而是喻之以理，尽量使用歌的阐述功能，先申明吴的"无道"，简直如同兽类"封豕长蛇"；继而揭露吴国的野心，"欲有天下"，将占有楚国说成是占有秦国的开始，使秦人充分认

① 《礼记正义》卷三十八，《十三经注疏》本，中华书局 1980 年版，第 1535 页。

② 高诱注：《淮南鸿烈解》，文渊阁《四库全书》本，第 848 册，第 595 页。

③ 朱熹：《论语集注》卷七，中华书局 1983 年版，第 159 页。

识救楚的利害关系；然后告诉楚已被攻破，前来告急。如果歌以音乐来增强抒情性，那么，在这种不需要情感参与交际的时候，音乐应该是没用的“骈拇”。而且，楚语秦听，不排除有语言隔阂的存在，若再加上音乐而唱出来，音乐的旋律也会在一定的程度上损害对事情的阐述性表达。虽说是“说的没有唱的好听”，但口语的表达应该比“唱”更为清晰明了。

《优孟歌》是优孟唱给楚庄王听的歌，目的是要告诉庄王：廉吏孙叔敖死后，“其子贫困负薪”，为国家计，应封孙叔敖之子孙，以鼓励官员“奉法守职”。歌云：

> 山居耕田苦，难以得食；起而为吏，身贪鄙者余财，不顾耻辱。身死家室富，又恐受赇枉法，为奸触大罪，身死而家灭。贪吏安可为也？念为廉吏，奉法守职，竟死不敢为非。廉吏安可为也？①

此歌也无一抒情语，主要在于陈述“廉吏”和“贪吏”所受待遇的不合理性和对国家政治的损害，虽不存在楚语秦听的情况，但也无须音乐来帮助这一道理的表达。因为“当歌唱中一同出现了词与曲的时候，曲吞并了词，它不仅吞掉了词和字面意义上的句子，而且吞掉了文学的字词结构，即诗歌”②。

诸如上述这类陈述性、阐述性的交际诗，在交际诗中占有很大比例。这些都很少需要情感的参与，当然也就不能以抒情的需要来说明他们之所以要“歌”而需音乐的参与。这也就是说，他们用语言＋音乐的形式“唱”出来，也就有另外的深层原由。

音乐的娱乐性是无可怀疑的。当我们沉浸在那些歌舞晚会的热烈的气氛中时，我们的情感便被释放，从而产生愉悦。在中国古代，人们很早就认识到了音乐的这一作用。《楚辞·大招》曰：“二八接舞，投诗赋只！叩钟调

---

① 司马迁：《史记·滑稽列传》，中华书局1959年版，第3201页。

② ［美］苏珊·朗格著，刘大基等译：《情感与形式》，中国社会科学出版社1986年版，第174页。

磬，娱人乱只！”说的便是人们在舞乐的感染下恣肆忘形的状态。

人们对于神灵的虚幻认识，源于人们现实中的生活经验。因为“人们对于神灵的观照，实际上从人自身出发。在现实中，美色、歌舞、绘画能够充分激发人们的情感，使人兴奋不已，甚至进入如醉如痴的忘我境界；于是，他们认为这也是神灵所好”①。因而，在神灵主宰人们灵魂的时代，音乐、舞蹈是一种被人们普遍地用来讨好神灵的手段。而之所以人们能够用音乐来讨好神灵，正在于巫术活动中的歌舞具有娱乐功能。有如英国哲学家科林伍德说：“巫术活动总是包含着像舞蹈、歌唱、绘画或造型艺术等活动，并且他们不是作为边缘因素而是作为中心因素。此外，这些因素所具有的功能在两个方面都类似于娱乐的功能。”②

中国的上古时代，人们就已认识到了音乐娱神的功能。产生于西周时期的《诗经》中的那些《颂》诗，配以音乐舞蹈，在祭祀的仪式上演出，目的正在于借具有娱乐作用的歌舞去取悦神灵，赐给他们安康幸福。《左传》隐公五年载：“考仲子之宫将万焉……于是初献六羽，始用六佾。”宋魏了翁说：“庙初成，木主迁入其中，设祭以安神也。祭则有乐。故初献六羽。初，始也。往前用八，今乃用六也。献者，奏也；奏进声乐以娱神也。”③知先秦王室这种娱神风气的盛行。而民间那时的这种风气也可以从《诗经》读出。对《陈风·宛丘》，明朱谋(玮)《诗故》卷五说：“宛丘之下，盖祷祈之所，击缶击鼓而舞鹭羽娱神也。”春秋战国时期，陈为楚地，但楚地的这种歌舞娱神的风气并非仅限于陈。王逸《九歌序》说：“昔楚国南郢之邑，沅湘之间，其俗信鬼而好祠，其祠必作歌乐鼓舞以乐诸神。”故可以说，在中国古代，歌舞是人们沟通神灵的必要手段。

音乐所具有的愉悦作用，使人们将诗词配以音乐，用来与神灵进行交际。那么，人们是否是因为音乐的这一功能，而采用诗歌+音乐的这一形式，以歌声来取悦交际的对象，从而达到交际的目的呢？

---

① 赵辉：《楚辞文化背景研究》，湖北教育出版社1995年版，第61—62页。

② ［英］科林伍德著，王至元等译：《艺术原理》，中国社会科学出版社1985年版，第67页。

③ 魏了翁：《春秋左传要义》卷四，文渊阁《四库全书》本。

音乐既能够取悦神灵，让神灵赐福；人们交际时，取悦交际对象，使对方愉悦，从而满足自己的情感或物质及其他的需求，似乎是不存在任何逻辑问题。尤其是那些情感交际活动，诸如《越人歌》这类表示爱情、思念的交际活动。但是，并不是所有的交际歌都是出于这类的需求和目的。

曾有人说，当诗与音乐相结合，“歌词被烘托到旋律的声浪之上时，当诗的轻微节奏，在和缓的交错中同音乐的节奏融合在一起时”，“他们联合起来的效果要伟大得多”①。这也就是说，交际歌采用诗＋音乐的形式唱出来，更能收到交际时希望得到的效果。

这一解释确实带有较为普遍的意义。如百里奚的妻子在秦国见到身为秦相的百里奚唱起《琴歌》：“百里奚，百里奚，母已死，葬南溪；坟以瓦，覆以柴；舂黄藜，搤伏鸡；西入秦，五羖皮。今日富贵捐我为。”唱出来便有声情并茂的效果，从而打动百里奚的良心。当我们再分析一下汉朱虚侯刘章的《耕田歌》时，这一点也许会更明确。《史记·齐悼惠王世家》载，吕后专政后，排斥刘氏势力。朱虚侯刘章“年二十，有气力，忿刘氏不得职。尝入侍高后燕饮，高后令朱虚侯刘章为酒吏”。刘章自请为吕后唱了这首《耕田歌》：

深耕穊种，立苗欲疏；非其种者，锄而去之。

由此诗的本事，知刘章唱《耕田歌》并非咏叹农事，而是借农事严正告诉吕氏集团，刘家的天下容不得吕氏专权；若吕氏野心不灭，将会如同农民种田对等野草一样，毫不留情地予以铲除。此时的刘章，对吕氏充满忿恨，燕饮的娱人之酒点燃的是刘章对吕氏专权的怒火；他以军令行酒，就意在正告吕氏集团的人。因而，刘章此唱，毫无娱乐吕氏集团的人之意，农事掩盖着的是腾腾的杀气。若是从“娱人”的角度来解释刘章如何将己意采用诗＋音乐的形式唱出来，显然是在逻辑上难以令人信服的，但如果说是借助音乐的旋律更能渲染刘章的激愤情感，却是不会有太多的异议的。至于《申包胥

① 罗伯特·舒曼语，转引自［美］苏珊·朗格著，刘大基等译《情感与形式》，中国社会科学出版社1986年版，第175页。

歌》、《优孟歌》也可以牵强地以这一理由来解释他们之所以不是说出来，而是唱出来的原因。

但我们注意到，在许多的交际场合，音乐的这一功能的作用是微乎其微的。正因如此，魏晋以后的那些交际诗，都没有继承先秦和汉代这些交际歌的这一传统。而且，一些交际歌既不请求对象什么，也非要和对象进行情感的交流，根本不要言说对象的愉悦，也根本不需要借助音乐的感染作用来增强什么效果。试分析帮助伍子胥逃过楚国追兵的渔父所唱的《渔父歌》，便可认识到这一点。据《吴越春秋》说，伍子胥与楚太子建逃奔郑，晋顷公欲借太子建谋郑。郑知道后，杀太子建，伍员只好逃往吴国。追兵在后，伍员逃至江边时，江中有渔父。子胥呼之，渔父听到后，唱道：

> 日月昭昭乎浸已驰，与子期乎芦之漪。

子胥即止芦之漪。渔父又歌曰：

> 日已夕兮予心忧悲，月已驰兮何不渡为？事寖急兮当奈何！

子胥入船，渔父知其意，将他送到千浔之津。子胥过江后，渔父见他有饥色，乃谓曰："子俟我此树下，为子取饷。"渔父去后，子胥怀疑渔父有歹意，潜身于深苇之中。不一会儿，渔父拿来麦饭、鲍鱼羹、盎浆，却找不见伍子胥，因歌而呼之曰：

> 芦中人，芦中人，岂非穷士乎！

子胥落难，有求渔父。本来渔父所唱以口语传达更为直接明了，而渔父却要唱出来。如果是说借音乐来愉悦对方，分析渔父和子胥的关系，无论如何也解析不出渔父为何要取悦伍子胥，而只有子胥取悦渔父的道理。渔父的三唱，第一唱是要告诉子胥在芦苇荡的水边等待，第二唱是教子胥快上船，第三唱是告诉子胥自己知道他身份，不必怀疑自己。全无取悦子胥之意，而只是告诉自己的意愿。如果说是为了增强交际的效果，伍子胥前有大江，后有追兵，渔父的一声应允，便足以使伍子胥大喜过望。渔父自然也没有必要在告诉自己的应允、催促伍子胥时附加音乐的魅力。

因而，以取悦交际对象、附加音乐来增强交际诗表达的效果也无异于一种近似合理的想象。

但交际歌"唱"出来必有唱出来的原因。

对于春秋以来的交际歌，我们似乎都还可以将其归结为"惯例"。也就是说，人们看前人都是唱歌交际的，于是，便也约定俗成地跟着这般唱以传意；但这依然没能解决问题。毫无疑问，我们可以为"惯例"来解释春秋以来的交际歌，但"惯例"的形成也必然有它成为"惯例"的原因。那么，这"惯例"又是如何形成的呢？

要解释这一"惯例"的形成，我们还是得从音乐与原始宗教的关系说起。

原始宗教仪式必有乐舞，大概是原始人类认为音乐具有无上的神圣性。这神圣性通过两个方面表现出来：一是人们赋予乐舞以通神的功能；二是人们以乐舞为祭祀神灵圣洁的祭品。

神灵不存在于现实之中，要和神灵沟通，人也就是巫师必须进入迷幻的状态。在世界各民族中，让巫师进入能与神灵沟通的迷幻的状态的方式不同，有些是使用药物。如西印度群岛的祭司是吸食一种散药之后开始和神灵交往；北巴西的蒙德鲁库人在希望发现杀人凶手时，与神灵的交往者要喝一种麻醉性饮料，使神灵将罪犯送到他的梦中。但也有一些民族借音乐、舞蹈而进入与神灵沟通的境界。如圭亚那印第安人的巫师履行"圣职"时，要进行斋戒，在斋戒结束时，他们跳舞"应当跳到昏厥"。温尼贝戈的巫医在传授给传人的巫术秘技时，也要跳舞。开始跳舞时，"伴有轻微的喉音。舞蹈的节拍，开始是缓慢的，随着向修补者接近，节拍就加快了，同时，声音也加强了，最后，当传授者们停留在追求者面前的时候，这声音就变成了震耳欲聋的'乌夫'"①。在中国古代早期，舞似乎原是巫的专利。如商代的巫

① ［法］泰勒著，连树声译：《原始文化》，广西师范大学出版社2005年版，第732页。

有减求雨的职责，而他们在雩祭时，必不可少便有舞蹈。故有《商书·伊训》之说："恒舞于宫，酣歌于室，时谓巫风。"

舞是必有音乐的。如格罗塞说："没有音乐伴奏的舞蹈，在原始部落间很少见，也和在文明民族中一样，'他们从来没有歌而不舞的时候，也可以反转来说，从来没有舞而不歌的。'"①正因原始人以为音乐能够通神，如《礼记·乐记》所言："礼乐之极乎天而蟠乎地，行乎阴阳而通乎鬼神。"于是，神灵的至高无上的观念便顺理成章地赋予了音乐"神圣"的质量。《吕氏春秋·大乐》说："音乐之所由来者远矣，生于度量，本于太一。……凡乐，天地之和，阴阳之调也。"正是音乐神圣这一观念在战国时期不同思想体系中的不同表达。

在古代人们的观念中，神灵主宰着这世界的一切，悦之才能得福，犯之便会祸及其身，所以古今中外，祭祀神灵都是极为神圣隆重而庄严的事情。这一观念首先体现在人们在祭祀时必须进行斋戒。在西方的文化人类学著作中，这类记载触目可见。如列维·布留尔说，在所有的原始民族中间，猎人在出发打猎之前都要举行一种仪式，在这仪式举行期间，"必须戒房事，必须留意自己的梦，必须净身，持斋，或者至少只吃某些食物"②。这种情况，在中国古代的典籍中也有不少记载。《荀子·礼论》说：祭祀要"卜筮视日、斋戒、修涂、几筵、馈荐、告祝，如或飨之"。而且"斋戒必敬，会时必节，牺牲必全，齐盛必洁，上下禋祀，外内无失节"。③ 所谓"斋戒必敬"，即《吕氏春秋·仲夏纪》所说斋戒时，"处必揜，身欲静无躁，止声色，无或进，薄滋味，无致和，退嗜欲，定心气，百官静，事无刑"④。

其次，这一观念也以要求祭祀物品的洁净、精美而表现出来。《庄子·人间世》说："牛之白颡者与豚之亢鼻者、与人有痔病者，不可以适河。"说的是高鼻折额之豚，白额不骍之犊，痔漏秽病之人，形不全，体不洁，不能用来祭祀河神。《离骚》说，在巫咸晚上降临时，"怀椒糈而要之"。可知祭祀不

① [德]格罗塞著，蔡慕晖译：《艺术的起源》，商务印书馆1987年版，第214页。

② [法]列维·布留尔著，丁由译：《原始思维》，商务印书馆1981年版，第224页。

③ 《大戴礼记》，文渊阁《四库全书》本，第128册，第496页。

④ 高诱注：《吕氏春秋》，中华书局1954年版，第45页。

仅要求与祭者要诚敬，而且要求祭品、祭器必须洁净、精美。于是，人们的心目中对于神灵的祭祀神圣也随之赋予了祀神物品神圣的性质，从而被视为“圣物”。

同样，祭神的音乐也不同于一般的音乐。尽管音乐此时承载的还是人们的情感，但它已丧失了独立的艺术地位，沦失为如同祭祀时的供品一般取悦神灵的工具。于艺术家来说，这是音乐的沦丧；但对原始人类而言，音乐却因为有了这一献祭之用而具有了神圣性。

音乐在原始社会用于与神灵交往这一点决定了它的神圣性，同时也决定了歌的神圣性。因为正是人们觉得音乐具有这神圣性，所以，当人们有用语言来与神灵进行沟通需求时，人们就采用了语言＋音乐的歌唱形式，去娱乐神灵。我们虽然不能肯定歌出现于人们的鬼神观念产生之前或者还是其后，不能肯定在原始社会的歌都一定是唱给神灵听的，但从凡有祭祀仪式便一定有音乐歌舞来看，歌的神圣性正是音乐通神神圣性的自然而然的发展。

值得指出来的是，歌以通神虽不可能有语言产生于距今五万年左右那样久远的历史，但从原始社会便有这一现象的普遍存在的情况看，从《吕氏春秋·古乐》所载“葛天氏之乐”和“帝喾命咸黑作为声歌：《九招》、《六列》、《六英》”看，歌以通神依然有着悠久的历史。也正是它这一悠久的历史，使它具有了深厚、宽广而又坚实的文化底蕴，从而在阶级社会出现之时，成为“礼”的仪式不可缺少的组成部分。从《诗经》、《左传》、《周礼》、《仪礼》、《礼记》所载，周人祭祖、祭社、祭天和祭祀山川河流之仪式都有歌舞，可以推知夏、商时期甚至于更早的时代，也如周代这般。在那个时代，歌因具有神圣性而献给神灵已极可能是社会普遍的观念。

《周易·豫卦·象辞传》曰：“先王以作乐崇德，殷荐之上帝，以配祖考。”①从众多的历史典籍的记载看，上古时期，在统治阶级那里，作乐作歌也都是非常神圣的事。《白虎通义》卷二说黄帝有乐曰《咸池》，颛顼有乐曰《六茎》，帝喾有乐曰《五英》，尧有乐曰《大章》，舜有乐曰《箫韶》，禹有乐曰《大夏》，汤有乐曰《大护》。周有乐曰《大武象》，周公之乐曰《酌》，合曰《大

---

① 《周易正义》卷二，《十三经注疏》本，中华书局1980年版，第31页。

武》。而这些乐之作，一是这些乐歌颂的是帝王，二是这些帝王有着伟大的功德，不同一般。如《咸池》，"言大施天下之道而行之，天之所生，地之所载，咸蒙德施"；《六茎》，"言和律历以调阴阳，茎者着万物"；《五英》，"言能调和五声以养万物，调其英华"；《大章》言"大明天地人之道"；《箫韶》，言"舜能继尧之道"；《大夏》，言"禹能顺二圣之道而行之"；《大护》，"言汤承衰，能护民之急也"；《酌合》，"言周公辅成王，能斟酌文武之道而成之"；《象》，"象太平而作乐，示已太平"；合曰《大武》，言"天下始乐周之征伐行武"。①《尚书·益稷》曾载大禹和皋陶作《股肱歌》和《赓歌》。而他们作歌也有着辉煌的背景。禹"光天之下，至于海隅苍生；万邦黎献，共惟帝臣"。于是，夔击石拊石，百兽率舞，禹作《敕天之命》和《股肱歌》；皋陶拜手稽首，唱出了《赓歌》。有如此功德，方能作歌作乐，荐之上帝，当然是再神圣不过的事。而那时一般的帝王都不能有作这种乐的资格，可知这歌乐，在那时不是随便可作的。而从周乐《大武象》，周公之乐《酌》所作来看，视作歌作乐为神圣之事，最迟在西周人们的观念中还根深蒂固。周代的其他礼，诸如乡射礼、燕礼、乡饮酒礼、大射等也必有歌乐，正是这一观念的制度化体现和应用拓展。也正因为这，在西周时，礼乐自周天子出，乐被当作帝王的一种特殊的赏赐物品。如《礼记·王制》说"天子赐诸侯乐……赐伯子男乐"。

礼的仪式因为神圣而庄严隆重，这庄严隆重又凸显出它的"正式"。歌乐长期作为礼的仪式的组成部分，在漫长的礼的实践的积淀中而普及并沉积于当时人们意识之中。于是，歌也因漫长的礼乐实践的历史而成为一种庄严而正式的言说"惯例"，以示隆重其事，区别于一般非正式的言说。

我们注意到，格罗塞在《艺术的起源》第九章曾经说到，在一些原始民族中，歌唱是一件很随意的事，如菩托库多人在黄昏以后将日间所遇到的事情信口咏唱出来。但我们也必须看到，格罗格完全是从现代的目光来审视原始人类的艺术的，将原始人的诗歌、音乐完全定义为一种抒情艺术，显然只是西方现代人的一种主观臆测。同时，我们也必须看到，西方从来没有哪个民族有着中国这般漫长的礼乐历史，并在进入文明时代后将其制定一种

---

① 《白虎通义》卷上，文渊阁《四库全书》本，第850册，第13—14页。

严格的制度，赋予音乐“极乎天而蟠乎地，行乎阴阳而通乎鬼神”这般神圣的意义。

先秦的歌，尤其是那些用于仪式的歌，诸如《诗经》中的《颂》固不必说，其他的歌，特别是交际歌，不管是抒情、言事，还是用于阐述，歌都不是件随便的事。《诗经》有一些诗谈到作歌的原由，如《卷阿》：“来游来歌，以矢其音”；“矢诗不多，维以遂歌”。《桑柔》：“民之未戾，职盗为寇；凉曰不可，覆背善詈；虽曰匪予，既作尔歌。”《何人斯》：“为鬼为蜮，则不可得。有靦面目，视人罔极。作此好歌，以极反侧。”《四月》：“山有蕨薇，隰有杞桋。君子作歌，维以告哀。”《考盘》：“独寐寤歌，永矢弗过。”《墓门》：“夫也不良，歌以讯之。”据《诗序》言，《卷阿》为“召康公戒成王”；《桑柔》为“芮伯刺厉王”；《何人斯》为“苏公刺暴公也。暴公为卿士而谮苏公焉，故苏公作是诗以绝之”；《四月》为“大夫刺幽王也。在位贪残，下国构祸，怨乱并兴焉”；《考盘》为“刺庄公也。不能继先公之业，使贤者退而穷处”；《墓门》，“刺陈佗也。陈佗无良师傅，以至于不义，恶加于万民焉”。所歌都是政治大事，关乎国家兴亡，可见说其歌为隆重其事，并非推测。

如果回到我们前面论述的那些交际歌，隆重其事以示正式的蕴涵则更为明确。申包胥赴秦求救，当然歌前有言语的沟通，然都未能奏效，七日之哭后，以歌对吴人的野心进行阐述，并再次以示求救；优孟不直接言说，而要采用歌的方式，也都在于隆重地强调此事非同小可。而渔父要将自己的意愿“唱”出来，从他在伍子胥离开后即沉船自杀来看，也是要告诉伍子胥自己不是戏言。

由上面论述，我们可以得出这样一个结论：原始社会长期的以乐通神实践，使人们形成了音乐无比神圣的观念，使得歌乐被广泛地应用于礼乐政治言说的各种仪式。于是，歌乐也被赋予了仪式的隆重庄严的属性。而这长期礼乐政治仪式的积淀，使语言＋音乐的言说形成一种“惯例”。当歌走出这些仪式，用于社会交际时，这一“惯例”仍然在发挥着作用，以示言说的隆重和正式。

诗达到歌功颂德的政治目的是不需要音乐的，而《诗经》中的诗必有音乐、舞蹈相配。这一现象的产生，应该说也是诗借乐以赋予它神圣的意义吧！

余论　文学的“限定时空言论”：从先秦到近代

在前面的六章里，我绞尽脑汁为着说明这一问题：在先秦，诗歌、历史与诸子散文大都为“限定时空”的言说，即主体“登坛”的产物。这坛主要指神坛和政坛。由于神坛和政坛具有神圣性和崇高性而具备了规定性与传统性，言说对象具有特殊性，因而，这限定于“坛”的言说不仅规定着民族思维形式和表达特征，而且也规定着那时神坛、政坛和文坛的统一，规定着士大夫个体自我价值实现对于统治者的依附及其带来的士大夫对于统治者的人身依附和主体立德、立功、立言的价值诉求和政治需求的合一，规定着“文”的礼乐本质和它贯穿于宇宙社会、主体生命本体和文章的三维属性以及文学为政治附庸的关系。而当这些规定性融为一体，形成一种强大的合力作用于先秦文学主体的言说时，先秦文学的“言说什么”和“怎样言说”也就因此而形成。

但是，到底何为“限定时空言论”，我却没有作一个较为全面的阐述。此外，这一理论是否适用于先秦以后文学的研究，我也没有片言只语论及。所以，写完前面的六章时，总觉得还有一些话必须说。所以，我必须有这个“余论”。

一、社会生活的“限定时空言说”

话语和文章的言说，虽不是人类沟通交流的唯一形式，但却是最普遍、最重要的一种形式。一切事物都是某一时空的事物，同一切事物一样，人类话语和文字的言说也是受时空制约的。这一定时空的言说可分为两类，一是“限定时空言说”，即特定言说场合的言说；一是“非限定时空的言说”，即非特定言说场合的言说。

“限定时空言说”是具有特定的言说场所、言说时间和特定的言说主体身份与言说对象的一种言说。

在限定时空言说中，特定场所为第一要素。一般来说，特定的场所都有着它被设定的固有的目的性。诸如神坛是祭祀神灵的地方，国会讲坛是讨论国家大事的场所，法庭为履行国家法律的场所，教室是传授各种知识的地方……一般情况下，场所被设定的特性是基本固定的，不会改变。

但是，特定场所存在着一个时间的要素。这也就是说，特定场所的特性是和时间性融为一体的，特定场所的特性的存在有着一个时间性问题。有些特定场所的特性只存在于一定的时间，时间转换，特定场所的特性也暂时消失。诸如同一教室，在多数时间为传授知识的地方，但有时也可以当作会议室或其他的场所使用。即使是那些只有唯一特性的特定场所，诸如国会、法庭，也只在举行辩论听证、判案时具有既定的特性；在辩论听证、判案这一特定时间之外，它们的既定特性也会随着活动主体身份的变换而变换。如普通百姓平时参观国会时，国会便在这一时间成为参观之地，它的既定特性会暂时消失。

特定场所的本质是人们赋予它的特定地点与时间的目的性。就言说的特定场所而言，言说的特定的目的性规定着言说场所的特性。如神坛的设立是人们通过神坛的言说取悦神灵，让神灵帮助活动主体增加生产生活资料，或去灾除祸。国会讲坛的设立是为着讨论国家大事的，目的指向国家政治、经济、法律诸方面问题的解决。法庭为解决刑事案件和各种纠纷而设立，目的直接指向维护国家的法律。教室是传授各种知识的地方，目的自然也就指向培养人才。

特定场所的特性规定着特定的言说主体和言说对象以及特定的言说主体和言说对象所构成的言说关系。所谓特定的言说主体，是说言说主体在特定场所具有的特定的身份。在“限定时空言说”中，主体的身份都是被规定着的，而非自由的。在国会会议言说时，主体总是以议员这一政治身份而进行言说。在课堂教学言说时，若教师授课，主体的身份为教师，若学生回答问题，言说主体的身份则为学生。在法庭判案时，法官询问案件或宣布审判结果的言说时的身份是法官，而为犯罪嫌疑人进行辩护的言说者的主体身份则为律师。因而，在“限定时空言说”中，言说主体总是以一定的身份出现在言说场合，这身份不因主体所具有的其他身份而随意改变。

同样，特定场所中言说对象的身份也被特定的场所规定。“限定时空言说”一般是言说主体和言说对象面对面的言说，总存在着确定的言说对象。由于言说对象面对的是由特定言说场所和特定身份的言说主体而形成的特定言说场合，因而，言说对象的身份也因言说场合的特定而被设定。诸如送别场合，一方为送行人，则另一方为行人；行人因送别场合和送行人而确定行人身份。这一场合的言说，若言说主体为送行者，则言说对象为行者；若言说主体为行者，则言说对象必为送行者。在教室授课场合，若言说主体为老师，则言说对象为学生；若言说主体为学生，则言说对象为老师。所以，在“限定时空言说”中，言说对象的身份也是一定的。

此外，“限定时空言说”的言说对象和言说关系都具有固定性，对象和言说关系被特定场所的特性而规定。如法庭这一特定场所的言说，言说者的身份为法官、原告、被告；言说关系为法官与原告、法官与被告、原告与被告的言说关系。即便法官、原告、被告在平时有着其他的身份，法官与原告、法官与被告、原告与被告在平时也存在着其他的言说关系，但这平时的身份和言说关系也都在这一特定场所言说时暂时自动消失。

尤其值得注意的是，在“限定时空言说”中，言说主体和言说对象被言说场所、言说身份和言说内容、言说关系多方面规定着。此时，不管是言说主体还是言说对象，他们作为“个体”的身份已被言说场所和言说内容、言说关系暂时消解，而失去了作为“个体”言说的自由，不仅心灵和思维都被限定场所的言说内容、言说关系占据，而且即便是他有着万种其他方面的思绪，也被这特定的场所和言说关系所屏蔽而不能进入言说。因而，在“限定时空言说”中，由于特定的言说场所具有明确的目的规定性和言说关系的规定性，言说的内容被规定着，而不可能是主体随意的言说。正所谓“在什么场合说什么话”，“是什么身份说什么话”，“对什么人说什么话”。诸如神坛人神关系的言说，受言说目的的支配，主体的言说必然是向神灵陈说祭品、对神灵赞美和表达敬畏。教室课堂的言说,学生和教师关系的言说也必然多是课堂教学内容方面的言说,而少有其他。

另外,在这双重的规定下,不仅是言说什么被规定着,而且,其言说的方式也始终被规定着。因为在“限定时空言说”中,存在着一套与之相适应的,包括被伦理、社会礼仪等方面规定的言说方式与方法。如婚礼场合的致辞,大多有一程序,证婚人要对新婚夫妇表示祝贺、赞美,然后对他们的婚后生活表达希望,极少例外。因而,在“限定时空言说”中,言说主体始终是一个被规定着的主体。

在“限定时空言说”中,存在着一种“非完全限定时空言说”。所谓“非完全限定时空言说”,即是“限定时空言说”中的特定言说场所、主体身份、特定言说对象以及与其构成的特定言说关系这些要素中某种要素缺失情况下的言说。有些言说,虽然特定言说场所缺失,但主体的身份、特定言说对象以及与其构成的特定言说关系并不一定发生改变。诸如君臣之间,言说虽不一定在朝廷,但一般情况下,他们之间的身份、特定言说对象以及与其构成的特定言说关系并不一定因特定言说场所这一要素的缺失而改变。但在特定言说对象以及与其构成的特定言说关系这一要素缺失时,特定场所的性质依然也对言说主体的言说起着规定作用。在这两种情况下,言说主体仍然是一个被规定着的主体。

“非限定时空言说”的言说虽也在一定的时空中进行,言说主体也总处在一定的场所,诸如主体欣赏到一处绝佳的风景,要将其写成散文或诗歌;或看到某一社会现象想写篇文章进行评说,也都必须在一定的时空中进行。但这一场所却没有规定性,言说可以在办公室,也可以在其他任何一个地点。这言说虽也存在对象,因为作品总是给人看的,但却不存在确定的言说对象,即具体某一人或某几个人,言说不和言说对象发生直接关系。这种“泛场所”和“泛对象”性决定了这一言说一般不受言说对象的制约。诸如唐代张若虚写《春江花月夜》,其场所便存在着不确定性,他可以在月夜的春江边,也可以在其他的某一空间。作品的接受对象可以是某一人,也可以是普天下的人,而不像“限定时空言说”那样有着特定的对象和特定的言说关系。即便是这言说对象是某一佳人,但由于其言说的场所非特定言说场所,对言说的内容不具备规定性,因而,特定的言说对象和言说关系,并不限制言说主体作为独立个体的存在。因而,"非限定时空言说"对言说主体的规定性不是太强,言说主体是作为相对自由的个体而存在,在言说形态中占有中心位置,言说什么,怎样言说,都基本由主体任意选择,是一种作为"个体"的相对自由的言说。

二、文学的"限定时空言说"

按照西方的理论,文学是主体对于社会生活审美认知的结晶,文学主体必然是一个独立存在的个体,其言说不受"限定时间言说"的种种规定,不存在特定的言说场所和特定的言说关系,其身份只是一个独立存在的作家,写什么和怎样写都是主体的主观选择。故一般而言,文学艺术的审美言说多为"非限定时空言说"。

"非限定时空言说"为文学艺术审美言说的满足条件,但并不是说凡"非限定时空言说"就一定为文学艺术的审美言说。

一般而言,"限定时空言说"大多是非文学艺术的实用言说,其价值直指实际的社会现实生活,或为着某些问题的解决,或为着双方或多方的沟通。当然,也有诸如我国春秋时期"赋诗言志"这种艺术地表达意愿的方式,但其目的却并不在文学艺术,其言说也就依然是一种实用的言说,或者说是一种"实用的艺术言说"。但是,我们也必须看到,"限定时空言说"就并不一定是纯实用的言说,尤其是那些"非完全限定言说时空"的言说。中国古代的那些送别诗,如李白的《送孟浩然之广陵》,既有着特定的言说场所——江边,也有着特定的言说对象——孟浩然以及与他构成的朋友言说关系。在这里,虽也有着特定的言说场所、对象以及由特定言说对象所构成的特定的言说关系,主体的言说虽也受这些"限定言说时空"的作用,言说的目的虽不是为"文学的文学",即非为文学而创作,而是为增强与朋友之间的感情而作,带有浓厚的应酬性质,但我们依然认定《送孟浩然之广陵》是一首具有较高艺术价值的诗歌。因而,"限定时空言说"也同样可以存在艺术的审美价值取向。

中国古代文学尽管也有着西方“文学”意义的文学,文学也有着“非限定时空”的言说,但先秦时期,《诗经》中的雅、颂,包括《国风》中的部分作品,还有那些历史散文、诸子散文,《楚辞》中的《九歌》、《大招》、《招魂》这些带有原始宗教性质的作品,还有宋玉《高唐赋》、《神女赋》、《风赋》之类的那些赋作,都是言说主体以臣子的身份在神坛、政坛这一特定言说场所,向君主或某些官员这一特定言说对象的言说。到汉代,郊祀歌和历史散文固不必说,就是那些大赋和乐府作品,也被纳入了政坛这一特定言说时空。汉魏以后,虽然有诸如咏物诗赋、谢灵运《登江中孤屿》、杜甫《秋兴》八首、李煜《虞美人·春花秋月何时了》、诸多的才子佳人小说、《牡丹亭》之类的戏剧等“非限定时空”的言说,但在传统的诗文创作领域,“限定时空言说”依然占有极大的分量。

首先,中国各种文体的产生都基本是“限定时空言说”的结果,最先作为一种行为方式而存在。如赋产生于神坛的人神关系的言说,最早指贡献给朝廷的祭神物品。由于祭祀不仅仅要将这些物品,即贡献给神灵的“赋”铺排陈列,而且也必须由祭祀的主持者将这些陈列的物品之“赋”用话语向神灵一一列举,于是有了赋这一文体。诗为在“寺”之言。而“寺”最早为祭神之地,后因最高统治者居住的宫殿集居住、祭祀、行政于一体,朝廷的行政机构也被称之为“寺”,所以,诗生产于朝廷君臣关系的言说的这一“限定时空”。它如颂、史、祝、策、檄、启、诏、书、章表、哀悼、碑诔等文体,原本也都产生于“限定时空言说”。如刘勰《文心雕龙·颂赞》说:“容告神明谓之颂。”“史者,使也。执笔左右,使之记也。”①“章表之为用也,所以对扬王庭,昭明心曲。既其身文,且亦国华。章以造阙,风矩应明;表以致禁,骨采宜耀。”②议则是作者主动陈述政治事务方面的见解,对是应诏而对答政治事务。可见,颂原本为神坛人神关系的言说,史、章表、议对都是在政坛限定言说主体身份、限定言说对象情景下的言说。至于其他的一些文体,也大都因“限定时空言说”而产生;《文心雕龙》和吴讷的《文章辨体》、徐师曾《文

---

① 周振甫:《文心雕龙今译》,中华书局1986年版,第141页。

② 周振甫:《文心雕龙今译》,中华书局1986年版,第208页。

体明辨》等在这方面都有论述。正因为有了这“限定时空”，所以，他们言说什么、怎样言说都有严格要求。

其次，诗词宴会、赠答、应制、奉和应酬之类的具体作品，也都可看出“限定时空言说”对文本“言说什么”和“怎样言说”的规定，如初唐的宫廷诗大多是应制奉和之作。这些作品的创作，都在宫廷特定情境中进行，主体的身份为君主或臣子，言说关系为君臣关系，而且为即席的言说。故宫廷诗在“言说什么”方面多为歌功颂德；在“怎样言说”方面多采用律诗的形式，少有长篇大制，而且必定言说华丽。试分析一下许敬宗《奉和守岁应制》，便可知宫廷诗是一种被“限定时空”规定着的言说。

> 玉管移玄序，金奏赏彤闱。祥鸾歌里转，春燕舞前归。寿爵传三礼，灯枝丽九微。运广熏风积，恩深湛露晞。送寒终此夜，延宴待晨晖。

从这首诗的诗题，可以看出这是许敬宗在皇宫除夕奉和皇帝之作而作的一首应制诗。言说者的身份为臣子，而特定的对象为君主，是君臣关系的言说。从文本看，和其他的奉和应制诗一样，内容是歌功颂德，辞采华美。而从许敬宗其他的诗作看，风格则和他的那些奉和应制诗大不相同。如他的《拟江令于长安归扬州九日赋》：

> 本逐征鸿去，还随落叶来。菊花应未满，请待诗人开。

这首诗则不仅不见歌颂之辞，也绝少应制诗的华艳。许氏这两篇作品风格绝然不同，显然是因为《奉和守岁应制》受宫廷这一言说场所，自己臣子的身份和帝王这一特定言说关系的规定。作为臣子的他在除夕这一特定时空，面对君主的兴致，只能以华丽的歌颂去博取帝王的欢愉，而不可能去陈述政治的黑暗，或像《拟江令于长安归扬州九日赋》那样去抒写别离的朋友之情。

柳永有几首著名的词作：《望海潮》“东南形胜”和《雨霖铃》“寒蝉凄切”、《醉蓬莱》“渐亭皋叶下”。据《本事词》卷上说：“耆卿与孙相何为布衣交。孤镇杭日,门禁甚严,柳欲进谒,门吏不为通刺。乃制《望海潮》词,诣名妓楚楚曰:‘欲见孙相不得通,若因府会,愿朱唇为歌此词。倘询谁作,但云柳七耳。’”知《望海潮》本是一张投刺名牌,作者特定的身份和特定的言说对象决定了这首词的创作。词的特定言说场所是孙相的衙门,如果不是衙门门禁甚严,柳永不是一个平民的身份,用不着词就可以见到孙相;如果言说的对象不是镇守杭州的孙相,柳永也不会极力去夸写杭州的繁华富丽,也不会有“千骑拥高牙”后面几句的言说。《雨霖铃》“寒蝉凄切”是他离开汴京、前往浙江时“留别所欢”而作。正因其言说场所为别离之地,作者此时的身份是情人,言说的对象也是情人,所以才有不同于《望海潮》的无限凄凉的别情抒写,才有了“执手相看泪眼,竟无语凝噎”的诉说,有了“杨柳岸,晓风残月”的凄美景致的描写。而《醉蓬莱》“渐亭皋叶下”的限定言说时空与前二首都不同。据《古今词话·词话》上卷引《太平乐府》曰:柳永“后以登第冀进用,适奏老人星现,左右令永作《醉蓬莱》以献。”知《醉蓬莱》“渐亭皋叶下”作于宫廷之中,言说对象为宋仁宗,此时作者的身份为臣子,是君臣关系的言说。故全词不乏初唐宫廷诗华艳的谀美:“华阙中天,锁葱佳气。嫩菊黄深,拒霜红浅,近宝阶香砌。玉宇无尘,金风有露,碧天如水。正值升平,万机多暇,夜色澄鲜,漏声迢递。南极星中,有老人呈瑞。”风格全然不同于《望海潮》和《雨霖铃》。

值得注意的是,在唐宋诗词中,这类用于交际应酬的作品,在整个诗词的创作中占有极大的比重。如王维的400多首诗歌中,这类作品就占了270多首。

就是那些用之于演出的话本和戏剧,也是“非完全限定时空言说”。诸如宋元用于演出的话本和戏剧的创作主体身份多为说话的艺人,言说也有着特定的场所——即勾栏瓦舍,言说的对象为市民这类文化消费者。在勾栏瓦舍这一特定的言说场所,言说主体和言说对象都肯定有着其他的身份,他们之间或许还有着诸如朋友之类的关系。但是,他们的其他身份和其他关系,都因勾栏瓦舍这一特定的演出言说场所而暂时消解,只具有艺人和文化消费者的身份及其构成的关系。这一点规定着他们的言说绝不可能如衙门官员断案,也绝不可能是像情人在分手之地的相诉。而市民这一特定的言说对象也不可能接受诸如经学家们向学生传授五经一般的言论;演员和市民这特定的言说对象所构成的经济关系,也使得言说者必定特别注意故事的戏剧性和趣味性,不然,勾栏瓦舍所赋予的言说的经济目的就会因为故事吸引不了观众而失去。

所以用于演出的话本和戏剧在"言说什么"方面必然是反映着市民情趣、愿景的烟粉、公案和热闹的历史故事等。在"怎样言说"方面,则必然有着特定的言说方式。这不仅表现在语言形式的"叙事的口语化、声口的个性化、谈吐的市井化",而且也表现在"说话"的结构体制上。如入话的设置,在故事的高潮处以"欲知后事如何,且听下回分解"将一段完整的故事停顿,吊足听众的胃口,使其再次掏出银子,进入勾栏瓦舍消费。这些,都无不是"限定时空言说"诸种要素制约的结果。

即便是后来那些文人创作的拟话本和戏剧,尤其是那些庆赏剧,诸如沈采《还带记》、张凤翼《祝发记》、《平播记》亦有着特定的目的,适用于特定场合。沈德符《顾曲杂言》谓:张凤翼"以丙戌(1586)上太夫人寿,作《祝发记》"。又焦循引《蜗亭杂订》说《平播记》"播事奏功,大将楚人李应祥者以金求作传奇,以侈大其勋,利其润笔,而夸之过当"。这类作品也可以说是"非完全限定时空言说"的产物。

还有,在中国古代,绝大多数文学的活动都不过是言说主体生活与生存状态的存在,主体言说时不仅被社会、文化等生存环境规定着,而且被各种人际关系规定着。就主体而言,大都有着"限定时空言说"三要素之一特定身份——政治官员。除极少数人外,绝大多数都做过或大或小的官员。这一身份除在某些特殊场合暂时消失外,始终伴随着他们进入官场以后的生命时空。此外,礼乐制度贯穿于中国封建社会始终,严格的君臣、父子、上下、长幼的伦理原则也因此而成为那个时代人们的行为规范。因而,中国古代的绝大多数作家不曾有过完全独立的"作家"的身份。所以,中国古代虽有主体走下政坛而作为独立的"个体"而存在的时候,言说也有"非限定时空言说"的言说,但他们的身心则更多地被传统的儒家的生命价值取向拘禁在政坛之上,极少有人像庄子那样,在政坛之外,从生命的本真之处去寻求人生的价值实现。不仅"朝廷命官"这一隐含身份始终给予言说主体以制约,即便是像姜夔等人虽基本不曾有过朝廷命官的身份,但社会的各种关系在其言说中依然给予极大的规定。

中国古代从先秦直到近代,都不曾有过纯文学的观念。从前面的论述,我们可以看到,中国文学少有完全的“非限定时空言说”,更多的是“限定时空”带有实用性质的言说。这是我们研究中国文学应该值得充分注意的。如果我们要寻找中国文学与西方文学的区别,或许这应该是非常重要的一点?

三、中国文学研究的检讨

20世纪以来,不管是我国的文学理论教科书,还是翻译的西方文学理论著作,大多将文学视为一种纯粹的审美活动。我不知西方文学及其理论到底是不是真的就如我们的文艺理论家们所介绍的那样,但是,自20世纪初以来,随着西方的文学概念“进口”中国,在中国文学及文学研究界,将西方文学作为一种尺度,以西方文学的基本理论、范畴、方法来观照中国文学,一百年来风潮不息,却是不争的事实。其基本的方法,就是以西方的纯文学观来取代中国传统的杂文学观,以对中国文学纯审美的诠释来取代传统的政治伦理与审美相结合的批评。如曾毅在1929年修订1915年初版的《中国文学史》时说:“至今日,欧美文学之稗贩甚盛,颇掇拾其说,以为我文学之准的,谓诗歌曲剧小说为纯文学,此又今古形势之迥异也。”①时至今日,虽社会已发生了极大的变化,文学思潮一变再变,但这一风尚却依然不衰。

以西方的纯文学观来观照中国古代文学,能使研究者更为深刻地认识文学的审美特征,将“文学”和中国的文章学区别开来,使文学成为一个独立的学科。但是,我们必须看到,中国古代文学多为“限定时空”的实用言说这一基本特征。尽管“限定时空言说”与“非限定时空言说”并不是区分所谓“文学”与非文学的标准,但是,若是以西方的纯文学的理论去解释多为“限定时空言说”的中国古代文学,很多的探寻就无异于缘木求鱼,我们

① 曾毅:《订证中国文学史》,泰东图书馆1929年版,第20页。

的研究就走进了形而上学的胡同。

在世界民族文化的范围中，各民族文化的同一性是相对的，而差异性则是绝对的。地理、生产生活方式的不同，决定了各民族之间文化的异质异构。文学为文化精神的凝聚，各民族的文学也就不可能同构而同质。中国文化陶铸了中国的杂文学及其理论，西方文学及其话语脱胎于西方文化，中国与西方的文学及其理论的异质异构也就成为必然。中国的文学产生于中国3000年历史所形成的特殊的文化环境之中，为中华民族特殊的生产、生活环境所规定，为中华民族生产、生活的一个重要的组成部分，为客观的历史存在。如果以异质异构的西方文学话语来规范中国文学的研究，我们就免不了削中国文学之"足"，去适西方文学基本理论之"履"。于是这在西方文学理论话语视阈中进行中国古代"文学"的研究，也就被西方文学理论话语"文学"化而沦为西方文学理论的注脚，失去了"中国文学"的民族特色和自性。

西方的文学观强调的是文学的审美价值，所以，他们对文学的观照，大都立足于纯文学观念的基础上。诸如英美新批评、俄国形式主义、结构主义与符号学等关注的只是文本自身。文学的研究离不开文本，但将文本与时代、作者完全分离开来，我们就无从发现文本言说现象的生成。历史文化批评，将文本与社会、时代自然结合在一起来对文学进行诠释，有助于解释某一普遍的文学现象的形成，但却难以解释同一时代的作家、同一作家的同一时期不同文学现象的产生。诸如我们能从楚国巫文化方面阐述屈原《离骚》、《九歌》言说形态的形成，却无法解释为何宋玉的创作却很少带有巫文化色彩，别有风情。基于索绪尔语言学发展而来的结构主义讨论了共时分析和特定时空中的定性研究，但他强调的是文本内在结构的存在意义，而不是言说主体在特定言说场所和特定身份以及与特定言说对象构成的特定言说关系对于言说的规定。接受美学似乎也对言说对象表现出极大的关注，但接受美学对言说主体"言说什么"及"怎样言说"兴趣不大，更多的是强调接受者因文化、个性等方面的差异形成的对于文本解读的差异。因而，我们不可能借助西方的批评理论和方法来将中国文学的问题阐述清楚。

西方文学理论话语视阈下的中国古代文学的研究，对中国古代文学阐述带来的最大失误就是以“非限定时空言说”去解读“限定时空言说”。

因而，当我们不折不扣地引入西方的“文学”观念来阐述中国古代文学时，我们对于中国古代文学的观照就很少从“限定时空言说”着眼。固然，中西方文学在形式等方面的某些共性，使西方文学理论话语视阈下的中国古代文学研究在文本的解读时能够避开“限定时空”，在文本的内容、艺术特点、审美特征等方面有不至于太多失实的阐述。近些年来，中国古代文学的研究也出现了一大批文化历史批评方面的研究成果。从某种意义上说，这些研究也都在某种程度上对文学言说时空表现出一定的关注，但人们注意的是那个时代文化的总体状况和作家整体的人格思想，而非“限定言说时空”。如20世纪以来，讲文学作品少不了对作品的时代背景和作家的生平介绍，几乎所有的《中国文学史》都没有摆脱作家生平、作品的思想内容、作品的艺术特色的模式。这固然也能解释一个时代和某个作家整体文学风貌产生的原因，但是，在各个时代的不同文体的、不同作家的、同一作家同一时期不同作品的风格特色等为何是“这样”而非“那样”的阐述方面总是失语。这或有他们对于这些阐述的不太重视的因素，但更多的是由于西方基于所谓纯文学观念的批评方法使人们在研究中形成了盲点。

如果说魏晋以来的文学多少还存在着一些“非限定时空言说”的特征，那先秦两汉的文学，尤其是先秦文学（民间文学和楚辞的部分作品除外）却基本与“非限定时空言说”无缘。正因如此，从20世纪初以来的先秦文学的研究，由于受西方“文学”观念的制约，虽有大家如闻一多、朱自清；有20世纪80年代以来一大批研究成果，如孙作云的《诗经与周代社会研究》、萧兵的《楚辞的文化破译》等等，但却从不曾有过较大的突破。究其原因，则是因为这些研究还是从西方“文学”观念的角度切入，首先将先秦的文学作为一个独立于政治、宗教之外的意识形态来研究，忽视了“限定时空”，即政坛言说的特性，所以，在他们看来，政治、宗教、礼乐对文学的作用只是“影响”，而不是“制约”和“规定”。

其次，由于这些研究大都缺少“限定时空言说”视点，因而，虽然有些人注意到了礼乐形态对于先秦文学产生发展的作用，但他们很少从具体的言说场所、主体的言说身份、言说对象这一角度去考察先秦各种文体言说形态的形成。这表现最为突出的，就是他们将先秦的礼乐形态看作为一个静止的形态，大都没有将原始宗教礼仪和礼乐政治形态中的祭祀礼仪区分为不同性质的两种文化形态，只看到了礼乐制度以原始宗教祭祀礼仪为表现形态，礼乐制度对原始宗教祭祀礼仪的继承；而没有注意到礼乐制度的本质为政治，而原始宗教礼仪的本质为宗教。礼乐制度并不全部以原始宗教祭祀礼仪为表现形态，主要为人际关系（包括君臣关系）的规定，即便是礼乐制度下的鬼神祭祀，也不是原始宗教人神关系的规定。礼乐界域中的言说，言说场所的性质、主体的身份、言说的动机目的、言说形式及其方式都与原始宗教的言说有着极大不同。由于他们的探讨多缺少一个作为政治形态的礼乐仪式"限定时空言说"对先秦文学制约这一中间环节的研究，因而，他们对先秦文学的本质、主体的价值追求、言说形式及言说方式等方面的研究，也就难以深入。相同的"文学"观念和视角，决定了他们研究和其他各个时期文学的研究一样，结果只能是大同小异，少有稍大的突破。

同样，在先秦以后文学的研究中，大多也受西方"文学"观念及其理论框定，很少从中国文学的自身特点出发，从言说场合、言说主体和言说对象的身份及其构成的言说关系，去追究作品"为什么言说"、"为什么说这些"和"为什么这样言说"。但若是运用"限定时空言说"理论，不仅可以充分解释这一切，而且可以解释其他批评理论和方法不能解释的中国文学普遍存在的一些问题，更有利于了解中国文学的本真。并于西方的文学阐述话语体系之外，建构一个独特的中国文学阐述体系。

我们何乐而不为呢?!

主要参考文献

王弼注,孔颖达正义:《周易正义》,《十三经注疏》本,中华书局1980年版。

孔颖达疏:《尚书正义》,《十三经注疏》本,中华书局1980年版。

毛亨传,郑玄注,孔颖达疏:《毛诗正义》,《十三经注疏》本,中华书局1980年版。

郑玄注,贾公彦疏:《周礼注疏》,《十三经注疏》本,中华书局1980年版。

郑玄注,孔颖达疏:《礼记正义》,《十三经注疏》本,中华书局1980年版。

郑玄注,贾公彦疏:《仪礼注疏》,《十三经注疏》本,中华书局1980年版。

曾运乾:《尚书正读》,中华书局1964年版。

杜预:《春秋左传集解》,上海人民出版社1977年版。

杜预注,孔颖达疏:《春秋左传正义》,《十三经注疏》本,中华书局1980年版。

何休解诂,徐彦疏:《春秋公羊传注疏》,《十三经注疏》本,中华书局1980年版。

范宁集解,杨士勋疏:《春秋穀梁传注疏》,《十三经注疏》本,中华书局1980年版。

孙诒让:《墨子閒诂》,《诸子集成》本,中华书局1954年版。

韦昭注:《国语》,上海古籍出版社1978年版。

张纯一:《晏子春秋校注》,《诸子集成》本,中华书局1954年版。

郭庆藩:《庄子集释》,中华书局1961年版。

商鞅:《商君书》,《诸子集成》本,中华书局1954年版。

戴望:《管子校正》,《诸子集成》本,中华书局1954年版。

王先谦:《荀子集解》,《诸子集成》本,中华书局1954年版。

王先谦:《诗三家义集疏》,中华书局1987年版。

梁启雄:《韩子浅解》,中华书局1960年版。

朱熹:《四书集注》,中华书局1983年版。

洪兴祖:《楚辞补注》,中华书局1983年版。

高诱:《吕氏春秋注》,《诸子集成》本,中华书局1954年版。

刘向辑录:《战国策》,上海古籍出版社1985年版。

袁珂:《山海经校注》,上海古籍出版社1980年版。

马王堆汉墓书整理小组:《战国纵横家书》,文物出版社1976年版。

荆门市博物馆:《郭店楚墓竹简》,文物出版社1998年版。

贾谊撰,阎振益校注:《新书校注》,中华书局2000年版。

陆贾:《新语》,《诸子集成》本,中华书局1954年版。

高诱:《淮南子注》,《诸子集成》本,中华书局1954年版。

董仲舒:《春秋繁露》,黑龙江人民出版社2003年版。

司马迁:《史记》,中华书局1959年版。

班固:《汉书》,中华书局1959年版。

苏与:《春秋繁露义证》,中华书局1992年版。

向宗鲁:《说苑校正》,中华书局1987年版。

刘向:《列女传》,江苏古籍出版社2003年版。

刘向:《新序》,上海古籍出版社1990年版。

王利器:《颜氏家训集解》,上海古籍出版社1980年版。

逯钦立:《先秦汉魏晋南北朝诗》,中华书局1983年版。

欧阳询:《艺文类聚》,上海古籍出版社1965年版。

黎靖德:《朱子语类》,中华书局1986年版。

姚际恒:《仪礼通论》,中国社会科学出版社1998年版。

朱彝尊:《经义考》,中华书局1998年版。

易祓:《周官总义》,文渊阁《四库全书》本。

李樗、黄櫄:《毛诗集解》,文渊阁《四库全书》本。

严虞惇:《读诗质疑》,文渊阁《四库全书》本。

吴纳著,于北山校点:《文章辨体序说》,人民文学出版社 1998 年版。

徐师曾著,罗根泽校点:《文体明辨序说》,人民文学出版社 1998 年版。

章学诚著,叶英校注:《文史通义》,中华书局 1985 年版。

严可均:《全上古三代文》卷十三,中华书局 1958 年版。

朱自清:《诗言志辨》,广西师范大学出版社 2004 年版。

郭沫若:《青铜时代》,科学出版社 1957 年版。

陈梦家:《西周铜器断代上》,中华书局 2004 年版。

李泽厚:《中国古代思想史论》,人民出版社 1986 年版。

李泽厚:《美的历程》,中国社会科学出版社 1984 年版。

张亚初:《殷周金文集成引得》,中华书局 2001 年版。

余英时:《士与中国文化》,上海人民出版社 1987 年版。

张光直:《中国青铜时代》,三联书店 1999 年版。

周振甫:《文心雕龙今译》,中华书局 2005 年版。

宗白华:《美学散步》,上海人民出版社 1981 年版。

杨荫浏:《中国古代音乐史稿》,人民音乐出版社 1981 年版。

宋镇豪:《夏商社会生活史》,中国社会科学出版社 1994 年版。

安金槐主编:《中国考古》,上海古籍出版社 1992 年版。

陈文新主编,赵逵夫编:《中国文学编年史·周秦卷》,湖南人民出版社 2006 年版。

李学勤:《夏商周年代学札记》,辽宁大学出版社 1999 年版。

陈伟:《郭店竹书别释》,湖北教育出版社 2002 年版。

杨华:《先秦礼乐文化》,湖北教育出版社 1997 年版。

吕大吉:《人道与神道》,上海人民出版社 1991 年版。

和志武:《中国各民族原始宗教资料集成·纳西族卷》,中国社会科学出版社 2000 年版。

季旭升主编:《上海博物馆藏战国楚竹书(一)读本》,北京大学出版社

2009年版。

陈良运:《中国诗学体系论》,中国社会科学出版社1992年版。

李春青:《诗与意识形态》,北京大学出版社2005年版。

顾祖钊:《华夏原始文化与三元文学观念》,北京大学出版社2005年版。

王振复:《〈周易〉的美学智慧》,湖南出版社1991年版。

徐道一:《周易科学观》,地震出版社1992年版。

黄黎星:《易学与中国传统文艺观》,上海三联书店2008年版。

叶舒宪:《诗经的文化阐释》,陕西人民出版社2005年版。

郭英德:《中国古代文体学论稿》,北京大学出版社2005年版。

刘士林:《中国诗性文化》,海南出版社2006年版。

马银琴:《两周诗史》,社会科学文献出版社2006年版。

韩高年:《诗赋文体源流新探》,巴蜀书社2004年版。

韩高年:《礼俗仪式与先秦诗歌演变》,中华书局2006年版。

饶龙隼:《上古文学制度述考》,中华书局2009年版。

程水金:《中国早期文化意识的嬗变——先秦散文发展线索探寻》第一卷,武汉大学出版社2003年版。

王秀臣:《三礼用诗考论》,中国社会科学出版社2007年版。

张树国:《乐舞与仪式》,天津古籍出版社2003年版。

丁原明:《黄老学论纲》,山东大学出版社1997年版。

夏静:《礼乐文化与中国文论早期形态研究》,中华书局2007年版。

王昆吾:《诗六义原始》,载《中国早期艺术与宗教》,东方出版中心1998年版。

阎步克:《士大夫政治演生史稿》,北京大学出版社1996年版。

李庆:《中国文化中人的观念》,学林出版社1996年版。

[美]苏珊·朗格著,刘大基等译:《情感与形式》,中国社会科学出版社1986年版。

[英]科林伍德著,王至元等译:《艺术原理》,中国社会科学出版社1985年版。

[法]泰勒著,连树声译:《原始文化》,广西师范大学出版社 2005 年版。

[德]格罗塞著,蔡慕晖译:《艺术的起源》,商务印书馆 1987 年版。

[俄]乌格里诺维奇:《艺术与宗教》,三联书店 1987 年版。

《外国理论家作家论形象思维》,中国社会科学出版社 1979 年版。

[法]列维－布留尔著,丁由译:《原始思维》,商务印书馆 1987 年版。

[美]鲁思·本迪民斯特:《文化模式》,三联书店 1988 年版。

[美]M. 李普曼编,邓鹏译:《当代美学》,光明日报出版社 1986 年版。

后　记

有十多年没有搞专门的古代文学研究了。

我时常说:我们的古代文学研究者总是说自己的研究如何如何有价值,而实际上除了作者自己,或者还有书和杂志的责编将自己千辛万苦写出来的东西看完过外,恐怕这世上再也没人将你的研究成果通读一遍,去寻找我们所说的研究“价值”。现实是,有我们的研究不多,无我们的研究不少。我们自己所说的价值,只不过是自己抬高自己,给自己某种精神安慰罢了。

但是,我这么长时间没有专门研究古代文学更为重要的原因是,有这样一个问题长期困扰着我:20 世纪,不管是我国的文学理论教科书,还是翻译的西方文学理论著作,基本都将“文学”视为一种纯粹的审美活动,将文学创作的主体看作是一个完全“自主”的个体。我读的西方文学及其理论著作不多,更不用说去读西方的文学及其理论原著,不知西方文学及其理论到底是不是真的就是我们的文艺理论家们所介绍的那样;抑或是我们的文艺理论家和文学界为寻求思想和个性的解放,在介绍西方的文学及文学理论时,有意屏蔽了那些有违思想和个性的解放的作品,去强调文学“应该如此”?而我所见到的中国文学,尤其是中国古代的文学,却更多不是为着审美的,而是有着非常明显的实用性,创作的主体也非完全“自主”的个体。

我由下而上溯,由清代的文人小说而上溯明代文人的拟话本,由拟话本而上溯话本;由明清的文人剧作而上溯元代、宋代用于瓦舍、勾栏演出的底层文人剧作;再由话本、和用于瓦舍、勾栏演出的底层文人剧作上溯到唐代佛教的变文、宝卷,我看到了中国古代小说、戏剧都因“用”而产生、发展。宋词、唐诗和小说、戏剧一样,在中国文学里面是最具有西方的“文学”性的了,但从唐宋诗词中占有大部分比例的赠答、酬唱、送别、宴会、吊贺等用于交际的诗词,我同样看到了主体创作的目的都并非是为着审美。诸如那些答、和、拟得诗等,都是出于“礼尚往来”的“被动创作”,并非主体情不能已的产物。由此再上溯到先秦的诗、赋、史、论,我“发现”它们都不过是政治的附庸。于是,我有了一个这样的一个朦胧的结论:虽说中国不是完全没有西方“文学”意义上的文学,但就其主流来看,中国的文学却似乎从不曾“独立”过。在中国古代,她或为政治的工具,或为文人们生存的手段;强烈的实用性才是她真正的本质。尽管中国古代的文学也很重视“美”,但“美”是为“用”服务的。

花了将近十年的时间,我一边研究先秦和魏晋南北朝的文化心态,一边“求证”着自己的这个朦胧结论。于是,我设想从中国文学的源头——先秦的诗、赋、史、论的发生,去追寻中国文学“为什么言说”、“言说什么”和“怎样言说”这“之所以如此”的缘由。我发现,所谓的这一时期的文学都不过是宗教、政治行为过程中的“文字单元”,因为这些行为而产生的“文学”,都可以理解为宗教、政治行为的表达方式。因为每一行为都有着特定的性质和目的,特定的行为性质和目的决定着行为目的实现的整个过程及其手段。所以,文字(文学)既是一定行为结构过程中的“文字”单元表达,是行为主体实现行为目的的方式和某种行为过程结构的构成元素,就必须为实现行为目的服务。因而,先秦的主流文学并非“为文学”的文学。我以这一发现去考察先秦之后的文学,我看到,虽然中国文学随着时代的前进,审美倾向在不断加强,但不管是汉代的大赋,还是唐诗宋词中的那些应酬类的作品和早期的戏剧、小说,都没有改变先秦主流文学作为行为结构过程中“文字单元”的性质。当然,那些行政性公文,如诏诰、奏疏、策对、表等和一些诸如序、跋、诔、碑文等实用性文体文本,就更不用说了。通过这些由下而上和由上而下的考察,我在反复“校对”自己的这些发现的同时,也在极力寻找中国文学这一现象产生的关键点。根据自己的这些思考,我在2008年申报了国家社会科学基金项目——《先秦神坛、政坛言说与先秦诗赋史论言说惯例的生成》,获得批准。

在有了这些发现之后的几年的时间内,我一直处于冥思苦想的状态,但都没能找到一个自己满意的答案。我将本课题的前几章写了改,改了再写,总觉得不满意，总觉得其中应该有个什么东西贯穿于所想到的那些问题之中，但又不知道这东西是什么，由此而苦恼不已。

我有一个习惯，就是晚上十一点上床后一两个小时，是我思维最活跃的时候，也是想入非非和思考问题最富有成果的时候。一些白天怎么也想不清楚的问题，在这时都进入了我的思考中。所以，我的床头柜上，夜晚总放着纸笔。有些问题想明白了或是有些什么思想火花，我便起来，将其记在纸上，到第二天再作整理，哪怕是寒冬腊月。在前两年一个春天的夜晚，我还在继续着中国文学这一现象产生的关键点的思索，直到深夜，才迷迷糊糊进入梦乡。忽然见南朝的刘勰翩然来到我的书桌前，和我讨论起中国文学的这一现象。他说，不管你说的宗教还是政治言说，事实上都是被行为场合所限定的。于是，我豁然开朗，从宗教、政治的仪式言说想到限定场所的言说，想到了限定场所言说主体的限定身份和限定言说对象，想到了"在什么场合说什么话"，"是什么身份说什么话"，"对什么人说什么话"。我兴奋地大叫了一声，从梦中醒来，连忙开灯，拿起床头柜上的纸笔，记下了梦中想到的这些。第二天，我便有了"限定时空言说"统摄这一研究课题的总的思想。

可惜的是，当我有了这一结构全书总的思想时，我的这一研究课题已写完了前面的几章，于是，我不得不将前几章推倒重来，以求贯穿这一思想。我将已写好的前三章作了大量的删改，合成本书现在的第一章。由于本课题申报时定于2009年年底结题，我不得不申请将结题时间推迟一年；但即便是推迟了一年，后面几章的修改和写作任务仍很艰巨。我只好将写好的另两章作了些不太大的修改，而将精力集中在后几章的写作上，最后成了现在自己也不太满意的这个文本。

我不敢说我的这个"限定时空言说"理论能解释中国文学的众多现象，但这毕竟是我个人的发现，是我研究中国文学独特的阐述方式，并且能够用来阐述其他任何理论所不能解释的中国文学的一些问题。尽管我也知道中国文学的研究，有我这理论不多，无我这理论不少，但我的这一课题结题时，有些评审专家给过这样的评价：

这是一项非常具有创新意义、别开生面、特色鲜明的重要研究成果。作者独创了"限定时空言说"这一理论框架,突破了长期以来人们所习惯的以当今的、来源于西方的文学观念和文学理论研究先秦时期文学现象的套路,对先秦时期原生态的文学现象的发生及其本质进行了深入的分析和精辟的阐述,令人信服地论述了先秦时期诗、赋、史、论等各种文学样式在其原初的礼乐政治文化背景中的意义和特质。该研究成果为理解先秦文学提供了全新的视角,对先秦文学乃至整个中国古代文学的研究将产生重要影响。

我不知道这位先生是谁,也不知道我的这一研究是否有如他说的价值,但有了他的这一评价,便使我觉得自己这十多年来的辛苦探索没有白费!

应该说,"限定时空言说"理论存在着一些不足。因为我的这一课题不是专门的理论研究,所以对这一理论也缺少充分的阐释。这一点,我将在我主持的教育部重大攻关项目《中国文学谱系研究》第一卷"中国文学谱系原理"中作充分的补充论述。或许,"中国文学谱系原理"能够从理论上更多、更合理地解释中国文学的发生、发展的复杂现象。

本书虽然有些创新,但也还存在着众多的不足甚至错误,有些观点新而论证却不太充分。我也想很好地解决这些问题,但苦于学力有限和资料不足,最终没能将存在的问题消除。希望学者多批评!

感谢赵逵夫先生在百忙中为小书赐序!感谢人民出版社的陈汉萍女士!她为本书的出版付出了大量的劳动。感谢我的同事王同舟老师!他不仅通读了本书的定稿,提出了修改意见,而且本书的许多观点也是在和他的讨论的过程形成的。感谢湖北教育出版社的资深编辑杨唐轩先生!他为本书作了最后的审阅。也感谢我的两个研究生李亚争、周信敏!他们为本书的所有引文进行了仔细的校对。

又:在本书最后定稿时,恰逢父亲去世。父亲是个小学老师,虽读过"四书",对我的研究却懂得很少。但每次回家看他时,他总要问我在研究什么,书写得怎样。每当我将出版的书送到他手上时,他便显得特别高兴。我写作本书时,他也问过我好几次。现在,本书已完稿,我却再也见不到他,无从告诉他了。

父亲生于1927年8月,整整走过了八十四个春秋的风风雨雨;去世时恰逢农历七月十三,灵柩出葬时,所经过路途的梨树在父亲亡故后开出了许多花朵。村里的人都说,这个时节梨树开花是绝对没有的事;农历七月十三至七月十五去世的人,可以在黄泉路上畅通无阻;出葬经过的路途的梨树开花是为父亲戴孝;父亲这时去世,是很有福气的。我也愿这是真的,但想到本书出版后再也无法亲自送给父亲,看到他见到本书的笑容,便不禁悲从心底涌起。

所以,最后写上这几句话,纪念父亲,并祝他老人家一路走好!

赵 辉

2011年9月于中南民族大学

责任编辑:马长虹
特约编辑:陈汉萍
封面设计:徐　晖
责任校对:千叶书装

图书在版编目(CIP)数据

先秦文学发生研究/赵辉 著. -北京:人民出版社,2012.10
ISBN 978-7-01-011137-7

Ⅰ.①先… Ⅱ.①赵… Ⅲ.①中国文学-古典文学研究-先秦时代
Ⅳ.①I206.2

中国版本图书馆 CIP 数据核字(2012)第 194994 号

先秦文学发生研究

XIANQIN WENXUE FASHENG YANJIU

赵　辉　著

人民出版社 出版发行
(100706　北京市东城区隆福寺街 99 号)

北京市文林印务有限公司印刷　新华书店经销

2012 年 10 月第 1 版　2012 年 10 月北京第 1 次印刷
开本:710 毫米×1000 毫米 1/16　印张:20.75
字数:330 千字　印数:0,001-3,000 册

ISBN 978-7-01-011137-7　定价:58.00 元

邮购地址 100706　北京市东城区隆福寺街 99 号
人民东方图书销售中心　电话 (010)65250042　65289539